Unter die Haut

Liebe Sabine
von ♡ alles
Liebe zum
Geburtstag

[signature]

Über das Buch

Lässt sie das jetzt wirklich mit sich machen? Das kann doch nicht ihr Ernst sein! Die kann doch nicht...? Ach herrje ... !? Mädchen in Ketten, Peitschen schwingende, herrische Ledermänner in düsteren Kellern und grausam gequälte Frauen, die das auch noch erotisch finden und daraus sexuelle Befriedigung ziehen können? Und das soll dann womöglich noch etwas mit "Liebe" zu tun haben?

Kaum vorstellbar! Entweder stimmt das Ausgangsbild nicht, oder die „spinnen", die SMer! Ich fand es spannend, mal genauer nachzusehen.

Es hat ein paar Jahre gedauert, bis ich das Gefühl hatte, genügend Einblicke gewonnen zu haben, um nicht nur mir selbst meine Fragen befriedigend beantworten zu können. Es gibt gute Sachbücher zum Thema. Sehr sachliche Bücher, die beste Informationen über Techniken geben, aber naturgemäß keine Emotionen beinhalten können. Und es gibt viele Romane, die mit der manchmal schwer nachvollziehbaren, völligen Submission, der "Unterwerfung" von Frauen spielen. Häufig fragt man sich, ob die Protagonistinnen ihre Persönlichkeit an der Garderobe abgegeben haben, oder ob nicht eigentlich längst der Staatsanwalt vor der Kellertür stehen müsste.

Eine Verbindung zwischen sachlichen Informationen, Grenzziehung dorthin, wo aus sexuellen Handlungen im BDSM-Kontext definitiv kriminelle Handlungen werden und Liebesgeschichte in Romanform entstehen zu lassen, ist keine ganz leichte Aufgabe und ergibt letztlich einen etwas unüblichen Genremix.

Unter dem Motto "Garten der Lüste statt Darkroom der Früste" schrieb ich "Unter die Haut" mit dem Wunsch, die Leser zu einem kleinen Spaziergang durch den "verbotenen Garten" einzuladen.

Unter die Haut
Ein romantischer SM-Roman

Izabelle Jardin

Texte: © Copyright by Izabelle Jardin
Postfach 1122
38166 Schöppenstedt
Izabelle.Jardin@gmx.de

Tag der Veröffentlichung: 21.04.2014
Bildmaterialien: © Copyright by Izabelle Jardin
Titelbildgestaltung: g&i unter Verwendung von Fotomotiven von istockphoto.com (© istockphoto.com/Nr. 19663561, Johan Swanepoel; Nr. 18695480, papa42)

Alle Rechte vorbehalten.
ISBN:
978-1499288902

Inhalt

Prolog 3
1. Kapitel 9
2. Kapitel 49
3. Kapitel 100
4. Kapitel 128
5. Kapitel 138
6. Kapitel 162
7. Kapitel 186
8. Kapitel 194
9. Kapitel 224
10. Kapitel 236
11. Kapitel 258
12. Kapitel 279
13. Kapitel 288
14. Kapitel 298
15. Kapitel 313
16. Kapitel 318
17. Kapitel 332
18. Kapitel 355
Epilog 367

Danksagung

Es wird Zeit, danke zu sagen!
Mein Dank gilt, wie könnte es auch anders sein, meiner geduldigen Familie, die mir Freiräume zum Schreiben lässt, mich mit Nervennahrung und Unmengen Tee versorgt, mir viel Technisches abnimmt und wirklich nur ganz selten kurz vor dem »Durchdrehen« ist.
Mein Dank gilt den unnachgiebigen Betalesern! Ihr seid unersetzlich in Eurer liebevollen aber deutlichen, stets konstruktiven Kritik.
Mein Dank gilt meinem akribischen, hochprofessionellen Lektor und Berater Stefan Wendel, der beginnend mit »schwerem Gerät«, dann mit feiner werdendem Werkzeug, Ordnung in meine Manuskripte bringt! Ich schicke einen ganz herzlichen Gruß nach Stuttgart.
Mein Dank gilt dem Cover-Designer, der es immer wieder fertigbringt, meinen Büchern so wunderschöne Kleider zu schneidern
Und mein Dank gilt dem Mann, der mich in einfach unnachahmlicher Manier seit vielen Monaten durch den Indie-Dschungel führt, sich immer wieder mit meinen Zweifeln auseinandersetzt, mir die richtigen Wege gezeigt hat, mich ab und an »auf den Pott setzt«. Dem Mann, ohne dessen Unterstützung ich oft genug den Mut verloren hätte. Danke Dir, Johannes Zum Winkel!

Prolog

Der Mond zeichnet diese geradezu kitschig wirkende Straße über das Wasser. Ein Eindruck, dem man sich nie entziehen kann. Das Feuer ist heruntergebrannt, die dicken Äste glühen noch, ab und an lässt ein leichter Wind ein paar Funken stieben. Für diese Gegend ist es eine ungewöhnlich warme Nacht.

Aus der Gruppe, die noch vor kurzer Zeit um das lodernde Feuer am Strand gesessen hat, sind nur noch drei geblieben. Auf einem flachen Stein sitzt sehr aufrecht eine Dame in weitem, jede Körperform verbergenden Gewand. Ihr gegenüber ein Mann, im Sand zu seinen Knien eine Frau in Jeans und Rollkragenpullover. Lange schon hat niemand ein Wort gesprochen, alle scheinen ins Nachdenken versunken.

„Du willst es also wissen, bist wirklich entschlossen?", wendet sich die Dame auf dem Stein an die Frau.

Die zieht die nackten Füße, wie um sie zu schützen, unter die Beine. Ihre Antwort kommt ein wenig zögerlich, doch klar: „Ja!"

„Gut, wir werden es herausfinden." Resolut klingen ihre Worte. „Bist du bereit?", fragt die Dame nun den Mann.

„Ja!", bekommt sie knappe Erwiderung.

Alle drei erheben sich und gehen ein Stückchen durch den kühlen Sand, bis ein schmaler Pfad sie in

den Wald führt.
Der Boden ist uneben, Wurzeln, Äste und Steinchen, unsichtbar im Halbdunkel, das der Mond hier nicht beleuchten kann, schmerzen unter ihren nackten Füßen. Nach kurzem Weg erreicht die kleine Gruppe eine Lichtung.

„Hier!", sagt die Dame und deutet auf zwei kräftige Bäume, in vielleicht drei Metern Abstand stehend.

Wer weiß woher, hält sie plötzlich Stricke in der Hand.

„Zieh sie aus!" Mit festem Ton wendet sie sich an ihn.

Nahe tritt er an die Frau heran, sie steht mit dem Rücken zu den anderen. Ein wenig unentschlossen noch, schiebt er ihr den Pullover über den Kopf, umfasst sie von hinten, öffnet die Hose. Fahl fällt das Mondlicht auf die Nackte. Zweige zeichnen dunkle Schatten auf ihren Körper. Sie hält den Kopf gesenkt, wartet ab, was kommen wird, fühlt sich seltsam benebelt.

Vielleicht der Wein? So viel ist es doch gar nicht gewesen, überlegt sie.

Sie möchte sich anlehnen, ein wenig wärmen, und weiß doch, dies ist nicht der Moment dafür.

„Binde sie fest!"

Er nimmt die Handgelenke, er kann Knoten machen, er ist praktisch veranlagt. Sie wehrt sich nicht, als ihre Arme weit gespreizt zwischen den Bäumen gespannt werden.

„Nun die Füße!"

Er zieht ihre Beine auseinander, ihr Körper strafft sich.

„Hier, fang an!"

Einen Moment lang passiert nichts. Für einen Augenblick will sie versuchen, sich umzudrehen, wenigstens den Kopf zu wenden, zu sehen, was hinter ihr vorgeht. Sie zögert und da trifft der erste Schlag. Ihr allererster Schlag.

Es muss eine Mehrschwänzige sein, sacht zunächst, aber deutlich spürbar.

Sie ergibt sich in ihr Schicksal. Er trifft gut, findet seinen Rhythmus, der auch ihrer wird, die Steigerung ist langsam, übertrifft nicht das Maß dessen, was sie ertragen kann; es wird mehr, wird schmerzhafter, sie beginnt erst zu stöhnen, dann bald kleine Schreie auszustoßen.

Plötzlich eine Pause.

Er tritt nah an sie heran, streichelt über die zarten Striemen, dreht ihren Kopf zu sich und zwingt sie, ihn anzusehen. Sie öffnet die Augen und entdeckt in den seinen ein verräterisch grünes Funkeln, das ihr zeigt, wie sehr er es genießt. Sie kann diesem Blick nicht standhalten und gibt sich dem ersten Kuss hin, ohne Scheu, ohne Zögern, in einem Zustand erwartungsvoller Erregung.

„Weiter, so geht das nicht!" Die feste Stimme im Hintergrund holt beide aus dem magischen Moment.

Ein sachtes Streicheln noch über die Wange, ein fast etwas bedauernder Blick von ihm, dann tritt er wieder hinter sie. Wieder fügt sie sich. Schnell findet er erneut seinen Rhythmus, sie spürt das Auftreffen der Riemen wie eine heftige Massage, der sich hinzugeben von Schlag zu Schlag leichter wird. Soweit es ihre Fesseln zulassen, windet sie sich in den Seilen. Erst leise, dann immer lauter werdend ist ihr Stöhnen, der prickelnde Schmerz; das Beißen des Leders in ihre Haut mischt sich mit ihrer Lust, wird zum Lustschmerz, der sich nach Erfüllung sehnt.

„Nimm sie! Jetzt!"
Er löst zuerst ihre Fußfesseln, dann knotet er die Hände los. Durch die halbgeöffneten Lider nimmt sie zum zweiten Mal dieses Funkeln in seinen Augen wahr. Sie lässt sich in seine Arme fallen, lässt sich über einen quer liegenden dicken Baumstamm legen, bäuchlings, lässt ihn ihre Beine in Position ziehen, sich umfangen und genießt die Hand in ihrem Nacken, bestimmend und doch schützend, Sicherheit vermittelnd, und die schnellen, harten Stöße, die ihn, entfesselt jetzt, ohne Zögern, tun lassen, wovon sie immer schon geträumt hat. Es geht rasend schnell, gemeinsam erreichen sie den Gipfel, atemlos, ermattet, erstaunt.
Sie bekommen etwas Zeit, ihre Choreografin hat ein Einsehen. Direkt milde ist ihr Gesicht, als sie herantritt und verkündet: „Ich bin stolz auf euch."
Er hilft ihr in die Kleider, dreht ihr eine Zigarette, zündet sie ihr an. Sie lehnt sich mit weichen Knien an ihn, ihre Hände zittern. Er hält sie. Sicher.

„Dass sie einen gewissen Hang zum Masochismus hat, wissen wir nun", konstatiert die Dame im weiten dunklen Gewand in liebevoll spöttischem Ton. Ich bin sehr gespannt, was noch in ihr schlummert. Doch nun kommt, ich möchte zu den anderen." Sie wendet sich zum Gehen. Das Paar folgt ihr. Er muss die Barfüßige stützen, sie schwächelt, nicht allein ihr Körper ist angestrengt.

Der Weg ist nicht weit und trotz aller Schwäche läuft sie jetzt leicht über den unebenen Boden, an seiner Hand, die sie als stark empfindet. Sein Lächeln, das sie im Dunkel ahnen kann, ist zuversichtlich.

Von Weitem schon hören sie die gedämpften Gespräche der anderen. Sie sitzen zusammen im von Fackeln beleuchteten Garten und trinken.

„Ah, da seid ihr ja", begrüßt irgendjemand die drei. „Setzt euch!"

Weingläser werden gereicht, allzu viel Kenntnis nimmt man nicht von ihnen, die Gespräche werden fortgesetzt.

„Nun, meine Liebe", die Dame spricht mit ernstem Ton. „Du bist dran!"

Erstaunt sieht die Frau sie an, versteht nicht.

„Geh auf die Knie, hier vor allen, lass sehen, was du noch aus ihm herausbekommst." Ihr Lächeln ist süffisant.

Sie schluckt trocken, er schaut ungläubig auf. Wie in Trance geht sie auf die Knie. Ihr Tun wird von der Runde kaum wahrgenommen, langsam öffnet sie seinen Reißverschluss, versenkt ihren Kopf in seinem Schoß. Sie hat es schwer. Er kann sich kaum entspannen, die Anwesenheit der anderen irritiert auch ihn. Dennoch, sie ist eine Künstlerin auf diesem Gebiet, und irgendwann kann er sich den Reizen nicht mehr entziehen. Sein Stöhnen, leise, fast nur für sie vernehmbar, leitet das Aufsteigen des Lohnes ihrer Mühe ein.

Nein, sie waren nicht unbeobachtet, die ganze Zeit lang nicht unbeobachtet gewesen! Die ganze Gruppe applaudiert nun.

„Na, Madame, hast du den beiden klargemacht, auf welchen Positionen du sie gern sehen möchtest?", kommt spöttisch eine Männerstimme aus der Runde.

„Ihr seht, ich tauge zur Regisseurin", erwidert sie lachend und ihr Blick liegt fast ein wenig zärtlich auf ihren beiden Eleven. Er rettet sie in diesem Moment vor der empfundenen Peinlichkeit, birgt ihren Kopf an seiner Schulter, hält sie, und selbst noch etwas überwältigt flüstert er ganz nah an ihrem Ohr: „Alles nur geträumt!"

Unter die Haut

1. Kapitel

Noch vollkommen benommen erwacht Juliette, hält die Augen geschlossen und fühlt in ihren Körper, der ihr zunächst Wohlbehagen signalisiert. Sie liegt warm unter einer leichten Decke, und ein sachter Windzug auf dem Gesicht lässt laue Luft vermuten. Leise beginnt sie die einzelnen Glieder zu rühren. Die Haut auf ihrem Rücken schmerzt ein wenig. Ein leichtes Lächeln spielt um ihren Mund und sie erinnert sich an die Ereignisse der vergangenen Nacht, fühlt jeden Moment noch einmal nach bis zu dem Augenblick, als er sie liebevoll in diesem riesigen Bett zugedeckt und mit einem Kuss dem einsamen Schlaf überlassen hatte.

Nur geträumt? Nein, das konnte nicht sein, dafür ist ihr jede Szene allzu gegenwärtig geblieben, jedes Gefühl so präsent.

Das konnte nicht sie gewesen sein, die sich da gestern bereit erklärt hatte, sich in diese unglaubliche Situation zu begeben, geführt und geleitet von einer ihr völlig unbekannten Frau.

Sicher, schon am Mittag bei ihrem Eintreffen hier, als sie ihn zum ersten Mal zu Gesicht bekommen hatte, waren definitiv Flugzeuge in ihrem Bauch gestartet. Sie hatte sich sogar ein wenig zur Ordnung rufen müssen, dem ungewohnten Gefühl, weiche Knie zu bekommen, nicht erkennbar nachzugeben.

Es war ihr keineswegs entgangen, dass der erste

Eindruck, den sie bei ihm hinterließ, ganz offenbar seine Jagdinstinkte geweckt hatte.

Den Beginn einer Beziehung hatte sie aber so nun wirklich noch nie erlebt. Ein paar belanglose Worte hatten sie lediglich miteinander wechseln können, bis die Sache sich nachts am Lagerfeuer zugespitzt hatte. So sicher sie auch ist, hier im „falschen Film" zu sein, so sicher ist sie jetzt, dass sie die Augen aufhalten wird und sich den Fortgang nicht wird entgehen lassen, denn sie fühlt sich wohl und eine ihr sonst vollkommen fremde, nun aber zunehmend übermächtige Abenteuerlust ergreift von ihr Besitz.

Wie war sie hierhergekommen, wie in diese Situation geraten?

Diese Frage ist leicht zu beantworten, denn wie der Zufall bisweilen so spielt, war sie Susanna, ihrer alten Freundin aus Studienzeiten, wiederbegegnet. Sie hatte sie eingeladen. Eingeladen zu einigen Urlaubstagen, von denen sie versprochen hatte, sie würde sie so schnell nicht mehr vergessen, es könnte ihren Horizont erweitern, vielleicht eine andere Frau aus ihr machen.

Die Erinnerungen an Susanna waren schon fast verblasst gewesen, als sie sich vor wenigen Wochen zum ersten Mal seit Jahren wiedergetroffen hatten. Unbeschwert wilde Zeiten, in denen sie nicht nur das spärlich möblierte Zimmer teilten, sondern auch eine ganze Menge Erfahrungen, und sogar in schwesterlicher Manier manchen Kommilitonen, waren zu Ende gewesen, als Susanna ihren Mann

kennengelernt hatte. Sie hatte diesem arroganten Schnösel nie etwas abgewinnen können, sich unendlich gewundert, dass die Freundin sich Hals über Kopf mit ihm in die Ehe gestürzt hatte.
Susanna war damals plötzlich derart verändert gewesen, dass es Juliette kaum mehr möglich war, einen Zugang zu ihr zu finden. Reichlich zwanzig Jahre waren seither vergangen. Kein Wort war mehr gefallen zwischen den einst eingeschworenen Frauen. Sie hatte wohl mitbekommen, dass drei Kinder aus dieser für sie unnachvollziehbaren Verbindung hervorgegangen waren. Vor ein paar Jahren war ihr über einige Ecken zu Ohren gekommen, dass Susanna unglücklich geschieden sei, am Ende ihrer Kräfte. Die Idee, den Kontakt neu aufzubauen, hatte sie jedoch verworfen.

*

Sie war in eine Buchhandlung eingetreten auf der Suche nach einem Fachbuch, als ihr eine Frau auffiel, die mit dem Rücken zu ihr stehend einen Klappentext zu lesen schien, und wie gebannt gewesen von der Erscheinung.
Sie selbst fühlte sich auf einmal grau und belanglos in ihren Turnschuhen, Jeans, dem sportlichen Sweatshirt, ungeschminkt, das Haar etwas unordentlich zum Zopf zusammengebunden. Sie ärgerte sich in diesem Moment, sich vor dem Losgehen nicht wenigstens noch umgezogen zu haben. Das neue, elegante und doch schlichte Jil-Sander-Kostüm, erst kürzlich erworben, das ihre Figur so gut zur Geltung brachte, sollte vielleicht doch weni-

ger Zeit im Kleiderschrank verbringen.

Eigentlich hielt sie nichts vom „Kleider-machen-Leute"-Spruch, dennoch wusste sie von sich, wie sehr sich eine schöne Schale auf ihre innere Sicherheit auswirkte. Sie nahm sich vor, in Zukunft mehr auf sich zu achten. Diese Frau dort hatte eine Haltung, die ihr das abgedroschene, etwas altertümliche Wort „königlich" in den Kopf schießen ließ. Hoch aufgerichtet, gerade im Rücken, wohl auch wegen des eleganten Korsetts sehr straff, den engen Rock knapp über dem Knie endend, in schwindelerregend hohen Heels, auf denen sie völlig mühelos zu stehen schien, das dunkle, leicht wellige Haar den Rücken herabfallend, war sie zweifellos für jeden Besucher der Buchhandlung ein Hingucker.

Nie zuvor hatte sie in der Öffentlichkeit eine Frau im Korsett gesehen. An dieser Frau wirkte selbstverständlich, was sie sich sonst eher in Erotikmagazinen oder im vorletzten Jahrhundert als angemessenes Kleidungsstück hätte vorstellen können.

Es gelang ihr nicht, die Augen abzuwenden, sie starrte auf das Bild, das sich ihr bot, und es war ein unendlich peinlicher Moment für sie, als die Frau sich umdrehte. Sie wäre unter dem folgenden Blick vermutlich in den Boden gesunken, hätte sie nicht erkannt, dass sie es mitnichten mit einer fremden Lichtgestalt zu tun hatte, sondern mit Susanna, die sie im Orkus der Millionen Lucy Jordans dieser Welt verloren geglaubt hatte. Das Lachen, das sich augenblicklich auf Susannas hübschem, sorgfältig geschminktem Gesicht zeigte, ließ keinen Raum für

Fremdheit. Sie fielen sich um den Hals, als hätten sie sich nur ein paar Urlaubstage lang nicht gesehen.

*

Wer ist er eigentlich, wer sind die anderen, die sich zu dieser offenbar zusammengeschweißten Gesellschaft hier treffen, in dem großen alten Haus, das nur einen Spaziergang weit vom Meer entfernt in völliger Abgeschiedenheit in dem riesigen Park steht?

Langsam öffnet sie die Augen. Und findet sich nicht allein. Den kleinen Schreck darüber sieht man Juliette an, denn mit sphinxhaftem Lächeln sitzt ihr die Dame in einem bequemen Lehnstuhl an ihrem Bett gegenüber. War sie gestern in ein schwarzes „Gewand" gekleidet gewesen, Kleid konnte man es kaum nennen, so trägt sie heute eine genaue Kopie in gebrochenem Weiß.

„Guten Morgen, meine Schöne, hast du ausgeschlafen? Wie fühlst du dich?"

„Ich weiß noch nicht so genau, mein Rücken tut weh und ich würde gerne duschen", erwidert sie.

„Duschen allein wird es kaum tun", entgegnet die Dame. "Wir werden ein kleines Schönheitsprogramm mit dir machen müssen."

Ein Blick hatte ihr gestern genügt, um zu realisieren, dass alle anderen anwesenden Frauen ihr selbst an Gepflegtheit und Eleganz weit voraus waren. Es hatte sie ein wenig unangenehm berührt und sie war sich vorgekommen, als würde sie nicht recht dazugehören. Allerdings konnte sie sich kaum vorstellen, wie es möglich sein sollte, aus ihrer eigenen empfundenen Unattraktivität ein solch begehrenswertes Geschöpf werden zu lassen, wie beispielsweise Susanna es war.

„Komm, steh auf und lass dich genauer besehen", sagt die Dame und wiegt etwas bedenklich den Kopf, als sie ihr Nachthemd über die Schultern rutschen lässt.

Ihr Erröten zeigt, wie unsicher sie ist ob dieser Inspektion. „Was ist mit meinem Rücken?", fragt sie.

„Ach, nichts Dramatisches, ein paar feine blaue Linien, wunderhübsche Zeichen der Leidenschaft; er kann stolz sein, so ungeübt, wie er derzeit ist, ist ihm das prächtig gelungen", antwortet die Dame und zeichnet mit liebevoller Hand ihre Striemen nach. „Ab ins Bad, wir werden schauen, was sich machen lässt", schiebt sie sie mit sachtem Nachdruck auf eine geschlossene Tür zu.

Juliette ist immer schon ein Freund von Natürlichkeit gewesen, aber was da nun mit ihr geschieht, treibt ihr eine Mischung aus Scham und Wut in den Kopf. Dennoch hält sie alles aus, will sich beweisen, dass sie nicht zimperlich ist, aber es läuft doch die eine oder andere Träne über ihre Wangen, als ihre empfindlichsten Körperstellen ihres weichen, haarigen Schutzes im wahrsten Sinne des Wortes beraubt werden.

Die Dame ist ihr zwar eigentlich etwas unheimlich, aber ihre beruhigende, dennoch bestimmte Art, mit ihr umzugehen, duldet keinen Widerstand und hat eine eigene Ausstrahlung von zielsicherer Professionalität, die ihr das Gefühl vermittelt, es geschähe etwas vollkommen Selbstverständliches.

„Entspann dich, was ich für dich tue, ist schon im alten Ägypten Tradition gewesen", lächelt sie, "und noch heute gibt es viele Kulturen, in denen es zur normalen Körperpflege gehört, haarlos zu sein. Muslimische Frauen machen kleine Feste daraus, helfen sich gegenseitig. Wenn du schon mal beim Türken essen warst, kennst du als Nachspeise 'Halawa', nicht?"

„Stimmt", überlegt sie, „ich erinnere mich an diese klebrige Süßigkeit, der reinste Plombenzieher ist das!"

„Ja, siehst du, und was einer Zahnplombe gefährlich werden kann, kann natürlich auch deinen kleinen Urwald entwurzeln", erwidert sie kichernd. Mit einer kleine Kugel der zähen, klebrigen Masse zwischen den Fingern rückt sie mit geschickten rupfenden Handbewegungen gleich ganzen Büscheln der feinen Härchen zu Leibe und legt mehr und mehr zarte, glatte Haut frei. Die mühsam unterdrückten „Autsch"-Rufe ignoriert sie dabei geflissentlich.

Juliette ist selten zur Kosmetikerin gegangen, hat sich die Spitzen des langen Haares meist selbst geschnitten und muss sich erst hineinfinden in dieses Umsorgtwerden, das allein dazu dient, ihren Körper zu verschönern, und ihr vorkommt wie ein luxuriöses Ritual, jeder exklusiven Schönheitsfarm würdig. Die betörenden Düfte, die das geräumige Bad erfüllen, die Sinne beflügeln, erleichtern ihr den Weg in eine ungewohnte wohlige Heiterkeit. Nach und nach gelingt es ihr, sich zu entspannen, zu vertrauen, mit sich geschehen zu lassen und die Fürsorge zu genießen. Je mehr sie sich einlässt, umso deutlicher entwickeln sich ihre Gedanken. Es wird ihr klar, wie sehr sie sich jahrelang ausschließlich mit ihrem Kopf beschäftigt, den Körper lediglich als notwendiges Vehikel des Funktionierens wahrgenommen, jedes aufkeimende Bedürfnis nach Körperlichkeit an den Rand des Bewusstseins geschoben hat.

Mens sana ..., schießt es ihr durch den Kopf, und sie muss lächeln, denn den gesunden Geist im gesunden Körper hat sie eigentlich bisher immer nur mit der Notwendigkeit verbunden, Sport treiben zu müssen, nie aber mit der Möglichkeit, sich einfach etwas Gutes zu tun, tun zu lassen. Wie gut der ungewöhnliche Sex der vergangenen Nacht ihrem ganzen Selbst getan hat, ist ihr gerade völlig bewusst. Sich im Mittelpunkt des Begehrens zu finden, Hauptfigur einer Inszenierung zu sein, deren offenkundiges Ziel es ist, ihr einen Blick ins eigene Innere zu gewähren, ihre Befriedigung zu erreichen, empfindet sie nun als unbedingt erstrebenswertes, wohltuendes Szenario.

Gebadet, epiliert, gesalbt, frisiert und parfümiert tritt sie aus dem Bad vor den riesigen Kleiderschrank. Über das fast durchsichtige Gespinst des weißen Sommerkleides, mehr enthüllend als ihre neue vollkommene Nacktheit verbergend, schnürt die Dame ihr das erste Korsett um die Taille. Nicht sehr fest, dennoch nimmt es ihr beim Blick in den Spiegel die Luft. Sie fühlt sich wie neu erschaffen, ist begeistert von ihrem Spiegelbild.

Die kleinen Speckpölsterchen über der Hüfte, mit denen sie sich jahrzehntelang erbitterte Kämpfe geliefert hatte, bis sie sie eines Tages mit einer Art akzeptierender Milde zu dulden begann, sind nun unsichtbar. Fast schamlos findet sie es, wie sich ihr Busen nun üppig in dem tiefen Ausschnitt abzeichnet, wie die verschmälerte Taille die atemberaubende Rundung ihrer eigentlich schmalen Hüften, des hervorgehobenen Pos zur Geltung bringt.

Hauchdünne halterlose Strümpfe und Heels, die sie noch eben so verkraften kann, ohne staksen oder stolpern zu müssen, komplettieren ihr neues Bild. Juliette sieht umwerfend aus.

„Wir werden langsam anfangen, die Schuhe sind nicht sehr hoch, aber du sollst ja nicht unsicher wirken am ersten Tag", erklärt die Dame.

„Oh, das wird schon gehen", erwidert Juliette, sich langsam vor dem Spiegel drehend. „Aber schau mal, das ist ja unglaublich, wo nehme ich denn plötzlich diese Figur her?"

„Ach, weißt du, die kleinen Helferlein, die jahrhundertelang unsere weiblichen Vorfahren in ihren unbequemen Materialien gequält haben, sind für uns heute doch einfach schöne, modische Accessoires geworden. Anscheinend sind aber moderne Frauen heute so darauf erpicht, sich immer und überall vor allem praktisch und lässig zu kleiden, dass sie ganz vergessen haben, wie erotisierend diese Kleidungsstücke wirken können. Nicht nur auf Männer! Oder fühlst du dich jetzt etwa nicht unglaublich sexy?"

„Und wie! Aber das kann nicht bloß an diesem Anblick liegen, der ganze Körper fühlt sich irgendwie anders an", antwortet sie, eine Erklärung erwartend.

„Das, meine Liebe, liegt an der etwas veränderten Durchblutung, speziell im Unterleib", verrät die Dame mit verschwörerischem Zwinkern. „Die Kombination von Korsett und Heels zwingt dich in eine andere Haltung, und auch schon das leicht Geschnürte verschiebt ein wenig. Du fühlst dich wie umfasst, nicht wahr?"

„Ja, genau", stimmt sie zu. „Und sogar ein bisschen erregt." Ein leises Erröten über ihr Geständnis kann sie nicht ganz verhindern.

„So muss das sein", schmunzelt die andere, „aber nun lass uns gehen, du musst etwas in den Magen bekommen, außerdem werden wir erwartet."

*

Auf dem Weg nach unten nimmt sie nun erst wirklich wahr, wie wunderschön das alte Haus ist. Es muss um die vorletzte Jahrhundertwende gebaut worden sein, die Fenster sind groß und im oberen Teil jeweils mit bunten Gläsern im Jugendstil versehen. Die Türen wirken riesig und die Türklinken und Beschläge weisen meisterhafte feine Ornamente auf. Im oberen Stock, in den Schlafzimmern, befinden sich Stuckarbeiten an den Decken.

Sie betreten nun über die breiten Treppen, deren gedrechseltes Holzgeländer ihr sicheren Halt gibt in den ungewohnt hohen Schuhen, die große Eingangshalle.

Ihr Blick zur vertäfelten Decke offenbart die herrlichen Einlegearbeiten in den kostbaren Hölzern. Zahlreiche Türen, hier unten, anders als oben, nicht weiß, sondern in weichen, dunklen Holzfarben, verschließen Räume, die sie noch nicht betreten hat. Durch riesige Fenster fällt helles Morgenlicht. Eine offen stehende Tür führt über eine weitläufige Terrasse, eingefasst mit zierlichen, hüfthohen weißen Säulen. Dahinter erstreckt sich ein lichter Park. Schon von Weitem hört sie Stimmen, fröhlich und ausgelassen.

Ihr Blick fällt noch einmal in einen Spiegel, der nah am Eingang steht, und ihr gefällt, was sie sieht. Unter dem Korsett spürt sie die Striemen der vergangenen Nacht bei jedem Atemzug, und ein warmes Gefühl macht sich breit in ihrem Bauch.

Bauchgefühl, denkt sie erstaunt, Bauchgefühl ist doch etwas, was mich normalerweise nur daran hindert, Unvernünftiges zu tun. Immer etwas Unangenehmes! Dieses Bauchgefühl ist nicht unangenehm. Im Gegenteil, ich bin gespannt, aufgeregt!

Die Dame geht nun vor ihr, sie kann sich fast hinter ihr verstecken, als ihre Ankunft von den anderen bemerkt wird. Augenblicklich verstummen die Gespräche an dem großen runden Tisch im Garten, der beladen ist mit allem, was der Mensch sich zum Frühstück wünschen kann.

Er löst sich aus der Gruppe und kommt auf die beiden Frauen zu.

„Guten Morgen, mein Lieber", begrüßt die Dame ihn, „ich habe sie dir ein wenig gerichtet und wünsche dir viel Vergnügen!"

Er nimmt ihre Hände, hält sie um Armeslänge von sich weg und betrachtet seine Morgengabe.

Sie ist es nicht gewohnt, gewogen, gemessen, inspiziert und so genau betrachtet zu werden. Die Art jedoch, in der er es tut, dieser Blick, in dem sie schon wieder Verlangen erkennen kann, ist bar jeder Kritik und verrät uneingeschränkte Begeisterung.

Eine Winzigkeit zu lang, zu intensiv für einen unverfänglichen Morgenkuss, berühren seine Lippen ihren Mund, und sie bemerkt, wie diese kleine Geste ausreicht, sie schon wieder zu entflammen.

„Wunderschön bist du." Fast schon vertraut ist ihr seine Stimme. „Komm frühstücken!"

Vergnügte Begrüßungen empfangen sie, Susanna springt auf, umarmt Juliette und lobt ihr bezauberndes morgendliches Outfit.

„Entweder dieses umwerfende Weib hat keine einzige Falte oder unsere Stylingmeisterin hat ein großartiges Werk fertiggebracht", bemerkt er.

„Mein Lieber, in unserem Alter ist man nicht mehr faltenfrei", neckt Susanna. „Du bist bloß zu eitel, deine Brille aufzusetzen."

„Hör sich einer das an! Ich und eitel! Ich bin so uneitel wie ..."

„Du bist ungefähr so uneitel wie der Sonnenkönig", kontert Susanna schlagfertig, „aber es ist wirklich eine Gnade, dass Männer ab vierzig nach und nach im gleichen Maße an Sehkraft verlieren, wie die Faltenbildung bei uns Frauen fortschreitet. Und ich muss schon sagen, ich liebe es, wenn Männer eitel sind!"

Alle anwesenden Frauen lachen zustimmend und es ist unübersehbar, wie ertappt sich die Männer fühlen. Mit einem Seitenblick auf „ihren" schönen, eitlen Mann neben sich beschließt Juliette, sich selbst zukünftig den kleinen Gefallen zu tun, beim Blick in den Spiegel grundsätzlich keine Brille mehr aufzusetzen.

*

Sie setzten sich in das der Buchhandlung angegliederte kleine Café und redeten, bis der Kellner sie bat zu gehen, weil er schließen müsse.

Später wird sie sich nur vage an die ungemütlichen, verchromten Kaffeehausstühle erinnern, an das grelle Licht, die vielen Spiegel. Der Ort war kalt, wenig einladend in seiner modernen, stylischen Art, nur dazu gedacht, im Gedränge der hektischen Einkaufswelt einen schnellen Cappuccino herunterzugießen, um gleich wieder weiterzueilen.

Juliette und Susanna war es egal gewesen, sie hatten sich so viel zu erzählen über die letzten zwei Jahrzehnte.

„Wie ist es dir ergangen?", wollte Susanna wissen. Schon immer war es ihre Angewohnheit gewesen, zunächst zuzuhören, ehe sie über sich selbst sprach.

„Ach, meine Geschichte ist nicht sehr spannend", erwiderte Juliette, „da genügen ein paar Sätze! Nach dem Studium bekam ich die Möglichkeit, unserer guten alten Uni treu zu bleiben, eine Stelle als wissenschaftliche Assistentin hielt mich mit meinen geringen Ansprüchen ganz gut über Wasser. Ich konnte halbwegs ordentlich promovieren und, obwohl ich weiß, dass das äußerst selten ist, bekam ich dort sogar eine Dozentenstelle."
Susanna zog die Augenbrauen hoch und machte ein anerkennendes Gesicht, das kurz danach aber einen fast verschwörerischen Ausdruck annahm. „Und die Männer", sagte sie, „was ist mit den Männern? Du bestehst doch aus mehr als nur Hirn! Was ist aus Jerome geworden?" Plötzlich brach sie in Gelächter aus, Juliette stimmte ein und sie erinnerten sich an die unsägliche Geschichte, als dieser Jerome, ein Student aus Frankreich, sie für „ganz kurze Zeit" gemeinsam ans Bett gefesselt hatte und plötzlich aufgesprungen war, mit seinem unwiderstehlichen französischen Akzent verkündend: „Mesdames, wir 'aben gar keinen Wein, sie bleiben 'ier, isch 'ole, nur ein paar minutes, isch werde zurück sein!"
Das Prusten der beiden Frauen ließ die wenigen Gäste im Café die Köpfe drehen, sie konnten sich kaum halten in der Erinnerung der Szene, die sich damals danach abgespielt hatte.
Jerome kam und kam nicht wieder, seine Ente hatte beim Weinholen ihren letzten Atemzug aus dem rasenmäherkleinen Motor geschnauft, und die

Frauen hatten nach etwa einer Stunde angefangen, zu versuchen, sich ihrer Fesselung aus Beduinentüchern und Gürteln selbst zu entledigen. Ganz genau hatten sie noch vor Augen, wie Juliette sich mit den Zähnen an Susannas Fesseln zu schaffen gemacht hatte, bis diese endlich wenigstens eine Hand losbekommen hatte, um beide zu befreien.

„Jerome war schon ein Traum", kicherte Juliette, „aber er hat es nach weiteren zwei Semestern vorgezogen, sein Studium in Frankreich fortzuführen. Ich habe ihn noch zweimal dort besucht, dann fand er seine Frau, ich glaube, er hat einen ganzen Haufen Kinder jetzt."

„Und sonst?", wollte Susanna wissen.

„Geplänkel, ein paar kurze Affären, nie war der Richtige dabei. Und eine sehr böse Geschichte, die ich ganz hinten in meinem Herzen verschlossen habe. Letztlich hat die dazu geführt, dass ich beschlossen habe, erst mal Single zu bleiben, mich allein auf mich zu verlassen. Jedes Grundvertrauen ist mir damals flöten gegangen. Momentan bin ich allein. Aber was ist mit dir?"

Susanna merkte, dass Juliette an diesem Punkt noch zu keiner genaueren Äußerung bereit war, und beschloss, mit eigener Offenheit eine Basis für eine Öffnung der Freundin zu schaffen, der sie deutlich Unbehagen ansah. Sie berichtete über den Versuch, ihr Studium zu beenden, was ihr nicht gelungen war, ihre kurz hintereinander geborenen Kinder, ihre schnell langweilig gewordene Ehe. Sie erzählte, wie sie nach und nach sich selbst verloren hatte, nur noch Mutter gewesen war und Hausfrau, allein und neben einem Mann, der Karriere gemacht hatte und abends, sofern sie nicht zu gesellschaftlichen Anlässen an seiner Seite zu erscheinen hatte, frühzeitig neben ihr auf dem Sofa schnarchend eingeschlafen war. Er hatte sie betrogen, sie hatte es zunächst zu übersehen versucht, bis sie ihn eines Tages zufällig in der Stadt mit einer attraktiven Brünetten sah, lachend, Arm in Arm. Susanna erzählte, wie sie an diesem Tag nach Hause geschlichen war und einen Blick in den Spiegel gewagt hatte. Ein Spiegel war etwas, was sie nur noch zu putzen gewohnt gewesen war.

„Was ich da sah, war erschütternd, Juliette", sagte Susanna. „Plötzlich konnte ich ihn verstehen!"

„Du warst wunderschön, solange ich dich kannte", erwiderte Juliette.

Susanna lachte bitter, schilderte ihren Weg aus der Katastrophe heraus, den sie beschritten hatte, als der tiefste Punkt in ihrem Leben erreicht war.

Bis sie den Pfad nach oben gefunden hatte, waren Jahre vergangen. Jahre einer unspektakulären Scheidung, des Alleinseins mit den Kindern, der Trennung von der Jüngsten, die sich entschlossen hatte, das luxuriöse Ambiente des väterlichen Haushalts der einfachen Mietwohnung der Mutter vorzuziehen. Die Söhne hatten der Mutter die Stange gehalten, der Große hatte inzwischen ein Studium aufgenommen, der Jüngere war für ein Jahr zu einem Schüleraustausch in die USA abgereist. Es war Juliette nicht entgangen, dass Tränen in Susannas Augen aufgestiegen waren, als sie von ihrer Tochter erzählte. Es musste ein schmerzhafter Stachel sein, der tief in einer nicht verheilten Wunde saß. Ihre Beine um die des unbequemen Kaffeehausstühlchens gewickelt, hatte sie gespannt gelauscht und nicht gewagt, die Freundin zu unterbrechen.

„Es war zufälligerweise auch hier, in dieser Buchhandlung, als ich auf Sarah traf. Sie ist mir aufgefallen in ihrer majestätischen Art, als ich gelangweilt auf der Suche nach Zerstreuung war. Ich hatte gerade Erma Bombecks ‚Nur der Pudding hört mein Seufzen' in der Hand, das schien mir nur allzu gut zu meiner Situation zu passen und versprach ein wenig vergnügliche Ablenkung, als sie mich anstupste und mir mit einem süffisanten aber doch irgendwie vertraulich gutmütigen Grinsen ein anderes Buch in die Hand drückte. Sarah war mir absolut unbekannt, aber sie faszinierte mich irgendwie, in ihrer langen weiten Robe, einem Kleidungsstück, wie ich es noch nie gesehen hatte."

„Und dann?", fragte Juliette.

„Ich war vollkommen geplättet, so etwas Seltsames war mir noch nicht passiert", erwiderte Susanna lachend, „ich habe Erma Bombeck kurzerhand auf irgendeinen Bücherstapel gelegt, Sarahs Lektüretipp bezahlt und bin in ziemlich unvernünftigem Tempo nach Hause gefahren, denn ich war ungeheuer gespannt."

„Was war es für ein Buch?" Juliette war neugierig geworden und rührte ein wenig angespannt in ihrer längst leeren Cappuccinotasse.

„Es hatte einen merkwürdig eindeutig zweideutigen Einband. Allerdings war es nicht das Buch allein! Sarah hatte eine Widmung hineingeschrieben, einige Zeilen in einer kraftvoll geschwungenen Handschrift: 'Lies und melde dich, wenn du bereit bist!'."

„Melde dich, wenn du bereit bist? Was sollte das denn bedeuten? Bereit wofür? Das ist ja eine abgefahrene Geschichte! Worum ging es denn in diesem Buch?" Juliette hatte die Ellenbogen auf den Tisch gestützt und Susanna mit erstauntem Gesicht angesehen.

„Also, das Buch behandelte auf eine mir ganz neue, sensible Weise eine Art savoir vivre im sadomasochistischen-Bereich. Wunderschön, sehr romantisch und aus meiner Erfahrung überhaupt nicht vorstellbar. Aber umso wünschenswerter. Ich habe nicht lange gezögert und, fasziniert wie ich war, wandte ich mich an den Buchhändler und fand sehr schnell eine Erklärung für das Zusammentreffen mit Sarah. Ich hatte sie wohl gerade noch im Gehen erwischt, nachdem sie eine Lesung ihres frisch gedruckten Romans mit anschließender Autogrammstunde gehalten hatte."

„Also keine wirkliche Wunderfigur, sondern eine geschäftstüchtige Autorin", hatte Juliette konstatiert, wollte aber Genaueres über den Inhalt erfahren, denn die Freundin sprach von Dingen, die ihr fremd geworden waren.

Susanna berichtete von Lust, Unterwerfung und Männern, die noch wirklich Männer sind, von Hingabe und Leidenschaft, von Schmerzen, von Höhenflügen, vom Nehmen und Genommenwerden, vom Frausein, während Juliette, mit sich langsam mehr und mehr rötenden Wangen es sich verkniff, die Toilette aufzusuchen. Susanna sah Juliette an, erkannte den Zustand, in dem sich die Freundin gerade befand.

„Du geh jetzt erst mal Kaffee wegbringen, das gibt mir die Möglichkeit zu überlegen, was ich an dieser Stelle noch wagen soll, dir zuzumuten."

Juliette sprang ziemlich erleichtert auf.

Als sie an den Tisch zurückkehrte, sah sie Susanna fragend an, die sehr in sich gekehrt auf ihre Unterlippe biss. Zwei Wermutgläser standen mittlerweile auf dem winzigen Tischchen, kleine feuchte Ränder auf der polierten Chromfläche hinterlassend. Wermut war immer das Getränk gewesen, das sie sich in Studienzeiten gegönnt hatten, wenn es ernst wurde, wenn es etwas zu bereden gegeben hatte. Juliette wirkte gespannt, etwas in Susannas Ausdruck und Haltung ließ ihre Alarmglocken schrillen.

Susanna holte tief Luft. „Juliette, ich weiß, wir sind uns immer sehr ähnlich gewesen, in unseren, na ja sagen wir, sexuellen Präferenzen. Du erinnerst dich, die Sache mit Jerome hatte damals schon etwas mit einer gewissen Prise Masochismus zu tun. Ich war fasziniert von der Möglichkeit, mich fallen zu lassen, entdeckte ein Gefühl in mir, das mir bis dahin völlig fremd gewesen war. Je härter es zuging, umso erregender empfand ich den Sex. Ich bin mir fast sicher, bei dir die gleichen Reaktionen gespürt zu haben."

Weit weg war das jetzt für Juliette, dennoch gelang es ihr für einen kurzen, kostbaren Moment, das alte Gefühl wieder heraufzubeschwören. Sie nickte lächelnd.

„Das war es, was mich damals so schnell in die Heirat mit Frank getrieben hat", fuhr Susanna fort. „Im Grunde kann ich froh sein, dass der Kerl in Beziehungsdingen so grenzenlos faul war. Wäre er es nicht gewesen, wer weiß, ob ich nicht seelisch und sogar körperlich an dieser Beziehung zugrunde gegangen wäre."

Juliette sah die Freundin fragend an. Sie bemerkte, dass etwas in ihr wühlte, das sie teilen wollte, etwas, wovon sie nicht sicher wusste, ob Juliette es würde verkraften können.

„Frank ist nur darauf bedacht gewesen, seine eigene Leidenschaft auszuleben, ohne Rücksicht zu nehmen auf mich, brutal, manchmal grenzenlos. Hätte ich die Kinder nicht bekommen, er hätte mich kaputtgemacht, da bin ich mir heute sicher. Es muss mit meiner Mutterrolle zu tun gehabt haben, dass er mich plötzlich in Ruhe ließ; das hat mich offenbar geschützt, andererseits hat er eigentlich von da an jedes Interesse an mir verloren."

„Hat er dir Schaden zugefügt?", wollte Juliette wissen; sie ertrug es schlecht, Susanna, die ihr eben noch unendlich aufrecht und mit sich im Reinen erschienen war, in diesem Zustand zu sehen. Susanna straffte sich, bereit, etwas preiszugeben, und schob kaum merklich den Ausschnitt ihrer Bluse etwas beiseite. Juliette erstarrte, als sie die Narben auf Susannas sonst makellosem Dekolleté sah.

„Woher stammen die?", rief Juliette entsetzt.

„Zigaretten", erwiderte Susanna und ihr Ausdruck wurde hart.

Juliette stürzte ihren Wermut hinunter und bestellte neuen.

„Wie ist es möglich", fragte Juliette ungläubig, „dass du nicht schreiend davongelaufen bist? Du hättest zur Polizei gehen müssen, in ein Frauenhaus, wer weiß was noch! Wenn mir dieser Kerl begegnet, ich dreh ihm den Hals um!" Juliette war außer sich vor Wut, sie ballte die Fäuste.

„Ich dachte, Liebes, es müsse so sein", erwiderte Susanna und ihr Gesicht entspannte sich wieder.

„Es müsse so sein? Mein lieber Schwan, wo muss denn so was sein?", fragte Juliette empört.

„Als ich Frank damals begegnete, war er tief verflochten mit der so genannten Szene. Ich war jung, in diesen Dingen völlig unerfahren und froh über die klaren Regeln, die mir damals als guter Leitfaden erschienen, im Nachhinein haben die aber bei mir einen ganz anderen Geschmack hinterlassen."

„Das glaube ich dir sofort! Aber Regeln? Was für Regeln außer den in unserer Gesellschaft gängigen, kann es denn geben für den Umgang zweier Menschen miteinander in sexueller Hinsicht?"

„Ja, siehst du, genau das ist der Punkt! Pass auf,

ich versuch dir das jetzt mal zu erklären. Ich habe allerdings mittlerweile so viel Abstand zu der Szene, dass ich in jedem Neueinsteiger-Workshop mit meinen Erläuterungen stante pede rausfliegen würde."

„Wie bitte? Workshops?"

„Ja, guck nicht so, Juliette, so was gibt es wirklich! Das Sendungsbewusstsein ist da enorm. Die BDSM-er sind ständig bemüht, den 'langweiligen Vanillas' klarzumachen, dass ihre etwas ... na, sagen wir mal, 'andere' Form der Sexualität total erstrebenswert ist."

„Sag mal, woher kommt eigentlich dieser Begriff?", fragte Juliette.

„Da stand Vanilleeis Pate. Das soll ein Synonym sein für etwas, was unverfänglich ist, was jeder Mensch mag, womit man absolut nichts verkehrt machen kann", erklärte Susanna und fuhr fort: „Die Sadomasochisten halten sich alle für Individualisten, für Libertins in Sachen Liebe. Diese seltenen Exemplare gibt es wirklich, man muss sie nur finden! Aber die große Masse tut genau das, was Menschen als soziale Wesen immer gern tun."

„Nach dem Motto 'Gleich und Gleich' gesellt sich gern, ja? Ab sieben Personen wird ein Verein gegründet?", fragte Juliette grinsend.

„Du hast es erfasst! So, wie sich zum Beispiel Kleingärtner in Vereinen zusammenschließen. Die treffen sich ja auch zu Gartenfesten, Fortbildungen, Stammtischen, zum Wettstreit darum, wer die größte Birne gezüchtet hat. Man stellt Regeln auf, wie dicht die Hecke am Weg sein darf, wie breit der Gartenweg, wie hoch der Apfelbaum."

„Und genau so benehmen sich auch diese erklärten, organisierten 'Freigeister der Liebe'? Na, das ist ja herzig!" Juliette verdrehte die Augen als sie fortfuhr. „Ich sehe da aber einen ganz wesentlichen Unterschied: Diese Regeln betreffen immerhin das Intimste zwischen zwei Menschen. Kann man das in Vereinssatzungen quetschen? Was steht denn da in den Statuten? Paragraph eins: Dom hat immer recht. Paragraph zwei: Hat er mal nicht recht, tritt sofort Paragraph eins in Kraft?"

„So ungefähr", lachte Susanna. „Es ist genauestens festgelegt, wie sich eine weibliche 'sub' zu betragen hat, was den Dom zum wirklichen Herrn macht. Es ist sogar üblich, das Gefälle zwischen Oben und Unten über die Groß- und Kleinschreibung deutlich zu machen," erklärte Susanna.

„Höchst unsympathische Gemeinde", befand Juliette.

Susanna nickte zustimmend. „Fand ich auf die Dauer auch. Und wenn jemand vom Regelwerk abweicht, hat er sofort mit Missbilligungen und Sanktionen zu rechnen. Ganz flott findet sich jeder, den es nach einer etwas außergewöhnlichen Sexualität gelüstet, schon wieder in einem Schubkastensystem. Nichts ist es mehr mit der Individualität! Ruck, zuck entpuppt sich die freiheitsliebende außergewöhnliche Gemeinschaft als Utopie."

Für Juliette waren Susannas kritische Äußerungen vollkommen nachvollziehbar gewesen. Sie spürte aber, dass da noch mehr ihrer Auseinandersetzung mit dem Thema auf dem glatten Tischchen landen würde, und warf ein: „Du scheinst ja ziemlich fertig zu sein mit dieser Szene! Außerdem kann ich mir beim besten Willen nicht vorstellen, dass so etwas wie deine Brandnarben in diesem 'Gartenverein' gang und gäbe sind. Kann doch nicht sein, dass solche Auswüchse vom Regelwerk gedeckt sind, oder?"

„Nein, da hast du ganz recht!", bestätigte Susanna kopfnickend. „Tragisch an der Sache ist nämlich noch ein weiterer Punkt. Ich habe dafür immer ein ganz bestimmtes Bild vor Augen. Ich beschreibe dir das mal." Juliette nippte an ihrem Wermut. Sie war ganz Ohr.

„Stell dir vor, es regnet. Einzelne Tropfen treffen auf einer Fensterscheibe auf. Seltsamerweise benehmen sie sich etwa genau so wie Menschen, die immer bestrebt sind, sich Gleichartigen schleunigst zuzuordnen. Diese einzelnen Tropfen fließen dem nächsten zu, es gibt einen größeren, dann entsteht ein ganz großer, dann ein Rinnsal. In dem kleinen Sturzbach auf der Scheibe kannst du keinen einzelnen mehr erkennen. Und es mischt sich all der Staub vom Fenster unter das fließende Wasser. Dieser Staub, der ganz unauffällig das Wasser schmutzig werden lässt, das sind diejenigen, die die Szene nur als Deckmäntelchen für das Ausleben von Gewalt nutzen. Die Grenzen sind fließend, und so wie in meinem Beispiel häufig unkenntlich."

„Verstehe!", hatte Juliette genickt. „Normalerweise nennt man so was häusliche Gewalt, das ist schlichtweg Körperverletzung! Und du bist ausgerechnet an eines dieser Schmutzpartikelchen geraten!"

„Ja", antwortete Susanna, „ein Schmutzpartikelchen, das in der Brühe nicht besonders auffiel."

„Trotzdem hast du dich nicht völlig abgewandt", stellte Juliette fest. „Wie kommt das, was ist passiert?"

Susanna hatte genickt. „Dass es eine ganz andere Welt im Sadomasochismus gibt, konnte ich mir damals nicht vorstellen. Weißt du, ich kenne meine Neigungen; ich weiß, dass es mir nicht möglich sein wird, glücklich zu sein, wenn ich sie ignoriere. Es hätte mir damals nichts Besseres passieren können, als Sarah zu treffen. Ihr Buch, das sie mir gab, zeigte mir diese andere Welt, und als ich sie damals anrief, hatte die Lektüre einen fruchtbaren Boden in meiner ausgebrannten Gefühlswelt gefunden. Alles, was danach kam, hat meine Wunden geheilt."

Susannas bildhafte Erläuterungen waren spannend genug gewesen, Juliettes Neugier noch größer zu machen. Das, womit sie offenkundig abgeschlossen hatte, war ihr unangenehm, zutiefst unsympathisch, welches Heilmittel sie jedoch gefunden haben musste, um so dazustehen, so glücklich zu wirken, wie es Juliette jetzt erkennen konnte, das wollte sie genauer wissen.

„Du wirst ja wohl kaum nur mit Hilfe eines Buches in diesen strahlenden Zustand gekommen sein, oder? Nun komm schon, erzähl mal! Ich kann mir dich jedenfalls wirklich schlecht ohne Mann vorstellen. Hast du eines dieser 'seltenen Exemplare' gefunden von denen du sprachst?"

„Oh ja, Juliette! Robert ist das allerseltenste und wunderbarste Exemplar, das man finden kann. Ich werde ihn dir bei nächster Gelegenheit vorstellen."

„Darum möchte ich aber auch gebeten haben. So, wie du glühst, wenn du von ihm redest, muss er ja wirklich sehenswert sein. Ich bin gespannt!"

„Das darfst du sein! Unsere Kennenlerngeschichte erzähle ich dir demnächst mal in Ruhe", antwortete Susanna und schlug vor, sich auf den Heimweg zu machen.

„Kannst du so lieb sein, mir erst einmal das Buch zu leihen? Es interessiert mich einfach, was dir damals geholfen hat, deine grässliche Situation zu verwinden", bat Juliette.

„Natürlich! Lass uns noch einen Wein bei mir trinken. Du nimmst es mit und dann sehen wir weiter."

Als sie die Rechnung bei dem mittlerweile entnervten Kellner bezahlt hatten, machten sie sich gut gelaunt Arm in Arm in die hereinbrechende Dunkelheit der kleinstädtischen Fußgängerzone auf. Juliettes eben noch ausgelassene Stimmung schlug um auf dem kurzen Weg zu Susannas hübscher Wohnung, die nur einen kleinen Fußmarsch entfernt, in einer ruhigen Seitenstraße lag. Die Wirkung der Martinis auf ihren grummelnd leeren Magen war nicht länger zu übersehen gewesen. Die Lichter der Straßenlaternen tanzten im Zickzack vor ihren Augen. Schon auf dem Weg bestellte sie sich ein Taxi. Ein gleichmäßig rauschender Landregen hatte eingesetzt

„Susanna, nimm es mir nicht übel, ich bin ziemlich fertig und komme nicht mehr mit rein. Lass uns das Weinchen ein andermal zusammen trinken. Bitte gib mir nur schnell das Buch. Ich hatte einen langen Tag. Noch eine Woche, dann habe ich Semesterferien, bis dahin ist in der Uni die Hölle los und ich muss morgen früh raus", erklärte sie entschuldigend, während sie im milden Licht der kleinen Laterne über Susannas Eingangstür standen.

Susanna hatte sie forschend angesehen und gelächelt, als sie ihr das schnell geholte Buch in die Hand drückte. „Ich sehe schon, Liebes, es ist Neumond. Mach, dass du ins Bett kommst und melde dich." Sie hauchte ihr einen Kuss auf die Wange und drückte die, ob dieser Bemerkung etwas verdattert guckende Juliette kurz an sich, als schon das Taxi vorfuhr.

*

Während in der Küche die Mikrowelle ein schnelles Singlemenü erwärmte und das Teewasser schon sprudelnd kochte, zog sich Juliette im Bad um, warf sich den weißen Frotteebademantel über und entdeckte im nächsten Moment Handlungsbedarf.

Neumond? Susanna hat doch Neumond gesagt!
Juliette warf einen Blick auf ihre am Türrahmen angepinnte Zykluskurve, der sie täglich nach dem

Temperaturmessen ein neues Kreuzchen hinzufügte. Mehr als einmal hatte sie sich schon gefragt, wozu sie das überhaupt tat, denn die Anlässe, sich über Empfängnisverhütung Gedanken machen zu müssen, waren in den letzten Jahren immer seltener geworden. Es hatte vielleicht etwas mit ihrem Sinn für Ordnung zu tun oder mit dem Gefühl, die Dinge so in der Hand behalten zu können, vielleicht auch mit dem Bewusstmachen, zu funktionieren, fähig zu sein.

Achtundzwanzig, aha!

Das hatte sie am Morgen übersehen. Sollte an diesem Märchen der weiblichen Fruchtbarkeit im Einklang mit den Mondphasen tatsächlich etwas dran sein? Juliette erinnerte sich an Susannas verständnisvolles Gesicht beim Abschied und musste lächeln.

So war es schon früher gewesen. Sie waren beide immer gleichzeitig „out of order" und hatten sich gegenseitig bei Tee und Wärmflaschen ein, zwei Tage lang etwas vorgejammert.

Wärmflasche!
Genau, das Stichwort!

Irgendwo im Bad hatte sie das uralte, heftig nach Gummi riechende Ding mit dem plüschigen roten Überzug doch gelassen.

Das leise „Pling" der Mikrowelle verhieß die warme Mahlzeit und Juliette verkrümelte sich mit angezogenen Beinen, dem dampfenden Tee und ihrem Bauchwärmer ins Bett, ohne das Buch auf dem Küchentisch noch eines Blickes zu würdigen.

Juliette schlief ein, in der Hand noch die Teetasse. Der kleine, auslaufende Rest würde am nächsten Morgen einen schwer zu entfernenden Fleck im Bettbezug hinterlassen haben.

Sie träumte und konnte sich, als der Wecker um halb sieben schrillte, an Bruchstücke des Traumes erinnern. Sie hatte eine Frau gesehen in einem sehr weiten Gewand, sie hatte das Rauschen des Meeres gehört, sie hatte Schmerzen gefühlt, und ein lange nicht erlebtes, verdammt aufregendes Gefühl, das sich vom Bauchnabel über die Schambeinregion, zwischen ihren Beinen hindurch, bis hinauf zum Kreuzbein zog, war ihr nach dem Erwachen geblieben.

Juliette sprang aus dem Bett.

Juliette sprang aus dem Bett?

Wenn Juliette ihre Tage hat, springt sie nie aus dem Bett!

Doch, sie sprang aus dem Bett, setzte sich Kaffee auf und ging unter die Dusche.

Sie konnte nicht anders, obwohl die Zeit morgens immer knapp bemessen war, nahm sie sich an diesem Morgen den Augenblick für sich selbst.

Sie richtete den pulsierenden Strahl des Duschkopfes genau zwischen ihre Beine und es dauert nur Sekunden, bis sie sich leise aufstöhnend an der Duschwand festhielt und das warme Gefühl des schnellen Orgasmus sie durchflutete. Anders als sonst, wenn ein selbst gemachter Höhepunkt sie ermattete, sie schwach machte für die nächsten Stunden, verletzlich, gewann sie zum ersten Mal aus diesem Moment Kraft.

Ihre Kleiderwahl war sorgfältig an diesem Morgen, was ihr später die aufmerksame Bemerkung eines netten Kollegen eintrug, sie griff sogar einmal wieder zur Wimperntusche, fluchte: „Eingetrocknet", beschloss, neue zu besorgen.

Im Hinausgehen eine Packung Paracetamol in die Aktentasche werfend, die volle Kaffeetasse in der Hand, nun wirklich in Eile, fiel ihr Blick auf das unberührte Buch auf dem Küchentisch.

„Und zu dir komme ich heute Abend!"

*

Der Tag war gestopft voll gewesen mit Seminaren, Besprechungen, Terminen mit Studenten, die letzten Schliff für ihre noch vor Beginn der Semesterferien abzugebenden Hausarbeiten benötigten. Am späten Nachmittag verließ Juliette endlich die Uni, einen notdürftig zusammengebundenen Stapel Klausuren unter dem Arm, der ständig auseinanderzurutschen drohte. Sie warf ihn auf den Rücksitz ihres Wagens, riss erst einmal alle Türen auf, denn der am Morgen glücklich gefundene Schattenplatz an der Westfront des Gebäudes lag nun voll in der nachmittäglichen Sonnenglut. Sie wollte nur noch raus aus ihrem Kleid, eine kühle Dusche nehmen, sich mit einem kalten Getränk auf ihre schattige Terrasse setzen, sich ausruhen.

Das Buch! Sie würde sich Zeit nehmen zu lesen, beschloss Juliette.

Einige Stunden später, die Sonne war längst untergegangen, die Nacht schwül, kein Lüftchen ging,

eine kleine Laterne spendete auf der Terrasse viel
zu geringes Licht, um eine mondlose Nacht genügend zu beleuchten und vernünftig lesen zu können, war sie fertig.

Juliette legte Buch und Lesebrille aus der Hand,
rieb sich die Augen. Ein noch fernes, aber doch
schon deutlich vernehmbares Donnergrollen riss
sie aus den Gedanken, während ein erster heftiger
Windstoß gefährlich an ihrer Markise zerrte, ein
erster Blitz die Nacht kurz und grell erleuchtete.

Schleunigst kurbelte sie die Markise hoch, brachte
ihren gemütlichen Liegestuhl mit den dicken Aufla-
gen in Sicherheit, griff sich das Tablett von dem
kleinen niedrigen Tisch, schleppte alles schnell ins
Haus und schloss die Terrassentür.

Das Unwetter, das vor den Scheiben losbrach, hatte
Ähnlichkeit mit Juliettes aufkommendem Kampf
der Gefühle. Sie hatte Unglaubliches gelesen. Das
aktuelle Bild, das Juliettes Kopf sich zum fremden
Thema SM zusammengesetzt hatte, war ein Mosaik
aus Susannas unseligen, erschreckenden Erfahrungen und den wenigen Informationen, die ihr bisher
zugänglich gewesen waren. Puzzleteile von wüsten,
unkenntlichen Kapuzenmännern, die gefesselte
hilflose Frauen vergewaltigen, unnahbare Dominas,
die überarbeitete, nackte, stiefelleckende Manager
drangsalieren, düstere, muffige Keller, klirrende
Ketten, teuflische Fratzen und unsägliches Leid,
herausgeschrien aus aufgerissenen Kehlen gequälter, bis aufs Blut gepeitschter Frauen. Eine Collage,
die einem Gemälde Hieronymus Boschs nicht un-

ähnlich war.
Das Buch aber, das nun fertig gelesen auf ihrem Tisch lag, hatte Bilder von Liebe gezeichnet, von Rücksichtnahme, Achtung und Respekt. Dass zwischen diesen Faktoren und der Ausübung von Macht und Gewalt ganz offenbar ein Spagat möglich sein könnte, und zwar in völliger Übereinstimmung und zum Erreichen höchster Lust beider Partner, hatte Juliette überrascht.
Sie wünschte sich, reden zu können, sich mitteilen zu können, den Widerstreit des Hin- und Hergerissenseins zwischen Faszination und Ablehnung in geordnete Bahnen lenken zu können.
Juliette ließ sich eigentlich nicht mehr von Gefühlen überrollen, war es schon lange gewohnt, wissenschaftlich zu denken, analytisch, geradlinig. Ein Blick auf die Uhr, bereits zwei Stunden nach Mitternacht, verbot ihr jeden weiteren Gedanken daran, Susanna anzurufen.
Ein Glas Rotwein in der Hand, hatte sie am Fenster gestanden und sah die großen, knorrigen Eichen im Garten sich beugen, kleine Äste zu Boden segeln, größere krachend brechen, sah, wie geschmeidig dagegen die Birke sich in fast tänzerischer Anmut vom Sturm peitschen ließ. Sie schien kein einziges Blatt zu verlieren. Das Gewitter zog langsam gen Osten ab, noch immer hing die Schwüle des Tages im Haus.
Juliette würde lüften müssen, vielleicht nicht nur das Haus!
Sie öffnete weit die großen Türen zur Terrasse, ließ

ihren weißen Kimono von den Schultern gleiten.
Nackt trat sie hinaus in den schweren Regen, in den heftigen Wind, die paar Steinstufen hinunter, die sich glatt anfühlten unter den Füßen, in den Garten. Matschige Erde quoll zwischen ihren Zehen hervor, als sie den Rasen erreichte, auf die Birke zuging. Sie hatte sich bäuchlings an den glatten, nassen Stamm gelehnt, streckte die Arme daran empor. Die Wucht des Sturmes in dem lebendigen Baum fühlend, spürte sie den Bewegungen nach, ließ sich treiben, hielt sich.
Und bekam Halt!
Es regnete Sturzbäche, das Wasser lief ihr das Gesicht, den Körper hinunter, rann von den Spitzen der langen Haare hinab ihre Körpermitte entlang, ein wenig Blut dort mitnehmend, und bildete eine größer werdende Pfütze um ihre Füße.
Später wusste sie nicht mehr, wie lange sie dort gestanden hatte, den Gewalten schutzlos und doch freiwillig ausgesetzt, irgendwann zitternd vor Kälte und Nässe, nur ein paar Schritte entfernt vom sicheren Haus. Sie wird sich nur immer erinnern, sich schon seit Urzeiten nicht mehr so lebendig gefühlt zu haben, so eins mit sich und ihrer Umgebung.
Als der Sturm sich langsam legte, der Regen seicht wurde, hatte sie den Stamm des Baumes losgelassen, mit einem Lächeln, einem sachten Streicheln der weißen Rinde.

*

„Komm rein", begrüßte Juliette am folgenden

Abend Susanna.
Schon früh morgens hatte sie die Freundin um ein Treffen gebeten. Susanna war sich durchaus darüber im Klaren gewesen, dass es nur eine Frage der Zeit sein würde, bis Juliette ein klärendes Gespräch bräuchte.

„Du siehst mich einigermaßen verwirrt, meine Liebe", begann Juliette mit einem etwas schiefen, verlegenen Lächeln. „Du weißt, ich führe ein sehr ruhiges, gut geplantes, sehr selbständiges Leben. Liebe, Männer, ja, Sex insbesondere, haben wenig Platz darin. Ich glaubte sogar bisher, es würde mir absolut nichts fehlen. Nun kommst du und wirfst mir einen so schwer verdaulichen Happen hin, dass ich kaum noch weiß, wo oben und unten ist." Ihre Stimme klang etwas vorwurfsvoll, dennoch auch amüsiert.

Die Freundin schwieg, sie ahnte, dass es noch mehr mitzuteilen geben würde.

„Einerseits bin ich geradezu empört, mir vorzustellen, ich solle mich einem Mann nicht nur hingeben, sondern sogar unterwerfen, womöglich Dinge mit mir anstellen lassen, die ich nicht einmal in Worte fassen will. Andererseits kann ich mich der Faszination schwer entziehen, denn es lässt Seiten an mir wieder heraufkommen, an die ich mich eigentlich gar nicht ungern erinnere."

Juliette rang um eine möglichst unverfängliche Wortwahl, ganz offenkundig bemüht, Abstand zwischen ihren Gefühlen und ihrer Rede zu schaffen. Unsicher ob des inneren Drängens, eine ungewohnte Eigenbetrachtung zulassen zu wollen, im Missverhältnis zu ihrer wohlgehüteten, glatten sachlichen Fassade, der sie noch nicht recht zu bröckeln erlauben wollte.

„Susanna, ich bin zweiundvierzig, habe weder Mann noch Kinder, mein Freundeskreis ist nett und gebildet, aber absolut nicht aufregend. Manchmal frage ich mich, ob das schon alles gewesen sein soll. Ich habe dir das ja schon angedeutet, dass meine letzte Beziehung mich ziemlich traumatisiert hat, und ich kann dir sagen, alles Männliche, was mir hinterher begegnet ist, gehörte zum Typ 'herumpsychologisierender Schlappenträger'. Du kennst diese heute weit verbreitete Sorte, die dich nach jedem Akt vorsichtig fragt: 'War ich gut, hattest du auch was davon?'"

Susanna amüsierte sich köstlich, ohne zu unterbrechen, denn Juliette schien nicht nur aufzutauen, sondern gab ein gut Teil ihrer eigenen Beobachtungen ziemlich treffend wieder.

„Ich wollte beileibe keinen Macho, der an voremanzipatorischen Grundlagen festhält, aber alles, was mir über den Weg gelaufen ist, war einfach die Mühe nicht wert, mir über die Änderung meines Beschlusses, allein zu bleiben, ernsthafte Gedanken zu machen. Herrje, eine Frau will doch auch in modernen Zeiten erobert werden, will sehen, wie begehrt sie ist, will auch einfach mal 'genommen werden', nicht?"

„Allerdings muss der Mann es auch verdient haben", erwiderte Susanna zustimmend. „Aufgesetztes Gehabe, ein Fordern, das mir nur ein müdes Lächeln entlocken kann, würde mich nicht animieren können. Da muss schon richtig was dahinter sein, damit jetzt einer bei mir anfangen darf, 'rumzudommen'. Wenn ich daran denke, wie leicht ich es Frank damals gemacht habe, unerfahren, wie ich war, könnte ich mir heute noch in den Hintern treten."

„Du sagst es", amüsierte sich Juliette über Susannas Ausdrucksweise. „'Rumdommen' ist gut, schließlich sind wir erwachsen und erfahren genug, nicht vor jedem Kerlchen ergeben in die Knie zu gehen. Oh Mensch, Susanna! Soll ich mich wirklich an dieses Abenteuer wagen? Und wenn ich mich schon entschließen sollte, woher nehmen wir diesen sagenhaften Kerl? Hast du eine Idee?"

Aufmerksam hatte Susanna ihre Freundin angesehen, das Glühen ihrer Wangen und das Glitzern in ihren Augen wahrgenommen.

„Na ja, ich hätte da ja einen Plan für dich! Zweimal im Jahr treffen wir uns oben an der Küste auf Fernandos Anwesen. Es ist eine eingeschworene Gruppe, absolut diskret."

„Wo denn? An der Ostsee?"

„Ja, Fernandos deutsche Großeltern sind kurz vor Kriegsende nach Argentinien gegangen. Es war eine Familiendynastie von Großindustriellen, die damals eine umstrittene Rolle spielten. Das alte Gut liegt im Osten und er konnte es dann nach der Wiedervereinigung in ziemlich üblem Zustand bis auf einen Teil der riesigen Ländereien zurückerwerben. Die Renovierung der Gebäude hat annähernd zwei Jahre gedauert. Seit der letzten Generation lebt die Familie nicht mehr vom Stahl, sondern von der Rinderzucht. Offenbar ganz gut. So kann er es sich leisten, uns immer wieder einzuladen und wirklich fürstlich zu bewirten. Normalerweise verbringen wir knapp zwei Wochen dort, zwei Tage vor Vollmond reisen wir an; diesen Monat ist es mal wieder so weit. Ich habe etwas für dich im Auge, ja, guck nicht so, einen Mann!", hatte Susanna über Juliettes ungläubiges Gesicht gelacht. „Übrigens", fuhr Susanna fort und musterte die Freundin recht unverhohlen, „irgendetwas ist doch mit dir passiert seit gestern! Du siehst irgendwie gelöst aus, sogar etwas Farbe kann ich in deinem Gesicht sehen."

Die Ereignisse der vergangenen Nacht platzten aus Juliette heraus. Als sie fertig berichtet hatte, kommentierte Susanna mit verträumtem Gesichtsausdruck: „Deine Birke da draußen scheint mir ein Synonym zu sein für eine Art trotzender Biegsamkeit. Mich wundert gar nicht, dass du sie gewählt hast als Zufluchtsort für deine Nachtaktion."

Sie war ans Fenster getreten und hatte den Baum betrachtet, der rein gewaschen, mit hellem Blattgrün aufrecht und elegant, beleuchtet von den letzten Strahlen der Abendsonne, im Garten stand.

„Das ist ein wunderbares Symbol für unsere Art Frauen. Es ist unsere Nachgiebigkeit, die Fähigkeit, uns Bedingungen anzupassen und schön und aufrecht aus den wüstesten Geschichten hervorzugehen. Wir lassen uns nämlich genauso wenig auf

Dauer verbiegen. Schau dir die hartholzigen Eichen da drüben an, sieh mal, wie viele Äste da auf dem Boden liegen. Sie sind nur hart, aber nicht flexibel."

„Das ist ja alles gut und schön und wunderbar romantisch, Susanna, aber eingedenk deiner Vergangenheit nutzt die ganze Biegsamkeit allein nicht aus, wenn der Wind, sprich der Kerl allzu rüde an den Zweigen zerrt, nicht? Und langsam kann ich durchaus erkennen, wie es mit dem Sendungsbewusstsein eingefleischter Sadomasochisten bestellt zu sein scheint, so blumig wie du gerade daherredest", konterte Juliette etwas spöttisch.

Sie goss Wein ein, machte es sich in ihrer bevorzugten Sofaecke im Schneidersitz gemütlich und forderte Susanna auf, nun endlich zur Sache zu kommen.

„Ja, hast ja recht", hatte Susanna lachend zugegeben, „du weißt ja, irgendwann bin ich schließlich stiften gegangen, da hatte ich einen echten Vorteil dem festgewachsenen Baum gegenüber. Aber nun mal ganz konkret: Sarah hat mich gestern angerufen, sie bat mich um Hilfestellung bei der Suche nach einer geeigneten Frau für unseren Freund Georg", begann Susanna zu erzählen. „Georg hielt sich lange für einen Switcher, jemanden also, der sich sowohl in der über- als auch in der untergeordneten Position wiedererkennt. Vor einiger Zeit hatte er eine mehrmonatige Beziehung zu einer Domina. Sie gehört allerdings nicht zu unserem Kreis und ich hatte sofort ein ungutes Gefühl, als ich die Frau kennenlernte. Sie hat früher, als Sklavin, übelste Erfahrungen mit Männern gemacht. Sie musste körperlich und vor allem seelisch furchtbar leide. Mir schien gleich, dass sie durch diese Erlebnisse eine rechte Männerhasserin geworden ist, und noch schlimmer, sich im Grunde selber hasste. Georg hatte sich eingebildet, er könne das ändern. Die psychische Seite solcher Erlebnisse, wie sie Sabine damals widerfahren sind, kann gar nicht erheblich genug eingeschätzt werden. Ich darf dir nicht erzählen, wie es ausgegangen ist, das müsste er dann schon selber tun. Im Augenblick, so sagte mir Sarah, ist Georg verletzt, hat sich lange auch mit Selbstvorwürfen gequält und war eine Zeitlang etwas unsicher darüber, auf welche Seite er gehört. Bisher kannte ich ihn als sensiblen aber sehr ernst zu nehmenden Dom. Ich könnte mir vorstellen, dass er ein wunderbarer Partner für dich sein könnte, der dich sanft und unter Anleitung der guten Sarah bestimmt auch sicher einführen könnte. Sarah hat einfach ein tolles Händchen für sinnliche Inszenierungen. Wenn ihr euch mögt, vielleicht sogar verliebt, was im Grunde ja für meine Begriffe wirklich unerlässlich ist, damit es eine glückliche Sache werden kann, könnt ihr dann den weiteren Weg gemeinsam erkunden. Ach ja, und übrigens ist er ganz genau dein Typ."

Susanna hatte sich in ein regelrecht leidenschaftliches Plädoyer hinein- geredet. Die Idee schien ihr offenbar großartig.

„Komm mit, Juliette, versuch es, du kannst nichts verlieren, nur gewinnen. Heute ist Mittwoch, am übernächsten Samstag fahren Robert und ich. Wir werden früh starten, sag mir spätestens bis Freitag Bescheid, dann holen wir dich um sieben Uhr ab. Und hab keine Angst. Wenn du feststellen solltest, dass es nicht deine Welt ist, kannst du jederzeit gehen."

„Hm, ein luxuriöses sinnliches Abenteuer mit einem verordneten Mann? Na, ich weiß ja noch nicht, was meine gute Erziehung zu diesem Thema sagen wird", zweifelte Juliette.

„Deine gute Erziehung, die dir einen Mordsspaß an Schlappenträgern vermittelt, ja? Ist es das?", provozierte Susanna lachend. "Ach komm, ich kenne dich gut genug, um zu wissen, dass deine Neugier siegen wird. Also, abgemacht, wir holen dich ab!"

Susanna hatte Juliettes Entscheidung in diesem Moment noch nicht einmal wirklich vorweggenommen. Auf welche Reise zwischen Himmel und Hölle sie sich aber einlassen würde, konnte keine der beiden Freundinnen ahnen.

2. Kapitel

Das Frühstück ist opulent und die ganze Gesellschaft ausgelassen fröhlich. Die Sonne steht schon hoch am Himmel, wieder verspricht es ein wunderbarer Tag zu werden. Das Englandhoch, das seit ein paar Tagen wetterbestimmend ist, scheint sehr stabil zu sein.

„Lasst uns an den Strand gehen", schlägt Fernando vor, was von allen begeistert aufgenommen wird.

„Ich muss mein Badezeug holen", sagt Juliette und erntet verständnislose Gesichter.

„Der Strand gehört uns, Badezeug braucht da niemand", lacht der Hausherr.

Auf sein Zeichen sind zwei hübsche junge Frauen in ultrakurzen Röckchen und knappen Tops erschienen, die flink den Frühstückstisch abräumen. Die beiden beginnen, Handtücher, Decken und Erfrischungen in die Badebucht zu bringen.

Juliette wäre nur allzu gern noch einmal ins Haus gegangen, denn ihre Blase meldet das dringende Bedürfnis, den Kaffee und Orangensaft wieder loszuwerden. Aber Georg hat sie schon am Arm genommen und alle streben dem Meer zu. Auf dem Weg wird sie immer ruhiger, geht immer langsamer, bis Georg sie fragt, was denn mit ihr los ist.

Mit gequältem Gesicht sagt sie: "Ich muss, also, ich hätte vorher noch besser...". Georg unterbricht sie mit einem wissenden Gesichtsausdruck. „So so, meine Süße muss Pippi? Gut, komm hier in den Busch."

Juliette ist es furchtbar peinlich, als Georg einfach neben ihr stehen bleibt und ihr zusieht, wie sie sich vorsichtig neben einen Brennnesselbusch hockt. Sie kann nicht, konnte noch nie, wenn sie nicht allein ist.

„Was ist? Ich denke, du musst?!", fragt er sie mit einem eigentümlich süffisanten Grinsen.

Sie wird es zugeben müssen. „Kannst du bitte ein bisschen beiseite gehen?", bittet sie ihn kläglich.

„Aber nein, mein Schatz, ich kann dich doch nicht mitten im Wald allein lassen", erwidert er, bückt sich und streichelt ganz sanft ihren nackten Venushügel. Juliettes Verlegenheit nimmt Formen an. Sie fühlt sich einfach grässlich in ihrem Schamgefühl, verflucht innerlich ihre gute Erziehung.

Georg greift neben sie, pflückt fast andächtig, ganz vorsichtig einen kleinen Zweig vom Brennnesselbusch. Im nächsten Moment greift er ihr ins Haar, zieht ihren Kopf zurück, küsst sie und fährt sacht mit dem pieksigen Pflänzchen über ihre geöffnete Spalte.

Sie schreit auf.

Er erstickt ihren Schrei mit einem intensiven Kuss.

Nun reibt er den blättrigen Stängel gründlich über ihre Schamlippen. Ein heftiges Brennen setzt ein. Sie vergisst fast völlig ihren Drang, als er langsam mit drei Fingern in sie eindringt. Sie stöhnt laut auf.

„Mein Herz, wenn ich möchte, dass du pinkelst,

dann wirst du das tun!" Seine Stimme klingt drohend.

„Ich kann nicht", schluchzt Juliette zwischen Geilheit und Peinlichkeit gefangen.

„Doch, du kannst, und wenn du nicht kannst, dann werden wir eben üben müssen." Georg fährt fort mit dem unglaublich erregenden Öffnen ihrer brennenden Spalte. Intensiv reizt er von innen ihre Blase, die zum Bersten gefüllt ist, ein vierter Finger folgt, sie fühlt sich unglaublich ausgefüllt, sein Daumen reibt ihre freiliegende Perle. Seine Zunge tut dasselbe mit ihrem Mund, dem er mit der Hand die Form eines geöffneten Lustorganes gegeben hat, er küsst sie nicht einfach, er penetriert sie. Längst liegt Juliette auf dem Rücken. In ihr kämpfen widerstrebende Gefühle.

Gehenlassen? Den Schein wahren?

Zu spät, kein Überlegen mehr!

Sie schreit!

Sie kommt!

Und aus sich heraus, über seine Hand, die nun vollständig in ihr steckt, lässt sie es einfach laufen.

Vollkommen erschöpft schmiegt sie sich an ihn. Sie traut sich nicht, ihm ins Gesicht zu sehen. Sie hat das Gefühl, sich nicht mehr zu kennen. Zärtlich hebt er ihr Gesicht, sieht ihr in die Augen, zwingt sie, den Blick nicht zu senken. „Siehst du, es geht doch! Du bist wunderbar!"

Zweifelnd sieht sie ihn an. „Wunderbar?"

„Ja, du kannst es, du kannst deine Grenzen überschreiten, das ist wunderbar. Ich werde sie aufspüren, deine Grenzen, und ich werde dir die Wege darüber hinweg zeigen. Du bist noch lange nicht ganz bei dir angekommen, geschweige denn bei mir; ich fühle deine Vorbehalte, deine harte Schale, durch die du mich noch lange nicht dringen lassen willst."

„Georg, ich fürchte, da wirst du eine Menge zu tun bekommen", erwidert Juliette mit einem zweifelnden Unterton in der Stimme. „Ich nehme an, du bist ein wenig über meine Vergangenheit informiert worden? Mein Sexualleben war so gut wie nicht existent und ich hatte nicht einmal das Gefühl, es würde mir etwas fehlen. Ich habe mich so wenig mit mir selbst beschäftigt, Georg, ich weiß nicht einmal genau, ob ich sicher für mich einordnen kann, wo meine Grenzen eigentlich wirklich sind. Du wirst mir sehr helfen müssen das herauszufinden, denn noch vor zwei Wochen hatte ich nicht die geringste Ahnung über Spielarten, wie ihr sie bevorzugt, obwohl ich ja ganz ehrlich zugeben muss, dass in meinem Kopf schon eine Menge ziemlich rauer Szenen herumgespukt sind. Aber das da eben, ausgerechnet das Pinkeln in Gegenwart eines anderen, kam ganz bestimmt nicht vor, denn es gehört zu meinen sensibelsten Punkten. Und dann auch noch im Zusammenhang mit Sex! Das finde ich schon ganz schön heftig. Peinlicher geht's kaum noch! Es mag daran liegen, dass ich die ganze Zeit das Gefühl habe, beobachtet zu werden. Du denkst jetzt sicher, ich spinne ein bisschen, aber irgendwie werde ich ein mulmiges Gefühl gar nicht recht los."

„Na, da mach dir nun aber bitte mal keine Sorgen, mein Herz", beruhigt er sie, „wir sind hier nun wirklich mutterseelenallein! Und glaube mir, du lohnst die Mühe allemal, ich neige nämlich nicht dazu, Schwierigkeiten oder Peinlichkeiten aus dem Weg zu gehen. Und ich will dich! Ich freu mich jedenfalls auf den Weg. Weißt du, genau genommen ist sogar der Weg das Ziel. Bestimmt wird es uns passieren, dass wir uns gelegentlich verlaufen. Aber wir verlaufen uns dann wenigstens gemeinsam."

„Gut", erwidert Juliette lächelnd und nun doch sichtlich entspannt, „dann lass uns doch als nächsten gemeinsamen Weg erst mal den an den Strand finden."

*

Von Weitem schon hören sie die Gruppe ausgelassen wie Kinder in den sanften Wellen toben.
Welche Leichtigkeit von diesem Ort ausgeht!, schießt es ihr durch den Kopf. Die Schwerkraft scheint geradezu aufgehoben, die erwachsene Menschen an die Erde zu binden pflegt.
Georg löst ihr Korsett, hebt ihr das dünne Kleid über den Kopf, greift sie bei der Hand, und sie rennen über den weichen Sand in das seichte Wasser.
Juliette quiekt, als die ersten Wellen ihren erhitzten Körper treffen, dann schwimmt sie, lässt sich auf Wellenkämmen treiben, taucht unter, schießt wieder empor, direkt vor seiner Nase, zieht ihn unter Wasser, lässt sich von ihm unterducken, entwischt, taucht unter seinen Beinen durch, dreht sich auf den Bauch, umfängt seine Hüften und hat flugs

seinen kaltwasserkleinen Penis im Mund. Sie schmeckt das Salz des Meeres, sieht lasziv zu ihm auf, fühlt, wie sich sein Geschlecht in ihrer warmen Mundhöhle aufrichtet.

Sie neckt ihn, dessen Gesicht langsam diesen bestimmten Ausdruck annimmt, der männertypisch ist und ankündigt, dass es bald soweit sein wird. Sie lässt los, lässt ihn unerfüllt, taucht weg, um an entfernter Stelle wieder aufzutauchen

„Du Biest, du kleine Hexe", brüllt er empört, „na warte, dich krieg ich!"

Wasser war schon immer ihr Element gewesen. Schon als kleines Kind hatte sie schwimmen können wie ein Fisch, war zum Leidwesen ihrer Eltern kaum aus dem Wasser zu bekommen gewesen und strafte alle Welt Lügen, die behauptete, kleine Kinder würden „blau" werden, wenn sie zu lange im kalten Meer bleiben würden.

Sie macht es ihm schwer, sie zu erwischen, schließlich gestattet sie ihm mehr, sie einzufangen, als wirklich überwältigt zu werde. Er hält sie flach auf den Wellen. Sie macht sich steif, sie schwebt, ihr langes Haar liegt ausgebreitet. Seine Hände gleiten über ihren Körper, sacht zwirbelt er ihre vom kalten Wasser ohnehin steifen Brustwarzen.

„Du wirst es beenden!" Halb böse, halb scherzhaft klingt er.

Juliette lacht. „So, werde ich?"

„Ja, wirst du! Ganz schön frech bist du", schimpft Georg.

Er zieht sie an Land. Wenn sie nun gedacht hat, es

gäbe ein aufwärmendes Sonnenbad, trockene Handtücher und eine liebevolle Massage mit Sonnenöl, hat sie den Kern dieser Art Mann noch nicht ganz verstanden. Georg schnappt sie, wirft sich die strampelnde Juliette über die Schulter und legt sie rücklings über einen großen, flachen Stein. Er steht hinter ihrem Kopf und hält unsanft ihre Handgelenke zusammen. Sie beginnt sich zu wehren, als sich seine bereits beeindruckend aufgerichtete Männlichkeit ihrem Mund nähert. Er hält sie mit eisernem Griff.

„Mund auf!", herrscht er sie an.

Juliette presst die Lippen aufeinander. So etwas hat sie nicht gewollt, das ist ihr zu viel, alles in ihr sträubt sich. Einen Blowjob hat sie immer selbst steuern wollen und auch immer selbst steuern dürfen. Er zwingt ihre Kiefer auseinander und flucht: „Wenn du auf die Idee kommen solltest, zuzubeißen, sei gewiss, wird es dir sehr schlecht bekommen." Sein Ton ist so, dass es ihr eiskalt den Rücken hinunterläuft. Sie glaubt ihm seine Drohung, ohne weiter nachzudenken, ihr Widerstand ist gebrochen.

Niemals zuvor hat Juliette ein Glied dermaßen tief im Hals gehabt. Ab und an, wenn er an ihr Zäpfchen stößt, muss sie würgen. Gerade rechtzeitig zieht er sich ein wenig zurück, ehe sich ihr Mageninhalt, der nach dem ausgiebigen Frühstück immerhin beachtlich wäre, auf den Weg nach oben machen kann. Nach und nach begreift sie, wie sie atmen muss, um mit der Situation klar zu kommen, und nach und nach fühlt sie, wie sie, obwohl machtlos und gezwungen, dennoch ein Maß eigener Macht über diesen Akt gewinnt, das sie sich nie hat vorstellen können. Sie merkt sehr wohl, dass er ihr die Chance lässt, sie begreift in diesem Augenblick, hilflos unter der brennenden Julisonne auf den Stein gezwungen, dass sie doch nur sich selbst bezwingen muss.

Juliette liebt Erkenntnisse, die sich aus logischen Folgerungen ergeben. Sie schöpft Sicherheit. In sicheren Momenten fühlt sie sich wohl, vertraut sich selbst. Nur dann, so hat sie es immer empfunden, kann sie sich loslassen. Sie beginnt zunehmend die Situation zu genießen, fühlt, wie sich schon wieder ihre eigene Nässe zwischen den Beinen mit dem Meerwasser zu mischen beginnt. Georg stößt tiefer, schneller, sie kann den Rhythmus mitatmen.

Als er sich tief in ihre Kehle ergießt, genießt sie das Gefühl des langsam hineinrinnenden Spermas und nimmt es mit dem Gefühl, ein Geschenk bekommen zu haben. Sie schluckt jeden Tropfen, bemerkt kaum, dass er sie längst losgelassen hat, sanft ihren Bauch streichelt, den vom Wasser dunklen blonden Haarschopf um ihren Nabel herum gebreitet, dem „kleinen Tod" nachfühlt.

Sarah taucht in ihrem Blickfeld auf. Sie ist die einzige, die nicht nackt ist am Strand. Wie immer trägt sie ein weites Gewand. Lächelnd reicht sie Handtücher.

„Du hast uns beobachtet?" Wieder schleicht sich

bei Juliette dieses alte Schamgefühl an, das ihr bis gestern ein vertrauter, angemessener Begleiter war, hier jedoch so völlig fehl am Platz zu sein scheint.

„Sicher, ihr wart ein wirklich reizender Anblick", gibt sie unumwunden zu.

Georg wickelt Juliette in ein riesiges Handtuch und rubbelt die letzte Nässe von ihrem Körper.

Verdammt, ich bin verloren, stellt Juliette fest. Sie hat nie dazu geneigt, sich schnell zu verlieben. Hier scheint alles anders zu sein. Klammheimlich hat sie mit sich selbst schon gestern eine Vereinbarung getroffen, sich eine glühende Verliebtheit zuzugestehen, die ihr seit Teenagertagen nicht mehr passend für sich erschienen war. Es ist unübersehbar, wie gut es ihr tut, sich dieses Zugeständnis erlaubt zu haben. Sie ertappt sich bei der Erkenntnis, dass es schon immer die sehr selbstbewussten Männer gewesen sind, die ihr weiche Knie verschafft haben. Georgs zielsichere, lässige Art, gepaart mit seinem jungenhaften Charme und ausgeprägten Witz, trifft ihren Nerv. Sie spürt zwar Verletzbarkeit, die sie sich vornimmt, sorgsam zu beachten, fühlt sich aber gleichzeitig überwältigt von der enormen Energie, die er auf sie ausstrahlt. Sie hat schon jetzt das sichere Gefühl, sich fallen lassen zu dürfen ohne Angst, stürzen zu müssen.

Georg überragt sie um anderthalb Köpfe, er ist schlank und verfügt über ein angenehmes Maß an Gebrauchsmuskulatur. Juliette kann antrainierte, aufgeblasene Muskeln nicht leiden. Sie weiß es nicht genau, aber sie schätzt ihn auf Mitte vierzig.

Sein Haar ist blond, halblang und voll, feine silbrige Fädchen lassen es in der Mittagssonne glänzen. Das Gesicht ist fein geschnitten, mit einer Nase, die sie in sich hineingrinsend, „aristokratisch" nennt. Die Farbe seiner Augen kann sie nicht genau erkennen. Sie scheint ständig zu wechseln zwischen blau, grau und grün. Sie wird lernen, dass dieser Farbwechsel emotionsabhängig ist.

*

Die Stimmung am Strand ist träge geworden, die Sonne steht hoch am Himmel, nach und nach schläft der kräftige Ostwind ein. Das Meer hat sich beruhigt und wird nun seinem schlechten Ruf als langweiligem Brackwasser beinahe schon gerecht.
Lydia, Fernandos spanischstämmige Frau, liegt bäuchlings entspannt auf einer weißen Decke neben ihrem lesenden Mann. Ihr lackschwarzes Haar, zu einem dicken Zopf geflochten, reicht ihr fast bis an die wohl gerundeten Pobacken. Juliette entdeckt ein Tattoo auf ihrem linken Oberschenkel. Ein kleines Zeichen, einem „F" nicht unähnlich, von Ranken verziert, zeigt untrüglich ihre Zugehörigkeit an. *Rinderzüchter!*, denkt Juliette etwas spöttisch, *müssen wohl überall ihr Brandzeichen anbringen.*
Susanna erhebt sich, um sich neben sie zu setzen.

„Ups, was hast du denn da?" Juliette deutet auf den kleinen Ring, der sich deutlich in der Sonne blitzend am obersten Ende der Schamspalte der Freundin zeigt. „Mich wundert ja fast, dass du ihn nicht durch die Nase trägst, irgendwie erinnert ihr mich an einen Kuhstall, du mit dem Ring, Lydia mit ihrem Tattoo."

„Na hör mal!", erwidert Susanna und ihr Ton ist ziemlich indigniert. „Unsere Zeichen sollen ja unsere Zugehörigkeit zeigen. Ich habe ein vertikal gestochenes Piercing in der Klitorisvorhaut, der Ring hat eine kleine Kugel, die direkt auf der Klitoris aufliegt. Für uns ist es eine Art Ehering, er ist auch graviert. Das Setzen war für uns ein sehr verbindendes Ritual. Ich erinnere mich zu gern an den Moment des Durchstechens, des Einsetzens, als Robert mich schützend im Arm hielt und mich fortwährend tröstete und flüsterte: 'Für uns! Für immer!' Ein guter Freund, ein wirklich erfahrener Piercer, hat es gemacht, er war sehr diskret und sensibel. Außerdem hat die Sache natürlich einen ganz gewaltigen Einfluss auf meine Lust. Schau, die Vorhaut ist etwas angehoben, so ist diese sehr empfindliche Stelle jeder Berührung, und sei es nur des Strings, ständig ausgesetzt. Zu Lydias Tätowierung hat Fernando damals eine Riesen-Fiesta organisiert. Frag sie mal, sie wird dir stundenlang vorschwärmen. Kennst du das Zeichen überhaupt und weißt du, was es bedeutet?"

„Bedeutet? Das ist doch ein 'F' für Fernando, oder liege ich da falsch?"

„Ja und nein", antwortet Susanna, „sieh mal genau hin, der Aufstrich schließt nicht mit der oberen Querlinie ab, und beide Querstriche streben nach oben. Was Lydia da trägt ist ein 'Fehu', nur bedingt bezieht sich diese Tätowierung auf Fernandos Namen. Dieses Symbol ist auch eine germanische Rune. Sie verkörpert die Macht des Feuers, des göttlichen Funkens, der Neues entstehen lässt. Versinnbildlicht wird es gern dargestellt mit der Kraft einer dahinstürmenden Rinderherde, womit wir beim zweiten passenden Punkt wären. Sowohl mit Feuer als auch mit losdonnernden Rindern sollte man vorsichtig sein, beides hat den Ruch urtümlicher, ungestümer Macht. Fernando gefiel die Idee nach der Geburt des ersten Sohnes damals so gut, diese Machtsymbolik und auch seine eigene männliche Kraft sozusagen auf Lydias zartem Fleisch zu bannen und in friedliche Grenzen gewiesen zu sehen."

„Meine Güte, Susanna, bitte entschuldige!" Juliette ist zerknirscht und es ist ihr sichtlich peinlich, wie sie sich gerade lustig gemacht hat über Dinge, die ihr unbekannt, unverständlich sind, deren Bedeutung sie noch nicht nachvollziehen kann. „Ich bin euer Gast und ich bin einfach unmöglich und undankbar, ein richtiger Elefant im Porzellanladen."

„Schon gut, Liebes, ich versteh dich ja. Und ich bin auch nicht sicher, ob ich früher nicht genauso reagiert hätte. Aber sag mal, wie fühlst du dich eigentlich?"

„Ich bin noch gar nicht wirklich in der Lage, einzuschätzen, was mit mir hier gerade passiert. Und dein Blick für den 'richtigen Mann' scheint immer noch verdammt gut zu sein. Ich glaube, ich bin dabei, mich Hals über Kopf zu verlieben." Juliette ist offenkundig dankbar für den ruhigen Augenblick, für die Möglichkeit, sich auszutauschen und mitzuteilen.

„Du warst wohl gestern Abend ziemlich tapfer, hat Sarah erzählt. Diese etwas heftige Form der Initiation hast du jedenfalls mit Bravour durchgestanden. Wenn man keine Ahnung hat, was auf einen zukommt, kann das schon das Ende der Standfestigkeit bedeuten. Wir haben zweimal Frauen hier erlebt, die eigentlich szenevertraut waren und dann am nächsten Morgen doch abgereist sind. Und es ist sehr selten, dass überhaupt Neulinge dazugenommen werden, denn letztlich stellt jeder Gast ja eine Gefahr für unsere Sicherheit dar. Für viele von uns wäre es einfach katastrophal, wenn öffentlich würde, zu welchem Zweck wir uns hierher zurückziehen. Dir täte das in deiner Position an der Uni sicher auch nicht gut."

Juliettes Augen werden groß, sie hat nicht gewusst, dass die Probe, der sie gestern Abend zugestimmt hatte, ohne den Ablauf ahnen zu können, sozusagen zum Standard-Testprogramm der Gruppe gehört. Susannas Ausführungen zum Thema Sicherheit lassen ihr kurz einen unangenehmen Schauer über den Rücken laufen, ganz ähnlich wie schon vorhin im Wald. Erschreckt kommt ihr der Gedanke: *Was wäre, wenn mich meine Studenten hier so sähen?*

„Wann habt ihr denn zuletzt neue Gäste hinzugenommen?", möchte Juliette wissen.

Susanna deutet auf das junge Paar, das gerade tropfnass, eng umschlungen aus dem Wasser kommt. „Daniel ist ein Kollege aus Roberts Kanzlei, Claudia seine rechte Hand. Sie ist Rechtsanwaltsgehilfin, hat sich aber in ihrem Beruf so zäh hochgearbeitet, dass sie von den Männern sehr geschätzt wird. Sie ist seit dem vorletzten Treffen dabei. Die beiden Frauen, die uns entsetzt davongelaufen sind, waren Daniels Versuche, sich die richtige Frau zu erobern. Ich muss dir gestehen, so unsensibel, wie er das angestellt hat, wäre ich auch getürmt. Es hat lange klärende Gespräche zwischen ihm und Robert gegeben, bis er begriffen hat, wie man mit Frauen nicht umgehen darf. Claudia profitiert davon jetzt ganz erheblich."

„Robert ist Anwalt? Hat er dich womöglich bei deiner Scheidung vertreten? Weißt du, ich lasse mich hier auf Dinge ein, die ich niemals für möglich gehalten hätte, ohne auch nur eine leise Ahnung zu haben, mit wem ich es wirklich zu tun habe. Versteh mich nicht falsch, ich respektiere durchaus eure Privatsphäre, aber du bist die Einzige, die ich im Moment überhaupt fragen kann, dir vertraue ich völlig."

„Ja, Robert hat mich durch meine Scheidung geboxt. Ich hatte seinen Namen von einer Liste im Internet, die Anwälte und Ärzte aufführt, welche spezialisiert sind auf Streitfälle und medizinische Notwendigkeiten, die sich im sadomasochistischen Umfeld ergeben können. Ich will nicht behaupten, es käme häufig vor, dass es beispielsweise zu Verletzungen kommen kann, die das Eingreifen eines Arztes nötig machen, dennoch passiert es und dann ist es angenehmer, einen Mediziner zu finden, der sich mit entsprechenden Praktiken auskennt, als den Hausarzt zu konsultieren. Ebenso verhält es sich mit der rechtlichen Seite. Es ist durchaus nicht ausgeschlossen, dass eine sub im Rausch der Gefühle Praktiken zustimmt, sie vielleicht sogar fordert, weil ihr Kopfkino sie ihr diktiert, obwohl sie die Folgen nicht abschätzen kann. Letztlich steht der ausführende Dom dann auf Messers Schneide zwischen dem Bereiten unglaublicher Höhenflüge und dem Abstürzen seiner sub, was hernach den Tatbestand der mehr oder weniger schweren Körperverletzung erfüllen kann. Meine eigene Ehe, obwohl auf der Basis einer SM-Partnerschaft geschlossen, die auch die härtere Gangart einbezog, ist ein gutes Beispiel für Entgleisungen. Wo hört das Einvernehmliche auf, wo kann man nur noch von ehelicher Gewalt sprechen? Robert hat sich mir gegenüber extrem professionell verhalten, solange ich seine Mandantin war. Nach meinem Scheidungstermin schickte er mir Rosen. Sie waren nicht mit Bast gebunden. Sie waren mit Draht gebunden. Mit Stacheldraht!"

Susannas Gesicht hat mit den letzten Worten einen träumerischen Ausdruck angenommen.

„Du liebst ihn sehr, nicht wahr?" Juliette ist gespannt den Ausführungen der Freundin gefolgt.

„Er hat es verstanden, mir das Vertrauen ins Leben, in andere Menschen, und was besonders wichtig ist, in mich selbst zurückzugeben. Ja, ich bin glücklich, so sehr, dass ich manchmal Angst bekomme, irgendjemand, irgendetwas könnte dieses Glück zerstören."

„Susanna, du strahlst so sehr, dass ich denke, du wirst jedes Unglück, das sich dir nähern könnte, glatt zu Atomen ver-strahlen'", konstatiert Juliette überzeugt. „Aber sag mir doch bitte mal, wer hier genau zu wem in welcher Beziehung steht."

„Eigentlich gar nicht so kompliziert! Dein Georg ist der Junior jener Firma, die unter anderem Fernandos Rinder nach Deutschland importiert. Schon die Väter der beiden verbanden nicht nur Geschäftsbeziehungen, sondern auch eine, dem Vernehmen nach, unverbrüchliche Freundschaft. Georg hat in Tübingen Betriebswirtschaft studiert, Robert zur gleichen Zeit dort Jura. Durch die Beziehungen, die Georgs Vater nach Argentinien hatte, haben die beiden jungen Männer auch ein Jahr lang ein Auslandsstudium an der Universidad Catolica Argentina in Buenos Aires absolviert. Ihre freie Zeit haben sie häufig auf der Hazienda bei Fernando verbracht. Mit ihm haben sie sich so gut angefreundet, dass wir sie 'die drei Musketiere' nennen."

„Einen d'Artagnan habt ihr aber nicht auch noch, oder?", möchte Juliette amüsiert wissen.

„Doch, sogar den haben wir", antwortet Susanna lachend, „aber Sven hütet zu Hause momentan die Kanzlei. Es ist sowieso kaum möglich, sie wochenlang ganz zu schließen. Seine Holde ist ihm vorletzte Woche stiften gegangen, und weil wir ja hier alle in streng monogamen Partnerschaften leben und lieben, hätte er sich unbeweibt ziemlich überflüssig gefühlt. Es lohnt sich, ihn kennenzulernen, er ist ein feiner Kerl."Susanna holt einmal tief Luft. „So! Nun, denke ich, bist du ziemlich umfassend informiert!"

„Fast", erwidert Juliette, denn noch fehlt ihr jedes Wissen über die Frau, die ihr, wenn auch sympathisch, dennoch etwas unheimlich und noch immer nicht durchschaubar ist: Sarah!

Susannas Gesicht wird verschlossen; so leicht sie über die anderen plaudern konnte, so schwer fällt es ihr, etwas über Sarah zu verraten. „Du musst es selbst herausfinden, fürchte ich, aber sei bitte vorsichtig!"

Juliette spürt, dass ein Nachbohren an dieser Stelle völlig kontraproduktiv wäre. Ihr bleibt ein sehr unbehagliches Gefühl. Noch etwas beginnt ihr aufzufallen: Seit Georg sie hier im Sand abgesetzt hat, steht er mit Sarah zusammen, offenbar ins Gespräch vertieft, und hat sie keines weiteren Blickes gewürdigt. Außerdem hat die brennende Sonne eine Rötung auf ihren ungeschützten Schultern hinterlassen, die nicht von schlechten Eltern ist. Susanna bemerkt ihren Blick.

„Jemine, du bist gar nicht eingecremt, das kann ja heiter werden! Und zu trinken hast du auch nichts bekommen, außer Salzwasser und ... na, du weißt schon."

Beide brechen in Gelächter aus, Susanna springt auf, besorgt Mineralwasser aus einer Kühlbox und scheucht die faule Truppe auf, man möge doch mal langsam zum Haus zurückkehren, sonst gäbe es heute Abend keine subs mehr, sondern nur noch gegrilltes Fleisch.

*

wunderschön, so glatt, so edel, so weich
wunderbar der Geruch
reiben
ahhhhhhhhhhh
die Spitze hierher
jaaaaa
den hohen Absatz ins Fleisch
ahhhhhhhhh
jetzt
ahhhhhhhhhhhh

*

Georg kommt herüber zu Juliette, streift ihr das dünne Kleid über und bemerkt mit kritischem Blick: „Mein Schatz, du bist ja rot wie ein Krebs, ich hätte dich einschmieren sollen. Da muss etwas unternommen werden!" Ihr Korsett behält er in der Hand und sie ist dankbar, dass ihr die Spiralstangen auf der malträtierten Haut erspart bleiben.
Auf dem gemeinsamen kurzen Weg durch den Wald bleibt Juliette plötzlich stehen, eine Kiefernnadel hat sich tief in ihre nackte Ferse gebohrt. Während Georg ihr vorsichtig die Nadel zieht, die kleine Einstichstelle zärtlich mit einem Taschentuch drückt, bis die Blutung aufhört, flucht sie: „Verflixt, wo sind eigentlich meine Schuhe geblieben?"

„Oh, die hattest du noch an, bevor du heute Morgen so dringend in die Büsche musstest", grinst er anzüglich. „Lasst uns mal alle suchen, da vorn muss das doch gewesen sein."

Die intensive Suche bleibt erfolglos und die Freunde einigen sich darauf, dass vermutlich einer von Fernandos Ridgebacks eine besondere Leidenschaft für Gucci entwickelt haben musste. Fernando widerspricht dieser Version ganz entschieden: „Meine Hunde sind dazu da, Haus und Hof zu schützen. Das sind keine streunenden Köter, die ihre zugewiesene Position verlassen würden, denn sie wissen, was sie zu tun haben! Aber egal, was spielt schon ein verlorener Schuh für eine Rolle?"

Er sollte sich getäuscht haben!

Der Argentinier liebt seine Hunde, und die beiden Rüden begleiten ihn oft, wenn er längere Zeit in Europa verbringt. Ohne seine Tiere sei er nur ein halber Mensch, merkt Fernando gelegentlich an. Seit seiner Kindheit ist er es gewohnt, ständig von ihnen umgeben zu sein, und obwohl es immer ein ziemlicher Aufstand ist, Quarantäneregelungen zu erfüllen, reist er häufig nicht nur mit Hunden, die es mittlerweile gewohnt sind, die langen Flüge in Transportboxen über sich ergehen zu lassen, sondern bringt gelegentlich für ausgedehnte Aufenthalte sogar seine bevorzugten Poloponys mit, die mit Cargo-Maschinen herübergeflogen werden.

Die Hunde kommen ihnen über den weitläufigen, gepflegten Rasen, der sich bis an den Wald erstreckt, entgegen. Begeistert empfangen sie ihren Herrn, springen ausgelassen an ihm hoch. Einen schuldbewussten Eindruck, wie er Hunden eigen ist, die etwas ausgefressen haben, machen beide nicht.

Juliette bleibt einen Moment stehen, denn der Anblick, den das Haus in der Nachmittagssonne bietet, ist einfach bezaubernd. Die glänzenden Ziegel des Daches, kunstvoll gelegt und glasiert, sind in polnischen Spezialbetrieben handgefertigt worden. Die Villa steht unter Denkmalschutz, nichts darf verändert werden, und die Renovierungsarbeiten mussten nach klar festgelegten, strengen Regeln erfolgen, berichtet Fernando, der erfreut Juliettes Interesse bemerkt.

„Die polnischen Handwerker haben eine lebendige Tradition, sind erfahrene Meister, die auch in ihren eigenen zerbombten Städten viel Altes gerettet haben und zu neuem Glanz wieder auferstehen lassen konnten. Besonders gute Beispiele sind die im Krieg zerstörte Hansestadt Danzig und Krakau", erläutert er. „Sieh mal, die wundervollen Fenster! Die bleiverglasten Buntscheiben waren in völlig desolatem Zustand. Sie haben jedes kleinste Stückchen Glas sorgfältig rekonstruiert, ersetzt, was verschwunden oder zerstört war, und alles in Doppelverglasung eingelegt, um einerseits modernen Anforderungen zu entsprechen, aber andererseits keine Änderung im Gesamtbild zu verursachen."

Juliette bewundert die kleinen Türmchen mit ihren kupfernen, leicht patinierten Kugeln auf der Spitze und die eleganten Erker. Der Garten um sie herum ist das Meisterstück eines ambitionierten erfahrenen Gärtners.

„Das Gut hat zu DDR-Zeiten als LPG gedient", erklärt Fernando, „ich hatte oft den Eindruck, dass man sich besondere Mühe gab, Gebäude herunterkommen zu lassen, die in hohem Maße Repräsentanten des verhassten kapitalistischen Systems waren, das man krampfhaft hinter sich lassen wollte. Ich kannte das Haus von Bildern meiner Großeltern, die es um die Jahrhundertwende gebaut haben. Die Bilder waren sehr vergilbt, trotzdem ging es mir nie aus dem Kopf. Eigentlich war es immer ein Synonym für meine Wurzeln, und ich bin froh, dass es mir möglich war, es zu erwerben und den alten Glanz zurückzubringen."

„Es ist wundervoll, Fernando, und ich danke euch, dass ich euer Gast sein darf", erwidert Juliette lächelnd und sieht ihn von der Seite an. Seit gestern, als sie ihn zum ersten Mal gesehen hat, wird sie das Gefühl nicht los, ihn schon einmal gesehen zu haben. Gut! Er ist schwer übersehbar, sehr groß, breitschultrig, ein beeindruckender Mann mit enorm souveräner Ausstrahlung. Aber das ist es nicht allein. Juliette fühlt in seiner Gegenwart ein leises Unbehagen, ein gewisses Ziehen im Innern, das nicht angenehm ist, obwohl er sich ihr gegenüber überwältigend freundlich benimmt und ganz offenbar von allen besonders geschätzt wird. Sie wird es herausfinden.

Juliette spürt seinen Blick auf sich ruhen und beeilt sich, die Gedanken schnell beiseite zu schieben um das Gespräch fortzuführen. „Wie groß ist dein Besitz hier?"

„Oh, verglichen mit den knapp zwölftausend Hektar, die wir in Argentinien bewirtschaften, ist es winzig. Es sind knapp neunzig hier, wobei ich einen sehr vernünftigen Pächter aus Schleswig-Holstein habe, der sich sowohl mit der Landwirtschaft als auch mit dem Forstbetrieb bestens auskennt, denn gut ein Drittel besteht aus Wald. Er wohnt mit seiner Familie am äußersten Rand des Besitzes auf dem renovierten alten Vorwerk."

Juliette weiß mit den Größenangaben sehr wohl etwas anzufangen und ist relativ beeindruckt. Die Böden hier sind nicht schlecht und sie kann sich eine Vorstellung davon machen, dass der Betrieb mehr als kostendeckend laufen muss.

„Fernando, mein Freund", Georg drängt sich zwischen sie, "das Weib muss erst mal verarztet werden, es hat einen fürchterlichen Sonnenbrand. Ich werde es dir jetzt entführen."

Galant antwortet der Argentinier: „Nimm hin! Mein eigen Weib wird sowieso schon nach mir verlangen, wir sehen uns zum Essen. Und vergiss nicht, heute Abend!"

Sein geheimniskrämerischer Tonfall lässt Juliette aufhorchen. Georg nimmt sie bei der Hüfte und führt sie ins Haus.

„Was ist heute Abend?", will sie wissen.

„Meine Süße, du kannst zwar alles essen, aber du musst nicht alles wissen", kneift er ihr in die Taille. Sein Ton gefällt ihr nicht, dennoch versagt sie sich den Wunsch, genauer nachzufragen.

„Geh du duschen, ich besorge inzwischen etwas

für deinen Sonnenbrand", schickt er Juliette mit einem Zwinkern in ihr Zimmer.

*

Sie lässt ihr Kleid fallen und tritt vor den großen Spiegel. Das Haar ist vom Salzwasser verklebt, die Rötung ziemlich beachtlich, aber sie kennt ihre Haut gut genug, um zu wissen, dass spätestens morgen früh eine schöne Bräune daraus entstanden sein wird. Die lauwarme Dusche tut ihr gut und sie verwendet großzügig all die luxuriösen Gels, Öle und Spülungen, die im Bad aufgereiht stehen. Mit einem zum Turban gewickelten Handtuch um den Kopf kommt sie aus dem Duschtempel und lässt sich der Länge nach bäuchlings auf ihr breites Bett fallen. Ein sattes „Klatsch" mit der flachen Hand auf ihren Po lässt sie, mehr erschreckt als schmerzhaft, aufspringen. Georgs Anwesenheit hat sie noch gar nicht bemerkt.

„Hinlegen, einschmieren", brummt er.

„Du Mistkerl", lacht Juliette, „wie kannst du mich so erschrecken?" Bereitwillig dreht sie sich wieder auf den Bauch. Geradezu professionell fahren seine Hände mit einer kühlen Lotion über ihren Körper. Sie genießt und beginnt Geräusche von sich zu geben wie ein zufrieden schnurrendes Kätzchen.

„Ach, es muss an meinem Beruf liegen", seufzt Georg in gespielter Dramatik, „wenn ich so schönes weiches Fleisch sehe, muss ich es einfach immer anfassen und..." Sie schreit auf, als er seine Zähne kraftvoll in ihren Hintern schlägt, fährt herum, strampelt, schlägt um sich. Er hat Mühe, sie zu bändigen. Schließlich gelingt es ihm, rittlings auf ihrem Bauch zu sitzen, ihre Handgelenke festhaltend.

„Kannst du mich vielleicht mal ausreden lassen?", tut er beleidigt. „Reinbeißen, wollte ich sagen!"

„Ja, danke, das hab ich gemerkt, auaaaa. Dein Zahnarzt scheint nichts zu tun zu bekommen mit dir, so kräftig wie du zubeißen kannst", schimpft Juliette.

„Oh, meine Liebe, ein gesundes Gebiss galt von jeher als Selektionskriterium zur Zuchtauslese bei allerhand Geviech, also überleg dir gut, ob du mich nicht allein schon aus diesem Grund in deine engere Wahl ziehen solltest", flachst er.

„Über dein Gebiss habe ich mir eigentlich bisher wenig Gedanken gemacht, aber...", lässt sie den Satz unvollendet.

„Aber? Hast du womöglich noch weitere Punkte im Auge, meine zweifelsfrei bemerkenswerte Persönlichkeit betreffend?", forscht er mit aufgesetzt inquisitorischem Blick, ihre Hände wieder fester umfassend.

„Georg, ich bin in meinem Leben noch nie so unvernünftig gewesen wie in den letzten zwei Tagen." Sie wird nachgiebig, nicht nur unter seinem Gewicht, auch unter seinem Blick, in dem sie Hoffnung zu erkennen glaubt auf ein Eingeständnis, das sie sich doch noch so schwer abringen kann. Juliette gibt der Versuchung nach, obwohl Angst in ihr nagt, ob es nicht viel zu früh sein wird, leichtsinnig

ihr Gefühl, ihr Inneres schutzlos preiszugeben.
„Verdammt, ich habe mich verliebt in dich!"
Ein langer, intensiver Kuss, jenseits allen Zwanges, weit entfernt von der bisher so deutlich wahrnehmbaren Dominanz, verschließt ihr minutenlang den Mund. Schwindelig, mit geschlossenen Augen fühlt sie ihm nach.

„Mich verlangt nicht nur nach deinem ach so zarten Fleisch, mein Herz! Ich will dich, will dich ganz, für mich allein, mit Haut und Haaren und allem, was da unter deiner verbrutzelten Hülle zu finden ist! Wenn man das Liebe nennt, dann ist das Liebe!"
Es ist eine Mischung aus großer Erleichterung und Glück, die Juliette empfindet, und dennoch gebietet ihr Realitätssinn Einhalt.

„Georg, wir kennen uns seit kaum mehr als vierundzwanzig Stunden. Mir ist es schon schwergefallen, dir Verliebtheit einzugestehen und du sprichst von Liebe? Das ist ein großes Wort! Ist es nicht eher Verlangen?"

„Müssen Frauen eigentlich immer alles so verkomplizieren?", stöhnt er. „Wenn du dich damit besser fühlst, nenn es von mir aus ‚Verlangen'. Reine Definitionssache, oder Wortklauberei", wischt er ihre Bedenken vorerst beiseite. Juliette merkt, dass ihm durchaus nicht der Sinn nach Diskussionen steht und es scheint ihr nun doch gar nicht recht zu passen, dass Georg sie, nach einem Blick auf die Uhr, wieder auf die Füße stellt.

„Es wird Zeit, wir sollten pünktlich zum Abendessen erscheinen. Aber komm, dreh dich mal um, lass sehen." Er stößt einen leisen Pfiff aus. „Sauber, viermal der Einser bis Fünfer, jeder Dentist wäre begeistert von diesem perfekten Abdruck *en couleur bleu!*"

Juliette kann nicht anders, sie bricht in Gelächter aus, heute wird sie nichts mehr erschüttern, schon gar nicht die deutlich sichtbaren Liebesbekundungen dieses Mannes.

Er tritt an ihren Kleiderschrank, sucht, prüft und legt ihr ein passendes Kleid und elegante Pumps für den Abend aufs Bett.

„Dieses hier bitte, ich werde Sarah Bescheid geben, sie soll dir helfen." Mit einem flüchtigen Kuss auf ihre Wange verlässt er Juliettes Zimmer.

*

muss füttern, muss tränken
soll doch nicht verhungern!
Dosenöffner
schwapp, in die Schüssel
ganz schön rutschig, diese alten Stufen
Tür klemmt
da!
Ruhe hier!

*

Sarah ist bereits zum Essen umgezogen, als sie kommt. Ihr blaßgoldenes Gewand in ewig gleicher Form scheint diesmal aus Seide zu sein, verziert mit feinen, gestickten Bordüren. Juliette verkneift sich ihre brennende Frage danach, warum Sarah diese Form der Kleidung wählt.

„Das ist wirklich hübsch und tut deinem Sonnenbrand nichts, nicht wahr?", stellt Sarah mit einem Blick auf die hauchdünnen Träger des eleganten schwarzen Abendkleides fest. Der Wasserfallausschnitt, vorn fast bis an den Nabel, hinten bis tief unter die Schulterblätter reichend, erlaubt das Tragen eines Büstenhalters nicht, umspielt aber so geschickt geschnitten Dekolleté und Rücken, dass beides wunderbar zur Geltung kommt. Die Taille ist schmal, wie ein Kummerbund gehalten. Das Rockteil ist lang und fließend, fast bis zum Boden, und weist vorn und hinten verdeckte Schlitze auf, die bis an den Bund herauf reichen.

„Komm, setz dich, ich will mal dein Haar dem Anlass entsprechend frisieren", weist Sarah Juliette auf einen Stuhl. Es dauert nur eine kleine Weile, bis das lange, dunkle wellige Haar zu einer zauberhaften Hochsteckfrisur verarbeitet ist. Einzelne Strähnen sind herausgezupft, die als Korkenzieher Gesicht und Nacken umspielen.

Sarah wandert um sie herum und betrachtet mit zufriedenem Ausdruck ihr Werk. „Wo ist dein Schminkzeug? Etwas Farbe um die Augen könntest du auch noch vertragen."

Juliette reicht ihr Schminktäschchen, das außer dem neu erstandenen Wimpernroller allerdings lediglich einen leicht getönten Labello enthält.

„Mensch, Mädchen", Sarah ist wirklich platt, „mehr hast du nicht? So ein ödes Schminktäschchen habe ich ja noch nie gesehen. Wart mal, ich hole was."

Als Sarah fertig ist, hält sie Juliette einen Handspiegel hin. Ihr Gesicht ist erwartungsvoll. Sie ist gespannt auf die Reaktion über die kunstvolle Metamorphose, die ihr mit so leichter Hand gelungen ist.

„Nee, das bin doch nicht ich!" Juliettes Ausruf ist ehrlich erstaunt. „Wow, ich halt's nicht für möglich." Sie strahlt aus perfekt gemalten Smoky Eyes. Ausgelassen wirft sie erst ihrem Spiegelbild, dann ihrer Helferin einen Kuss mit gespitzten, mondän dunkelroten Lippen zu.

„Komm, noch schnell Strümpfe und Schuhe, er wird gleich hier sein." Sarahs Ton ist, ganz anders jetzt, verschwörerisch und fast vertraut. Ihr gefällt sehr, was sie sieht.

Die Stay-Ups mit ihrem besonders breiten Spitzenrand bewundert Juliette, die Heels aber entlocken ihr einen leicht entsetzten Ausruf: „Meine Güte, die sind doch viel zu hoch, damit werde ich überhaupt nicht gehen können!"

„Mach dir keine Sorgen, viel gehen wirst du heute Abend nicht müssen", beruhigt Sarah.

Es klopft energisch.

„Bin weg!" Sarah rauscht aus dem Zimmer, an Georg vorbei, nicht ohne Juliette noch ein Zwinkern zuzuwerfen.

„Donnerwetter, das ist mal eine Verpackung! Du siehst großartig aus! Einfach zum Anbeißen!"

„Um Himmels willen, nicht schon wieder", jammert sie, obwohl sie gar nicht so sicher ist, dass sie nicht ohne weiteres noch sehr viel mehr seiner besonderen Liebesbezeugungen über sich ergehen lassen würde. Es müssten ja nicht immer seine Zähne sein, die spürbare Erinnerungen hinterlassen. Der Mann, der da steht, raubt ihr fast den Atem. Männer im Abendanzug können einfach umwerfend aussehen, stellt sie einmal mehr fest.

„Komm, setz dich mal zu mir, ich muss etwas mit dir bereden, ehe wir runtergehen. Susanna hat mir geholfen mit ihren Informationen über dich und ich habe etwas für dich anfertigen lassen."
Georg befördert eine flache, etwas größere Schachtel aus seiner Jackentasche, die Juliette sofort einem Juwelier zuordnet. Ihren Schmuck hat sie sich bisher immer selbst kaufen müssen, denn noch nie hatte es einen Mann gegeben, der es für nötig befunden hätte, ihr Juwelen zu schenken. Sie hat ein bisschen das Gefühl wie unterm Weihnachtsbaum.

„Es ist nicht einfach nur ein Schmuckstück, das ich hier für dich habe, es hat weitreichende Bedeutung für uns beide. Ich wünsche mir, dass du meinen Halsreif trägst als Zeichen deiner Zugehörigkeit und, überleg es dir sehr gut, hör mir genau zu, auch als Zeichen deiner Unterwerfung unter meine Macht. Du wirst mich auch jetzt schon gut genug kennen, um einschätzen zu können, dass ich dich weder brechen noch in irgendeiner Art verbiegen will. Ich bin auch kein Freund der Selbstaufgabe einer starken Frau. Nichts von deiner Stärke will ich dir nehmen, im Gegenteil, ich möchte sogar, dass sie noch wächst. Ich will, dass du so, wie du bist, neben mir auf gleicher Augenhöhe stehst, nur in einem Punkt werde ich über deinen Willen entscheiden: beim Sex! Du wirst wissen, oder zumindest ahnen, dass du auch in dieser Hinsicht bei mir sicher bist, nichts zu befürchten hast. Ich werde dich allerdings in Gefilde lenken, von denen du bisher bestenfalls in deinen kühnsten Träumen geahnt hast."

Juliette hat aufmerksam zugehört. All ihren Vorbehalten zum Trotz will sie diesen Mann, und sie fühlt sich in diesem Augenblick vollkommen frei und sicher, eine Entscheidung für sich zu treffen.

Georg sieht den entschlossenen Ausdruck in ihrem Gesicht und fährt fort:

„Du bist eine freie Frau und ich kann dich niemals zwingen, den Halsreif mit seiner Bedeutung zu tragen. Wann auch immer du ihn zurückgeben willst, kannst du das tun und bist frei. Es wird nur in diesem Falle, und ich hoffe, er wird niemals eintreten, eine endgültige Geste sein, die uns für immer trennen würde. Das ist vielleicht der kleine Unterschied zu einer 'normalen Partnerschaft'. Sollte es an irgendeiner Stelle unserer Beziehung einmal zu einem Punkt kommen, an dem du nicht mehr mitgehen kannst, bitte tu mir einen Gefallen: Rede mit mir und schmeiß nicht gleich alles hin! Mir ist durchaus bewusst, dass ich dir sehr schnell etwas vorschlage, was dir weitreichend erscheinen muss. Ich weiß auch, dass es für dich an zahlreichen Stellen noch Klärungsbedarf geben wird. Du kannst sicher sein, ich werde mit deinen Zweifeln sorgsam umgehen und ich bitte dich, mir immer die

Chance zu lassen, das Vertrauen, das du mir entgegenbringst, zu rechtfertigen. Und noch etwas ist wichtig. Es gehört zur Tradition, dass du mich um den Reif bittest, denn allein deine Freiwilligkeit darf Grundlage unserer Beziehung sein."

Sehr ernst sieht Georg Juliette an. In ihrem Kopf kreisen wild die Gedanken. „Komm mit, Juliette, du kannst nichts verlieren, nur gewinnen!", hört sie Susannas Stimme, die sich erhebt über ihr eigenes Zögern. Sie will diese Botschaft nun die Oberhand gewinnen lassen, will es wagen, will sich nicht die Chance zum Glücklichsein verbauen.

Und wenn es nur diese paar Tage dauert ...! Was habe ich schon zu verlieren?

Vollkommen selbstverständlich wirkt, was Juliette nun tut. Wie im Traum rutscht sie vom Bett, auf dem sie gesessen haben, kniet vor ihm nieder, legt ihren Kopf in seinen Schoß.

„Ich möchte zu dir gehören, möchte dir gehören. Bitte gib mir deinen Halsreif."

Georg hebt ihren Kopf zu sich heran, küsst sie.

Der Moment ist feierlich.

Sie senkt ein wenig den Kopf, damit er freien Zugang zu ihrem Nacken hat und lässt sich den Reif umlegen. Er schließt mit einem unsichtbaren Spannverschluss. Georg hilft ihr auf und führt sie zum Spiegel.

Juliette sieht zum ersten Mal das Spiegelbild einer „unterworfenen Frau", ihr Spiegelbild, und muss lachen über diese Bezeichnung. Was sie sieht, ist nicht bedrückend, nicht hässlich, nicht klein. Georg

hat sie von hinten umfangen, sein Kopf liegt auf ihrer Schulter. Sie fühlt sich groß, aufrecht, stolz, und so schön, wie sie sich immer erträumt hat zu sein.
Juliette fühlt sich RICHTIG.

*

An Georgs Arm durchschreitet sie erstmals eine der vielen breiten Türen, die von der Eingangshalle abgehen. Alle anderen sind bereits im Esszimmer versammelt und Fernando begrüßt die beiden mit Champagnergläsern.
Ein Blick auf Juliettes Hals lässt ihn strahlen, er schnippt leicht an seinen Kristallkelch, der ein dezentes, aber deutliches Klingen hören lässt, und richtet das Wort an seine verstummenden Gäste.
„Meine Lieben, es freut mich besonders, euch mitteilen zu können, dass Georgs Werben um die bezaubernde Juliette ganz offensichtlich erfolgreich war. Ihr seht, sie trägt seinen Halsreif, und so, wie ich sie einschätze, wird sie sich nicht leichtfertig entschieden haben. Ich wünsche euch Glück und die Erfüllung eurer Träume miteinander. Lasst uns trinken. Wir haben etwas zu feiern!"
Herzlich nimmt er Juliette in den Arm, küsst sie leicht auf die Wange und klopft Georg anerkennend auf die Schulter. Sofort sind die beiden umgeben von Gratulanten. Gläser klirren, es wird umarmt und niemand verbirgt seine Freude.
Susanna hält die Freundin lange fest umschlungen. „Oh, ich freu mich so für dich und ich bin sogar ein bisschen stolz auf meine gute Eingebung. Man er-

kennt dich kaum wieder, du siehst so wunderschön und so glücklich aus. Ihr seid ein mächtig attraktives Paar, weißt du das?"

„Du kannst dir kaum vorstellen, wie dankbar ich dir bin, Susanna. Und ich sehe nicht nur so aus, ich bin glücklich! Und er ist doch einfach umwerfend, nicht?"

„Das kann man wohl sagen, Juliette, hätt ich nicht meinen Robert, ich hätte mich ihm längst vor die Füße geschmissen", lacht Susanna ausgelassen.

„Hej, wer will sich vor meine Füße schmeißen, du, Susanna?" Georg hat sich von den gratulierenden Männern gelöst und steht neben den beiden, schon wieder mit einem ziemlich herausfordernden Ausdruck. „Hübsche Idee eigentlich, ich muss mich mal mit Robert absprechen, ob die Damen nicht mal zusammen verwertbar wären."

„Georg, du bist unmöglich!", schimpft Susanna scherzhaft. „Jetzt hast du nach langem Genöle endlich die Frau deines Herzens gefunden, da wirst du schon wieder aufmüpfig." Und an Juliette gewandt, die mit etwas fassungslosem Gesicht diesem Geplänkel gefolgt ist, erklärt sie: „Mach dir keine Sorgen, eigentlich ist er treu wie Gold, aber er hat immer Spaß an gemeinen Spielchen und ausgefallenen Szenen. Da bist du vor keiner Überraschung sicher."

So recht beruhigen kann sich Juliette über diese Ansprache nicht. Ein wenig mulmig ist ihr schon. Georg wischt mit einer Handbewegung ihre Zweifel fort, nimmt sie um die Taille und ruft in die ausgelassene Gesellschaft hinein: „Gibt's hier eigentlich endlich mal was zu essen? Ich hab noch was vor heute Abend, ein halbes Schwein auf Toast wär mir jetzt nicht unrecht!"

„Vergiss deine emsländischen Schweinehälften, mein Lieber, bei mir isst man argentinisches Rind, ganz frei von euren typisch europäischen Viehseuchen", gibt Fernando gespielt beleidigt zurück. „Freunde, ich bitte euch zu Tisch."
Die Tafel in dem langen rechteckigen, sehr geräumigen Speisezimmer ist festlich gedeckt. Auf dem weißen Damast hebt sich die ungewöhnliche Dekoration besonders gut hervor. Zwischen drei sechsarmigen, auf hochglanzpolierten Silberleuchtern sind weiße Rosen, die sicher aus dem üppigen eigenen Garten stammen, großblütige weiße Orchideen und saftig grüne Limonen mit geradlinigem dunkelgrünem Strandgras kunstvoll arrangiert. Die Grüntöne harmonieren wunderbar mit der Farbe des schweren Samtbezuges der hochlehnigen Stühle und den bereits zugezogenen Portieren an den hohen Fenstern.
Die schlichten Kristallgläser reflektieren effektvoll das Licht der weißen Kerzen. Das Silber wirkt schwer und hat sicherlich schon einigen Generationen gedient. Kleine, mit goldfarbener, schwungvoller Handschrift beschriebene Kärtchen weisen den Gästen ihre Plätze zu. Juliette fällt auf, dass die männlichen Namen groß, die weiblichen aber alle klein geschrieben sind. Wie zum gefälligen Ausgleich findet sich allerdings an jeder Damenkarte

eine vollendet schöne weiße Rose. Sie bemerkt, wie sich schon wieder leichter Widerstand ob dieser Unterscheidungen in ihr regt. Sie wird noch einige Zeit brauchen, bis sie sich mit derlei Seltsamkeiten zu innerer Akzeptanz auseinandergesetzt haben wird.

Für diesen Moment entscheidet sie sich zunächst, keine Diskussion zu beginnen. Zu harmonisch ist die Situation, untermalt von leiser, die Unterhaltung keineswegs störender Barockmusik. Der Hausherr hat am Kopf der Tafel Platz genommen, flankiert von seiner Lydia zur einen, Sarah zur anderen Seite. Die Tischordnung hat die Paare nicht auseinandergerissen, sondern nebeneinander platziert. Nur Daniel und Claudia haben Pech gehabt. Sie sitzen sich gegenüber und werden sich ob der Breite der Tafel nicht einmal mit den Füßen berühren können.

Juliette hat endlich einmal Gelegenheit, sich Claudia, die neben Susanna ihr schräg gegenüber sitzt, etwas genauer anzusehen. Sie muss die Jüngste hier sein, bestenfalls Anfang dreißig, schätzt sie. Während alle anderen Frauen hier eher dunkle Typen sind, ist sie ganz offenbar naturblond und trägt das Haar kurz geschnitten und fransig ins Gesicht gekämmt, was ihren langen feinen Hals und Nacken hervorhebt. Claudias Gesicht wirkt jung und ist, wie Juliette neidlos zugeben muss, noch fast faltenfrei. Einige charmante Sommersprossen zeigen sich auf dem hellen Teint, der zum Schutz vor der heißen Julisonne einen enormen Lichtschutzfaktor brauchen dürfte.

Ihre blaugrünen Augen hat sie geschickt betont, den kleinen Schmollmund in hellem Rosé geschminkt. Insgesamt ist sie ein sportlich-burschikoser, ob ihrer Jugendlichkeit aber ein noch etwas mädchenhaft und verletzlich wirkender Typ. Die zähe Durchsetzungsfähigkeit, die ihr im Beruf eigen ist, sieht man ihr nicht an, was möglicherweise aber auch an Daniels Anwesenheit hier liegen mag.

Juliette schätzt ihn auf knapp zehn Jahre älter als seine Liebste und hätte sie irgendjemand aufgefordert ein Idealbild für einen typischen „Dom" zu zeichnen, hätte sie ihn ohne Umschweife als Modell gewählt. Groß, blond und mit einer Schulterbreite ausgestattet, hinter der sich Claudia getrost zweimal verstecken kann, ist er eine imposante Erscheinung. Die deutlich erkennbare Narbe auf der linken Wange zeugt von seiner studentischen Vergangenheit in einer schlagenden Verbindung und gibt seinen ebenmäßigen Zügen etwas Verwegenes. Seine Haltung ist es aber, die es leicht macht, sich vorzustellen, dass ihm sicher niemand ohne Weiteres zu nahe treten oder auch nur unüberlegt widersprechen würde. Ein sehr attraktives Paar, befindet Juliette, als sie ihren Blick wieder Claudia zuwendet. Sie trägt ein weißes langes Bolerokleid, das einen großzügigen Ausschnitt um den Nabel herum hat. Sie kann es sich leisten, sie hat noch keine Kinder bekommen und einen makellos straffen, flachen Bauch.

Was für ein enormer Kontrast zu Susanna, denkt Juliette, den direkten Vergleich zwischen den beiden, auf ganz unterschiedliche Art attraktiven Frauen vor Augen.

Susanna erscheint ihr wie eine voll erblühte Rose. *Männer würden sie eine „Granate" nennen*, lächelt sie in sich hinein. Die Vorliebe der Freundin für Korsetts, das konnte Juliette heute am Strand feststellen, hat auch sehr praktische Hintergründe. Susanna hat drei Kinder ausgetragen. Ihr Körper ist weicher geworden, sehr weiblich. Und diese kleine Wölbung, die sich nach Geburten charakteristischerweise zwischen oberer Schambeinlinie und Bauchnabel bildet, wie sehr sie sich auch um Straffheit bemühen mag, entlarvt jede Frau als Mutter.

*

Das Auftragen der Vorspeise reißt Juliette aus ihren Betrachtungen.

Den Auftakt für das raffinierte Menü bildet ein Geflügelleberparfait im Walnusskernmantel auf einigen Blättchen Feldsalat, dekoriert mit zarten gebratenen Apfelscheibchen. Juliette hat seit dem opulenten Brunch nichts mehr gegessen, kennt aber die niedrige Toleranzschwelle ihres Magens, wenn es um den schnell erreichten höchsten Füllstand geht. So lecker die kleine Vorspeise auch ist, sie reißt sich zusammen und lässt einen Teil der Köstlichkeit auf dem Teller.

Der nächste Gang, der gebracht wird, ist eine Suppe. Suppe kann sie eigentlich nicht ausstehen, zumal diese hier, zwar wunderbar angerichtet, aber doch klar erkennbar Rote Beete zur Grundlage hat. Vorsichtig probiert sie und ist begeistert. Ziemlich scharf gewürzt mit Pfeffer, Schalotten und Ingwer, gekrönt von weißem Wasabischaum, was ein wahres Feuerwerk im Mund anrichtet, wird dies aber doch gemildert durch die zarte Grundlage aus roten Knollen und lässt den Gaumen besänftigt zurück.

Die Tischgespräche sind weniger geworden ob der kulinarischen Köstlichkeiten. Als nun aber der Hauptgang aufgetragen wird, verkündet Fernando: „Ich habe mir erlaubt, für unseren Aufenthalt diesmal einen ganz besonderen Koch zu engagieren. Das war nicht ganz einfach, aber unser Freund Georg hat seinen guten Anteil daran, dass es glücken konnte. Ihr wisst ja, dass Georg meine Fleischimporte nach Europa regelt. Nun ist es uns gelungen, in den letzten paar Jahren eine kleine Herde aufzubauen, deren Fleisch dem all unserer anderen alteingesessenen Rassen weit überlegen ist, im Geschmack und in der Zartheit. Abgesehen von gezielten Anpaarungen haben wir auch eine besondere Fütterungsvariante gefunden. Dieses Fleisch wird von Gourmets ganz besonders hoch geschätzt und, weil es noch sehr teuer ist, in Europa nur von wenigen Spitzenköchen verarbeitet. Wir möchten uns natürlich einen guten Marktanteil sichern und hoffen nun darauf, dass Georgs Idee, ausgesuchte Restaurants besonders zügig, direkt und frisch zu beliefern, einen nützlichen Werbeeffekt haben wird. Lasst uns also zusammen sehen, was der Chef de

Cuisine aus meinen Rindviechern zu zaubern in der Lage ist."

Fernando hebt sein Glas und die Freunde prosten sich erwartungsvoll zu.

Das Filet thront auf einem Bett aus getrüffeltem Kartoffelpüree, umgeben von feinen, gebutterten Schalotten, die einen zarten Duft von Portwein, Zimt und Nelken ahnen lassen.

Juliette ist sich sicher, noch nie so etwas Gutes gegessen zu haben. Die Sinfonie aus den verwendeten Gewürzen ist ihr vollkommen fremd, macht aber in ihrer Gesamtheit ein fantastisches Geschmackserlebnis aus. Dass Essen ein solches Fest für die Sinne sein kann, hat sie derart ausgeprägt noch nie empfunden und sie ist sich dankbar für ihre Zurückhaltung bei den Vorspeisen, die ihr nun ermöglicht, den Hauptgang richtig zu genießen.

Das allseits empfohlene Lob für den Küchenchef wird Fernando später gern weitergeben. Auch er ist äußerst zufrieden.

Von dem wunderbaren Nachtisch, für sich genommen eigentlich schon jede Sünde wert, gestattet sich Juliette nur noch eine kleine Portion, obwohl die Erdbeeren mit dem köstlichen Rhabarberschaum eine angemessen leichte Ergänzung zum Menü darstellen. Den später gereichten Käse in verschiedensten Sorten verkneift sie sich lieber ganz.

Fernando bittet nun ins Kaminzimmer zum Cognac.

*

Juliette stellt fest, dass die Gesellschaftsräume hier unten miteinander verbunden sind. Große zweiflügelige Türen trennen die Zimmer.

Trotz der Julihitze des Tages ist es kühl geworden an diesem mondhellen Abend. Der Wind hat aufgefrischt, so scheint das knisternde Feuer, das im Kamin brennt, durchaus nicht unangemessen. Die Damen sind in ihren Kleidern sowieso nicht besonders warm angezogen und sind begeistert von der hellen Wärmequelle in diesem gemütlichen, nicht allzu großen Raum. Direkt vor dem Kamin haben es sich die Ridgebacks zusammengerollt gemütlich gemacht. Große, schwere dunkelrote Ledersessel stehen im Halbkreis davor, jeder mit einer Sitzfläche, die ohne Weiteres auch zwei, nicht besonders korpulenten Personen Platz bieten könnte. Vor den Sesseln liegen riesige, solide, dunkelrot bezogene Sitzkissen auf dem Boden.

Juliette wartet ein wenig ab. Sie will sich nicht vordrängen, zunächst dem Hausherrn und Lydia die Platzwahl überlassen.

Erstaunen überkommt sie, dass alle Männer und Sarah in den Sesseln Platz nehmen und sich sowohl Lydia als auch Susanna und Claudia völlig selbstverständlich zu deren Füßen niederlassen.

Juliette will schon den Mund zu lautem Protest öffnen, als Georg sie zu sich winkt und auf das Kissen vor seinem Sessel deutet.

Sie steht als Einzige noch und befürchtet, dass das muntere Gespräch wohl gleich verstummen wird, wenn sie eine Weigerung von sich geben wird.

So viel Rampenlicht wäre ihr noch unangenehmer. Es ist normalerweise kein Problem für sie, im Schneidersitz auf dem Boden zu sitzen oder zu knien. Das tut sie gern, zu Hause, ganz für sich auf ihrem Teppich. Hier aber erregt es ihren Widerspruch, weil es allzu offensichtlich eine Unterscheidung zwischen oben und unten deutlich macht.

Juliette reißt sich zusammen, setzt sich, aber nicht ohne sofort das Gespräch mit Georg zu eröffnen.

„Georg, das geht mir zu weit! Hast du nicht von gleicher Augenhöhe gesprochen vorhin? Das ist kaum zwei Stunden her und nun schau, wie es bestellt ist mit der Augenhöhe. Ich muss jetzt zu dir aufsehen." Juliette ist mühsam beherrscht.

Georg dreht gerade die zweite Zigarette, was ihm den höhnischen Anwurf von Daniel einbringt, er würde doch nun langsam wirklich nicht mehr am Hungertuche nagen und könne sich von seiner studentischen Marotte endlich mal befreien.

„Raucht ihr nur alle dieses eklige Zeug, das ist ja zum Abgewöhnen, ich bleibe bei meiner Marotte und pflege sie", grinst Georg zurück. „Und nun stört mich nicht, ich habe meinem Weibe etwas zu erklären."

„Juliette, ich bin froh, dass du sofort mit mir redest, wenn dir etwas nicht passt. Bitte tu das immer. Nicht miteinander zu reden wäre das Schlimmste, was uns beiden jetzt passieren könnte. Du hast vorhin meine Macht über dich in Sachen Sex akzeptiert, wahr?"

„Ja, aber wo ist hier Sex?", entgegnet Juliette.

„Hier, mein Engel, ist alles Sex! Wir sind hier in einer Scheinwelt, wie unter einer Käseglocke. Alles, was hier geschieht, ist weit ab von dem, was im Alltag auf uns beide zukommen wird. Ich bin sicher, wir werden noch tausend Punkte haben, die es zu bereden gilt, bis wir ganz eins sein können, auch im normalen Leben. Bestimmt werden wir uns auch in die Haare kriegen, aber ich bin ganz sicher, wir bekommen das hin! Hier bist du meine Sklavin, mein unterwürfiges Weib. Ganz fern von Haushalt und Hochschule. Ich bitte dich, spiel mit mir dieses Spiel und lass uns einfach nur die Rollen genießen, die wir uns ausgesucht haben. Weck mich nicht aus diesem Traum und träum ihn weiter mit mir. Wenn wir dieses Haus verlassen, werden wir noch früh genug beginnen müssen, uns ganz neu zu definieren in unserem Verhältnis zueinander."
Sein Ton ist sanft, fast beschwörend gewesen. Juliette sieht in seinen Augen ein wenig Angst, sie könne seine Bitte ablehnen. Wie ernst er sein kann, wenn es um sie geht, und wie ausgelassen albern, jungenhaft, manchmal raubtierhaft gefährlich, wenn sie sich ihm hingibt! Juliette erkennt, dass ein Dom nicht sein kann ohne sein Gegenstück, das ihm ermöglicht, zulässt, sich erobern und beherrschen zu lassen. Sie sieht, dass wirklich allein ihr Wille, ihre Freiwilligkeit seine Position erst möglich machen.

„Ja, Georg, lass uns weiterträumen und lass uns etwas mitnehmen aus diesem Traum, der endlich sein wird, in die Zeit nach unserer Abreise."

Juliette zieht an der Zigarette, die er ihr angezündet hat, und lehnt sich entspannt an seinen Sessel.
Die Erleichterung, die sie ihm gerade verschafft hat, ist fast hörbar.

*

Lydia hat inzwischen, von Juliette unbemerkt, das Kaminzimmer verlassen. Plötzlich erklingt aus dem Nebenraum Tangomusik.
Nun öffnet sie die großen Türen zum Salon. Juliette ist beeindruckt von ihrer Erscheinung. Sie trägt ein rotes, oben eng anliegendes, im Nacken geschlossenes Kleid. Von der Hüfte abwärts ist es diagonal zipfelig geschnitten, der weite Saum endet asymmetrisch, rechts nur zwei Handbreit unter der Hüfte, links knapp unterm Knie. Ihre Füße stecken in schwindelerregend hohen, an den Seiten offenen Tanzschuhen, die mit einem Fesselriemchen festen Halt am Fuß geben.
Mit einem höflichen, sehr diszipliniert wirkenden Kopfnicken tritt sie auf Fernando zu und bittet ihn zum Tanz. Sofort kommt Bewegung in den großen, eher schwer wirkenden Argentinier. Alle folgen dem Paar, das Hand in Hand den parkettierten Salon betritt, der reichlich Platz in der Mitte bietet, um als Tanzboden zu dienen. Juliette steht an Georgs Hand neben Susanna.
Der Tanz, den Juliette nun zu sehen bekommt, ist eine ganz andere Welt als das, was die Freundinnen damals in einem studentischen Kursus beigebracht bekommen haben.
„Lydia ist eine bekannte Tangotänzerin, oft ist

sie auch in Europa mit ihrem Partner auf Tournee", flüstert Susanna Juliette ins Ohr. „Fernando ist ein bisschen eifersüchtig", kichert sie leise.

Die beiden Tänzer scheinen zu verschmelzen, sie tanzen eng, sie hat ihre Wange an ihn gelehnt und auch in den kompliziert wirkenden Schrittfolgen lösen sie den Kontakt nur selten.

Die Corte, der Moment des Innehaltens zwischen den Schritten, lässt ob ihrer demonstrativ getanzten Leidenschaft alle die Luft anhalten.

Fernando wirkt keinesfalls mehr schwerfällig, vielmehr elegant, beweglich und leicht. Sein Ausdruck ist konzentriert, allein auf seine Partnerin gerichtet, die sich vollkommen seiner Führung, seinem Halten hingibt. Juliette hat den Eindruck, dieser Tanz symbolisiere einen kunstvoll überhöhten Akt. Dazu passt die Schlussfigur, als Lydia, sensationell biegsam, ihr gestrecktes Bein auf seiner Schulter platziert und er vom Fuß an abwärts bis zur Hüfte streichend seinen Kopf auf ihr Schienbein legt.

Alle applaudieren begeistert und beim nächsten Musikstück betreten auch Claudia und Daniel das Parkett.

Juliette fühlt plötzlich Susanna nach ihrer Hand greifen. Erstaunt dreht sie sich zu ihr um.

„Lass uns mal gucken, was wir noch hinbekommen", fordert Susanna.

„Liebes Bisschen, ob das noch funktioniert?" Juliette hat sich nie so viel aus der Tanzerei gemacht, fühlte sich immer zu steif und ein wenig gehemmt, aber eigentlich ist sie heute gelöst genug, um sich sogar darauf einzulassen. Susanna übernimmt die Führung und schnell bieten die beiden Frauen ein schönes Bild als Tanzpaar.

Juliette fühlt sich heute Abend fern von all ihren Hemmungen und aus dem Spaß wird unversehens eine höchst sinnliche Situation. Die Blicke der Männer, die sie wie kleine spitze Pfeile in ihrem Rücken spürt, befeuern sogar noch ihre Stimmung. Niemals hätte sie es für möglich gehalten, bei sich auch nur die leiseste Spur exhibitionistischer Anzeichen erkennen zu können. Wieder einmal ist sie sich ihrer gewohnten eigenen Einschätzung absolut nicht mehr sicher.

Schon gestern hatte sie den Eindruck gehabt, dass der Wein eine ungeheuer aphrodisierende Wirkung auf sie ausübt, und ihre alte intensive Zuneigung zu der Freundin hatte schon früher die Frage in ihr aufkommen lassen, ob nicht doch eine unterdrückte Bi-Veranlagung in ihr schlummern könnte.

Susanna hat sich dicht angeschmiegt. Sie lassen sich treiben von der Musik und bemerken nicht einmal, dass sie inzwischen nicht nur von den Umstehenden, sondern auch von den anderen Tänzern beobachtet werden.

Vollkommen abgehoben fühlt Juliette Susannas Hand unter ihrem hochgeschlitzten Kleid auf ihren nackten Po gleiten. Ein träumerisches Lächeln begleitet nun ihre Hand auf dem Weg zu Susannas vom Korsett hochgeschobenen Busen.

Daniel und Claudia gleiten an ihnen vorbei und Juliette übersieht geflissentlich Claudias warnenden Blick.

Auch Robert und Georg, die mittlerweile einen leicht säuerlichen Ausdruck zeigen, nehmen die beiden Frauen nicht wahr. Als die Musik endet, stehen die Freundinnen in enger Umarmung und tauschen einen mehr als lasziven Kuss.

Totenstille herrscht im Salon.

Unwillig lösen sie sich voneinander und schauen in die Gesichter ihrer herangetretenen Männer. Was sie da sehen, verspricht nichts Gutes. Die Männer tauschen einen bedeutungsvollen Blick.

Im nächsten Moment haben sie die Handgelenke der Frauen fest im Griff. Sarah reicht Handhängefesseln. Juliette und Susanna sind so platt, dass sie vollkommen versäumen, sich zu wehren gegen das, was nun geschieht.

„Wenn ihr euch so liebt, ihr zwei, dann wollen wir aber auch mal sehen, wie schön ihr zusammen leiden könnt." Robert bemüht sich leise grinsend, seiner Stimme einen gefährlichen Klang zu geben.

„Warum?" Juliette ist fassungslos.

„Warum?", erwidert Georg. „Das kann ich dir sagen: Wenn du einen Hang zu Frauen hast, gut, kannst du haben, aber ohne mich zu fragen, hier vor allen Leuten, mich bloßzustellen, das schreit nach einem kleinen Denkzettel!"

„Oh, shit!" Susanna sucht gar nicht erst nach Argumenten zu ihrer Verteidigung, sie weiß, was schiefgelaufen ist.

„Also, meine Damen, derweil ihr beide keine unschuldigen Lämmchen seid, werdet ihr's auch gemeinsam ertragen", beendet Robert die Diskussion. Juliette und Susanna werden dicht zusammen, Gesicht an Gesicht, mit den Händen an einem Haken, der an einer Kette von der hohen Decke herunterkommt, hochgezogen, bis sie gerade noch mit den Zehenspitzen den Boden berühren können. Um die Taille herum bindet Georg sie mit einem Bondageseil fest zusammen. Ganz nah kommt er Juliette und sie sieht die Frage in seinen Augen. Die Frage, die ihr „Okay" einfordert für sein Tun. Ein winziges Nicken nur und das Spiel beginnt.

Georg öffnet Juliettes dünne Träger, die mit silbernen Spangen gehalten werden, sodass ihr Rücken nackt ist. Die langen Bahnen ihres Rockes hat er hochgenommen und mit in das Taillenseil gebunden.

Robert steht mit einem scharfen Messer hinter Susanna. Er sieht ihr tief in die Augen, als er mit einem gekonnten Schnitt ihre Bluse durchtrennt, sodass auch ihr Rücken schutzlos preisgegeben ist. Ein weiterer Schnitt, ein Griff, und Susanna ist unterhalb der Hüfte nackt.

„Ogottogott, Susanna, ich bin so aufgeregt", flüstert Juliette der Freundin ins Ohr.

„Pssst, lehn dich an, versuch dich zu entspannen! Wir sind zusammen und ich sag dir was, du fühlst dich so geil an, so dicht bei mir."

Zu Juliettes Erstaunen beginnt Susanna erst leicht, dann immer intensiver, ihre Zunge um Juliettes Lippen spielen zu lassen.

„Schau sie dir an, Georg, sie haben auch noch

Spaß an der Sache!" Robert klingt gar nicht mehr sauer, aber es ist unübersehbar, wie ihn der Anblick der beiden Frauen erregt.

„Dann wollen wir der Sache mal noch den letzten Schmiss geben, was?", schlägt Georg vor. Bemüht, der Inszenierung noch eins draufzusetzen, bittet er die anderen in betont dramatischem Ton:

„Macht mal ein bisschen Platz, wir müssen ausholen können."

Juliette und Susanna sind längst an einem Punkt der Ekstase angekommen, der sie das Folgende nur noch als neues Stimulanz empfinden lässt. Beide Männer schwingen im gleichen Rhythmus ihre einschwänzigen Peitschen.

Die Hintergrundmusik, die Sarah ausgesucht hat, ist ein monotoner, düsterer Mönchsgesang und fördert nur noch die Trance, in der sich die Frauen befinden. Jedes Auftreffen der geflochtenen Lederstränge lässt die Freundinnen sich noch dichter aneinanderdrängen. Die Singletails hinterlassen nur zarte rote Striemen auf den Rücken und Kehrseiten. Mit geringem Krafteinsatz, aber hochkonzentriert sind die Männer bemüht, ausschließlich die eigene Frau zu treffen. Fast mit jedem Schlag gelingt das. Fast!

Die Atmosphäre ist aufgeheizt, die Luft scheint von heißer Hochspannung zu flirren. Schon beginnen sich auf Roberts markant geschnittenem Gesicht feine Schweißperlen zu zeigen, eine Locke des dunklen Haares klebt an seiner Stirn. Kurz hält er inne, um sich seines Jacketts und Hemdes zu entledigen. Georg tut es ihm nach. Auf nackten Oberkörpern spielen wohl- proportionierte Muskeln unter sacht von der Sonne gebräunter Haut. Das Bild wirkt martialisch.

Wie auf ein unhörbares Signal hin unterbrechen die Männer gleichzeitig ihr Tun. Jeder tritt nah an seine Geliebte heran. Prüfende Griffe zwischen deren Schenkel bestätigen, dass beide klatschnass geworden sind und die Situation offenkundig genießen. Georg greift Juliette unters Kinn, hebt ihren Kopf. Unter halb geschlossenen Lidern, noch völlig weggetreten, sieht sie ihn an. Seine Augen sind grün in diesem Moment.

„Warum habt ihr aufgehört?" Juliettes Stimme klingt, als wäre sie weit weg und direkt bedauernd.

„Weil wir uns euren Höhepunkt für uns selbst aufheben werden, ihr habt ihn heute Abend nicht zusammen verdient", erwidert Georg.

„Oh", kommt die enttäuschte Antwort fast gleichzeitig aus Susannas und Juliettes Mund.

Robert hat derweil die gemeinsame Fesselung gelöst. „Ihr entschuldigt uns bitte für den Rest der Nacht?", bittet er Fernando, der mit jovialem Lächeln reagiert: „Ab marsch ins Bett mit den Dämchen!"

Juliette und Susanna wirken gleichermaßen derangiert und folgen ihren Männern wie im Traum, sich noch einen kleinen Gutenachtkuss über die Schulter zuwerfend, die Treppen hinauf in die Schlafzimmer.

*

Keiner der Männer macht in dieser Nacht viel Federlesens mit seiner Geliebten. Die aufgestaute Energie bricht sich Bahn.

Kaum im Schlafzimmer angekommen wirft Georg Juliette über eine Sessellehne, zwingt ihr herrisch die Beine auseinander, schiebt mit den Händen roh ihren Rock über die Hüften, greift nach ihren Brüsten und dringt sofort von hinten in sie ein. Seine Hände zwirbeln ihre Brustwarzen schmerzhaft, sehr dicht an der Grenze dessen, was sie ertragen kann, sein Griff ist unnachgiebig. Die Stöße sind zum ersten Mal rücksichtslos, nur an der eigenen Befriedigung interessiert.

Juliette aber genießt die Behandlung. Sie ist nicht mehr als die logische, in ihrem verschleierten Empfinden richtige Reaktion auf ihr zügelloses Benehmen vorhin. Ihre Geilheit ist so aufgestaut, dass sie bereits nach wenigen Sekunden ihren Orgasmus in einer gewaltigen Welle heranrollen fühlt. Ihr Inneres zieht sich zusammen, explodiert. Juliette schreit ihre Lust heraus. Im nächsten Augenblick ergießt sich Georg mit einem tierischen Stöhnen in ihr.

Selbst schon auf dem Weg zurück vom Höhepunkt ins ruhige Tal, fühlt sie in sich das nochmalige Anwachsen seines Penis, spürt deutlich die Eruption und noch einmal reißt es sie hinauf auf den höchsten Gipfel der Lust.

Juliette japst nach Luft.

Vollkommen bewegungsunfähig hängt sie auf der Sessellehne. Georg zieht sich aus ihr zurück, Sperma läuft ihr die Schenkel hinunter. Er hebt sie auf, trägt sie ins Bett.

Zitternd und zu keinem Wort fähig lässt sie sich jede seiner Aufmerksamkeiten erschöpft gefallen. Er streicht ihr das verklebte Haar aus dem Gesicht, wischt ihr die völlig verrutschten Smoky Eyes von den halb geschlossenen Augen, beseitigt sanft die Spuren der gemeinsamen Lust von den Innenseiten ihrer Beine, streichelt sie, flüstert Liebesworte in ihr Ohr. Der Versuch, ihr ein Glas Wein an den Mund zu halten, scheitert kläglich, sie ist weich wie eine Gummipuppe. Er wählt einen anderen Weg, nimmt einen großen Schluck in den Mund, presst seine Lippen auf ihre und lässt den Wein vorsichtig in ihre durstige Kehle rinnen.

Er erntet noch ein dankbares Lächeln, bevor er Juliette in Morpheus' Arme verliert.

3. Kapitel

Juliette erwacht im ersten Morgengrauen, von Georg wachgestreichelt.
Ihr Schlaf war tief, vollkommen entspannt und erholsam gewesen. Dennoch möchte sie ihren wohligen Gefühlen gern noch eine Weile nachspüren und kuschelt sich schnurrend in seinen Arm.

„Nanu, du bist ja schon angezogen, warum das denn?", stellt sie erstaunt fest, als sie die Augen aufschlägt.

„Fernando will mit mir reiten, morgens lässt die Ebbe genügend Strand frei, um ein ordentliches Stück an der Küstenlinie entlangzukommen."

„Reiten?" Juliette ist sofort hellwach. „Kann ich mitkommen?"

„Sicher. Warum nicht? Fernando hat drei Pferde mit herübergebracht, aber kannst du denn überhaupt?"
Sie ist mit einem Satz aus dem Bett und schon auf dem Weg ins Bad. „Natürlich kann ich, bitte nehmt mich mit!"

„Moment mal, ich dachte, du bist eine reine Stadtpflanze, ich wusste ja nicht!"

„Tja, du weißt noch so vieles nicht von mir", unterbricht sie ihn lachend, die Zahnbürste im Mund, in der halb geöffneten Badezimmertür stehend, ein Bein bereits in der Jeans, die ganz offenbar schon heftige Einsätze erlebt hat.
Juliette ist schnell in der wunderbaren Erwartung

eines Morgenrittes, schon hat sie ihre Trekkingstiefel angezogen, das Haar zum Pferdeschwanz zusammengebunden und ein weites Hemd angezogen, dessen Schöße sie um die Taille knotet.

„Hej, selbst als Landpomeranze gefällst du mir ausnehmend gut", stellt Georg aufgekratzt fest und gibt ihr einen Klaps auf den knackigen Jeanspo. „Außerdem habe ich noch nie eine Frau erlebt, die in derartiger Geschwindigkeit im Bad fertig werden und dann auch noch so lecker aussehen kann."

In dem nach Osten liegenden Frühstücksraum ist eine kleine Mahlzeit vorbereitet. Schon zeigt sich eine erste zarte Morgenröte in den vielen Fenstern, die das Erkerzimmer in rosiges Licht taucht. Fernandos Blick ist etwas erstaunt, er hat Georg eigentlich allein erwartet.

„Juliette möchte gern mitkommen, sie behauptet, sich auf einem Pferd halten zu können. Ist das in Ordnung?", fragt Georg den Gastgeber.

„Ich muss schon sagen, ich wundere mich immer wieder über die Vielseitigkeit deutscher Frauen", merkt Fernando lachend an, „aber ich denke, mit meinem alten Ovido können wir nichts verkehrt machen, der bringt mir auch ein Baby heil nach Hause. Nun seht aber zu, dass wir in den Stall kommen, trinkt euren Kaffee aus, die Ebbe lässt uns nicht unbegrenzt Zeit, wenn wir am Strand vorwärtskommen wollen."

Der Morgen ist noch kühl, der Wind immer noch etwas frisch und Juliette ist froh, dass sie sich schnell die leichte Jacke gegriffen hat.

*

Die Pferde stehen bereits gesattelt und getrenst vor dem schön renovierten Stallgebäude. Die Beine der kostbaren Poloponies sind dick bandagiert. Der Pfleger Miguel hält eines der Pferde, das einen etwas nervösen Eindruck macht, am Kopf und redet beruhigend auf das Tier ein. Die beiden anderen wirken völlig gelassen, ein Hinterbein ruhend eingeknickt.

Juliette erkennt sofort den leicht schief gehaltenen Schweif der Stute, die ganz außen angebunden ist und einen eher gelangweilten, in sich gekehrten Eindruck macht.

„Hengst?", fragt sie Fernando und weist auf den unruhigen Geist.

„Ja, Diego ist einer meiner Zuchthengste, er geht aber sehr viel im Polosport und ist ein äußerst gefragter Deckhengst."

Juliette fällt es wie Schuppen von den Augen. Es ist dieser Zusammenhang, der ihr gestern gefehlt hat. Fernando und Pferde! Vollkommen klar stehen ihr die Zusammenhänge nun wieder vor Augen. Sie wird es für sich behalten, so lange es möglich ist, beschließt sie. Sie will jetzt keine alten Geschichten, will die Welt für sich neu ordnen und sehen, wird sich nicht stören lassen auf diesem Weg, den sie eingeschlagen hat, um glücklich zu werden. Entschlossen schüttelt sie ihr Unbehagen ab und antwortet fröhlich: „Kein Wunder, dass er so albern ist, die Dame da drüben rosst. Willst du die beiden miteinander anpaaren?"

„Ich hatte darüber nachgedacht, denn Esperanza hat sich im Sport sehr bewährt und eigentlich wird es Zeit, dass sie das erste Fohlen bekommt, sie ist jetzt neun."

„Das wird gut passen", entgegnet sie, „der Nachwuchs wird bestimmt ein Knaller."

Georg mischt sich ein: „Sagt mal, wovon redet ihr eigentlich? Und kannst du mir mal verraten, Weib, welche Vergangenheit da aus deinen Äußerungen spricht?"

„Oh, Georg, das ist eine andere Geschichte, die erzähl ich dir mal, wenn Zeit und Ruhe ist", erklärt Juliette. „Aber wollen wir nun reiten? Es wird schon richtig hell! Fernando, traust du mir deinen zappligen Herrn zu?"

Fernando zögert etwas, er weiß noch nicht, was er von seinem Gast erwarten kann, aber er ist generös und sagt: „Versuch es, wenn du nicht klarkommst, können wir ja immer noch tauschen."

Juliette dankt und geht völlig selbstverständlich auf den Hengst zu. Vom Frühstückstisch hat sie sich ein paar Apfelstücke mitgenommen. Eingedenk der Erfahrung, dass auch beim Pferd die Liebe oft durch den Magen geht, „besticht" sie ihn erst einmal, ehe sie sich die Bügellänge richtig einstellt, den Sattelgurt prüft und aufsitzt.

Fernando betrachtet zunächst skeptisch ihr Tun, lässt sich aber bald beruhigt in Esperanzas Sattel nieder, als er feststellt, wie selbstverständlich Juliette die doppelten Zügel des Pelham-Gebisses aufnimmt und mit sicherer Einwirkung Kontakt zum Pferdemaul herstellt. Die Reaktion seines Hengstes zeigt dem Argentinier, dass er sich keine Sorgen machen muss. Juliette scheint ganz genau zu wissen, was sie tut.

Der Weg führt die drei im ruhigen Schritt durch den Wald ans Meer. Ein überwältigender Anblick bietet sich ihnen, als sie den Strand erreichen.

Gerade hebt sich die Sonne über den Horizont und taucht das Wasser in eine Sinfonie aus Farben. Der klare Himmel zeigt sich in einer Palette von lichtem Blau über Türkis, Orange, Rosa, Magenta, mit allen Zwischentönen, bis hin zu einem leuchtenden Rot, dort, wo er das Meer berührt. Die Sonne wirkt wie ein glühender Ball, der sich den Weg nach oben unaufhaltsam erkämpft.

Juliette ist kein „early bird", allzu viele Sonnenaufgänge hat sie noch nicht gesehen. Ihre Erinnerung hält eher die Untergänge bereit. Bei diesem Anblick aber nimmt sie sich vor, sich von ihrer Schlafmützigkeit zu lösen, denn das Schauspiel der Geburt des Tages, das sich ihr hier bietet, passt wunderbar zu ihrem Empfinden, selbst wie neu geboren zu sein.

Die Pferde schnauben leise.

Dort, wo sich das Meer zurückgezogen hat, ist ein gut fünf Meter breiter Streifen aus festem nassem Sand entstanden. Idealer Boden für die austrainierten Renner.

„Wohin?", ruft Juliette Fernando zu.

„Halt dich links, bleib du vorn, ich setz ihm nicht die rossige Stute vor die Nase. Und lass ihn einfach gehen."

Diego beginnt ruhig zu cantern. Sein Galopp ist bergauf, der mächtige Hals wölbt sich vor Juliettes Gesicht. Sicher wählt er den richtigen Weg auch zwischen den verstreut im Sand liegenden Steinen, den ans Ufer heranrollenden Wellen.

Sie hört die beiden Männer nur ein paar Pferdelängen hinter sich. Der Hengst beginnt warm zu werden, Juliette spürt, wie sie mit leichter Hand seine gewaltigen Kräfte regeln kann. Trotzdem wird das Tempo, das er vorschlägt, immer höher. Er fliegt über den Strand. Sie lässt ihm seinen Willen, genießt nur noch das Spiel der mächtigen Muskeln unter sich, den Fahrtwind, der ihr nach und nach Tränen in die Augen treibt.

Ich weiß es wieder, ich weiß es wieder! Juliette lacht über ihre sichere Erkenntnis. *Ich weiß wieder, was Glück ist!*

Da vorne wird der Strand schmaler, der Boden steiniger. Sie pariert Diego sacht und hält. Es dauert einen Augenblick, bis die Männer sie eingeholt haben. Alle drei steigen ab, Fernando drückt Georg die Zügel seiner Stute in die Hand und kommt auf sie zu. Juliette ist so überwältigt, dass sie ihm ohne Umstände um den Hals fällt.

„Ich danke dir, Fernando, danke dir, dass ich dein Gast sein darf, und danke dir für diesen herrlichen Morgen mit deinem wunderbaren Pferd!"

Herzlich umarmt sie der Argentinier, wischt ihr eine Träne von der glühenden Wange. „Nicht nur ein wunderbarer Morgen und ein wunderbarer

Hengst, auch eine wunderbare Frau, meine liebe Juliette, du reitest wie der Teufel, irgendwann wirst du uns das erklären müssen." Und an Georg gewandt: „Ich weiß gar nicht, womit du sie verdient hast, eigentlich müsste sie mir gehören."

„Pffff, du hast doch schon alles, nun gönn mir gefälligst auch mal was." In Georgs Stimme schwingt beleidigter Besitzerstolz und aufkeimende Eifersucht. „Du arbeitest aber auch mit allen Tricks, ihr gibst du deinen Starvererber und mir schiebst du den alten lahmarschigen Zossen untern Hintern!"

„Na hör mal, von wegen 'lahmarschiger Zossen'! Ovido habe ich es in erster Linie zu verdanken, dass ich mittlerweile ein Plus-Zehn-Handicap habe. Er ist der zuverlässigste, anständigste Kerl, den ich besitze. Das internationale Turnier vor vier Wochen hier in Deutschland wäre sicher anders ausgegangen, wenn er mir nicht im letzten *Chukka* den genialen *round the tail* möglich gemacht hätte. Gar kein Vergleich zu diesem jungen Hüpfer, der immer nur Frauen im Kopf hat!"

„Ob der junge Hüpfer da wohl was mit dir gemeinsam hat?" Georgs Stimme ist zwar belustigt, aber unterschwellig bemerkt Juliette doch, dass eine gewisse Konkurrenz zwischen den beiden Männern existiert.

Sie nimmt der Sache vorerst den Wind aus den Segeln: „Wie geht es von hier aus weiter? Der Strand wird so schmal und steinig da vorne, außerdem habe ich den Eindruck, die Flut kommt schon, bald wird uns das Wasser erreichen."

„Hier müssen wir die Steilküste hinaufklettern, es gibt einen schmalen Pfad nach oben, den wir aber nur zu Fuß bewältigen können", antwortet Fernando.

Juliette geht mit dem Hengst an der Hand voran. Empörte Seeschwalben kreisen dicht über ihren Köpfen und fliegen wütende Attacken. Zu nah sind die drei ihren Nestern in der steilen Wand gekommen. Bei Regen muss der Pfad unbegehbar sein, zu schmierig wäre dann der lehmige Boden. Diego zeigt sich sehr trittsicher. Er folgt Juliette teils, teils lässt sie sich sogar ein Stückchen, die Hand am Sattel, von ihm nach oben ziehen.

Plötzlich hört sie Fluchen hinter sich. Ovido hat offenbar an irgendeiner Stelle den Halt verloren und rutscht nun mit Georg den Abhang hinunter.

Juliettes Herz bleibt fast stehen, als sie das Gewirr aus Pferdeleib und Menschenbeinen stürzen sieht.

Das Knäuel bleibt an einem Vorsprung hängen und kommt zur Ruhe. Georg rappelt sich auf, Ovido bleibt vorerst liegen und testet, wie er wieder auf die Beine kommen kann. Vorsichtig und langsam steht der Wallach dann doch auf.

Es gibt für Juliette keinen Weg mehr nach unten, zu steil und eng ist der Pfad. Sie kann nur den Anstieg beenden.

„Ist euch was passiert?" Fernandos Stimme klingt äußerst besorgt.

„Nein, alles dran, ich weiß bloß nicht, wie wir es von hier aus nach oben schaffen sollen", antwortet

Georg.

„Warte, ich komme euch zur Hilfe." Fernando setzt zunächst mit Esperanza den Weg aufwärts fort.

„Kriegst du die beiden gebändigt? Ach, was frag ich überhaupt?" Der Argentinier drückt Juliette die Zügel der rossigen Stute in die freie Hand.

Diego ist begeistert, die Dame so nah bei sich zu haben, präsentiert sich sofort in imposanter Manier und beginnt, sie anzublasen.

„Ruhe im Karton, mein Freund!" Juliettes Stimme ist derart durchsetzungskräftig, dass Fernando kopfschüttelnd nur noch einen bewundernden Blick über die Schulter wirft, als er sich an den steilen Abstieg macht. Er sieht, dass beide Pferde die Köpfe gesenkt haben und in knappem Abstand neben Juliette friedlich grasen. Fernando erreicht Georg über einen winzigen Stichweg, der sich quer zum Aufstieg durch eine dornige Hecke schlängelt. Sorgen um den Freund braucht er sich offenkundig nicht zu machen, denn Georg hat sich in aller Ruhe eine Zigarette gedreht und ist rauchend dabei, den mittlerweile beruhigten Ovido genau auf Verletzungen zu untersuchen. Außer einer kleinen Schmarre über dem linken Auge, die auch schon aufgehört hat zu bluten, scheint dem Wallach nichts passiert zu sein.

„Gott sei Dank sind die Beine so gut gewickelt", bemerkt Georg, „wenn wir ihn hier raus haben, müssen wir ihn vortraben lassen, um zu sehen, ob er irgendwo verdreht ist. Ich habe übrigens etwas sehr Interessantes entdeckt." Georg weist hinter seinen Rücken auf die kargen Büsche, die sich auch hier, dem Wetter trotzend, an die Küste krallen. „Da scheint eine Art Höhle zu sein."

„Na, da müssen wir mal bei passender Gelegenheit herkommen und nachsehen, was es damit auf sich hat. Jetzt lass uns aber erst meinen alten Recken hier rausschaffen. Ich schlage vor, ich nehme ihn am Kopf, du hilfst ihm, sich auszutarieren, indem du seinen Schweif hältst. Er wird sicher gut mitarbeiten, er ist ein kluger Junge."

Mit einigem Rutschen, Innehalten, Beruhigen des Pferdes gelingt es den Männern, Ovido aus der misslichen Lage zu befreien. Bald schon sind sie wieder auf dem Pfad nach oben. Juliette sieht die drei auftauchen und ist sehr erleichtert. Sofort beginnt Diego mit begeistertem Gewieher, seinen Stallgenossen zu begrüßen.

„Hat er sich anständig benommen?", fragt Fernando.

„Aber sicher, ein klares Wort zur rechten Zeit kann er ganz gut verstehen", lobt Juliette, als er ihr die Zügel der Stute abnimmt.

„Georg, hast du dich verletzt?" Sie klingt sehr besorgt.

Sein hellblaues Jeanshemd ist an der Schulter aufgerissen. Vorsichtig zieht sie den Stoff auseinander und entdeckt eine ausgedehnte Schürfwunde, umgeben von einem schwarzblauen Bluterguss. Sie verzieht das Gesicht: „Meine Güte, das müssen wir behandeln!"

„Hat Zeit, Liebling, Indianer kennt keinen Schmerz", erwidert Georg mit einer wegwerfenden Handbewegung und gibt sich alle Mühe, männlich tapfer zu wirken. „Küss mich und ich bin lokal anästhesiert."
Juliette setzt vorsichtige Küsse um die Verwundung herum, während er mit geschlossenen Augen ihre Zärtlichkeiten genießt und grinsend auf seine Lippen deutet, als sie wieder vor ihn tritt.

„Hast doch gar nichts am Mund, oder wohin soll ich dich noch küssen?"
Hätte Diego an der Hand seiner Reiterin nicht in diesem Moment angefangen, den armen Ovido schon wieder mächtig männlich anzuprusten, hätte Georg vermutlich Verletzungen an ganz anderen Körperstellen vorgetäuscht, um eine liebevolle Behandlung zu erhalten. So aber muss er sich für den Moment mit einem kurzen, allerdings schwer verliebten Kuss auf seine gespitzt hingehaltenen Lippen begnügen.
Das Vortraben des Wallachs ergibt keinen Hinweis auf Lahmheit, sodass alle wieder aufsteigen und ihren Weg fortsetzen können.

*

Nicht weit entfernt von der Küste treffen sie bald auf ein kleines Häuschen.

„Wir nennen es das Torhaus", erklärt Fernando, „es ist so eine Art Pförtnerhaus, allerdings jetzt unbewohnt. Früher befand sich hier der Eingang zum Anwesen. Es ist wie das Herrenhaus um die vorletzte Jahrhundertwende entstanden, auf dem Grundriss einer sehr alten Fischerkate, die noch aus dem vierzehnten Jahrhundert stammte. Erhalten war schon damals lediglich noch ein Teil des Kellers. Wir haben es bei der Renovierung erst einmal nur mit einem neuen Dach versehen und die Fenster abgedichtet, um es vor den Witterungseinflüssen zu schützen. Bisher kam ich noch nicht dazu, mehr dran zu machen. Wo wir sowieso schon mal hier in der Nähe sind, können wir ja auch noch Schröder im Vorwerk einen Besuch abstatten und horchen, wie es um die Landwirtschaft bestellt ist."

Die Sonne hat ihren Weg nach oben schon fast beenden können. Vielleicht noch eine Stunde und sie wird im Zenit stehen. Je weiter sich die Reiter von der Steilküste entfernen, umso mehr verliert der Wind an Kraft und es wird sehr warm. Juliette zieht die dünne Jacke aus, schlingt sie sich um die Hüften und krempelt die Ärmel ihres Hemdes hoch. Sie ist so durstig, dass die Zunge schon am Gaumen klebt.

Zwischen Feldern traben sie auf asphaltierten Wegen, die grasbewachsenen Seitenstreifen so gut es geht nutzend, um die Gelenke der Pferde zu schonen. Ein Stoppelfeld bietet noch einmal die Gelegenheit zu einem ausgedehnten Galopp. Juliette bemerkt Georgs schmerzverzogenes Gesicht. Das Hemd muss arg auf der offenen Wunde reiben. Die Gerste ist schon geerntet, der Weizen wiegt sich goldgelb auf kurzen Halmen im Wind. Feldlerchen schwingen sich in atemberaubendem Zickzack singend über den Ähren.

Bald erkennen sie von Weitem das Vorwerk. Die Wege werden breiter, der Boden wechselt in einen buckeligen Kopfsteinbelag aus Ostseesteinen, als sie das von alten Eichen umstandene Gehöft erreichen.

Auch der Hof ist so gepflastert. Juliette erinnert sich, schon über die schwere Arbeit der Steinfischer an der See gehört zu haben, die früher jeden Stein mühsam mit soliden Netzen vom Meeresgrund heraufholen mussten.

Das Vorwerk ist eine wahre Idylle.

Große, sorgsam renovierte Scheunen stehen im Rund mit Stallgebäuden, Geräteschuppen und dem langgestreckten, flachen reetgedeckten Wohnhaus. Eine Maschinenhalle ist offen und Juliette sieht moderne Schlepper und einen grün glänzenden, offenbar ganz neuen, gewaltigen Mähdrescher dort, wo man sich eigentlich Dreschflegel und Sensen hätte vorstellen können.

Um das Haus herum, eingefasst von einem kniehohen Zäunchen, mehr einladend denn abgrenzend, blüht ein wunderschöner Bauerngarten. Über die kleine Pforte wölbt sich ein Bogen, bewachsen mit Kletterrosen, deren betörender Duft aus unzähligen roten, weiß gefüllten Blüten die Luft erfüllt. Stockrosen haben ihre großen Gesichter in allen Farben geöffnet. Blassrosa und weiße Malven stehen in voller Pracht und liefern sich einen Wettstreit mit blauem Rittersporn und Goldlack in allen Tönen von gelb bis dunkelrot. Ein kleines Beet, umrandet von voll erblühtem Lavendel, beherbergt alle erdenklichen Küchenkräuter.

Auf der Holzbank vor der Haustür hatten zwei ältere Kinder gesessen, die aber bei ihrem Eintreffen sofort aufgesprungen und auf die Gäste zugelaufen sind. Aus der Maschinenhalle kommt Schröder, einen Schraubenschlüssel in der Hand, sich die ölverschmierten Finger mit einem Lappen wischend, auf die Ankömmlinge zu.

„Hallo, Chef, das ist aber schön, Sie mal wieder bei uns zu sehen, und auch noch in Begleitung!", ruft der große rotblonde Mann aus und nähert sich mit einem strahlenden Lächeln auf dem wettergegerbten Gesicht.

„Hinrich, du sollst nicht immer 'Chef' zu mir sagen", schimpft Fernando, steigt von seiner Stute und begrüßt seinen Pächter herzlich. „Wir hatten einen kleinen Unfall in der Steilküste. Ovido ist mit Georg ein bisschen den Abhang hinuntergekugelt. Habt ihr was zum Verbinden?"

„Julchen, lauf ins Haus und sag Mama Bescheid, wir haben Besuch", schickt Hinrich seine vielleicht vierzehnjährige Tochter los.

„Erst einmal ein herzliches Willkommen allen! Natürlich, Verbandszeug, eine Erfrischung für euch, Wasser für die Pferde und hoffentlich für mich ein gutes Gespräch über die Ernte, Fernando." Schröders Begeisterung über den unerwarteten Besuch ist unübersehbar. „Lasst uns die Pferde im Schatten anbinden, Michel, hol Wasser und einen Ballen von dem guten Heu vom letzten Jahr", schickt er seinen Jüngsten, der sofort losrennt.

Jule kommt mit der Mutter aus dem Haus. Die hübsche junge Frau trägt Jeans, ein kariertes Hemd und hat das strohblonde Haar zu einem französischen Zopf geflochten. Fernando umarmt sie, hält sie auf Armeslänge von sich fort, einen anerkennenden Blick im Gesicht. „Bärbel, du wirst immer schöner!"

„Alter Charmeur", antwortet sie lachend. "Fernando, wen hast du uns denn noch mitgebracht?", deutet sie auf Juliette. „Und sagt mal, Julchen erzählt von einem Sturz an der Küste, wer ist denn der Verletzte?"

„Ich unhöflicher Mensch, entschuldigt, dies ist Juliette, Georgs Liebste, und ihn musst du bitte mal verarzten."

Juliette hat sofort einen Draht zu Bärbel, die beiden Frauen ziehen Georg untergehakt ins Haus.

„Julchen, bring etwas zu trinken nach draußen, wir müssen erst mal Doktor spielen", ruft sie ihrer Tochter zu.

Am Tisch in der gemütlichen Küche, die ihren besonderen Charme durch das schöne blauweiße Delfter Kachelband erhält, das rundumlaufend die Wände ziert, wird Georg verarztet.

Der Stoff des Hemdes klebt an einigen Stellen in der großflächigen Wunde. Vorsichtig und konzentriert arbeiten die Frauen zusammen, desinfizieren, entfernen kleine Lehmreste und versehen zum Schluss die ganze Fläche mit einem Gazeverband. Bärbel gibt Georg zwei winzige Arzneikügelchen in die Hand und weist den erstaunten Mann an: „Leg sie dir unter die Zunge und lass sie langsam zergehen!"

„Arnica?, fragt Juliette die Bäuerin.

„Ja, er wird dann nicht so lange Schmerzen haben, die Wunden werden schneller heilen und der Pferdekuss wird schneller blass werden."

„Ich weiß", erwidert Juliette. „Ich habe gute Erfahrungen damit gemacht, sowohl bei Menschen als auch bei meinen Pf..." Juliette bricht ab, denn sie sieht Georgs aufmerksam forschenden Blick.

„Bei deinen Pf...? Was für Pf...?"

„Ach nichts, es ist einfach ein prima Zeug, nachher zu Hause bekommst du noch mal etwas."

Georg nimmt sich vor, Juliette später ein bisschen auszuquetschen. Das erregende Szenario einer hochnotpeinlichen Befragung entspinnt sich in seinem Kopf, so spannend, dass er sich direkt wünscht, Juliette würde nicht allzu freigiebig mit Informationen sein wollen.

Juliette sieht ihm ins Gesicht und wieder bemerkt sie dieses glitzernde Grün in seinen Augen. Sie ist sich sicher, eben bei der schmerzhaften Wundversorgung blau gesehen zu haben. Die neuerliche Beobachtung gibt ihr zu denken. Scheinbar ist es tatsächlich so, dass unterschiedliche Stimmungen bei Georg auch die Farbe der Augen wechseln lassen.

Bärbel reißt sie aus ihren Überlegungen.

„So! Sterben wird er uns nicht, kommt, lasst uns zu den anderen in die Sonne gehen, ihr beide müsst ja am Verdursten sein."

Juliette stürzt den angebotenen kalten Zitronentee

ganz undamenhaft hinunter und lässt sich gerne nachschenken. Entspannt nimmt sie auf der Gartenbank Platz und genießt es, sich die Mittagssonne auf die Nase scheinen zu lassen.

Das Gespräch dreht sich um die gute Gerstenernte, die Hinrich trocken einbringen konnte, die dicht bevorstehende Mahd des Weizens.

„Ach, Hinrich, was mir gerade einfällt", gibt Fernando der Unterhaltung eine neue Wendung, „kannst du dir vorstellen, was das für eine Höhle ist, die Georg da bei seinem Sturz in der Steilküste entdeckt hat?"

„Eine Höhle? Könnte es ein Fuchsbau sein?", überlegt der Landwirt.

„Nein, ganz sicher nicht", schaltet sich Georg ein, „dafür ist der Eingang viel zu hoch. Man kann darin stehen. Außerdem scheint sie mir durchaus von Menschenhand gemacht. Der Vorsprung, auf dem ich mit Ovido gelandet bin, besteht aus zugewachsenen Steinplatten. Es kann keine natürlich entstandene Höhle sein."

„Wenn ihr übermorgen Vormittag nichts Besseres zu tun habt, kommt doch herüber und wir sehen uns die Sache gemeinsam mal genauer an", schlägt Hinrich vor. „Momentan habe ich etwas Luft. Der Weizen braucht noch etwas und mit der Wartung der Maschinen bin ich heute Abend durch. Morgen will ich nur noch den Gerstenplan umbrechen, über den ihr sicher gekommen seid, dann habe ich übermorgen wirklich Zeit."

*

Den Erwachsenen entgeht der aufgeregt verschwörerische Blick, den die Geschwister tauschen. Zu ruhig verlaufen die Sommerferien, ein kleines Abenteuer könnte ihnen gut gefallen.

Michel hat auch schon eine Idee. Die Geschichten um Störtebeker, den Piraten, der im Auftrag Ihrer Majestät, der schwedischen Königin, an der ganzen Küste entlang die Hanseschiffe am Ende des vierzehnten Jahrhunderts geplündert hat, ist sein erklärtes Steckenpferd.

Wenn nun bei uns zu Hause, an unserer eigenen Steilküste womöglich ein Piratenschlupf ist, wer weiß, vielleicht sogar auch noch ein verborgener Schatz liegt? Michel ist elektrisiert, seine Wangen glühen unter dem rotblonden Schopf. Unbemerkt zieht er seine Schwester fort zu einer geheimen Unterredung. Michel kann sich in seinen kühnsten Träumen nicht ausmalen, wie gut seine Idee wirklich ist.

*

Fernando bläst zum Aufbruch. „Die werden zu Hause schon Vermisstenanzeigen aufgegeben haben. Wenn ich Urlaub habe, nehme ich nicht einmal ein Handy mit. Keiner weiß, wo wir uns so lange rumtreiben."

Bärbels Einladung, doch noch zum Essen zu bleiben, müssen sie ausschlagen, obwohl Georg meckert, denn der große Kessel mit köstlichem Eintopf, der in der Küche dampfend seinen Duft verbreitet hat, ist ihm nicht entgangen.

„Bringt übermorgen mehr Zeit mit", sagt Hin-

rich, „dann können wir in Ruhe forschen gehen und ihr esst dann mit uns." Mit grinsendem Blick auf die erholten Pferde setzt er hinzu: „Aber habt die Güte, kommt mit etwas moderneren Verkehrsmitteln, das spart definitiv Zeit."
Schnell sind die Sattelgurte nachgezogen und mit fröhlichem Winken verabschieden sich die drei von ihren Gastgebern und reiten zum Tor hinaus.

*

rotes Licht
kann man so schlecht sehn
ah
gut geworden!
ganz klar zu erkennen

*

Zurück zum Haus sind es noch eben knappe drei Kilometer zu reiten.
Fernando wählt Feldwege, um in flotterer Gangart vorwärtszukommen, als es auf der Straße möglich wäre. Die Pferde sind sich mittlerweile völlig einig geworden, auch Diego hält es nicht mehr für nötig, sich aufzublasen, sodass die drei friedlich nebeneinander reiten können. Von Weitem schon ist die lange Eichenallee zu sehen, die zum Haus führt. Rechts des Weges bemerkt Juliette sauber mit Holz eingezäunte gemähte Weiden, die schon neongrün nachwachsen.
Je näher sie dem Herrenhaus kommen, umso saftiger und höher ist der Bewuchs. Offenbar steht das Gras hier, dicht am Stall, den Pferden direkt zur Verfügung und wird nicht zu Heu verarbeitet.

„Da sind sie endlich!", ertönt Lydias erleichterter Ruf von drinnen, kaum dass die ersten Hufschläge auf dem gepflasterten Platz vor dem Haus hörbar werden. Begleitet von den begeisterten Hunden springt sie leichtfüßig die Freitreppe hinunter und fliegt in die Arme ihres Mannes.

„Fernando, wir haben uns schon solche Sorgen um euch gemacht, wo wart ihr bloß, ist euch etwas passiert?" Lydias Blick fällt auf Georgs zerrissenes, blutiges Hemd.

„Ach, Georg hat mit Ovido nur ein bisschen Fliegen geübt, bei Schröders fanden wir Hilfe und eine erholsame Pausenmöglichkeit."

„Und Schröders haben neuerdings kein Telefon mehr? Wenn du schon im Urlaub immer ohne Handy losziehst, kannst du doch solche Möglichkeiten wirklich wahrnehmen, nicht wahr?", schimpft Lydia.

„Weib, es schmeichelt mir ja, dass du Sorge um mich hast, und wenn ich mal gut aufgelegt bin, werde ich das vielleicht sogar würdigen, aber mach mir gefälligst keine Vorschriften darüber, was ich tun und lassen soll. Die Wirkung könnte für dich fürchterlich sein", droht Fernando theatralisch.

„Schon gut, schon gut", gibt sie lachend klein bei, „ich bin nur froh, dass ihr halbwegs vollständig zurück seid. Nun versorgt eure Pferde und kommt etwas essen, wir haben längst angefangen und ihr müsst furchtbar hungrig sein. Den gröbsten Dreck könntet ihr euch vorher allerdings noch abwaschen."

„Fängt sie schon wieder an? Lydia, Lydia, du spielst mit der Gesundheit deiner Sitzfläche!", poltert Fernando grinsend.

„Kommt, Hunde, Herrchen hat seine fünf Minuten", murrt sie leise, schon im Gehen vor sich hin, jedoch laut genug, dass er es noch hören kann und ihr einen drohend erhobenen Finger zeigt.

„Ist sie nicht toll in ihrem lateinamerikanischen Temperament?", wendet er sich erheitert an Georg. „Sie macht sich einen Spaß daraus, mich ständig zu provozieren, aber ich muss dir gestehen, diese Späße bilden die Grundlage für wunderbare Strafsessions. Und ich sage dir, sie will das so! Ach, ich liebe sie, sie ist einfach einzigartig."

„Weißt du was, mein Lieber?", erwidert Georg mit einem ostentativen Seitenblick auf Juliette. „Mir scheint, die Meine kann das mindestens genauso gut!"

„Jaja, die Frauen! Wir glauben, sie zu beherrschen. Und wie ist es wirklich? Sie haben uns mit ihrer Magie vollkommen unter Kontrolle, sind alle Männerverhexerinnen, sag ich dir!"

Fernando hat diese Erkenntnis in so lautem Flüsterton an Georg vorgetragen, dass sie Juliette auch ganz sicher nicht entgehen kann.

Sie kichert leise in sich hinein.

*

Die Pferde sind rasch versorgt unter der Mithilfe des Pflegers Miguel, der nach einem langweiligen Vormittag froh ist, endlich wieder etwas zu tun zu bekommen.

„Wollen wir sie auf die Wiese bringen, Fernando? Ein bisschen Entspannung haben sich die drei doch nun wirklich verdient", fragt Juliette.

„Ja, Ovido und Esperanza gehen zusammen, Diego kommt auf die Weide daneben."

Die Männer gehen mit Wallach und Stute voran. Da Diego nun abgesattelt und von seinen Bandagen befreit ist, weiß er genau, dass er nun nicht mehr bei der Arbeit ist und wieder Hengst sein darf. Juliette hat gut zu tun, ihn am einfachen Halfter zu halten. Er reißt sich gerade noch so weit zusammen, dass Juliette das Weidetor hinter sich schließen und den Strick lösen kann.

Dann donnert er los.

Esperanza erwartet den eindrucksvollen Kerl bereits am Doppelzaun, der die Wiesen trennt. Diego bemüht sich gewaltig, Eindruck zu hinterlassen, tänzelt, wölbt den Hals, lässt herrisches Gewieher hören. Esperanza steht mit hoch erhobenem Schweif, sondert Rosseflüssigkeit in kleinen Mengen aus der Scheide und versucht mit langem Hals, Diegos Nase über den Zaun hinweg zu erreichen, mit ihm Kontakt aufzunehmen. Nur ein halber Meter trennt die Nüstern der beiden.

Der Hengst schnuppert, schnaubt, bläst die Stute an. Ruhig lässt sie es sich gefallen. Dann, plötzlich, schlägt sie brüllend mit den Vorderbeinen, wirft sich herum und marschiert in aller Ruhe zu Ovido, steckt die Nase ins saftige Futter und beginnt zu grasen.

Diego hat verstanden. Er dreht ab, sucht mit scharrenden Hufen einen Wälzplatz, rubbelt sich genüsslich grüne Flecken in das makellos silbrig glänzende Schimmelfell, steht auf, schüttelt sich ausgiebig und beginnt auch zu fressen.

„Morgen, Fernando", sagt Juliette „morgen ist sie so weit."

„Ja, das denke ich auch, morgen können wir es versuchen."

Georg schüttelt wieder den Kopf über das Gespräch, das so unüberhörbar in der Sprache der Pferdeleute geführt wird, und meint spöttisch: „Ist ja wie im richtigen Leben! Bei den Pferden haben anscheinend auch die Frauen das Sagen. Wenn sie nicht will, hat er keine Chance."

Er erntet zustimmendes Gelächter.

„Lasst uns eben noch die Sättel hineinbringen. Georg, kennst du eigentlich unsere schön ausgestattete Sattelkammer?", fragt Fernando mit bedeutsamem Lächeln.

„Nein, aber was kann es Besonderes an einer Sattelkammer geben?"

Die Kammer schließt mit einer Tür aus schweren Eichenbohlen in ungeglätteter, roher Holzstruktur. Schwere Beschläge und ein riesiges Eisenschloss an einer Kette mit massiven Gliedern lassen den Eindruck aufkommen, hier werde der Schatz von Fort Knox aufbewahrt. Beim Öffnen gibt sie ein stöhnendes Knarren von sich. Im Innern hängen, so, wie es sich für eine Sattelkammer gehört, sauber aufgereiht Sättel, Trensen, Longen, Gerten und Peitschen an den unverputzten Natursteinwänden.

Große eichene Truhen bieten Platz für Decken und sonstige unentbehrliche Utensilien. Rundherum an den Wänden sind schmiedeeiserne Laternen aufgehängt, abwechselnd mit allen erdenklichen eisernen und hölzernen Vorrichtungen zur Befestigung. Ketten und schwere Ringe hängen auch von den Decken, teils mit Flaschenzügen versehen. Die winzigen Fenster sind mit soliden, kunstvoll geschmiedeten eisernen Gittern versehen. Georg stößt einen anerkennenden Pfiff aus. „Mein lieber Mann, da bekommt man ja wirklich Lust!"

Juliette fällt eine Konstruktion auf, die mitten im Raum zwischen einer mittelalterlich anmutenden Streckbank und einem im Steinboden verankerten Pranger steht. „Was ist das?"

„Oh, das ist das sogenannte 'spanische Pferd'. Ein hundsgemeines Folterinstrument aus den Zeiten der Inquisition. Allerdings eine eher harmlose Ausführung, denn im Mittelalter war der extrem schmale Rücken dieses besonderen hölzernen Ponys nicht so schön glatt gehobelt und splitterfrei poliert wie bei diesem", erklärt Fernando.

Juliettes Ausdruck ist interessiert und gleichzeitig entsetzt. „Und wie funktioniert das dann?"

„Nun, der Delinquent, egal, ob Männlein oder Weiblein, wurde auf den Rücken des Ponys gesetzt, nackt, versteht sich, die Hände wurden hoch über den Kopf gebunden, die Füße am Boden befestigt und dann wurde der Rücken langsam, aber sicher so hochgekurbelt, dass der Körper völlig gestrafft nur noch zwischen den Zehenspitzen und den

Handgelenken balancierte. Die Einstellung des Pferderückens übte dann einen mehr oder weniger heftigen Druck auf die Geschlechtsteile aus, sodass in den allermeisten Fällen im Nu ein noch so unglaubliches Geständnis erpresst werden konnte. Bei zähen Zeitgenossen hob man die Füße ganz vom Boden und hängte eiserne Kugeln als Gewichte dran. Im Mittelalter fanden die Befragungen öffentlich vor dem ganzen Mob statt, der dann womöglich noch mit faulen Eiern warf. Zum Tode Verurteilte hat man auf spanischen Pferden, die bestückt waren mit groben Rädern, sogar durch die holprigen Straßen gezogen, bis sie mit gebrochenem Becken einen qualvollen Tod starben."

Juliette kann sich in Fernandos lebendige Ausführungen so gut hineinversetzen, dass sie bereits ein schmerzhaftes Ziehen zwischen ihren Beinen fühlt. „Fernando, mich schaudert's, außerdem kann ich gleich nicht mehr stehen vor Hunger", zieht sie sich vorsichtshalber aus der Affäre, denn Georgs begeistertes Interesse an der Sattelkammer, die eigentlich eine Folterkammer ist, macht ihr ungemütliche Gefühle. Ganz deutlich hat sie sein hartes Geschlecht an ihrer Hüfte gespürt, als er sie während Fernandos Vortrags an sich presste.

Sie ist froh, wieder draußen in der gleißenden Mittagssonne zu stehen.

*

noch ein Schnürchen
und dann weg damit

*

Heute ist der Mittagstisch auf der windgeschützten Terrasse gedeckt. Auf einer langen Platte stehen große, rustikale Kessel in Warmhaltevorrichtungen, Körbe mit verschiedenen frisch gebackenen duftenden Brotsorten und etliche Schüsseln mit unterschiedlichsten Salaten.

Die drei Reiter sind über den Rasen gekommen, der ganz kurz zuvor gemäht worden sein muss. Der Geruch des frisch geschnittenen Grases hängt noch in der Luft. Sarah, im üblichen formlosen Gewand, heute in Dunkelrot, entdeckt sie zuerst.

„Um Himmels willen, Georg, Fernando, was habt ihr miserablen Kerle denn mit meinem Gesamtkunstwerk gemacht?" Mit theatralisch über dem Kopf zusammengeschlagenen Händen betrachtet sie entsetzt Juliette. Es ist unübersehbar: die umwerfende Schönheit des vergangenen Abends stellt sich heute doch etwas verändert dar. Quer über Juliettes Stirn, auf dem nun kräftig sonnengebräunten Gesicht, zieht sich ein deutlicher Schmutzstreifen, der wohl entstanden ist, als sie sich mit den nicht mehr ganz sauberen Händen den Schweiß aus dem Gesicht gewischt hat.

Der Pferdeschwanz ist halb aufgelöst, wirre Locken fallen auf die Schultern. Der Hemdknoten hat sich selbstständig gemacht, die Schöße hängen herunter. Die Jeans hat um Knie und Oberschenkel herum behandlungswürdige Flecken aufzuweisen.

Betreten, mit hängenden Schultern sieht Juliette an sich herunter. „Oh", mehr bringt sie nicht heraus, doch Fernando sieht die Sache ganz anders: „Ganz ehrlich, Sarah: Ich bin dir wirklich außerordentlich dankbar dafür, wie viel Mühe du dir machst, unseren Frauen zu helfen, auszusehen, wie 'feuchte männliche Träume'. Hör damit bloß nicht auf, wir haben sehr gern feuchte Träume. Aber unsere Frauen sind nicht nur wunderschöne Schalen, sonst wären sie ja nicht unsere Frauen", zwinkert er ihr zu, „sie sind viel mehr. Und wie viel mehr Juliette ist, liebe Sarah, das haben Georg und ich heute mal ganz eindrucksvoll erfahren dürfen! Was wir heute sehen konnten beweist nämlich den wirklichen Inhalt eines 'Gesamtkunstwerkes'! Und nun habe ich Hunger wie ein Bär!"

Georgs Augen werden grau vor Ärger. Juliette sieht dieses Grau zum ersten Mal. Georg fühlt eine unbändige Wut auf sich selbst, denn Fernandos Rede zu Juliettes Verteidigung hätte seine Rede sein müssen. Er reißt sich zusammen und beschließt, künftig mehr Präsenz zu zeigen, aufmerksamer zu sein. Fernandos Art ist ihm ein Dorn im Auge. Oft genug bewundert er den Älteren, fühlt wieder einmal eine Mischung aus Neid und Hochachtung, wird sich erneut bewusst, wo er seine eigenen Schwächen beschleifen muss.

Er strafft sich innerlich und entgegnet: „Es ist völlig richtig, Sarah, was Fernando sagt! Hätte ich nicht schon die ganze Zeit nach den Töpfen geschielt, wäre es, verdammt noch mal, meine Aufgabe gewesen, Juliette ins rechte Licht zu rücken. Danke, Fernando, und bitte, Sarah, mach mir für heute Abend wieder einen 'feuchten Traum' aus ihr, ja?"

„Aber gern, Georg, ich schau mal, was ich aus den traurigen Juliette-Resten noch basteln kann."
Die Situation löst sich in allseitigem Gelächter auf und endlich bekommen die drei etwas von der köstlichen Mahlzeit auf die Teller.
Nach dem Essen verabschieden sich die Männer, um gemeinsam einige wichtige geschäftliche Angelegenheiten zu erledigen, die während der freien Tage aufgelaufen sind und nun keinen Aufschub mehr dulden.

4. Kapitel

Der Nachmittag ist schon fortgeschritten, als die fünf Frauen nach dem Kaffee und einer gemütlichen Plauderstunde beschließen, sich auf ihre Zimmer zurückzuziehen, um sich auf den Abend vorzubereiten.

„Heute ist Vollmond", erwähnt Susanna, „sicher wird es eine rauschende Nacht." Sie erntet bedeutungsschwanger zustimmende Blicke von Lydia, Claudia und Sarah. Juliette möchte es noch etwas genauer wissen.

„Ich hatte dir doch erzählt, dass die Zeit um den Vollmond herum bei vielen Frauen die fruchtbarste Phase im Zyklus ist", erklärt Susanna. „Auf uns hier trifft das meistens wirklich zu. Gesteigerte Fruchtbarkeit bedingt auch durchaus gesteigerte Bereitschaft. Also lässt sich Fernando immer ein sehr sinnliches Szenario für diese besondere Nacht einfallen. Manchmal ist es sogar eine nachgespielte Szene", führt sie zwinkernd aus.

„Und dafür gehen wir jetzt renovieren", grinst Sarah und schnappt sich Juliettes immer noch schmutzige Hand, um sie fortzuziehen.

Ein Blick in den großen Spiegel in ihrem Zimmer beweist, wie recht Sarah mit ihrem entsetzten Aufschrei vorhin gehabt hat.

„Raus aus den Stallknechtklamotten", befiehlt Sarah streng, "erst mal ab unter die Dusche." Sie drückt Juliette ein Cremepeeling in die Hand.

„Na hör mal, so tiefsitzend dreckig werd ich doch wohl nicht sein!?"

„Hoffe ich auch, aber das benutzt du bitte, um den Schamhügel zu peelen, sonst wachsen dir womöglich nach dem Epilieren noch Härchen ein und machen hässliche Pusteln. Es wird dir ja kaum entgangen sein, wie sehr die Männer die makellose weiche Weiblichkeit lieben, und den kleinen Gefallen können wir ihnen ja tun, nicht?"

„Ach so, Sarah, ja, sicher", kichert sie, "aber ich habe doch noch keine Ahnung, wie man das nachbehandelt."

Nach einer ausgiebigen Dusche kommt Juliette duftend aus dem Bad, um das nasse Haar einen weißen Frotteeturban gewickelt.

„Leg dich hier auf die Massageliege, du hast ein schönes Ölgeknautsche verdient nach der langen Reiterei und ein bisschen nachrupfen muss ich dich auch."

„Was denn, schon wieder diese Quälerei?", jault Juliette.

„Ach was, das wird immer harmloser, du darfst es bloß auch zu Hause nicht schlampen lassen. Alle paar Tage ist notwendig, denn es ist immer nur eine begrenzte Zahl der Haare in der gleichen Wachstumsphase. Je länger du wartest, umso schmerzhafter ist es. Nach ein paar Jahren hast du dann aber auch endgültig Ruhe, dann haben die letzten malträtierten Haarfollikel den Geist aufgegeben."

„Na toll, nach ein paar Jahren schon, ich bin begeistert!", schimpft Juliette.

„Das wird dir bald so selbstverständlich sein wie Zähneputzen, außerdem fällt das lästige Pieksen weg, das man hat, wenn man rasiert. Dabei werden nämlich die Haare in der Mitte abgeschnitten. Ein großer Teil wächst ja unter der Haut. Schau die Männer an, wie schnell die immer wieder stoppelige Gesichter haben. Ein ausgerissenes Haar wächst mit dünner weicher Spitze nach und das dauert viel länger. Nun leg dich aber mal hin und stell dich nicht so an!"

Obwohl ihr Sarah heute schon fast wie eine Freundin vorkommt und ihren bisweilen harschen Ton ganz abgelegt hat, fühlt Juliette noch immer einen gewissen Respekt. Der Schmerz beim Epilieren ist heute kaum noch der Rede wert, wie sie zu ihrer Erleichterung zugeben muss, und die gründliche Ölmassage tut ihr ausgesprochen gut.

Die Gespräche sind angenehm und fördern die vertraute Atmosphäre zwischen den beiden Frauen. Plötzlich spürt Juliette, wie etwas, vielleicht ähnlich einer winzigen unsichtbaren Spinne, ein feines seidiges Netz zwischen ihnen knüpft, das mit fortgeschrittener Nachmittagsstunde einen derart tragfähigen Eindruck macht, dass sie sich ein Herz fasst und endlich die Frage ausspricht, die sie schon tagelang quält: „Es ist etwas Tragisches an dir, Sarah. Deine weiten Gewänder verbergen etwas, das ich gern verstehen möchte. Darf ich wissen, was dir passiert ist?"

Sarah nimmt ihre ölige Hand von dem glänzenden, entspannten Körper. Ein kurzes Zögern, ein tiefes Einatmen, dann antwortet sie: „Ich weiß nicht, wie viel ich dir zumuten kann, aber ich denke schon, du gehörst zu uns und hast endlich auch ein Recht, etwas über mich zu erfahren. Schließlich mische ich mich ja wirklich massiv in deine allerintimsten Dinge ein."

Juliette hat sich aufgesetzt, ein dickes Saunatuch um sich geschlungen und sieht Sarah direkt in die Augen. Tiefe Verletztheit, mühsame Beherrschung, Wut, Traurigkeit und eine große Portion Selbstbeherrschung meint sie darin erkennen zu können.

Langsam öffnet Sarah ihr weites Gewand, das eine Art Rüstung für sie zu sein scheint. Der gesamte Körper, vorn bis an die Hüften hinunter, hinten vom Schulterblatt bis über den erkennbar wohlgeformten Po, ist von Verbänden bedeckt. Auf beiden Oberschenkeln erkennt Juliette feine Narben.

„Mein Gott, Sarah!" Ihr bleibt buchstäblich die Luft weg. „Natürlich, so kannst du gar keine enge Kleidung tragen!" Es fällt ihr wie Schuppen von den Augen. „Aber welche Verletzungen sind da verbunden, Sarah, was ist dir geschehen?"

„Die Geschichte ist lang, ich bemühe mich, sie knapp zusammenzufassen. Mein letzter Dom war ein ausgeprägter, verantwortungsloser Sadist. Er hatte die Idee, meinen Körper selbst mit Tätowierungen zu zeichnen, obwohl er im Grunde nicht die geringste Ahnung von diesem Handwerk hatte. Anfangs habe ich ihn machen lassen, ich war sehr verliebt, wollte ihm gefallen. Als es die ersten bösen Hautreaktionen auf seine unsaubere dilettantische Arbeit gab, protestierte ich aber doch. Von da an habe ich wochenlang gefesselt und in einem Käfig, völlig abgetrennt von der Außenwelt, gelebt. Was er tat, wurde immer irrer, immer brutaler, ich hatte keine Chance zu entkommen. Es war eine entsetzliche Zeit, voller Schmerzen und zunehmendem Abscheu vor ihm und ja, auch vor mir selbst. Ich erspare dir die genaueren Einzelheiten."

Juliette sitzt mit offenem Mund und weit aufgerissenen Augen, aufs Äußerste gespannt vor ihr. „Um Himmels willen, Sarah!" Ihre Augen füllen sich mit Tränen. „Wie bist du da rauskommen?"

„Er war sich absolut sicher, mich bestens verwahrt zu haben. So geschwächt wie ich war, konnte er sich gar nicht vorstellen, dass in meinem Kopf nur noch der Gedanke an Flucht kreiste. Er wurde nachlässiger und eines Tages gelang es mir zu entkommen. Nackt, völlig abgemagert, dreckig, hoch fiebernd und überall tätowiert mit den obszönsten Bildern und Worten fand ich mich auf der Straße wieder. Irgendeinem Passanten muss ich in den Arm gefallen sein. Dann war alles dunkel und ich kam erst Tage später in einer Klinik wieder zu mir."

„Wie lange ist das her und wie ging die Sache weiter, ist das Schwein zur Rechenschaft gezogen worden, sitzt er wenigstens im Knast?" Juliette spürt Wut und machtloses Entsetzen.

„Drei Jahre ist das jetzt her. Ja, er sitzt noch ein paar Jahre! Leider aber nicht wegen versuchten

Mordes. Ein Klinikarzt hat mir die Adresse von Roberts Kanzlei gegeben. Daniel war mein Anwalt."

„Aber, sag mal, was ich nun nicht verstehe ist, warum du jetzt überall verbunden bist. Sind die Wunden noch immer offen?"

„Oh nein, über Daniel und Robert lernte ich Fernando kennen. Du weißt, er ist ein großartiger Mensch und er ist sehr wohlhabend. Große Anteile der Spezialbehandlung zur Entfernung der scheußlichen Tätowierungen trägt meine Krankenkasse nicht. Das erledigt alles Fernando. Ich habe jetzt die dritte Hauttransplantation hinter mir. Die Ärzte sagen, ich werde bald wie neu sein. Sie haben sogar eigene Haut 'gezüchtet', die von meinem Körper sehr gut angenommen wird. Natürlich dürfen weder Druck noch sonstige Irritation an die Wunden kommen. Erst vor drei Wochen bin ich aus der Klinik entlassen worden."

Juliette lässt jeden Vorbehalt, jede Hemmung fallen. Zärtlich streicht sie Sarah eine ihrer dicken roten Locken aus dem Gesicht, lehnt ihre Stirn an Sarahs. Tränen laufen ihr über die Wangen. Der Moment gründet eine für alle Zukunft unauflösbare Übereinstimmung. Mit dem entstandenen Netz könnte man Steine fischen.

„Ich brauch jetzt was zu trinken, was richtig Hartes, und eine Zigarette!"

Juliette lässt Sarah los, flitzt, das Handtuch vor der Brust zusammenhaltend, aus dem Zimmer hinaus auf Zehenspitzen die Treppe hinunter in den Salon. Sie läuft, muss laufen, die atemlose Bewegung macht ihr bewusst, wie erstarrt sie gewesen ist, zudem hört sie aus der Bibliothek geschäftiges Treiben und ihr unbekannte Stimmen. Fremden möchte sie in diesem Aufzug und Zustand nicht begegnen.

Schnell schenkt sie zwei große Cognacgläser ein, greift in das Zigarettenkästchen auf der Anrichte, schnappt sich eine Schachtel Streichhölzer und ist schon wieder zurück. Mit fahrigen Händen zündet sie die Zigaretten an, reicht Sarah eine, inhaliert so tief, dass sie husten muss. Das Anstoßen mit den großen Cognacschwenkern, das satte Klingen, weckt beide aus dem nachempfundenen Albtraum.

„Verdammt, schau mal auf die Uhr, wir müssen uns langsam beeilen. Zurück in die Gegenwart, Juliette! Die Männer haben sich die drei 'L' gewünscht für euch heute Abend."

„Die was?"

„Lack, Leder, Latex! Es gibt ja diesen albernen Ausspruch, Männer würden diese Materialien wegen ihres Geruches so schätzen, weil es sie immer an fabrikneue Autos erinnert", flachst Sarah. Der hochprozentige Alkohol hat ihr für den Augenblick die Schwere genommen. „In Wirklichkeit ist dieser Fetisch aber ganz gut nachzuvollziehen. Diese Stoffe die den weiblichen Körper mehr enthüllen als verhüllen, nehmen alle die Wärme besonders schnell an. Sie fühlen sich wunderbar glatt an. Und das lässt Männerherzen höher schlagen. Pass auf, du wirst dich darin ungeheuer attraktiv finden. Georg hat für dich Leder angeordnet."

Eine Stunde später ist Sarah mit ihrem Werk zufrieden. Juliettes Beine stecken in feinsten, glatten schwarzen Lederstiefeln, die ihr bis knapp unter den Po reichen und den Spitzenrand der Netzstrümpfe völlig verbergen.

Sarahs Ehrgeiz scheint keine Grenzen zu kennen, denn die Stilettos sind noch zwei Zentimeter höher als die Pumps vom Vorabend. Dennoch bewegt sich Juliette ganz sicher, vielleicht dank der zunehmenden Übung, vielleicht auch wegen Tatsache, dass die Overknees das Sprunggelenk gut stützen. Ein winziges, knallenges Röckchen, kaum mehr als ein breiter Gürtel, verbirgt nur sehr unvollständig die prallen Pobacken, das weiche Handschuhleder passt sich allerdings sofort den Rundungen an. Das Korsett für den heutigen Abend ist wahrlich einer Amazone würdig und drängt Juliettes Busen in eine atemberaubend hochgeschnürte Form. Silberne Nieten in verschiedensten Formen und Größen zieren das schwarze Leder.

Wozu sich Sarah solche Mühe mit ihren langen, in Chanels Rouge Noir lackierten Fingernägeln gemacht hat, ist ihr nicht ganz klar, als sie die weichen langen Lederhandschuhe anzieht, die auf Schulterhöhe in dramatischen Spitzen auslaufen. Das Haar ist zu einer offenen lockigen Löwenmähne frisiert, das Make-up heute erheblich drastischer ausgefallen.

Juliette hatte gemeckert: "Meine Güte, übertreib nicht so!" Aber Sarah hatte abgewunken, das Licht würde nicht sehr hell sein und viel schlucken. Außerdem hätte sie sie heute gern wie eine Kriegsgöttin.

„Die Kriegsgöttin ist dir gelungen", lacht Juliette beim Anblick ihres Spiegelbildes. „Meinst du nicht, Georg bekommt Angst?"

„Der und Angst? Je stärker das Weib, desto reizvoller, es zu erobern", gibt Sarah überzeugt zurück. „Ach ja, ehe ich es vergesse, ich soll dir doch dies noch geben, du sollst es heute tragen."

Sie hält eine kleine Schachtel hin, die Juliette neugierig öffnet.

„Was ist das denn und wo soll ich das bitte tragen?" Ihr Ausdruck ist ratlos.

„Och, du bist aber auch wirklich ein Schäfchen, meine Süße, du willst mir doch nicht erzählen, dass du noch nie eine Liebeskugel benutzt, womöglich nicht einmal eine gesehen hast?"

Sie erntet einen verständnislosen Blick. In der Schachtel liegt eine etwa vier Zentimeter durchmessende Kugel aus Chirurgenstahl, die beim Bewegen hörbar eine leise im Innern rollende weitere Kugel beinhaltet. Ein kurzes Kettchen daran endet mit einer sehr viel kleineren, hübsch verzierten Kugel aus demselben Material.

„Es ist eine Mischung aus Beckenbodentrainer, Schmuck und Stimulanz. Du musst sie tief in die Vagina einführen. Probier es mal aus und geh ein paar Schritte damit."

Aus ist es mit der überlegenen „Kriegsgöttin", denn schon nach wenigen Bewegungen spürt Juliette, dass der Begriff „Stimulanz" in diesem Falle ziemlich untertrieben gewählt ist. Das Rollen der Kugeln in ihrem Innern, das sachte, aber deutliche Streicheln, das die sichtbar heraushängende kleine Kugel an ihren Schenkeln anrichtet, lässt umgehend Juliettes Säfte fließen.

„Er ist aber auch ein raffinierter Mistkerl!", schimpft sie. „Ich sehe aus, als könne ich eine ganze Armee Männer befehligen, und er macht mich schon wieder ganz schwach."

„Freunde dich mal ein bisschen an mit deinen Kugeln", empfiehlt Sarah. „Ich geh mich schnell umziehen, dann hol ich dich. Georg wirst du erst später sehen."

Schon ist sie aus dem Raum.

*

mal fester binden,
kommt sonst noch weg
schöner Schatz
und so wertvoll

5. Kapitel

Juliette erschrickt fürchterlich, als sich eine Viertelstunde später die Tür wieder öffnet.
Eine Gestalt im langen, weiten schwarzseidenen Kapuzencape, das Gesicht unkenntlich hinter einer weißen, goldverzierten venezianischen Halbmaske, einer Baùtta, verborgen, betritt ihr Zimmer.
„Nun erschreck dich doch nicht so, ich bin's." Erleichtert vernimmt Juliette Sarahs Stimme.
„Pass mal auf, ehe ich dich nun maskiere, muss ich dir noch den Ablauf des heutigen Abends erklären, denn helfen kann ich dir dann nicht mehr, ich spiele den Zeremonienmeister."
Juliette entdeckt ein Mikrofon unter Sarahs Kapuze, dessen Zweck sie noch nicht erkennen kann.
„Also, hör gut zu, es wäre schade, wenn du es versägst!"
Konzentriert nimmt sie die Instruktionen entgegen, wiederholt die Anweisungen und lässt sich von Sarah ein identisches Cape und ebenfalls eine weiße Maske anlegen. Von ihrem martialischen Outfit sind lediglich noch die Absätze sichtbar.
Juliette hat Lampenfieber.
In der Halle treffen die beiden auf drei weitere ebenso gewandete Personen. Beim besten Willen ist nicht erkennbar, wer unter welchem Cape steckt, wessen Gesicht sich unter welcher Baùtta verbirgt.
Wie soll ich nur nachher den Richtigen heraussuchen, fragt sich Juliette.

Hinter den geschlossenen Türen der Bibliothek, die sie bisher nicht betreten hat, ist wieder dieser monotone, düster bedrohlich wirkende Mönchsgesang zu hören, der Juliettes Gedanken kurz zu der gestrigen Szene im Salon zurückführt, bis sich die Flügel der Tür öffnen und die vier Gestalten gemessenen Schrittes eintreten können.

Nur ein flüchtiger Blick auf den eindrucksvollen Raum ist möglich, zu eindringlich waren Sarahs Anweisungen gewesen, keine Fehler zu begehen. Die Bibliothek erstreckt sich über zwei Etagen und hat im oberen Stockwerk eine rundumlaufende, von schlichten Säulen getragene Empore, auf der sie ein kleines Orchester bewegungslos, mit verbundenen Augen sitzen sieht. In kompletter Raumhöhe bedecken unzählige Bücher die Wände, welche an zwei weiteren gegenüberliegenden Seiten Türen aufweisen. Die Beleuchtung erfolgt ausschließlich durch neun fast mannshohe, armdicke weiße Kerzen. Der Boden ist mit einem Intarsienparkett bedeckt, das mittig einen großen Stern ähnlich einer Windrose aufweist. Sarah hat genau erklärt, an welcher Zacke des Sterns Juliette sich positionieren muss.

Ihr Blick fällt auf die vier Gestalten, die ihnen, im Schatten der Empore stehend, entgegensehen. Jeder trägt außer dem Cape und der weißen Baùtta einen enormen Dreispitz über der Kapuze.

Juliettes Mut sinkt. Die vier sind nicht einmal an der Größe voneinander zu unterscheiden.

„Auf die Plätze, ihr Frauen!"

Die unheimliche Stimme scheint aus dem Nichts zu

kommen und wird begleitet von einem donnernden Aufstampfen des weißen, übermannshohen Zeremonienstabes, den die Figur links von ihr in der Hand hält. Juliette fühlt sich ein wenig beruhigt, als sie Sarahs Zwinkern hinter der Maske entdeckt, und tut es den anderen gleich. Bewegungslos steht sie mit gesenktem Kopf.

„Auf die Knie, ihr Frauen!"

Dieses Mal wird der Stab zweimal aufgestoßen.

Juliette geht in die Knie; den weiten Umhang um sich breitend, berührt sie mit der Stirn den Boden.

Die Zeit, bis das ersehnte und befürchtete dreifache Aufstampfen sich hören lässt, scheint ihr unendlich. Das Leder der langen Stiefel drückt sich schmerzhaft in ihre Kniekehlen, sie spürt in dieser Haltung überdeutlich den dehnenden Effekt der Liebeskugel. Panik macht sich in ihr breit, sie könnte sie womöglich verlieren. Sarahs Warnung hämmert in ihrem Kopf: „Wähl den Richtigen! Wenn du dich vertust, wirst du dem bis Mitternacht dienen müssen, den du aussuchst, und dessen Frau hat dann deinem Mann zur Verfügung zu stehen. Sofort aber wirst du die Strafe deines Geliebten vor allen anderen Anwesenden ertragen müssen!"

Der Gedanke, bei dieser Prüfung nicht zu bestehen, erscheint ihr entsetzlich. Nicht allein die möglichen Folgen eines Versagens ängstigen sie; es ist besonders die Furcht davor, Georg den Beweis ihrer Verbundenheit womöglich schuldig zu bleiben. Vorsichtig, um den Eindruck der Bewegungslosigkeit nicht zu zerstören, nestelt sie nach dem Seidenband, das ihr Cape am Hals zusammenhält. Die anderen knienden Frauen kann sie neben sich atmen hören.

„Juliette!"

Dreifach donnert der Zeremonienmeister.

Sie steht auf; das Bindeband schon in der Hand, wirft sie das Cape von sich, hebt den Kopf. Ein Raunen lässt sich unter der dunklen Empore vernehmen.

Nun gilt es, ohne zu zögern den richtigen Mann zu finden. Grazil und sehr langsam, wie um Zeit zu schinden, schreitet Juliette auf die Gruppe zu. In Zeitlupe geht sie an den aufgereihten Männern vorbei. Keine Regung, kein Augenzwinkern hilft ihr bei der Wahl.

Da, plötzlich weiß sie es!

Es ist sein Duft, der ihn verrät.

Mit zierlicher Geste küsst sie ihn leicht auf den Mund und sinkt vor ihm auf die Knie. Er hilft ihr hoch und tritt mit ihr in den Hintergrund. Juliette fällt ein Stein vom Herzen.

Claudia, im umwerfend langen schwarzen, bis auf den Bauchnabel offenherzig geschnürten, hautengen, hinauf bis zur Scham geschlitzten Lackkleid, ist die Nächste, deren Name aufgerufen wird. Juliette beobachtet genau, was sie tut. Selbstbewusst hat sie sich erhoben und steuert mit zügigen Schritten auf die drei Männer zu. Langsam geht sie prüfend von einem zum anderen, zögert abwägend zwischen zwei Kandidaten, scheint sich entschieden zu haben, nähert ihr Gesicht einer Maske, als Juliette plötzlich einen mutwilligen Zug um ihren blutrot geschminkten Mund entdeckt. Der Atem stockt ihr, als die junge Frau sich von ihrem Auserwählten abwendet und mit entschlossener Geste den anderen küsst.

Als er im nächsten Moment der Knienden aufhilft, sieht Juliette zu ihrem blanken Entsetzen einen Ring an seiner Hand aufblitzen.

Roberts Ring!

Er lässt sich nichts anmerken.

Susanna und Lydia haben leichtes Spiel, denn die Auswahl ist ja nun doch erheblich reduziert. Lydias Wahl ist treffsicher und prompt. Ohne zu zögern, tritt sie in ihrem langen, hochgeschlossenen schwarzen Lederkleid sicheren Schrittes in schwindelerregend hohen Lackstiefeletten auf Fernando zu und küsst ihn. Susanna im schwarzen Latexanzug, der ihren Körper eng und glänzend umschließt, nur die Brüste freilässt und im Schritt großzügig ouvert ist, geschnürt mit einem roten Taillenkorsett aus demselben Material, gibt stolz ihr Schicksal in Daniels Hände. Sie weiß um Claudias Fehler.

Als alle Paare sich gefunden haben, legen auch die Männer Capes, Masken und Hüte ab, und die Frauen sind sich später einig, dass sie sich durchaus Mühe mit ihrer Erscheinung gegeben haben. Zu engen schwarzen Lederhosen tragen sie verspielt gerüschte elegante Hemden, die zu Zeiten des Sonnenkönigs durchaus zur Ehre gereicht hätten.

Claudia schlägt zwar im Augenblick des Erkennens die Hände vors Gesicht, benimmt sich schuldbewusst erschreckt, aber Juliette spürt genau, dass ihr Handeln Absicht war.

„Was hat sie bloß getan?!", flüstert sie Georg ins Ohr. Der zieht sie ein wenig beiseite.

„Claudia flirtet doch ständig ganz offen mit Robert, ist dir das entgangen? Ich nehme an, sie hat in dieser Prüfung mehr Spiel denn Ernst gesehen und ihre Chance wahrgenommen. Sie wird sich einen aufregenden Abend ausgemalt haben, allein auf die Strafe, die sie nun von Daniel zu erwarten hat, wird sie sich freuen, denn sie ist extrem masochistisch veranlagt. Weißt du, Daniel hat es sehr schwer gehabt, sie aus ihrer Swingervergangenheit herauszulösen. Offenbar sind ihr da heute die Pferde durchgegangen. Ich fürchte aber für Fräulein Claudia, dass sie nicht allzu viel Spaß an Roberts Tun haben wird. Ich kenne ihn gut genug, um zu wissen, dass er keine andere Frau Susanna vorziehen wird. Nicht einmal im Spiel."

„Freunde, ich hatte ja gehofft, nun das wunderbare Buffet für uns eröffnen zu können, doch ganz offenbar gibt es da erst einmal etwas zu erledigen", ergreift Fernando das Wort und öffnet die Tür zum Nachbarraum.

Juliette fühlt sich beim Betreten des Kabinetts ins tiefste Mittelalter versetzt.

An den Wänden brennen aufgesteckte Fackeln und beleuchten die eindrucksvolle Einrichtung. Eine Sammlung offenbar antiker Folterinstrumente bis hin zu einer halb geöffnet stehenden „eisernen Jungfrau", von denen Juliette inständig hofft, sie würden nie zum Einsatz kommen, mischt sich mit zahlreichen sehr praktischen Gerätschaften und Vorrichtungen. Gegen diese Ausstattung ist die Sattelkammer der reinste Kinderspielplatz.

Ohne Zögern greift sich Daniel Claudias Hand und zwingt sie, mit auf den Rücken gedrehtem Arm in die Knie. Sie senkt ergeben den Kopf und spricht unverständlich leise Worte.

„Was hast du gesagt?" Daniels Stimme lässt unnachgiebige, kaum unterdrückte Wut hören. „Geht das vielleicht auch ein bisschen lauter?"

„Bitte bestrafe mich!"

Für Juliettes Empfinden klingt diese Stimme viel zu klar und fordernd, um ehrliche Betroffenheit auszudrücken.

„Worauf du dich verlassen kannst, du kleines unverbesserliches Luder! Was, denkst du, hast du verdient?"

„Den Rohrstock?", kommt kokett Claudias Antwort.

„Gut, von mir aus gern den Rohrstock. Und wie viele Schläge dürfen's denn sein, Madamchen?"

Die nun folgende Antwort lässt alle Anwesenden scharf die Luft einatmen, denn Claudia hat „fünfzig" gesagt. Juliette birgt entsetzt das Gesicht an Georgs Brust. Er beruhigt sie: „Denk nicht, die Zahl allein macht es, mein Herz. Ich kann dich mit fünfzig Rohrstockschlägen so sanft massieren, dass du mir unter der Hand einschläfst. So, wie Daniel eben aussieht, fürchte ich allerdings, irgendwann wird ihn jemand bremsen müssen. Er ist stocksauer über ihr Spielchen und ganz sicher auch enttäuscht. Das wird noch Diskussionen nach sich ziehen, wenn er ihr jetzt nicht einiges klarmacht. Aber er wusste ja, worauf er sich mit ihr einlässt, und eigentlich liebt er sie abgöttisch."

Daniel zieht Claudia an den Haaren zum Andreaskreuz, das frei im Raum steht, öffnet den Reißverschluss ihres Kleides, sodass sie nur noch in Stay-Ups und Stilettos dasteht, und fesselt sie gespreizt mit dem Gesicht zum gepolsterten Holz. Sarah reicht ihm den dünnen, geschälten Rohrstock.

„Du zählst leise mit, jede zehnte Zahl will ich laut hören, verbunden mit einem angemessenen Dank dafür, dass ich mich deiner Verfehlung überhaupt annehme, hast du verstanden?"

„Ja, mein Herr", die Antwort klingt theatralisch gedehnt und nicht echt.

Die ersten zehn Schläge sind beherrscht ausgeführt, zeichnen jedoch schon zart die für den Rohrstock typischen dünnen Doppelstreifen auf Claudias Haut.

„Zehn! Danke, mein Herr", kommt derart unbeeindruckt grinsend, dass Juliette Susanna einen kopfschüttelnden Blick zuwirft, den diese mit verdrehten Augen zustimmend quittiert.

In Daniel wühlt es sichtlich. Soll er wirklich richtig ausholen? Soll er sie verletzen, Spuren produzieren, die sie noch eine Woche lang daran hindern würden, vernünftig sitzen zu können? Tut er sich einen Gefallen damit, tut er ihr einen Gefallen? Welchen Einfluss könnte das auf ihre Partnerschaft haben?

Er kann sich nicht zu lange Zeit lassen mit seinen Überlegungen, er kann sich nicht, wie er es sonst tun würde, mit Robert besprechen, der ihm schon so oft Hilfestellung geleistet hat, wenn es um seine Frauen gegangen war. Daniel ist allein mit seiner Entscheidung.

Er weiß, er muss etwas tun, was ihr klarmacht, dass sie einen Fehler begangen hat mit ihrer Provokation. Er weiß um ihren ausgeprägten Masochismus. Sie kann und sie will viel wegstecken. Sie liebt ausgiebige Schlagsessions, bei denen ihm oft genug das Herz blutet, sie aber von Stufe zu Stufe in ihrer Erregung klettert, je heftiger er ausholt. Als ihm dieser Gedanke kommt, ist seine Entscheidung gefallen. Er wird sie strafen, aber nicht so, wie sie es sich vorstellt, nicht so, dass sie aus ihrem schlechten Benehmen, das ihn so gekränkt hat, auch noch eine Befriedigung ziehen kann.

Das Täubchen brat ich mir, grinst er, plötzlich ganz entspannt, in sich hinein.

Juliette bemerkt den veränderten Ausdruck in Daniels Gesicht und beginnt sich zu beruhigen nach dieser atemlosen Kunstpause, die er da gerade allen beschert hat.

Daniel holt derart aus, dass Juliette sich in Georgs Hand krallt, und bremst die Wucht kurz vor dem Auftreffen auf Claudias Hintern zum Schlag eines Schmetterlingsflügels. Bei „zwanzig" hält er ein und Claudias „Danke" klingt verwirrt. Genauso verfährt er mit den Schlägen, die nun folgen, und es ist unübersehbar, welchen Eindruck er damit bei seiner

Geliebten erzielt. Immer kleinlauter klingen ihre Worte.

Den allerletzten Schlag, den zieht er voll durch und beschert ihr damit ein Mal auf dem Allerwertesten, von dem sie eine Weile etwas haben wird. Dieser Schlag ist umso effektvoller, als sie nach all den leichten Berührungen darauf absolut nicht mehr vorbereitet war. Er löst ihre Fesseln und ohne zu zögern geht sie vor ihm auf die Knie. Tränen rollen ihr über die Wangen und nun klingen ihre Worte ehrlich und überzeugend.

„Daniel, bitte verzeih mir, es ist mit mir durchgegangen, bitte lass mich jetzt nicht fallen, ich werde alles tun, damit so etwas nie wieder vorkommt!"
Daniel hilft Claudia auf, nimmt die schluchzende zitternde Frau in die Arme, streichelt sanft ihren Rücken und mit einem mitfühlenden Gesicht den geschwollenen, nun blaurot angelaufenen Striemen auf ihrem Po. Daniels Rechnung ist aufgegangen. Entsprechend zufrieden und lässig ist seine Antwort: „Schon gut, schon gut, aber mach das bitte keine vierunddreißig Mal mit mir!"

Er hilft ihr ins Kleid und übergibt sie Robert. „Da, nimm sie, aber bitte vollständig zurück, ja?"

„Keine Sorge, mein Freund", beruhigt Robert grinsend und gibt Daniel galant Susannas Hand. „Deine Tischdame!"

Susanna ist bei Daniel bestens aufgehoben, denn der verehrt die Frau seines Chefs sehr.

Robert allerdings macht sich erst einmal einen Spaß daraus, Claudia ordentlich zu scheuchen.

„Sieh zu, dass du dein Gesicht wieder richtest, so verheult gefällst du mir überhaupt nicht. Du hast fünf Minuten, dann bist du wieder zurück!" Mit einem Griff an die Stoppfunktion seiner Uhr beginnt die Zeit zu laufen.

Claudia rennt los wie ein aufgescheuchtes Huhn, bemüht, sich möglichst keine weiteren Fehler zuschulden kommen zu lassen.

Als die ganze Gesellschaft bereits im Speisezimmer um das exquisite Buffet herum versammelt ist, kommt sie frisch geschminkt wieder. Trotz aller Hektik versucht sie, gelassen und elegant zu wirken.

„Vier Minuten achtundvierzig, nicht schlecht", lobt Robert. „Und nun, Häschen, bring mir etwas zu essen. Ich denke, ich beginne mit dem Parmaschinken mit Honigmelonen. Los, los, zackig!"

Claudia ist wirklich emsig und Daniel wirft Robert einen einvernehmlichen Blick zu. Teller um Teller lässt er sie herantragen, probiert vom kanadischen Hummer, dem zarten Lachs, dem Büsumer Krabbensalat und lässt sie, während er isst, zu seinen Füßen knien. Keiner der Männer kann sich bei ihrem äußerst bemühten Ausdruck ein Grinsen verkneifen.

Als Claudia, mal wieder ans Buffet geschickt, es wagt, sich verstohlen einen Happen von den traumhaften Rindermedaillons in den Mund zu schieben, ist Robert sofort bei ihr und schimpft:

„Wer hat dir erlaubt, dir hier den Bauch vollzuschlagen? Du stehst mir zur Verfügung. Wann und ob du etwas zu essen bekommst, werde ich dir schon rechtzeitig mitteilen. Komm mal her und zeig mir deine Füße, allzu angenehm muss die Sache ja nun wirklich nicht für dich sein."

Sarah weiß natürlich sofort, was Robert vorhat, und reicht ihm lederne Fußmanschetten, die mit einem sehr kurzen Stück Kette verbunden sind.

Claudias gequälter Blick spricht Bände. So hatte sie sich einen Abend unter Roberts Führung nun wirklich nicht vorgestellt. Noch immer will sie aber alles daran setzen, ihre Scharte auszuwetzen. Artig und noch unterwürfiger trägt sie Kalbsrücken mit Thunfischsauce und Spargelspitzen heran.

„Nein, das mag ich nicht, bring mir von dem Rehrücken mit Preiselbeersahne", schickt er die im Gehen nun äußerst Behinderte wieder fort. Schwer durchatmend trippelt sie los. Ihr strammer glänzender Lackhintern wackelt dabei ganz entzückend, wie die Männer amüsiert bemerken.

Langsam, aber sicher beginnt die arme Claudia Juliette wirklich leidzutun. Man sieht ihr an, wie wenig sie mit dem entwürdigenden Spiel anfangen kann, als sie sich zu Susanna setzt, die von Daniel aufs Beste verwöhnt wird, und bittet sie leise, doch mit Robert zu sprechen, damit er der Sache ein Ende setzt.

„Juliette, da kann ich nicht dazwischengehen, obwohl es mir ganz genau so geht wie dir. Claudia hat ganz bewusst einen schweren Fehler gemacht. Daniel hat ihr zwar längst verziehen, aber sie wusste genau, dass sie sich ausliefern würde mit ihrer gewollt falschen Wahl. Je unangenehmer der Abend heute für sie ausfällt, desto sicherer können beide sein, dass sie sich so etwas zukünftig besser überlegt."

Hinter sich hören sie es krachen.

Claudia ist gestolpert und hat Robert einen Teller mit indischem Geflügelsalat direkt in den Schoß gekippt.

„Jetzt schaut euch dieses kleine Ferkel an! Claudia, du bist wirklich ein Trampel. Ich weiß gar nicht, wie Daniel so etwas aushält!", poltert er.

„Sarah, sie muss sich besser konzentrieren, gib mir die Klemmen mit Handfesseln!"

Claudias Augen weiten sich entsetzt, aber Robert kennt kein Pardon. Vorsichtig, fast andächtig hat er die vollen Brüste aus dem Dekolleté gehoben und befestigt die mit Kettchen an den Ledermanschetten verbundenen Krokodilklemmen auf Claudias Nippeln, schraubt die justierbaren winzigen Schräubchen so fest, dass sie sicher sitzen und ihr ein leises Stöhnen entlocken.

„So, und nun sieh zu, dass du meine Hose wieder sauber bekommst!"

Die Haltung, die sie nun einnehmen muss, um ihre Hände ungehindert einsetzen zu können, ist sehr gebeugt. Mit der Serviette entfernt sie zunächst den Geflügelsalat, dann verschwindet sie mit winzigen Schrittchen, um warmes Wasser, saubere Tücher und Reinigungsmittel zu holen. Sorgsam versucht sie, so zu arbeiten, dass die viel zu kurzen Ketten nicht ständig unter Spannung stehen und die

Zähnchen der Klemmen nicht in ihr zartes Fleisch beißen.

Susanna wirft Robert einen mahnenden Blick zu, es nicht zu übertreiben. Sie hat gesehen, in welchem Zustand die junge Frau nun schon ist. Robert blinzelt zurück.

Er lässt sich noch einen Gang vom exotischen Obstsalat mit Vanilleeis servieren. Juliette, bereits an derselben Stelle der Speisenfolge angelangt, bemerkt auf dem weißen Eis hauchzart pudrige rote Krümelchen und fragt Susanna verwundert, worum es sich denn bei dieser seltsamen Würze handelt, die im Mund einen ganz eigentümlichen Geschmack von Schärfe entwickelt, überhaupt nicht unangenehm, den milden, süßen Geschmack der Vanille unterstreichend und doch auch verwirrend, aufregend verändernd und Aufmerksamkeit erregend.

„Das ist Chili, Süße!", antwortet Susanna lachend. „Du siehst, mit einem bisschen Schärfe lässt sich auch die langweiligste Sache aufpeppen."

Juliette ist die Doppeldeutigkeit nicht entgangen, die sie an ihr Gespräch mit Susanna vor gut zwei Wochen im Café erinnert.

Endlich, mit einem Blick auf die Uhr, die kurz vor Mitternacht zeigt, befreit Robert die mit gesenktem Kopf vor ihm kniende Claudia von ihren Fesseln und erlaubt ihr, sich nun etwas zu essen zu holen. Als er die Klemmen von ihren Brüsten entfernt, das Blut plötzlich wieder einschießt, schreit Claudia schrill auf.

Mit dem Gongschlag ist der Spuk vorbei.

„Hier hast du dein Weib zurück", grinst Robert Daniel süffisant an. „Ich weiß ja nicht so ganz, was du mit ihr willst, als Serviermädchen ist sie eine reine Katastrophe; obwohl, ganz süß ist sie ja, und bemerkenswert unterwürfig."

„Na ja, die unterwürfige Seite kenne ich ja so gar nicht an ihr, aber es ist schon erstaunlich, was du immer aus den Menschen rausholst, Chef", erwidert Daniel lachend und spielt damit auf Roberts legendäre Kreuzverhöre im Gerichtssaal an. Er nimmt seine Frau in den Arm. „Die Deine gebe ich dir gut gefüttert und aufmerksam behandelt zurück, sie ist wirklich ein Traum."

Claudia birgt ihren Kopf an Daniels Brust. „Oje, es ist mir so peinlich! Es waren die schlimmsten zwei Stunden meines Lebens."

„Alles vorbei, Claudia, du hast ausgebüßt, hat keiner was gesehen", beruhigt Robert, „und du siehst, ich tauge absolut nichts für fremde Frauen. Ohne die ordnende Hand meiner Susanna bin ich einfach ein Scheißkerl!"

„Kann man wohl sagen", mischt sich Susanna ein. „So kenne ich dich gar nicht. Können wir jetzt endlich dazu übergehen, diese Vollmondnacht zu genießen?"

„Das will ich meinen, schließlich haben wir in der Bibliothek wieder einmal unser diskretes Orchester sitzen, das seit geschlagenen zwei Stunden darauf wartet, spielen zu dürfen. Ich nehme zwar an, dass unsere zwei süßen Küchenmamsells die

Herren in der Zwischenzeit wie üblich mit reichlich Köstlichkeiten und liebevollen Aufmerksamkeiten bedacht haben, aber: ich wollte euch heute Nacht zu Spiel und Tanz verführen, meine Lieben!"

Fernandos Aufforderung folgt der erwünschte Stimmungsumschwung, das Orchester beginnt auf seinen Ruf hin Walzer zu spielen. Ein dünner Vorhang ist auf der Empore vor den Musikanten zugezogen worden, sodass sie nicht hinuntersehen können, die Akustik aber keineswegs gestört ist.

„Jetzt will ich endlich meine kriegerische Amazone erobern und besiegen. Juliette, dein Outfit ist absolut verschärft, ich hatte nur bisher keine Chance, dich das wissen zu lassen."

„Na, weißt du, Georg, vorhin, als ich fertig angezogen war, habe ich mich auch so gefühlt, als könne ich jede Schlacht gewinnen, bis mir Sarah dann diese verfluchte Kugel gab. Von da an war ich schon wieder nur noch ein schwaches Weib. So geil, dass ich kaum noch klare Gedanken fassen kann!"

„Ach je, die Kugel hast du also immer noch drin? Meine Güte, die hab ich ganz vergessen. Warte, ich befreie dich von ihr." Ohne Umstände greift er ihr unter das winzige Lederröckchen. „Hej, nun lass mal los, du gieriges Schneckchen, willst sie ja gar nicht mehr hergeben, was?"

Juliette muss kichern, denn an das stimulierend rollende Gefühl der Kugel hat sie sich schon sehr gewöhnt. Ihr Gesicht macht ihm deutlich, dass sie bedauert, sie loszuwerden.

„Muss ich jetzt womöglich eifersüchtig werden

auf eine Stahlkugel?", fragt Georg betont streng, als er das tropfende corpus delicti aus ihr zieht und es mitten auf der Tanzfläche in die Höhe hält.

„Ich kann nichts dafür, du wolltest es so! Außerdem ist heute Vollmond, da muss das so sein. Könntest du dir vorstellen, mein Liebster, dass vielleicht auch du mit dieser Feuchtigkeit etwas anfangen kannst?" Schelmisch sieht sie ihn an, während er sie im Walzertakt herumwirbelt.

„Oh, meine schöne Kriegsgöttin, ich hätte da ja eine Idee, denn du warst vorhin, als Claudia am Kreuz stand, zwar sichtlich besorgt um sie, aber irgendwie auch so zappelig, oder habe ich da etwas fehlgedeutet?" Forschend sieht er sie an.

„Dir entgeht aber auch keine Regung, manchmal habe ich den Eindruck, wie ein offenes Buch vor dir zu liegen, nichts kann ich mehr verbergen", beschwert sich Juliette mit gerunzelter Stirn. „Aber ja, du hast recht, ich möchte tatsächlich für mich herausfinden, wie ich mich fühlen würde in dieser Situation, so exponiert am Kreuz, allein deinem Handeln ausgeliefert. Bisher hast du mich sehr geschont, die sachten Schläge, die ich bisher bekommen habe, waren angenehm und anregend. Ich glaube, ich bin heute in einem Zustand, in dem ich mehr erfahren möchte über mich."

„Dein Wunsch ist mir Befehl. Noch!", sagt Georg mit einem gefährlich klingenden Unterton und tanzt mit ihr auf die geschlossene Tür zum Kabinett zu. Juliette sieht es grün in seinen Augen blitzen.

*

Düster getragene Musik empfängt sie. Sie sind allein in dem großen Raum, den die flackernden Fackeln mystisch beleuchten.

Mit dem Durchschreiten, dem Schließen der Tür sind sie in eine andere Welt eingetaucht, in der nichts herrscht als Lust und Leid und Lust durch Leid.

Langsam öffnet er ihren durchgehenden kurzen Reißverschluss, zieht den Rock unterm Korsett heraus, das konzentrierte Gesicht direkt vor ihrem, den Blick tief in ihre Augen versenkt.

Ein leises Zittern lässt ihn ihre Spannung fühlen.

Das Fesseln am Kreuz wird bedächtig ausgeführt, einer rituellen Handlung ähnlich. Nicht nur Hand und Fußfesseln, auch ein Taillengurt und Manschetten um die Oberschenkel und Arme schließen ihren Körper fest ein.

Juliette atmet tief durch. Hier hat sie keinen Bewegungsspielraum mehr, ganz kurz kommt Panik in ihr auf. Er lässt sie nicht allein, ist erfahren genug, zu wissen, welchem Stress ein Mensch ausgesetzt sein kann, wenn er zum ersten Mal wirklich fest, zur Bewegungslosigkeit verurteilt, gebunden ist. Sacht streichelt er ihren Rücken, ist ganz nah bei ihr, flüstert ihr beruhigende Worte ins Ohr.

Es dauert eine Weile, bis er spürt, dass ihr Atem wieder normal geht, er sie loslassen kann.

Juliette ist bereit.

Georg knetet ihre Pobacken, setzt leichte, überlegt gesteigerte Klapse mit der flachen Hand auf ihre schönen Rundungen. Er lässt sich Zeit, fühlt die sich steigernde Temperatur immer wieder nach, bereitet sie vor auf das, was da kommen soll. Immer wieder macht er kleine Pausen, dreht ihren Kopf zu sich, küsst sie anfangs sacht, später leidenschaftlicher, fährt mit der Hand zwischen ihre Beine und stellt fest, dass ihre Bereitschaft offenbar ständig größer wird.

Eine gleichmäßige Rötung auf ihrem Gesäß zeigt deutlich eine gute Durchblutung an, als er zum Rohrstock greift. Zunächst legt er einen Teppich aus unzähligen leichten Schlägen gleichmäßig verteilt, steigert, für sie kaum spürbar die Intensität, bemerkt mit zufriedenem Ausdruck ihr leises Schnurren unter der Behandlung. Seine Angebote zu kleinen Pausen werden von ihr zunehmend unwillig abgelehnt.

„Mehr, Georg, ich will mehr", stöhnt sie leise, kopfschüttelnd, und ein Blick in ihre halb geschlossenen Augen beweist ihm, dass er auf dem richtigen Weg ist.

Er lässt sich nicht treiben, will, dass diese erste Schlagsession für sie zum traumhaften, geilen Erlebnis wird, will sie anfixen, denn nichts liebt er mehr, als es in der Hand zu haben, eine Frau, die ihm vollkommen ausgeliefert ist, zu führen und in einen unvergesslichen taumelnden Höhepunkt zu treiben. Er genießt die Macht über ihre Empfindungen, die Macht über ihr Fallenlassen.

Er will ihre Triebe grenzenlos entfesseln, will derjenige sein, dem sie die großartigsten Freilegungen ihres Innersten verdankt, will einen unbestreitbaren Bezug knüpfen zwischen seinem Tun und ihrer Lust, ein Band, das sie untrennbar an ihn binden soll.

Wieder werden seine Hiebe intensiver, die Schlagzahl höher.

Soweit es ihr in der engen Fesselung möglich ist, drückt sie ihm den Po entgegen, holt sich die Schläge geradezu ab, macht deutlich, dass sie keine Unterbrechungen mehr will.

Er tut es dennoch, greift ihr zwischen die weit geöffneten Schenkel und fühlt, dass das entfesselte Rinnsal ihrer Säfte fast schon die Stiefel erreicht hat. Er massiert ihr die eigene Nässe in die glühenden Pobacken.

Juliette stöhnt, sich der Hand entgegendrängend: „Mehr! Bitte!"

Mit festem Griff massiert er ihre heiße Spalte, hält ihr den Stock vors Gesicht. „Hiermit?"

„Ja, bitte, ja!"

Er fühlt, wie sich sein Glied in seinem engen Gefängnis unweigerlich aufrichtet. Er hat sie genau da, wo er sie hin haben wollte. Er hat es in der Hand nun, sie fliegen zu lassen, sie dann zu erlösen.

Immer schneller, immer heftiger trifft der Rohrstock auf, ungehemmt beginnt Juliette zu stöhnen. Nie zuvor hat sie sich geiler gefühlt, es ist ihr vollkommen egal, was um sie herum geschieht, die Welt kann untergehen, wenn nur dieses Gefühl nicht aufhört.

Wie eine Süchtige, die den nächsten Schuss herbeifleht, ersehnt sie jedes neue Auftreffen des

Stockes. Eine Armee von Endorphinen tritt an, ihren Körper zu erobern.

Das Zischen des Rohres in der Luft wird immer markanter, für Juliette bleibt es das einzig wahrnehmbare, herbeigesehnte Geräusch, jedes andere ist ausgeschaltet. Die letzten Hiebe zeichnen dunkelrote Striemen und Juliette schreit ihre Erlösung heraus. Sie hat das Gefühl, dieser Orgasmus würde nie aufhören.

Georg hat den Stock beiseitegelegt und zwischen ihre zuckenden Beine gegriffen. Tief in sich fühlt sie seine Hand, die ihre Muskeln in nicht enden wollenden rhythmischen Kontraktionen umklammern. Er lässt sie da, bis sie sich vollkommen beruhigt hat, hält sie eng umschlungen.

Sie bemerkt kaum, dass er sie von ihren Fesseln befreit, zu weit entfernt ist sie noch in ihrem Traumland, spürt kaum, wie er sie hochhebt und über einen dick gepolsterten Strafbock legt.

Georg kann nicht mehr warten, jetzt will er sein Recht. Tief gleitet er ungehindert in ihre heiße Feuchtigkeit, nur Sekunden dauert es, bis er sich stöhnend in sie ergießt.

Nur kurz erlaubt er sich eine Ruhepause, zu wichtig ist ihm, dass sie sich jetzt wohl fühlt. Er bettet sie auf ein gestepptes dunkelrotes Ledersofa, legt sich zu ihr, hält sie schützend, will sie langsam auftauchen lassen. Dicht drängt sie sich an ihn, will kein Licht sehen, nur fühlen, sich ausruhen, sie selbst sein.

War ich das? Bin ich das?, schwirrt es in ihrem

Kopf. *Das muss wohl ich sein, ja, das bin ich, dann bin ich eben so! Oh, verdammt, ich fühle mich so gut!*

Juliette beginnt im Dunkel an seiner Brust zu giggeln. Langsam hebt sie den Kopf und blickt ihm mit einem strahlenden Lächeln in die grünen Augen.

„ICH bin das!"

„Ja, Liebling, das bist DU!"

„O Gott, Georg, ich liebe dich, kannst du so was wieder mit mir machen?"

„Ach, wenn ich einen freien Tag habe und es mir wirklich mal ganz schrecklich langweilig ist, könnte ich mir das notfalls durchaus vorstellen", neckt er sie. „Aber im Ernst: Ich liebe dich auch. Mir scheint, ich habe mit dir die Erfüllung meiner Träume gefunden!"

„Ich will jetzt rauchen und saufen!" Juliette setzt sich auf, verzieht aber sofort das Gesicht und reibt sich vorsichtig den Hintern.

„Aua! Also gut, noch mal: Ich will jetzt rauchen und saufen und Eis auf meinen Arsch!"

Georg lacht laut. „Komm, meine kleine süße Masoschnecke, genau das werden wir jetzt organisieren. Willst du dein Röckchen wiederhaben?"

„Ach was, die andern kennen mich doch auch nackt, und seh ich nicht wirklich sündig aus?" Juliette wirft den Kopf in den Nacken und deklamiert ausgelassen albern: „Komm, mein Herr, es bringt keine Schande über mich, wenn man sieht, wie du mich zugerichtet hast. Lass uns zu dem niederen

Volke streben. Aber...", sie greift sich mit gespieltem Erstaunen zwischen die nassen Beine, „gib mir bitte erst noch ein Taschentuch, oder nee, besser ein Saunatuch. Herrje, wo kommt das bloß alles her? Kann ich mir gar nicht erklären."

„Ein Teelöffelchen von mir, meine Schöne, den Rest hast du dir selbst zuzuschreiben", frozzelt er.

*

„Oha!" Robert entdeckt die beiden zuerst, als die Türen zur Bibliothek sich öffnen, und unterbricht die innige Rumba, die er gerade mit Susanna getanzt hat. „Georg, was hast du denn mit deiner Frau gemacht?"

Juliette bietet einen wirklich zauberhaft aufgelösten Anblick, dicht an Georg gelehnt, das Haar völlig zerzaust, auf offenkundig wackeligen Beinen, aber mit strahlendem Gesicht.

„Meine Güte, du hast aber rote Backen!" Susanna kommt heran und streicht ihr eine wirre Locke aus dem Gesicht.

„Rote Backen hat sie wahrhaftig", grinst Georg, „aber vor allem auf der Kehrseite. Wir brauchen mal ein bisschen Eis für ihren süßen Po, den müssen wir etwas runterkühlen. Außerdem hat sie bekundet, jetzt rauchen und saufen zu wollen."

Einen Augenblick später liegt Juliette im Kaminzimmer am offenen knisternden Feuer auf einer Chaiselongue, einen Eisbeutel auf dem Hintern, in der einen Hand die Zigarette, in der anderen das riesige Glas mit samtig funkelndem Rotwein, als reinstes Sinnbild verruchter Erotik.

„Bist du fertig im Kabinett, Georg, wir würden unsere Frauen jetzt auch ganz gern in einen ähnlichen Zustand versetzen", flachst Daniel.

„Warum seid ihr denn nicht dazugekommen, ich dachte schon, ihr seid alle längst im Bett verschwunden?", tut Georg erstaunt.

„Es ist uns ja nicht entgangen, dass das für Juliette das erste Mal sein musste, insofern kannst du uns auch ruhig etwas dankbar sein für unsere einfühlsame Höflichkeit, euch nicht stören zu wollen", erklärt Daniel in leicht beleidigtem Ton.

„Ja, hast ja recht, ich bin euch auch dankbar, und ja, wir beide sind wohl mehr als fertig, denn schließlich sind wir im Gegensatz zu euch Schlafmützen nun bereits seit fast vierundzwanzig Stunden auf den Beinen. Und wenn dieser Ausbund an weiblichem Liebreiz hier fertig gesoffen hat, werde ich ihn in die Federn schleifen."

„Der Ausbund hat fertig gesoffen", kommt es nicht mehr ganz deutlich, mittlerweile ziemlich albern glucksend alkoholisiert aus Juliettes Mund und mit einem schwankenden Fingerzeig auf Georg: „Der dolle Mann da, der soll mich ins Bett bringen!"

6. Kapitel

Als sie am nächsten Morgen spät erwacht, kann sie sich beim besten Willen nicht mehr daran erinnern, wie sie ins Bett gekommen ist.

Die Sonne steht schon hoch am Himmel, der Gesang der Vögel dringt durch das geöffnete Fenster. Neben sich hört sie die ruhigen gleichmäßigen Atemzüge Georgs. Einen Arm hat er um sie geschlungen, der Kopf unter dem blonden wirren Haarschopf liegt an ihrer Schulter.

Juliette atmet tief durch, streckt sich vorsichtig, um ihn nicht zu wecken. Sacht dreht sie den Kopf und betrachtet ihn.

Wie harmlos er aussieht im Schlaf, fast noch wie ein Junge, dabei ist er eigentlich der reinste Magier, überlegt sie. Verzaubert hat er mich! Oder ist zaubern nur eine optische Täuschung? Vielleicht ist zaubern ja auch einfach ein anderes Abbilden der Wirklichkeit? Ja so wird es sein!, beschließt sie ihre Betrachtungen.

Behutsam, um ihn nicht zu wecken, entzieht sie sich seiner Umarmung, steigt aus dem Bett, geht auf Zehenspitzen ins Bad. Die Zahnbürste schon im Mund dreht sie sich schräg zum Spiegel, betrachtet das Pastellgemälde, das der Rohrstock auf ihrem Po hinterlassen hat.

Juliette bekommt keinen Schreck.

Im Gegenteil, was sie sieht, erinnert sie an die unglaubliche, wunderbare Erfahrung des vergangenen

Abends. Sie nimmt es als sichtbares Zeichen der Liebe, sie weiß, genau so hat sie es gewollt, er hat ihre Wünsche erfüllt, ihre Sehnsüchte befriedigt.

Noch nie zuvor ist ihr ein Mann so tief in ihrem Innern begegnet, noch nie ist es einem gelungen, so weit vorzudringen. Jeder vor ihm hat bestenfalls an ihrer Schale gekratzt, nie hat sie die Kontrolle verloren über ihr Tun, ihre Empfindungen. Sie weiß, sie wird und will ihn da behalten, in ihrem Innersten; er ist ihr ein Helfer, ein geliebter Gefährte auf dem Weg zu sich selbst. So viele Schritte weit hat er sie in der kurzen Zeit schon begleitet. Sie wird die Erkenntnis mitnehmen, dass nicht das tatsächliche Maß der Zeit entscheidend ist, sondern das, was das Maß füllt. Und sie weiß es genau: Obwohl er, kontrolliert und ganz auf sie konzentriert, scheinbar seine eigenen Bedürfnisse hintangestellt hat, ist dieses Einlassen, das sie ihm gewährt hat, das, was er von ihr haben will.

Das ist sein Lohn, der klein wirkt, aber groß ist.

Die heiße Dusche tut gut und weckt ihre Lebensgeister. Sie lässt sich Zeit, sucht sich in Ruhe aus dem Riesenkasten, den Sarah ihr dagelassen hat, tagestaugliches Make-up aus. Leise tritt sie vor den Kleiderschrank. Sie will hübsch sein für ihn. Ein dünnes weißes Sommerkleid mit Volantausschnitt, oben eng geschnitten, mit einem mittellangen weiten, weich fallenden Rockteil, zieht sie über den Push-up und findet einen schönen Kontrast mit dem roten Satin-Taillenkorsett, den roten

Wildlederheels.

Georg schläft noch immer tief und fest, als sie ans Bett tritt.

Heute ist sie es, die ihn wach küsst.

Langsam öffnet er erst ein, dann betont langsam das andere Auge. „Oh, das ist ja mal ein schöner erster Anblick am Morgen!"

Schnell hat er seine Decke beiseitegeschoben und hebt Juliette ohne Umstände auf sein hoch aufgerichtetes Glied. Genüsslich und in langsamer schlaftrunkener Gelassenheit beginnt er den Tag.

Schon ist Juliette wieder nur noch schnurrendes Weibchen und genießt jeden Moment, bis beide zu einem sacht heranschleichenden unspektakulären, aber wohligen Orgasmus kommen.

*

Fernando klappst im Garten gerade einem der Ridgebacks schimpfend auf die Nase, als Georg und Juliette die Terrassentreppe hinunterkommen.

Der Hund hat versucht, sich eine kalte Hähnchenkeule vom reich gedeckten Tisch unter der gewaltigen alten Blutbuche zu fischen. Schuldbewusst rollt sich der Rüde unter einem Stuhl zusammen, seinen Herrn keinen Moment aus den Augen lassend.

„Unmöglich ist er, aus dem Alter sollte er doch längst heraus sein, der ungezogene Kerl", tönt Fernando empört.

„Aus dem Alter, zu versuchen, sich etwas besonders Leckeres zu organisieren, wird er nie heraus sein, mein Lieber, gerade du solltest das doch wissen", verteidigt Lydia den Dieb nachsichtig. "Wenn du ihm so viel Wohlriechendes vor die Nase setzt und ihn außerdem immer bei Tisch fütterst, wie soll er denn dann unterscheiden, wann er darf und wann nicht?"

„Ach was, Lydia, das muss er merken, es ist schließlich ein Unterschied, ob ich ihn füttere oder ob er klauen geht. Lass du mich mal meine Hunde erziehen, erzieh du die Kinder."

„Na, da mischst du dich ja auch immer im falschen Moment ein, und wenn ich dann mit der ganzen Bagage allein zu Haus bin, weil du dich irgendwo in der Weltgeschichte rumtreibst, dann muss ich alle Erziehungsfehler wieder ausmerzen, die du verbockt hast."

Fernando bemerkt die beiden Herankommenden und bemüht sich peinlich berührt, die kleine Meinungsverschiedenheit zu überspielen. Georg kann es sich allerdings nicht verkneifen, noch einmal kräftig in die Kerbe zu schlagen, denn allzu selten ist es für seinen Geschmack möglich, Schwächen an Fernando aufzudecken. „Guten Morgen, schöne Lydia, guten Morgen, Fernando. Habt ihr gerade ausgedehnte pädagogische Betrachtungen angestellt?"

Juliette knufft ihn in die Seite. Sie empfindet diese Einmischung, die betont gewählt wirken soll, aber süffisant klingt, als sehr unhöflich und unangenehm. „Georg!!", zischt sie ihm leise zu, „lass das!", und an das Gastgeberpaar gewandt: „Guten Morgen, ihr Lieben, was für ein wundervoller Morgen und was für einen grandiosen Brunch ihr uns wieder bietet! Ich hoffe, ihr habt gut geschlafen?"

Lydia nimmt dankbar Juliettes Ablenkung auf und blinzelt ihr zu: „Kommt, setzt euch. Ja, wir sind erst gegen fünf Uhr früh im Bett gelandet, ich habe jedenfalls geschlafen wie ein Stein."

Fernando wendet sich an Juliette, erzählt ihr von Miguels Morgenbericht aus dem Pferdestall. „Esperanza steht heute, sie kann es gar nicht mehr erwarten, gedeckt zu werden. Kommst du nach dem Essen mit rüber, du könntest mir ein bisschen helfen."

„Aber gern!" Juliette ist sofort in ihrem Element. Ein ausgedehntes Gespräch über Pferdezucht entspinnt sich zwischen den beiden, zu dem auch Lydia viel beizutragen hat. Georg sitzt mit zunehmend säuerlichem Gesichtsausdruck dabei und bereut bereits, dass er wieder einmal in den Fettnapf getreten ist und letztlich mit seiner Unhöflichkeit nicht gerade zur eigenen Reputation beigetragen hat.

Nach dem Frühstück verabschiedet Juliette sich kurz, um sich umzuziehen. In Sommerkleidchen und Pumps würde sie im Stall etwas deplatziert sein.

Georg folgt ihr, immer noch schlecht gelaunt. Auf der Terrasse, außer Hörweite der anderen, bleibt sie stehen. „Warum tust du das immer wieder, Georg, ich verstehe nicht dieses Konkurrenzverhalten, das du Fernando gegenüber ständig an den Tag legst", macht Juliette ihrem Ärger Luft und es ist unüberhörbar, dass sie knatschig ist.

„Ich könnte mir ja selbst in den Hintern treten", erklärt er zerknirscht, „aber Fernando ist, obwohl ich ihn für einen meiner zuverlässigsten Freunde halte, immer schon ein Konkurrent für mich gewesen. Er ist einfach zu und zu gut weißt du, er scheint so gar keine Fehler zu haben, ist immer souverän bis zum Anschlag, hat Erfolg im Geschäft und natürlich bei allen Frauen. Solange ich solo bin, habe ich überhaupt keine Probleme mit ihm. Aber sobald ich eine Frau habe, sehe ich irgendwie rot, denn er kann es nicht lassen, seine schönsten Räder zu schlagen; immer sehe ich mich dann in der Pflicht, mich sozusagen mit ihm zu duellieren. Und ganz ehrlich: nur aus Angst, sein Rad könnte schöner sein als meines, er könnte mir die Frau, die ich liebe, die ich allein für mich gewinnen will, abspenstig machen, passiert mir immer wieder derselbe Fehler. Und jetzt bist du diese Frau! Wunder dich nicht, ich kann es einfach gerade jetzt nicht lassen, die Messer zu wetzen, denn nichts wäre schlimmer für mich, als dich an ihn zu verlieren. Ich merke doch, wie er dich beeindruckt. Ich merke, ihr teilt Interessen, die nicht wirklich meine sind. Es sind die Momente, in denen ich mich ausgeschlossen fühle von dir. Ich fürchte jedes Terrain, auf dem er dichter bei dir ist als ich. Er sammelt schöne, interessante Frauen, Juliette, und wird doch nie von seiner Lydia lassen, denn sie ist die Einzige, die ihn dauerhaft binden kann. Auch wenn sie oft genug die Zähne zusammenbeißen und zusehen muss, wie sie seine Affären verwinden kann."

Juliette ist beeindruckt von Georgs offenem Bekenntnis. „Weißt du was, mein Liebster? Das, was du schon nach diesen paar Tagen für mich bist, würde Fernando nie sein können. Natürlich ist er wunderbar, ein großartiger Gastgeber, und was er allein für Sarah getan hat, hebt ihn in meiner Achtung sehr hoch. Aber es tut mir weh, wie du dich ihm gegenüber ins Unrecht setzt, ich will das nicht. Denn für mich ist dein geschlossener Schweif schon schöner als Fernandos Rad. Ich kann es einfach nicht ertragen zu sehen, wie du dir selbst vor Eifersucht die Federn ausreißt. Und noch etwas: Fernando tangieren deine Attacken nicht wirklich, sie perlen einfach an ihm ab. Ich will nicht, dass du dir selbst schadest. Ich liebe dich!"

Mit hängenden Schultern und gesenktem Kopf steht er vor ihr. Sie nimmt ihn in die Arme, ihren Supermann, der eigentlich erst damit zum Supermann wird, dass er in der Lage ist, Fehler zuzugeben, der nicht nur beinhart und fehlerlos ist, sondern auch Schwächen hat, die er in der Lage ist zu reflektieren. Juliette erkennt in diesem, seinem schwachen Moment, dass er wissen muss, wie es sich anfühlt, schwach zu sein. Und eben deshalb, weil er es weiß, fühlt sie Sicherheit in sich aufkommen, sich selbst in seiner Hand Schwäche zugestehen zu können. Schwäche, die er nicht missbrauchen wird.

Lange stehen sie so da, sich gegenseitig haltend, so ineinander versunken, dass sie gar nicht mitbekommen, wie die fünf anderen, endlich aus den

Betten gekrochenen, an ihnen vorbeikommen. Die werfen sich nur bedeutungsvolle Blicke zu und sind feinfühlig genug, nicht zu stören.

„Weißt du, warum wir füreinander gemacht sind, Juliette?" Georg hat sich von ihr gelöst und schaut ihr in die Augen. „Weil wir uns beide am wohlsten dabei fühlen, das Ziel zu erreichen, den anderen gut aussehen zu lassen. Das ist selten in Partnerschaften, glaub es mir. Fast überall triffst du auf stumme oder sogar ganz offene Machtkämpfe zwischen den Geschlechtern."

„Du hast recht, so deutlich ist es mir eigentlich noch nie aufgefallen. Jeder versucht, seine Position zu stärken, notfalls auf Kosten des Partners", bestätigt Juliette. „Ich denke aber, jetzt müssen wir uns beeilen, damit auch die Tierwelt in puncto Liebe auf ihre Kosten kommt."

Die schlechte Stimmung ist wie weggeblasen.

„Ach, sag mal, du hast eben Sarah erwähnt. Hat sie dir von sich erzählt?", fragt Georg schon auf dem Weg die Treppe hinauf.

„Ja, hat sie. Zumindest weiß ich über die Grundzüge ihrer Geschichte Bescheid. Ich nehme allerdings an, dass da noch mehr ist, was sie mir nicht erzählt hat, vermutlich, um mich zu schonen."

„Daran hat sie gut getan, mein Liebling, denn die Einzelheiten sind derart erschütternd, dass ich beim Verfolgen des Prozesses oft genug das kalte Kotzen bekommen habe. Entschuldige den Ausdruck, aber es hat mir wirklich körperliche Übelkeit verursacht, was der Typ mit Sarah angestellt hat.

Und eigentlich bin ich nicht allzu zimperlich."

„Apropos zimperlich, hast du gestern Abend schon deinen Verband gewechselt?" Irgendwie hat Juliette das dringende Bedürfnis, das Thema zu wechseln, sie fühlt sich noch nicht bereit für Genaueres.

„Nein, aber ich habe erstaunlicherweise gar keine Schmerzen mehr. Ob das wohl an deinen Zauberkügelchen liegt?"

„Gut möglich. Ich habe heute Morgen übrigens auch welche gebraucht!"

„Oh, Juliette", Georgs Ausdruck wird etwas bedauernd, „sieht man etwas von gestern Abend auf deiner süßen Kehrseite?"

„Ach, eigentlich harmlos, nicht zu vergleichen mit deiner Schulter", antwortet sie, „und natürlich viel hübscher, weil mit Liebe gemacht und nicht mit der Gewalt eines Sturzes inklusive fliegendem Pferd."

In ihrem Zimmer angelangt, ist sie schnell umgezogen und auf praktischem festem Schuhwerk auch viel flotter zurück im Garten als auf den hohen Pumps, von denen sie schon behauptet hat, Männer würden sie Frauen ja bloß so gerne anziehen, weil sie erstens den Po so schön herausheben und zweitens jede Fluchtidee sofort vereiteln würden.

*

Fernando erwartet die beiden schon ungeduldig, und auf Susannas Frage, wo sie denn so eilig hin wollen, antwortet Juliette vergnügt, gerade noch zwei Äpfel aus dem Obstkorb fischend: „Wir gehen jetzt in den Stall, Baby machen!"

Das Gelächter der ganzen Gruppe verfolgt die drei noch, bis sie um die Hausecke gebogen sind.

„Wir wollen erst testen, ob sie bereit ist, ich stelle sie mal vor Diegos Box." Fernando hat Esperanza schon am Halfter. Diego hat sofort erkannt, dass nun seine Dienste erforderlich werden könnten, und bläst sich in seinem Stall gewaltig auf, als die Stute ihm am losen Strick vorgestellt wird. Das Verhalten der Pferdedame ist unmissverständlich.

Vollkommen bewegungslos steht sie da, die Hinterbeine breitgestellt, den Schweif bis auf den Rücken geschlagen, Rosseflüssigkeit in großen Mengen aus der Scheide absondernd. Den Hals hält sie flach und weit vorgestreckt, die Ohren geradezu „fallengelassen", klappert sie mit den Zähnen den Hengst an.

„Was macht die denn da mit dem Maul?", fragt Georg erstaunt.

Juliette erklärt ihm, dass dieses „Klappern", das eigentlich aus der unterlegenen Geste des Fohlens einem ranghöheren Tier gegenüber stammt, auch bei sehr duldsamen Stuten zu sehen ist, die nichts mehr herbeisehnen, als gedeckt zu werden.

„Ich denke, da gibt's keinen Zweifel, nicht wahr?", wendet sich Fernando an Juliette. „Schau mal, da hinten in der Sattelkammer sind Deckstricke zum Fesseln der Hinterbeine. Nicht, dass sie doch nicht will und ihm die Vorderbeine zerkloppt."

„Entschuldige, aber du spinnst!", widerspricht

sie entschieden. „Ich habe ja größtes Verständnis, dass du deinen Hengst schützen willst, aber diese Stute brauchst du nun wirklich nicht zu binden, die steht auch so still, dafür lege ich meine Hand ins Feuer."

Fernando lässt sich überzeugen. Der Hengst hat bereits fest einbandagierte Beine, und die Wahrscheinlichkeit, dass diese Stute nach ihm schlagen könnte, erscheint auch ihm äußerst gering. Die Methode, der Stute die Hinterbeine so zu fesseln, dass sie zwar noch vorwärts ausweichen, aber nicht mehr treten kann, ist sicher bei zickigen Pferdedamen angebracht, seiner Esperanza aber traut auch er solche Schlechtigkeiten nicht wirklich zu.

„Ich schlage vor, du gehst mit ihr auf seine Weide, ich nehm ihn und komme in kurzem Abstand nach. Wir lassen die beiden im gleichen Augenblick los, und dann können sie sehen, was sie aus dem Nachmittag machen, okay?", fragt Juliette. Sie sieht das Zögern in Fernandos Gesicht, ganz offenbar wäre ihm ein kontrollierter Deckakt an der Hand lieber, aber er nickt.

Juliette muss jetzt zusehen, wie sie den reichlich aufgeregten Diego an die Hand nehmen und hinausbringen kann, denn kaum ist Esperanzas Schweif hinter der Stalltür verschwunden, dreht er völlig durch. Es gefällt ihm absolut nicht, dass seine Stute verschwindet und er noch nicht hinterher darf.

An der Boxentür hängt eine Trense mit dünner

Stange, einem sehr scharfen Deckgebiss, das ihm Juliette übers Halfter zieht. Damit ist er sicher zu handhaben und wird sich ganz gewiss nicht losreißen können.

Konzentriert öffnet sie die Tür, muss einmal kräftig mit ihm schimpfen, als er versucht loszustürmen und führt die geballte Ladung Energie und hochdosierter Hormone auf die Weide. Georg schließt das Gatter hinter ihr, sie streift dem Hengst die Trense ab und er ist frei.

Fernando kommt an den Zaun, er dreht sich zunächst nicht einmal um, mag gar nicht hinsehen aus Angst, seinem kostbaren Beschäler könnte etwas passieren.

„Schau, wir haben alles richtig gemacht", strahlt Juliette und deutet auf die beiden Pferde hinter ihm, die ein vollkommen natürliches Liebesspiel zeigen.

Diego hofiert Esperanza.

Jeder Dressurreiter hätte seine helle Freude daran gehabt zu sehen, dass die mühsam erarbeiteten Lektionen der hohen Schule sich in Freiheit so selbstverständlich, in perfekter Leichtigkeit entfalten. Er würde spätestens hier erkennen, dass nicht der Mensch dem Pferd irgendetwas beibringt, sondern lediglich nutzt, was die Natur an Potenzial mitgegeben hat, was vom Reiter nur zu bestimmten, fürs Pferd nicht nachvollziehbaren Momenten abgefordert wird.

Das ganze Programm des Imponiergehabes spult der Hengst ab. Er passagiert mit gewölbtem Hals im Stolztrabe wie in Zeitlupe, hält vor ihr, piaffiert den erhabenen Trab auf der Stelle, erhebt sich auf die Hinterhand zu beeindruckenden Levaden, umtänzelt die Stute in perfekten Seitengängen.

Jeder Muskel zeichnet sich unter seinem schneeweißen, vor Erregung schon leicht feuchten Fell ab, als er beginnt, die reglos stehende Stute am ganzen Körper zu beriechen. Vorsichtig kneift er ihr in die Flanke, ins Hinterbein, beriecht sie unter dem auf den Rücken geschlagenen Schweif. Er stülpt die Oberlippe auf, atmet ihren Duft, zieht geräuschvoll die Luft ein, „flehmt".

Esperanza wendet ihm den Kopf zu.

Ein bewegungsloser Augenblick des gegenseitigen Beäugens, Beschnupperns, dann explodiert er, ein lauter Schrei erfüllt die warme Luft, gleichzeitig stampft er mit beiden Vorderbeinen auf, erhebt sich zum Steigen.

Diego hat nun vollständig seinen „Schlauch" ausgefahrenen, Esperanza beginnt sich passend mit der Kruppe ihm zuzudrehen, lässt ein leises Quietschen hören, senkt die Hinterhand ab, erklärt sich bereit, sein Werben zu erhören. Der Hengst springt auf, verbeißt sich, um Halt zu bekommen, in ihrem Widerrist. Sofort findet er den richtigen Weg in die Stute, die ob seiner Wucht einige Schritte vorwärts ausweicht, dann aber stehen bleibt und ihren allerersten Akt sichtlich genießt.

Seine Ejakulation zeigt der zur Flagge aufgespannte Schweif an. Am rhythmischen Zucken ist auch von Weitem erkennbar, dass Diego das Seine getan hat,

Nachwuchs zu schaffen.

Einen Moment noch bleibt er auf ihrem Rücken, entspannt sich und rutscht dann mit einem triumphierenden Schrei von ihr herunter.

Sie wendet sich ihm zu, völlig entspannt, und beginnt vorsichtig ein ausgedehntes Fellkraulen mit ihren Zähnen an seinem Hals. Er erwidert ihre Zärtlichkeiten sicher für fast zehn Minuten.

Juliette sieht Fernando an, der einen beinahe träumerischen Gesichtsausdruck hat.

„Wunderbar, du hattest ganz recht!"

„Aber hast du gesehen wie er sie gekniffen, sich in ihrem Hals verbissen hat? Das ist ja wie bei uns!" Auch Georg ist beeindruckt von dem schönen Bild, das sich ihnen bietet.

„Und wie lieb sie jetzt mit ihm ist, nicht?", erwidert Juliette grinsend.

Sie bemerkt wieder einmal, dass Fernando sie ständig irgendwie prüfend und überlegend von der Seite ansieht, bis er sich endlich dazu durchringt, sie zu fragen „Sag doch bitte mal, Juliette, ich werde zunehmend das Gefühl nicht los, dich von früher zu kennen! Ich weiß bloß, verdammt noch mal, nicht mehr woher. Kann das sein?"

„Ja!"

Mehr bekommt er nicht aus ihr heraus. Juliette schweigt beharrlich, schüttelt nur den Kopf. Noch ist sie nicht bereit, sich zu öffnen und alte Wunden aufzureißen. Fernando gibt sich mit zweifelndem Gesichtsausdruck geschlagen, bedrängt sie vorerst nicht weiter. Georg beißt sich auf die Unterlippe und verkneift sich für diesen Moment jeden Kommentar.

Eine Weile stehen sie noch da, gedankenversunken am Zaun, eine Zigarette rauchend, und beobachten die beiden Pferde, die friedlich grasen.

Die Sonne hat sich schon gen Westen aufgemacht, die Mücken beginnen ihr lästiges nachmittägliches Spiel, die Schweife der Pferde werden unruhiger. Ovido lässt ab und an einen einsamen Ruf aus dem Stall hören.

„Ich hab noch die Äpfel, wollen wir das Liebespaar einfangen?"

Ungern lösen sie sich von dem idyllischen Bild.

Es stellt überhaupt kein Problem dar, nun Hengst und Stute nebeneinander in friedlicher Eintracht in den Stall zu bringen. Diego ist hochzufrieden, und beide beginnen sofort, in den frisch eingestreuten Boxen ihr duftendes Heu zu fressen. Ovido ist froh, nicht mehr allein zu sein.

Juliette hebt noch einmal kurz Esperanzas Schweif.

"Alles in Ordnung, Fernando, nur ganz wenig Blut, aber genug, um zu sehen, dass es tatsächlich ihre erste Liebe war." Wieder erntet sie einen nachdenklichen Blick.

„Mir ist jetzt nach Kaffee", bekundet Georg.

„Gute Idee, aber, Georg, wir werden wieder eine kleine Herrenrunde machen müssen, es gibt noch ein paar geschäftliche Kleinigkeiten zu erledigen."

Juliette verabschiedet sich im Garten von ihrem Liebsten, als sei es für die nächsten Jahre und lässt sich mit einem vollen Kaffeebecher und einem

Stück Himbeerkuchen auf einer der breiten, gemütlichen Sonnenliegen im Kreise der Frauen nieder, während die Männer geschlossen dem Arbeitszimmer zustreben.

*

„Ich habe eine SMS von Sebastian bekommen", erzählt Susanna, „er fühlt sich wie Cowboy persönlich auf dieser Ranch in Montana, wo er bei Gasteltern untergekommen ist. Was er schreibt, klingt alles völlig begeistert."

„Sebastian ist dein Kleiner, nicht?", möchte Juliette wissen, „Und was macht dein großer Sohn?"

„Falk hat heute Mittag angerufen. Er hat keine Lust mehr gehabt auf das öde Studentenwohnheim, in dem er zuerst hauste und hat sich mit drei Kommilitonen eine große Altbauwohnung gesucht, ganz nah bei der Uni. Sie haben ein paar Wochen lang renoviert und sind jetzt gerade eingezogen. Anscheinend muss ich mir keine Sorgen um ihn machen. Außerdem scheint er sich verliebt zu haben. Ich denke, ich werde ihn bald mal besuchen."

„Gute Nachrichten", stellt Juliette fest, „und was ist eigentlich mit deiner Tochter, hast du zu ihr überhaupt irgendeinen Kontakt?"

Susannas Gesicht verfinstert sich. Ihr unendlich trauriger Ausdruck lässt Juliette zusammenzucken. Sie hätte wissen müssen, dass sie einen wunden Punkt trifft, denn bereits im Café hatte ihr Susanna ja erklärt, dass nur die Jungs nach der Scheidung bei ihr geblieben waren.

„Verdammt, das habe ich nicht gewollt!", entschuldigt sich Juliette, entsetzt über ihr mangelndes Feingefühl.

„Schon gut", beruhigt Susanna, „aber nein! Sendepause, und das schon jahrelang. Lena ist gerade achtzehn geworden und noch immer will sie nichts von mir wissen. Ich habe sie verloren damals und weiß nicht mal, warum. Von Zeit zu Zeit höre ich etwas über frühere gemeinsame Freunde, aber niemals irgendetwas von ihr selbst. Sie wohnt noch immer bei ihrem Vater, aber dem Vernehmen nach ist sie sehr selbstständig, dauernd unterwegs, und seit sie volljährig ist, kommt sie wohl auch tagelang manchmal nicht nach Hause. Weißt du, er hat doch nie wirklich Zeit für sie gehabt."

Juliette nimmt die Freundin in den Arm. Susanna ist den Tränen nah. „Wer weiß, Susanna, vielleicht kommt doch noch irgendwann der Tag."

Obwohl dieser Satz beinahe unüberlegt gesagt war, weil Juliette sich einfach nicht in die Lage der verlassenen Mutter hinein versetzen kann, mit der Trauer überfordert ist, nimmt die Freundin tatsächlich sehr ernst, was sie da eben gesagt hat, und ein Hoffnungsschimmer scheint in ihren braunen Augen auf.

„Vielleicht hast du wirklich recht, manchmal gibt es im Leben die seltsamsten Irrwege und manchmal sogar Wunder. Dass ich Robert getroffen habe, war schließlich auch eins, und es passierte genau in dem Moment, als ich sicher war, für mich gäbe es keinen Ausweg mehr."

Juliette hat nie an Wunder geglaubt, aber dieser

Einwand scheint ihr, ob der eigenen Erfahrung, die sie gerade mit Georg macht, durchaus logisch. Logische Ansätze liebt sie, und obwohl all diese Logik, die ihr in den letzten Tagen begegnet ist, keinen mathematischen Gesetzmäßigkeiten standhalten kann, fügt sie sich doch in ihr verändertes Weltbild. Als sie Susanna wieder loslässt, hat sie das sichere Gefühl, ihr zunächst schusselig dahingesagter Satz würde irgendwann eine eigene Magie entfalten und sich selbst erfüllen.

Sarah nickt ihr bestätigend zu und die ernsten Gesichter entspannen sich.

Lydia setzt sich zu Juliette. Bisher war noch keine Zeit gewesen, sich in Ruhe zu unterhalten. Jetzt bietet sich die Gelegenheit.

„Endlich sind mal unsere anspruchsvollen Männer nicht dabei, die uns ständig mit Beschlag belegen, Juliette. Was hast du denn eigentlich studiert? Susanna erzählte nur, dass du an der Universität lehrst."

„Ja, ich bin Agrarwissenschaftlerin, mein Schwerpunkt ist der ökologische Landbau", erklärt Juliette.

„Ihren Doktor hat sie mit einer Arbeit über die Knickfähigkeit von Halmen gemacht", mischt sich Susanna lachend ein.

Lydia sieht Juliette fragend an.

„Susanna ist albern, gerade eben muss ich aber sagen Gott sei Dank!", tadelt sie lächelnd die Freundin. „Aber ganz unrecht hat sie nicht. Ich will nicht allzu weit ausholen, denn so besonders spannend ist das Thema nun wirklich nicht, nur so viel: Zig Generationen von Landwirten hatten zu Erntezeiten ein Riesenproblem. Die alten Getreidesorten standen auf sehr langen, im Vergleich zur reifen Ähre zu dünnen Halmen. Nun ist ja Erntezeit auch oft Gewitterzeit. Eine ganz besondere Schwierigkeit ergab sich in windreichen Regionen, zum Beispiel auch hier oben an den Küsten.

Wenn also ein paar kräftige Gewitter mit anständigen Windböen über so ein fast erntereifes Feld gingen, lag oft genug die ganze Ernte platt auf dem Boden. Ein paar Regentage dazu, und das fast reife Korn begann zu faulen und zu schimmeln. Oft genug war eine ganze Ernte hin, bisweilen gab es einfach nur schwere Einbußen. Um diesem Problem entgegenzutreten, hat man lange Zeit kräftig die Chemiekeule geschwungen und die Halme 'kurzgespritzt'. Nun ist zum einen jeder Kanister Spritzmittel teuer, zum anderen änderten sich nach und nach die festgelegten Obergrenzen zur Schadstoffbelastung. Die Chemielobby zeigte natürlich kein Interesse, aber die Saatzuchtverbände sahen erhebliches Einkommenspotenzial in der Entwicklung neuer Sorten, die kürzere, tragfähigere Halme vorweisen und fanden Verbündete in den Bauernverbänden. In solch ein Forschungsprogramm geriet ich damals, denn die Uni arbeitet auch auf ihren Versuchsgütern eng mit den Saatzüchtern zusammen. Wenn ich richtig gesehen habe, benutzt auch euer Schröder solche kurzhalmigen Sorten. Mittlerweile sind sie längst gängiger Standard geworden."

Aufmerksam sind die vier Frauen Juliettes Ausführungen gefolgt, als gerade Fernando mit einem kleinen gelben Postpäckchen unter dem Arm herankommt.

„Wunderschönen Nachmittag, die Damen", entbietet er einen galanten Gruß in die Runde, „na, die neuesten Kosmetiktipps ausgetauscht?"

„Mein lieber Mann, nun reduzier uns gefälligst nicht auf das Niveau von Barbiepüppchen", schimpft Lydia, „wir haben durchaus auch noch andere Themen als Kinder, Kirche, Küche. Zurzeit interessieren wir uns gerade für Agrarwissenschaften."

„Aha, Agrarwissenschaften, soso!" Fernando wirkt etwas irritiert, schüttelt den Kopf und wendet sich an Juliette: „Apropos: Hinrich rief gerade an, es bleibt bei unserem Termin morgen, er sagte aber, er würde einen kleinen Probedrusch im Weizen machen, der allerdings noch immer bei achtzehn Prozent Feuchte liegt."

„Da wird er nicht ganz glücklich werden, denke ich, seine Trocknungskosten fürs Getreide werden ihn auffressen, ein paar Tage sollte er noch Geduld haben", erwidert sie ganz Fachfrau.

„Was verstehst DU Stadtpflanze denn von Getreidefeuchte?" Der Argentinier ist geplättet.
Niemand klärt ihn auf, denn die Frauen brechen in brüllendes Gelächter aus. Verständnislos steht er da, mit seinem Päckchen unterm Arm, und versteht

vorerst die Welt nicht mehr.

„Was hast du denn da mitgebracht?", fragt ihn Lydia, sich ein paar Lachtränen aus dem Augenwinkel wischend.

„Keine Ahnung, war in der Post heute, allerdings ohne Absender, an mich adressiert. Ich habe nichts bestellt, hat jemand von euch eine Lieferung an mich schicken lassen?"

Alle schütteln die Köpfe und Claudia flachst: „Wird bestimmt 'ne Bombe drin sein, lasst uns mal schnell in Deckung gehen."

Ganz unrecht hat Claudia nicht, denn nachdem Fernando das Päckchen mit dramatisch konzentriertem Gesichtsausdruck erst geschüttelt, dann ans Ohr gehalten hat, löst er die Schnur und öffnet das völlig neutrale Paket. Zum Vorschein kommt ein heller Gucci-Schuh, in dem ein Stängel halb verwelkter Brennnessel steckt.

Georg, Daniel und Robert sind inzwischen dazugekommen. Alle starren erstaunt auf den Inhalt des Päckchens.

„Verdammt!", entfährt es Juliette, „Das ist einer von den Schuhen, die ich am zweiten Tag hier trug, als wir am Strand waren. Wir haben doch noch alle gesucht."

„Also kein Hundeverbrechen!", konstatiert Fernando. „Aber warum zum Kuckuck die Brennnessel, und warum nur einer?"

„Die Brennnessel könnte ich ja erklären", grinst Georg, „allerdings bleibt dann keine andere Schlussfolgerung, als dass wir beobachtet werden."

Juliette mischt sich ein: „Siehst du, ich habe dir doch gesagt, dass ich das Gefühl hatte, beobachtet zu werden, als du mit der Brennnessel -ups", sie errötet und sieht verlegen zu Boden.

„Aha, Tunnelspielchen", konstatiert Sarah mit schelmischem Ausdruck, „einmal angefangen hört's so schnell nicht wieder auf zu brennen, nicht? Jaja, immer wieder gern genommen, nicht wahr, meine Herren?", fragt sie in die Runde und erntet etwas betretene Gesichter der ertappten Männer. „Nun aber mal im Ernst: Kann es nicht sein, dass der freundliche Finder einfach einen Schuh übersehen hat?"

„Ausgeschlossen, die können höchstens einen Meter voneinander entfernt gelegen haben", beeilt sich Juliette wieder sachlich zu werden.

„Nein, Freunde, da will uns jemand etwas mitteilen!", gibt Robert sehr ernst zu bedenken. „Ich glaube, Georg hat recht. Vielleicht haben wir es mit einem Spanner zu tun, der Spaß daran hat, uns zu verunsichern."

„Ich sehe allerdings keine Möglichkeit, konkret dagegen vorzugehen, denn jemandem einen verlorenen Schuh zu schicken, ist ja keine strafbare Handlung. Wir sollten vielleicht einfach die Augen offen halten, uns aber nicht ins Bockshorn jagen lassen. Eine Möglichkeit wäre ja auch noch, Schröder morgen zu befragen, ob ihm irgendetwas Seltsames in letzter Zeit aufgefallen ist", fasst Daniel vernünftig zusammen.

Claudia fügt ihre Überlegungen hinzu: „Den Leuten

aus dem Dorf traue ich ja so seltsame Postsendungen ehrlich gesagt nicht zu. Wäre jemand von ihnen in deinem Wäldchen gewesen und hätte sie gefunden, wäre er sicher eher mit beiden verlorenen Schuhen ganz offiziell an die Haustür gekommen. Die Leute haben doch absolut keine Scheu vor dir. Ich würde auf einen Fremden tippen. Ganz offenbar weiß der Absender, dass du derzeit hier bist, Fernando. Aber woher?"

„Ich fürchte, das wird wohl niemandem verborgen geblieben sein, der entweder die Fachpresse oder die Boulevardblätter gelesen hat", überlegt Fernando, „da gab es nämlich genügend Berichte über das Poloturnier."

„Stimmt", pflichtet Lydia bei, „und fotografiert wurden wir auch oft genug, nicht?"

„Ja, sogar in den Pausen zwischen den Spielzeiten, als wir traditionsbewusst die losen Grassoden wieder festtrampelten, die die Pferde hochgerissen hatten", erinnert sich Sarah.

„Gut, damit wäre das also geklärt", befindet Robert, der noch immer einen grübelnden Eindruck macht, „allerdings habe ich beim besten Willen keine vernünftige Idee, was das soll."

„Ich denke, wir sollten es genau so handhaben, wie Daniel es vorschlägt", schaltet sich Fernando wieder ein. „Wir sollten es nicht zu ernst nehmen, uns nicht verrückt machen lassen, aber die Augen offen halten. Übrigens habe ich einen heftigen Kampf mit unserem Küchenchef ausgefochten, der durchaus der Meinung war, ein schlichtes mexikanisches Chili zu kochen, das ich mir für heute Abend gewünscht habe, sei unter seiner Würde. Ich habe ihm allerdings zu verstehen gegeben, dass es trotz seiner genialen Künste den einfachen Rancher auch manchmal nach deftiger Hausmannskost verlangt."

„Und, mein Schatz, ist es dir gelungen, ihn umzustimmen?", möchte Lydia wissen.

„Na ja, ich habe ihn bei seiner Ehre gepackt und angezweifelt, dass er in der Lage ist, ein anständiges Chili zuzubereiten. Das hat er sich natürlich nicht zweimal vorwerfen lassen und ist meckernd ans Werk gegangen", erklärt Fernando amüsiert, „bin gespannt, was er uns vorsetzen wird. Meine Idee war nämlich, heute bei dieser wunderbaren Luft draußen zu essen, ganz rustikal, und auf den gesellschaftlichen Schnickschnack mal zu verzichten. Ich würde also gern der Küchencrew den Garten für ein Stündchen überlassen, dann können wir essen."

Fernando erntet uneingeschränkten Applaus, und alle streben dem Haus zu, um sich für den Abend vorzubereiten.

7. Kapitel

„Zieh doch mal das Hemd aus, ich möchte dir einen neuen Verband machen", bittet Juliette, oben in ihrem Zimmer angekommen.
Georg ist ein folgsamer, tapferer Patient, die Wunden sind eindeutig im Heilen begriffen, der enorme Bluterguss hat bereits eine blassere Farbe angenommen. Juliette ist zufrieden. „Versuch nur, es beim Duschen nicht nass zu machen", mahnt sie, als Georg in ihrem Bad verschwindet.

„Eigentlich könntest du mich ja baden", grinst er.

„Vergiss es, dafür ist gar keine Zeit mehr, ich muss auch noch duschen, ich sehe ja schon wieder aus wie ein Pferdeknecht", stellt sie fest und gibt ihm einen kleinen zärtlichen Klaps auf seinen muskulösen Hintern.

„Sie schlägt mich, sie hat mich geschlagen! Na warte, böses Weib, die Rache ist mein", jault er auf und wirft, unverständliches Zeug brummend, die Badezimmertür mit dem Fuß hinter sich zu.
Juliette entscheidet sich nach dem Duschen für ausgewaschene Jeans und eine Bluse mit weiten langen Puffärmeln und großem Kragen im Western-Stil, schnürt darüber ein dunkelblaues Jacquard-Korsett mit fein eingewebtem goldenem Blattmuster und wählt flache bestickte Zehensandalen dazu.

„Bah, was sind denn das für Tempelflitzer-

Galoschen!?", schimpft Georg mit Blick auf ihre Füße. „Hast du kein ordentliches Schuhwerk, oder willst du mir abhauen?"

„Na, weißt du, wenn mich nichts anderes bei dir hält als meine nahezu unbenutzbaren Füße, dann ist es aber nicht weit her mit deiner Anziehungskraft!", frotzelt Juliette. „Außerdem finde ich es albern, bei einem Essen im Garten mit meinen spitzen Absätzen ständig Fernandos Rasen zu vertikutieren."

„Okay, okay, sofern das nicht einreißt, will ich mal nicht so sein", neckt er sie, packt sie um die Taille und beißt ihr einmal kräftig in den Ansatz ihrer prall geschnürten Brüste.
Schreiend reißt sie sich los, stürmt zur Tür hinaus, die Treppe hinunter, Georg ist ihr dicht auf den Fersen. Atemlos hat er sie auf der Terrasse eingeholt, hält sie fest, drängt sie rückwärts gegen das steinerne Geländer und küsst sie so, dass beiden schwindelig wird. Keuchend stehen sie so umarmt, als die anderen dazukommen.

„Junge Junge, unser neues Liebespaar hat aber ganz schön Temperament, und komisch, für diesen Platz auf der Terrasse scheint ihr ein Abo zu haben, ständig trifft man euch hier an, mehr oder weniger aufgelöst tsts...", amüsiert sich Robert und alle brechen in Gelächter aus.

*

Die Tische unter der Buche sind rustikal gedeckt und von zahlreichen Fackeln umstanden, bunte Lampions hängen in den alten Zweigen, dampfende

Kupferkessel mit dem Chili und große Körbe mit frisch gebackenen Broten stehen bereit.

Die Stimmung ist ausgelassen fröhlich und derweil das Chili nicht nur ausgesprochen gut, sondern auch verdammt scharf geraten ist, muss so viel getrunken werden, dass die ganze Gesellschaft recht schnell einen deutlich alkoholisierten Zustand erreicht.

Fernando kann es nicht lassen, den Küchenhilfen, als sie abräumen, genüsslich auf die kurz berockten Popos zu klapsen, was ihm deutliche Worte seiner Lydia einträgt.

Allzu ernst aber wird an diesem Abend gar nichts genommen, und die Sache mit dem seltsamen Päckchen wird überhaupt nicht mehr erwähnt.

Nach und nach ziehen sich die Paare zurück. Das Chili hat offenbar seine erwärmende, seit alters her bekannt aphrodisierende Wirkung in Kombination mit dem Wein entfaltet.

Juliette lehnt dicht bei Georg, den Blick in den Himmel gerichtet. Sie sind nun allein im Garten.

„Ich würde gern noch mit dir ans Wasser gehen, nachsehen, ob es noch da ist", flüstert er ihr ins Ohr.

„Das ist eine wirklich gute Idee, die Nacht ist so schön lau, es wäre eine Schande, das nicht auszunutzen", stimmt Juliette begeistert zu.

Georg greift nach einer fast vollen Rotweinflasche, nimmt sie bei der Hand und schlendert mit ihr auf das kleine Wäldchen zu, das Juliette um diese Nachtstunde nur ungern allein durchquert hätte, denn die Bäume stehen mit ihren Kronen so dicht an dicht, dass kaum ein Lichtstrahl durchdringen kann. Schnell ist der Strand erreicht.

Noch ist der Mond fast voll, der Sternenhimmel hier, wo keine nahe Stadt mit ihren Lichtern konkurriert, wirkt nachtschwarz wie ein samtenes Tuch, auf das ein großer Beutel verschiedenster funkelnder Edelsteine ausgegossen ist.

Die Bahn, die der Mond aufs Wasser zeichnet, erscheint so solide, als könne man darauf direkt in den Himmel hinaufmarschieren.

Ein mächtiger Stein bietet ein bequemes Rückenpolster für zwei, und dicht aneinandergekuschelt lassen sie sich im kühlen Sand nieder, schweigend, den großartigen Anblick auf sich wirken lassend.

„Manchmal macht das, was uns die Welt zu bieten hat, einfach sprachlos", flüstert Juliette nach einer langen Weile.

Georg hält sie zustimmend einfach noch etwas fester, nimmt sie mit unter seine Jacke.

Der Wind ist ganz eingeschlafen, die flachen Wellen rauschen leise an den Strand, gluckern ein wenig zwischen ein paar Steinen. Schaumblasen platzen zu Millionen, deutlich vernehmbar, wenn das Wasser abläuft.

Am fernen Horizont sind die Lichter fahrender Schiffe zu erkennen; die ruhige Luft trägt das gleichmäßige Wummern ihrer Maschinen ans Ohr.

Ab und zu nehmen beide einen Schluck von dem ausgezeichneten Wein, rauchen stumm eine Zigarette, sind sich ganz einig im Genießen des wunderbaren Moments.

Georg küsst sie, zunächst ganz sacht und zärtlich, später immer fordernder. Juliette wird irgendwann unruhig, kann den Hintern nicht mehr recht still halten.

„Hast du Hummeln im Po?"

„Nein, aber ich will jetzt angemessen großartigen, feierlichen Sex", albert sie.

„Ich habe gut gegessen und getrunken, ich bin zu faul für größere Aktionen, aber gegen feierlichen Sex hab ich nichts. Ich finde, es wäre sehr angemessen großartig, wenn du mir feierlich einen blasen würdest!"

„Gut!" Mit verführerischem Lächeln lässt sie sich in Bauchlage rutschen, versenkt sie den Kopf in seinem Schoß und macht sich nach allen Regeln der Kunst ans Werk. Ihren nackten rechten Fuß hält sie recht zierlich hoch, die perlenbestickte Zehensandale liegt im Sand.

Georg will genießen, lässt sich Zeit. Ein paarmal ist er kurz davor zu kommen, kriegt aber wieder die Kurve, zu gut gefällt ihm, was sie tut, er will es lange ausdehnen.

Seine Hand krallt sich immer wieder in ihren Hintern, was sie jeweils begeistert mit spitzen kleinen Schreien quittiert: "Mehr, mehr!"

Das, was sich in ihrem Mund abspielt, setzt sich direkt in ihre Körpermitte fort. Es scheint eine direkte Verbindung zu geben zwischen den beiden weichen warmen, feuchten Höhlen.

„Mehr, mehr!", fordert sie immer wieder und er

fürchtet langsam, seine Nägel könnten tiefe Kratzer in ihrem zarten Fleisch hinterlassen.

Juliette ist völlig fortgerissen, nur einen Augenblick lang hat sie das irritierende Gefühl, Georg würde tatsächlich lachen. Unmöglich, die Idee!, verwirft sie den Gedanken. Das konnte doch nicht sein, oder?

Tatsächlich fühlt sie zur selben Sekunde ihren Höhepunkt heranfluten, in dem sie den ersten Geschmack von ihm auf der Zunge wahrnimmt. Dann ist sie entsetzt.

Georg lacht! Er kann gar nicht mehr an sich halten, rollt sich in den Sand und hält sich die Seiten.

„Darf ich vielleicht mal erfahren, was du so lustig findest? Vielleicht kann ich ja sogar mitlachen?", möchte sie etwas beleidigt wissen.

„Ja, kannst du, mein kleiner Häwelmann!", brüllt er schon wieder los.

„Dein kleiner WAS?"

Mühsam beherrscht er sich. „Kennst du nicht Storms Kindergeschichte vom kleinen Häwelmann? Die Geschichte, in der der pausbäckige Junge in seinem Rollenbettchen erst seine todmüde Mutter terrorisiert, sie soll ihn rumfahren, und dann den armen Mond, indem er sein Hemdchen auf dem Zeh wie ein Segel aufhängt, die Backen aufbläst, pustet, bis er rollt, und der Mond ihm auf seinem Weg in den Himmel ständig leuchten muss, weil der Bengel dauernd schreit: 'Mehr, mehr, leuchte, guter Mond, leuchte!'?"

„Ooooh, Scheiße", lacht nun auch Juliette.

„Na, wie du da mit hochgestelltem nacktem Fuß, abgespreiztem großem Zeh und dicken Backen im Mondlicht... also ehrlich, Juliette, ich kann nicht mehr!"
Sie müssen so lachen, dass ihnen beiden die Tränen laufen, das Zwerchfell den Dienst zu versagen droht. Es dauert eine Weile, bis sie sich wieder beruhigt haben, und fast scheint es Juliette, als würde der gute alte Mond heute Abend nicht nur leuchten, sondern auch lachen. So klar hat sie sein freundliches Gesicht schon lange nicht mehr sehen können.

„Weißt du, es ist so ungewöhnlich! Wann kann man schon mal mit einem Menschen zusammen lachen, über den man lachen muss? Mit dir geht das, Juliette! Und diese Kindergeschichte, die hatte ich eigentlich längst vergessen, das ist so lange her."
Sie nickt nur zustimmend. Ganz einig mit ihm und mit sich, ist ihr nicht nach vielen Worten.
Plötzlich richtet sie sich auf. „Schau mal, Georg, da hinten", deutet sie auf einen zuckenden Lichtpunkt, der weit entfernt an der Steilküste zu sehen ist. „Sag mal, ist das nicht ungefähr da, wo du gestern abgestürzt bist?"

„Ja, du hast recht." Er ist aufgestanden und versucht die Lichtquelle genauer zu lokalisieren. „Ziemlich exakt sogar, denn man kann erkennen, dass da der Strand schmal wird und die Steilküste sehr hoch."

„Das kommt mir jetzt aber wirklich merkwürdig vor, außer Schröders wohnt doch hier weit und breit kein Mensch", überlegt Juliette beunruhigt, „oder ob es ein Angler ist?"

„Ich habe wirklich nicht die geringste Ahnung, Liebling. Aber es scheint so, dass es keine allzu dumme Idee ist, wenn wir uns gemeinsam morgen die seltsame Höhle etwas genauer angucken. Jetzt im Finstern hat es ja wenig Sinn. Lass uns gehen, damit wir morgen früh ausgeschlafen sind."

Bevor sich Juliette zu Georg ins Bett kuschelt, zieht sie die Gardinen zu und ihr letzter Blick in den klaren Nachthimmel fällt auf eine Sternschnuppe.
Man darf es niemandem erzählen, sonst wird es nicht wahr, denkt sie und wünscht sich etwas.

8. Kapitel

Was für ein Erwachen!
Juliette liegt ausgebreitet auf dem Rücken und kommt mit einem warmen, unglaublich geilen Gefühl zwischen den Beinen langsam zu sich.
Georg ist unter ihre Decke gekrochen und leckt mit feuchter Zunge ihre Spalte.
Sie bleibt bewegungslos liegen und genießt mit geschlossenen Augen, was er tut. Sacht umspielt er die Schamlippen, lässt die Zunge um die Klitoris kreisen, dann wieder setzt er zärtliche Bisse, widmet sich konzentriert der Rosette. Sie kann ein leises Aufstöhnen nicht verhindern, er reagiert, sie fühlt seinen Blick auf sich ruhen, stellt sich weiter schlafend.
Sie fühlt, wie er beginnt, vorsichtig ihre Höhlen zu erkunden, zwei Finger einführt, einen weiteren sacht in ihre hintere Öffnung schiebt, ohne seinen Mund von ihr zu lösen. Juliette drängt sich seiner Hand, seiner Zunge entgegen. Kurz lässt er von ihr ab; sie wartet gespannt.
Deutlicher widmet er sich nun ihrem von Speichel und ihrer eigenen strömenden Nässe befeuchteten Hintereingang. Irgendetwas Kleines führt er ein, vielleicht so groß wie ein Daumen, ohne sein furioses Zungenspiel zu unterbrechen. Juliette stutzt, denn erst sacht, dann mit schnell zunehmender Wucht macht sich ein sehr warmes, dann heißes Gefühl in ihrem Anus bemerkbar, das ihr vollkom-

men unbekannt ist.

„Was tust du?", schreckt sie, nun hellwach, auf.

„Guten Morgen, mein schönes Weib!", grinst er sie, mit nassem Gesicht zwischen ihren weit gespreizten Schenkeln auftauchend, an. „Ich mache dich heiß, leg dich wieder hin, keine Angst, es tut dir nichts, genieß es!"

Ihm in diesem Augenblick zu vertrauen fällt ihr schwer, sie hat das Gefühl, er habe ein Feuer in ihrem Hintern entfacht.

„Es brennt aber so", jammert sie, „was ist das denn?"

„Das, mein Schatz, ist nur ein feines Ingwerknöllchen, ganz harmlos. Man kann es sogar essen, ohne davon tot umzufallen. Aber scharfe Sache, nicht wahr?"

Sie will sich zunächst wehren, beginnt zu strampeln, brüllt ihn an: "Mach das weg!", aber Georg hält sie fest, klemmt sich ihre Beine unter die Arme, greift sich ihre Handgelenke und beginnt wieder, sein teuflisches Spiel mit der Zunge aufzunehmen. Widerstrebend ergibt sie sich, duldet sogar, als er beginnt, den Saft des Ingwers mit der Zunge in ihrer ganzen Spalte zu verteilen.

Hitze durchflutet ihren gesamten Unterleib, jede Berührung seiner Zunge, jedes Anhauchen verstärkt noch den durchblutungsfördernden Effekt, den die ätherischen Öle verursachen. Juliette ist nahezu besinnungslos geil.

„Fick mich, bitte, Georg, ich halt's nicht mehr aus!"

Er löst seine Umklammerung, kommt unter den Tiefen der Bettdecke hervor, ganz nah ist sein Gesicht vor ihrem. Er küsst sie, den scharfen Geschmack des Gewürzes im Mund, lange und selbst unglaublich erregt.

„Wohin, mein Herz, wohin soll ich dich ficken?"

„Mir egal", stöhnt sie, „aber bitte, tu's endlich!", dreht sie sich stöhnend um und kommt auf die Knie.

Kurz versenkt er seinen prall erigierten Penis in ihrer Vagina, um ihn tropfend vor Nässe gleich wieder herauszuziehen, entfernt sacht den kleinen Ingwerplug aus ihrer hinteren Öffnung und dringt in ihre gierige Bereitschaft, ohne auf eine Spur von Gegenwehr zu treffen.

Nie zuvor hat Juliette einen analen Orgasmus erlebt. Das, was jetzt über sie hereinbricht, erscheint ihr wie das Zusammentreffen von Himmel und Hölle, von Feuersbrunst und Sintflut.

Alle Dämme in ihr brechen, und die Welle, die ihren Körper überflutet, die Brände in ihr löscht, ist so gewaltig, dass sie schreiend unter ihm zusammenbricht, flach auf dem Bauch liegend in ihr Kissen heult, zuckend und zitternd Schutz in seinem Arm sucht und zusammengerollt wie ein Fötus erst sehr, sehr langsam unter seinem Streicheln wieder zu sich kommt, sich beruhigt. „Oh Gott!, was war das? Das war unglaublich, so etwas habe ich noch nie erlebt."

„Ach, man nennt es Sex, und du kannst einfach Georg zu mir sagen", lacht er.

Matt trommelt sie mit ihren Fäusten auf seine Brust. „Mann, du bist unmöglich, ich erlebe hier den Orgasmus des Jahrhunderts und du bist schon wieder albern!"

„Wenn ich unmöglich bin, bist du unglaublich! Mein lieber Schwan, du gehst ja wirklich ab wie 'ne Rakete. Da kann man ja gar nicht anders als mitzufliegen." Zärtlich nimmt er sie fest in den Arm. „Ich liebe dich, Juliette!"

Nun doch schon wieder lächelnd schmiegt sie sich an ihn: „Ich dich auch!"

Das Brennen des Ingwers ist so schnell verflogen, wie es sich breitgemacht hat, und nach einer ausgedehnten Ruhepause streckt sich Juliette genießerisch, kneift Georg einmal kräftig in die Brustwarze und springt mit der Bekundung, sie hätte jetzt solchen Hunger, sie könne glatt einen Elefanten vertilgen, aus dem Bett.

Gemeinsam steigen sie unter die Dusche und Georg wäscht ihr sanft alle Reste des ausgefallenen Liebesspieles vom Körper, während sie ihn, sorgsam den Verband meidend, mit einem weichen Schwamm verwöhnt.

*

Vergnügt kommen sie die Treppe heruntergesprungen.

Auf der Terrasse bleiben sie plötzlich stehen. Juliette schlingt ihm die Arme um den Hals und küsst ihn. Ihr Becken schiebt sich wie von allein seiner Hüfte drängend entgegen.

Juliette hat das Gefühl, ihr Körper und ihr Geist

wären eine Allianz zu heiterer erotisierter Ausgelassenheit eingegangen.

„Ist nicht möglich, die stehen ja schon wieder da!", ruft ihnen Robert schon von Weitem zu. „Los, ihr Verrückten, kommt frühstücken, wir wollen doch Höhlen erforschen gehen."

„Höhlen erforschen? Prima Idee, da bin ich Profi!", erwidert Georg prustend, Juliette fällt ein und giggelnd nehmen sie am Frühstückstisch Platz, machen sich hungrig über die Köstlichkeiten her.

„Na ja", wendet sich Robert an Susanna, „so sind die frisch Verliebten; und spätestens nach sechs Monaten werfen sie sich dann das Familienporzellan an die Köpfe, nicht wahr?"

„Ja, genau", stimmt sie zu, „oder sie machen's wie du, binden ihre Frau allabendlich auf eine Scheibe, drehen schwungvoll und bemühen sich, mit den Damaszenermessern aus der Verlobungskollektion zu treffen."

„Susanna, da bringst du mich auf einen Gedanken!", lacht Georg lauthals auf. „Eigentlich wollte ich ja dieses Weib ganz ohne Umstände heiraten, aber zweimal feiern bringt zweimal Messer!"

Langsam sickert in Juliettes Bewusstsein, was Georg da gerade gesagt hat.

Eigentlich hat sie noch keinen ernsthaften Gedanken darauf verschwendet, was passieren wird, wenn dieser traumhafte Urlaub hier zu Ende ist. Wenn sie es aber richtig bedenkt, gab es schon einige Hinweise in seinem Verhalten, dass er durchaus an eine Weiterführung der Beziehung denkt. Oder sollte die Sache mit den Sternschnuppen so schnell funktionieren?

Zu näheren Überlegungen bleibt keine Zeit, denn Fernando fragt nach, wer sich denn nun zur Höhlenforschung berufen fühlt.

*

Kurze Zeit später rollt der Land Rover, beladen mit Seilen, soliden Haken, starken Taschenlampen und besetzt mit Fernando, Juliette, Robert und Georg vom Hof. Schnell ist das Vorwerk erreicht, und Michel, der den Besuch schon ungeduldig erwartet hat, reißt die erste Wagentür auf, kaum, dass das Auto zum Stehen gekommen ist.

„Hallo, Fernando, einen guten Morgen allen!", grüßt der Kleine so höflich, wie es seine Aufgeregtheit gerade noch zulässt.

„Guten Morgen, Michel, du bist ja ganz aus dem Häuschen, hat das was mit unserer Höhle zu tun?", fragt ihn Juliette.

„Oh ja, ich war da mit Julchen. Gruselig, ganz gruselig, kann ich euch sagen." Er tritt nervös von einem Bein aufs andere. „Wir hatten ja bloß eine Kerze mit und konnten nicht so viel sehen, aber eins ist sicher: Das ist nicht bloß eine Höhle, das geht ganz tief in die Steilküste rein, da ist ein Gang!", gibt er triumphierend seine Erkenntnisse zum Besten.

„Das ist ja interessant, Michel", geht Fernando auf den Blondschopf ein, „das zeigst du uns alles gleich, ja?"

„Aber klar, Chef", strahlt der Junge über beide

Wangen, „mit euch ist das auch viel besser, Julchen hatte solche Angst, weiter reinzugehen."

Bärbel kommt aus dem Haus und begrüßt die vier herzlich.

„Hat euch Michel schon verrückt gemacht mit dem, was er rausgefunden hat?"

„Dein Sohn ist ein toller Entdecker", schmunzelt Fernando, „und weil er der Einzige ist, der sich da wirklich auskennt, muss er uns natürlich führen, wenn du ihn uns als Expeditionsleiter ausleihst."

Michel reckt sich mit stolz geschwellter Brust, er fühlt sich ernst genommen von den Großen und unerhört wichtig.

„Aber sicher, er wanzt sich ja schon richtig, ihm sind die Ferien hier viel zu langweilig, er ist begeistert über den Fund und kann ein kleines Abenteuer wirklich gut gebrauchen. Die meisten seiner Freunde sind in den Urlaub gefahren, und momentan hadert er etwas damit, ein Landwirtskind zu sein. Immer in den großen Ferien ist ja bei uns Hochsaison und wir können den Kindern in dieser Zeit einfach keine Reise bieten. Aber nun kommt doch erst mal in den Garten und trinkt noch etwas. Hinrich muss jeden Moment wieder da sein."

Bärbel hat kaum geendet, als auch schon Schröder mit einem Schlepper auf den Hof fährt und behände aus der Kabine klettert.

„Wir haben gestern Abend vom Strand aus eine seltsame Beobachtung gemacht", eröffnet Juliette das Gespräch am Tisch in dem wunderbar duftenden blühenden Garten. „Auf Höhe der Stelle, wo

Georg vorgestern abgestürzt ist, haben wir Licht gesehen. Möglicherweise von einer starken Taschenlampe, es war sehr deutlich zu sehen. Wir haben überlegt, ob es vielleicht ein Nachtangler gewesen sein könnte, denn außer euch wüssten wir niemanden, der in dieser einsamen Gegend noch wohnt."

„Siehst du, Mama, doch Schmuggler in der Nacht, oder Seeräuber, ich hab's doch gewusst! Und bestimmt lagern die ihre Beute in dem Gang." Michels Wangen glühen vor Begeisterung.

Hinrich runzelt die Stirn. „Michel, die Störtebekergeschichten gehen in deinem Kopf mit dir durch. Es gibt doch heutzutage gar keine Seeräuber mehr an unseren Küsten. Aber Angler kann ich mir auch nicht vorstellen. Das ist eigentlich kein richtiges Angelrevier hier."

„Lasst uns einfach aufbrechen und das Rätsel lösen", schlägt Fernando vor. „Die Wege sind doch mit dem Auto gut befahrbar, nicht wahr, Hinrich? Dann können wir dicht heranfahren."

Michel auf dem Schoß des Vaters, quetschen sich alle in den Land Rover.

„Schön eng hier", flüstert Georg Juliette ins Ohr und schiebt ihr eine Hand unter den Hintern, was sofort ihre ganze Beherrschung erfordert, um nicht gleich wieder, der Situation völlig unangemessen, innerlich zu zerfließen.

Robert ist die kleine Handgreiflichkeit nicht entgangen, wie sein kopfschüttelndes Grinsen verrät.

Fernando fährt den Land Rover so weit rückwärts

an den Überhang der Steilküste, dass er ein dickes Kletterseil mit massivem Haken an der Anhängerkupplung befestigen kann, das den steilen Abstieg als Führungsseil erleichtern und sichern soll.
Die Männer hängen sich leistungsstarke Taschenlampen und weitere dünnere Seile um, und Fernando beginnt rückwärts, sich am Seil haltend, den Abstieg als Erster. Seine Sicherungsidee stößt auf Zustimmung, denn auf diese Art ist der Abhang erheblich leichter zu bewältigen als vor zwei Tagen bei der Rettungsaktion um Georg und Ovido, und alle sechs kommen wohlbehalten auf dem kleinen Vorsprung an, der den Eingang zur Höhle bildet.
Michel ist kaum noch zu halten. Er bekommt eine große Lampe und darf vorangehen, sein Vater ist ihm direkt auf den Fersen. Das Licht reicht weit, leuchtet einen Gang aus, dessen Wände und Boden aus einer Mischung von Fels und Lehm bestehen. Die Decke ist mit gewaltigen Holzbohlen gestützt und ausgekleidet mit breitem Lattenholz, in einer Art Webmuster, wie es noch keiner der sechs bisher gesehen hat.
Juliette hält sich ganz hinten und hat Georgs Hand fest umfasst. Es ist ihr äußerst unangenehm, tiefer und tiefer in die Erde einzudringen, das Licht am Ausgang nicht mehr sehen zu können. Leichte Windungen macht der Weg, zweigt aber an keiner Stelle ab und führt geradewegs vom Wasser weg.
Plötzlich scheint im Licht von Michels Lampe das Ende des Ganges auf.
Vollkommen unspektakulär, leer bis auf die reich-

lich vorhandenen Spinnweben. Allen ist die Enttäuschung deutlich anzumerken.

„Welchen Zweck hat dieser Gang gehabt?", überlegt Robert laut. „Es kann doch nicht sein, dass sich irgendjemand die Mühe macht, hundertfünfzig Meter in die Steilküste hineinzubuddeln, abzustützen, auszukleiden, für einen Weg, der nirgendwohin führt!"

„Kann das nicht ein Lager gewesen sein?", gibt Michel die Hoffnung auf den Seeräuberschatz noch nicht auf.

„Michel, das kann ich mir nicht vorstellen, wozu dann ein Gang? Da hätte es auch eine Höhle getan, ein Gang muss irgendwohin führen", gibt Hinrich zu bedenken.

„Papa", fragt der Kleine und sieht im Licht der Lampe zu seinem Vater auf, „kann ich nicht mal heute Abend an deinen Computer? Dann kann ich doch mal im Internet suchen, ob ich irgendwas finde."

„Ist in Ordnung, Michel, das machst du", stimmt Schröder zu.

„Wäre mir gar nicht so unrecht, hier schleunigst wieder rauszukommen", schlägt Juliette vor, die sich ausgesprochen unwohl fühlt.

„Gut, drehen wir um", beschließt Fernando. Wieder führt Michel, nun aber mit enttäuscht hängenden Schultern, die Gruppe an und schreit kurz vor dem Ausgang, als das Sonnenlicht bereits zu erahnen ist, plötzlich auf. „Da, seht mal, da liegt was!" Tatsächlich findet Michel dicht an der Wand auf dem Fußboden einen Handstrahler.

„Da muss doch jemand hier gewesen sein, letzte Nacht! Guckt mal, die Lampe ist ganz modern, die liegt hier nicht seit Störtebeker", freut sich der Junge über den Fund und seine kluge Erkenntnis. Liebevoll lächelnd streicht Hinrich seinem Jüngsten übers Haar und schlägt vor, sich draußen noch ein wenig umzusehen, ob sich irgendwelche menschlichen Spuren finden lassen. Das Absuchen des harten Lehmbodens, der seit mindestens zwei Wochen keinen Regen mehr bekommen hat, ist erfolglos.

„Wer hier nachts herumgekraucht ist, lässt sich vorerst nicht klären", befindet Hinrich, „ich werde ab und an in den nächsten Tagen mal vor dem Schlafengehen herkommen und nachsehen, ob sich irgendein Penner hier herumtreibt. Nun schlage ich vor, wir fahren nach Hause und lassen uns die gebackenen Hühnchen schmecken, die Bärbel schon im Ofen hat. Kommt!"

Wie die Orgelpfeifen, zuvorderst Fernando, der kleine Michel am Ende, direkt hinter Juliette, greifen alle nach dem Führseil und beginnen sich hinaufzuziehen.

Fernando bemerkt es als Erster, sein entsetzter Schrei „Weg vom Seil!" schallt über die Küstenlinie, mit einem gewaltigen Hechtsprung wirft er sich seitlich in die Böschung. Alle tun es ihm nach. Juliette bekommt gerade noch Michel zu fassen, der den Ernst der Lage nicht sofort richtig einschätzt. Sie hält seinen Arm und reißt ihn mit sich zur Seite, wirft sich schützend auf das Kind.

Der dunkle Schatten schießt in rasender Geschwindigkeit dicht an ihnen vorbei, schlägt noch einmal im Sturzflug auf dem steinigen Lehm auf und kommt mit einem ohrenbetäubenden Krachen auf dem überfluteten Strand zur Ruhe.

Juliette hält den überwältigt schluchzenden Jungen im Arm, tröstet ihn, flüstert: „Alles gut, Michel, es ist vorbei."

Hinrich kriecht mit Georg und Robert dichter heran. Alle drei Männer haben blutende Verletzungen an den Armen und im Gesicht.

Fernando steht oben im Hang und sieht fassungslos zu seinem wellenumspülten Auto hinunter.

Keiner sagt ein Wort, bis sie alle die Steilküste erklommen haben.

„Ich hatte die Handbremse angezogen und den Gang eingelegt, Freunde, seht mich nicht so an", ergreift der Argentinier das Wort. „Hätte ich das nicht getan, hätten wir die Kiste schon beim Abstieg ins Genick bekommen!"

„War das Auto abgeschlossen?", möchte Robert wissen.

„Nein, wozu soll ich an dieser einsamen Stelle meines eigenen Grundes mein Auto abschließen?"

„Und du bist sicher, dass der Gang vollständig eingelegt war, nicht womöglich herausgesprungen sein kann, die Handbremse bis zum letzten Raster hochgezogen war?"

„Ja, Robert, ich bin mir sicher, obwohl das vermutlich nicht beweisbar ist. Was für mich als einzige Erklärung in Frage kommt, ist, dass wir sabotiert worden sind. Vielleicht war das Päckchen gestern durchaus kein alberner Streich, sondern nur der Auftakt zu einer noch unsichtbaren Bedrohung, die auf uns zukommt."

Georg wischt sich mit dem Hemdärmel das Blut aus der Augenbraue und wendet sich an die Freunde, die dicht im Kreise stehen, wie um Unheil aus dem Rund zu bannen: „Wenn uns irgendjemand Böses will, ist er uns nah, ganz nah in diesem Moment. Dann werden wir beobachtet. Was mir nicht ganz klar ist: Ich habe nicht die geringste Ahnung, was wir verbrochen haben könnten, das jemanden auf die Idee bringt, uns alle mit einem derartigen Anschlag in Lebensgefahr zu bringen. Ich für meinen Teil habe ein reines Gewissen, Vater und Mutter erschlagen habe ich nicht, die erfreuen sich bester Gesundheit, geklaut, gemordet oder vergewaltigt habe ich auch nicht, keinen in den Ruin getrieben. Ich gehe davon aus, dass das auf uns alle zutrifft, insbesondere Michel ist die Unschuld in Person. Aber wenn der Täter noch alle Tassen im Schrank hat, muss er ja ein Motiv haben, das uns alle eint, falls er uns alle miteinander umbringen möchte. Das gälte es herauszufinden!"

Alle nicken zustimmend.

„Mist", flucht Hinrich plötzlich, „mein Handy ist hin, das hat den Sturz nicht überlebt! Und so was nennt sich dann 'Outdoor-Modell', nicht zu fassen. Ich hätte ja gern Bärbel alarmiert, dass sie uns holen soll, nun müssen wir zu Fuß nach Hause."

„Soll ich vorlaufen und Mama Bescheid sagen?",

fragt Michel, der sich längst beruhigt hat.

„Oh nein, mein Sohn, du bleibst schön bei uns, irgendwo läuft hier jemand herum, der uns etwas tun will! Lasst uns losmarschieren, das Auto ziehen wir später mit dem Schlepper herauf."

Juliette bemerkt erst beim Gehen, dass sie sich bei ihrem Sturz und der hektischen Aktion, Michel aus der Gefahrenzone zu ziehen, am Knie verletzt hat. Viel Aufhebens will sie allerdings nicht machen und bemüht sich, mit den anderen Schritt zu halten.

Zwischendurch bleibt sie kurz stehen. Georg sieht sie besorgt an.

„Mein Knie! Ist scheinbar doch was passiert. Ich habe das noch gar nicht richtig gemerkt. Muss wohl eine Menge Adrenalin im Kreislauf sein", erklärt sie.

„Liebe Güte, deine Hose ist ja voller Blut!" Georg ist entsetzt und zwingt sie, sich auf einen umgestürzten Baum am Wegesrand zu setzen. Unter dem aufgerissenen Stoff zeigt sich eine ausgedehnte, noch immer blutende Wunde.

„Das bedarf ärztlicher Versorgung, Juliette, das muss geklammert werden. Röntgen wird nötig sein, um zu sehen, ob deine Kniescheibe etwas abgekriegt hat. Und völlig verdreckt ist die Wunde auch noch."

Die Männer stehen alle mit so bedenklichen Gesichtern über sie gebeugt, dass Juliette lachen muss. Sie beschließen, sie für den weiteren Weg jeweils zu zweit zu tragen, auf eine Schlinge aus zwei Armen gesetzt, und sich hin und wieder abzuwechseln.

Eigentlich ist ihr der Aufstand, den sie um sie veranstalten, fast peinlich, aber als sie jetzt wieder aufsteht, ist ihr klar, dass ihr nichts anderes übrig bleiben wird, als das Angebot anzunehmen. Also legt sie zuerst Robert und Georg einen Arm um den Hals und nimmt auf ihrer Sänfte Platz. Würde das Knie nicht so verdammt pochen, könnte sie sich an diese liebevolle Art des Personentransports durchaus gewöhnen.

*

„Um Himmels willen, kommt ihr aus dem Krieg? Habt ihr mit drei Dutzend Freibeutern gerungen? Und wieso seid ihr zu Fuß?" Bärbel schlägt entsetzt die Hände über dem Kopf zusammen.

„Heute haben wir's mal mit einem Auto versucht, mit dem Pferd war's ja nicht so effektvoll", sagt Georg grinsend, während er Juliette auf den erstbesten, im Weg stehenden Gartenstuhl rutschen lässt.

Hinrich erstattet Bärbel umfassend Bericht, erzählt ihr auch, wie Juliette Michel gerettet hat, und sucht gleichzeitig nach dem schnurlosen Telefon, um einen Arzttermin zu organisieren. Bärbel genügt ein Blick auf das malträtierte Knie, um zu erkennen, dass sie hier selbst mit ihrer gut ausgestatteten Hausapotheke nichts ausrichten kann, reicht allerdings die unvermeidlichen Arnica-Globuli, die Juliette dankbar annimmt.

Fernando bittet seinerseits um das Telefon, um zu Hause Lydia von den Vorkommnissen zu berichten und die anderen zu warnen.

„Die Zeit zum Essen sollten wir uns aber doch nehmen", schlägt Bärbel vor, „es ist alles fertig."

Wirklich genießen kann Juliette die knusprigen Hähnchen mit wildem Reis und die gebutterten Möhren mit Petersilie aus dem eigenen Garten nicht. Obwohl Bärbel ihr Bein hochgelagert und mit dicken Eispacken gepolstert hat, nehmen die Schmerzen in der Ruhe derart zu, dass ihr sogar übel wird.

Mühsam reißt sie sich zusammen und ist sehr froh, als Georg sie zu Hinrichs Auto trägt, sich die Adresse des Arztes ins Navigationssystem eingeben lässt und sie endlich losfahren können. Ganz blass ist sie um die Nase herum und Georgs Seitenblicke werden zunehmend besorgter, zumal der Weg sich als recht lang erweist.

Das Röntgen ergibt keinen Befund. „Noch mal Glück gehabt", murmelt der diensthabende Arzt. Die Reinigung der Wunde und das Klammern müssen allerdings unter lokaler Betäubung durchgeführt werden. Nachdem die Anästhesie gesetzt ist, verlässt der vielbeschäftigte Mediziner kurz den Raum, um dem Medikament Zeit zu lassen, seine Wirkung zu entfalten.

Schnell fühlt Juliette, dass sie fast schmerzfrei ist, und die Farbe kommt in ihr Gesicht zurück.

„Tapfer bist du, mein Liebling!", flüstert Georg ganz nah an ihrem Ohr. „Ob du auch so tapfer wärst, wenn du eine Nadel direkt unter die Haut bekämst, für die es keine medizinische Notwendigkeit gibt? Von mir!"

Juliette versteht nicht. Verwirrt sieht sie ihn an. „Wozu solltest du? Das versteh ich ja nun gar nicht!"

Zärtlich streichelt er ihre Wangen, lässt die Hände ihren Hals entlang zu ihren Brüsten gleiten, küsst sie sanft und sehr sinnlich.

Schon wieder spürt Juliette dieses unwiderstehliche Gefühl in sich aufkommen, schon wieder ist sie Wachs in seiner Hand.

„Zum Beispiel hier, mein Herz", haucht er in ihr Ohr, zwirbelt mit forschendem Blick sanft ihre Nippel.

„Aber warum?", Sie begreift nicht, fühlt nur, dass der Gedanke sie gleichzeitig entsetzlich ängstigt und dennoch erregt.

„Weil ich nicht nur in dir stecken möchte, sondern unter deine Haut will, ganz nah an dein Blut, an deinen Lebenssaft!"

„Oh Georg", seufzt sie, „ich weiß, es hat mit Vernunft nichts mehr zu tun, aber ja, wahrscheinlich will ich dich sogar unter meine Haut lassen."

Mit einem langen Kuss, der sie ganz schwindelig macht, verschließt er ihren Mund und hält sie, bis der Arzt den Raum wieder betritt.

„Na, dann wollen wir mal", bekundet der entschlossen, als er sich die Handschuhe anzieht. „Sie dürfen sie ruhig weiter festhalten; was wir hier vorhaben, wird ziemlich unappetitlich. Und ihre Augenbraue flicke ich ihnen nachher auch noch eben zusammen", lächelt er mit professionellem Blick auf Georgs Platzwunde.

Es ist weniger die Behandlung, die ihr weiche Knie beschert, sondern es sind vielmehr Georgs zärtliche Berührungen und Blicke, und es ist die Idee, die er da gerade in sie gepflanzt hat, die sie elektrisiert, ihre Gedanken nicht loslässt.

Eine Stunde später verlassen sie die Praxis, ein Rezept für Schmerzmittel in der Hand, einen Termin zum Verbandswechsel für den übernächsten Tag in der Tasche und im Ohr eine Menge eindringlicher Ratschläge, das dick verbundene Knie unbedingt zu schonen und gut zu kühlen.

Die Wundränder an Georgs Platzwunde über dem Auge sind mit kleinen Pflasterstreifen sauber aneinandergefügt. Der Unfallchirurg scheint sein Handwerk zu verstehen.

*

Lange schweigen beide auf der Heimfahrt, jeder versucht zunächst für sich allein, darüber Klarheit zu bekommen, was ihnen da eigentlich vorhin widerfahren ist.

„Ich habe einfach keine Idee, wer es auf uns abgesehen haben könnte", beginnt Juliette die Unterhaltung. „Mit etwas Pech hätten wir alle zerschmettert unter dem Auto im Wasser liegen können. Wer kann das gewollt haben und warum?"

Nachdenklich schüttelt Georg den Kopf. „Wenn ich es recht bedenke, kann es nur jemand getan haben, der nicht ganz richtig in der Birne ist. Ein überlegender Mörder hat ein Motiv. Selten richtet es sich gegen eine ganze Gruppe, es sei denn, sein Motiv betrifft alle Mitglieder. Auf den kleinen Michel kann das, wie auch immer man es dreht, gar nicht zutreffen. Wenn jemand den möglichen Tod von so vielen Menschen in Kauf nimmt und den des kleinen Jungen sozusagen als Kollateralschaden dazu, kann sich das meines Erachtens nur durch eine unvorstellbare Wut oder einen geistigen Schaden erklären lassen. Juliette, ich fürchte, wir alle sind in Gefahr. Dieses Mal ist es noch glimpflich ausgegangen, aber wer weiß, was sich dieser Mensch als Nächstes einfallen lässt?"

Was Georg sagt, entspricht genau dem, was auch ihr durch den Kopf gegangen ist. „Ich sehe schon, du bist genauso ratlos, wie ich. Bin mal gespannt, wie die anderen darüber denken, vielleicht hat ja irgendwer einen Erklärungsansatz."

Als der Wagen auf den Hof des Gutshauses rollt, sehen sie schon Bärbels Auto stehen. Offenbar sind also alle eingetroffen. Georg hilft ihr auszusteigen und stützt sie beim Weg die breite Treppe hinauf.

Anders als sonst üblich ist die Tür heute abgeschlossen und sie müssen läuten. Juliette fühlt deutlich, wie die drohende Gefahr dazu führt, dass Vorsichtsmaßnahmen ergriffen werden, dass die arglose Leichtigkeit der vergangenen Tage der Angst gewichen ist.

Lydia öffnet. Ihr Gesicht ist ernst und besorgt.

„Kommt rein, schnell auf die Terrasse, wir haben schon einen Liegestuhl für das arme verletzte Juliettchen vorbereitet. Dein kleiner Freund ist auch da, er hat mir ganz genau erzählt, wie du ihn gerettet hast."

Michel ist kaum zu erkennen hinter dem riesigen Blumenstrauß, den er für sie gepflückt hat. Rosen, Levkojen und Rittersporn hat er ausgesucht und hält ihr sein duftendes Werk feierlich entgegen.

„Oh, Michel, ich habe noch nie so wunderschöne Blumen bekommen. Ich danke dir!", freut sich Juliette und steckt die Nase tief in den Strauß.

„Die hast du dir aber auch ganz doll verdient", erklärt der Kleine, „und so sehr wehgetan hast du dir auch noch meinetwegen."

„Ach was, wenn ich allein geflogen wär, hätte ich mir doch auch das Knie aufschlagen können. Ich habe ganz viele Spritzen reinbekommen, tut gar nicht mehr so weh."

Michel ist erst mal beruhigt und trollt sich zu den Hunden auf den Rasen.

Mit bedeutsamer Miene hält Robert ihr einen braunen Briefumschlag entgegen. Zusammen mit Georg betrachtet sie den Inhalt, einen großen, qualitativ sehr guten Abzug eines Fotos, das sie mit Georg auf dem weißen Stein am Meer zeigt, im Hintergrund Sarah dazukommend.

„Das ist vom zweiten Tag hier, nicht?", ruft sie entsetzt aus und wendet sich an Georg: „Siehst du, ich habe dir doch gesagt, dass ich mich beobachtet fühle! Wieder mal ein Beweis dafür, dass ich meinem Bauchgefühl doch trauen kann."

Georg nickt.

„Ja, Juliette", spricht Fernando die Befürchtungen aller aus, „und es macht unmissverständlich klar, dass wir wirklich nicht allein hier sind. Gestern der Schuh, heute der Unfall und nun das Foto!"

„Was ist mit dem Land Rover, habt ihr den schon herausgezogen?", möchte Georg wissen.

„Ja, haben wir, das Auto ist ein Schrotthaufen, aber wir konnten es ja schlecht mit vollem Tank und dem ganzen Öl im Meer liegen lassen", bestätigt Fernando. „Der Gang war nicht eingelegt und die Handbremse war tatsächlich gelöst."

„Sollten wir nicht die Polizei hinzuziehen?", schlägt Juliette vor.

„Wir haben das hin und her diskutiert", erklärt Daniel, „und sind zu dem Ergebnis gekommen, dass uns das vermutlich momentan noch nicht weiterbringen wird. Die Polizei könnte die Postsendungen für einen Streich halten und würde vermutlich annehmen, dass Fernando schlicht und einfach einen verhängnisvollen Fehler beim Abstellen des Wagens gemacht hat. Es ist ja noch nicht einmal sicher davon auszugehen, dass die Post und die Sabotage einem einzigen Täter zuzuschreiben sind. Obwohl wir natürlich ganz stark davon ausgehen. Aber erklär das mal einem Dorfpolizisten."

„Ich denke, wir sollten zunächst weiter auf der Hut sein und versuchen, uns über eines klar zu werden", ergreift Robert das Wort. „Wir gehen davon aus, dass es sich um ein und denselben handelt. Gut! Wenn dem so ist, stellen wir weiterhin fest, dass dieser uns etwas mitteilen und mit uns in Kontakt treten will, indem er auf sich aufmerksam macht. Wir müssen herausfinden, wer an uns als Gemeinschaft ein derart zerstörerisches Interesse hat, wer mit uns, oder einem großen Teil von uns, in irgendeiner Verbindung steht!"

Robert erntet nachdenkliches, betretenes Schweigen.

Juliette beginnt trotz der Wärme, die zu dieser späten Nachmittagsstunde noch auf der Terrasse herrscht, zu frösteln, fühlt sich fiebrig. Lydia besorgt schleunigst ein Thermometer, das nach kurzer Zeit mit piepsendem Signal allerdings Normaltemperatur anzeigt.

„Das war alles ein bisschen viel für dich heute, mein Liebling", tröstet Georg und wickelt sie zärtlich in eine weiche Kamelhaardecke.

„Ich glaube, es ist noch etwas anderes", erwidert Juliette mit ungewohnt brüchiger Stimme, „wir haben hier einen Traum erlebt, so leicht, so betörend, so wunderschön und fern vom Alltag. Den hätte ich wahnsinnig gern noch ein Weilchen festgehalten, weitergeträumt. Und jetzt hat uns irgendjemand geweckt. So brutal, und wir wissen weder warum, noch wer!". Sie verbirgt ihren Kopf an Georgs Brust und es entgeht niemandem, dass ihre Schultern zucken, und Juliette weint.

Michel kommt die Terrassentreppe heraufgestürzt, nimmt sie ohne Umstände in die kleinen Arme. „Juliette, ich bin doch auch noch da, du musst keine Angst haben, ich lass dich auch bestimmt nicht alleine und ich mache alles, damit ihr den Scheißkerl findet und du wieder lachst!"

„Oh, Michel!". Juliette ist völlig überwältigt, löst sich von Georg und weint sich an der kleinen Schulter aus, bis sie sich beruhigt hat und bereit ist, das von Georg schon lange hingehaltene Taschentuch zu nehmen.

„Was für ein wunderbarer kleiner Mann", seufzt Susanna. Keiner kann sich der Rührung des Augenblicks entziehen.

„Michel, hast du vielleicht eine Idee?", fragt ihn Juliette und sieht ihn so an, als sei sie sicher, er könne wirklich der Einzige sein, der die Dinge wieder geraderücken, die Welt wieder ordnen kann.

„Habe ich!", kommt es sehr überzeugt. Michel zieht sich einen Stuhl heran und setzt sich ganz dicht vor Juliettes Liege, sieht ihr fest in die Augen.

„Pass auf! Ich habe einen guten, sehr, sehr alten Freund drüben im Dorf. Das ist Friedrich, und der ist vor kurzer Zeit hundert Jahre alt geworden. Da war ein mächtiger Aufriss zum Geburtstag und die Feuerwehrkapelle hat gespielt, der Bürgermeister hat langweilige Reden gehalten und ganz viele Journalisten waren auch da und haben Friedrich inter..., also, ich weiß das Wort nicht genau, jedenfalls haben sie ihn ganz viel gefragt. Und Bilder haben sie von ihm gemacht und dann war das alles in der Zeitung. Friedrich hat mir alle Störtebekergeschichten erzählt, keiner kann das besser, ich besuche ihn, so oft ich darf. Und er ist der Einzige, der all die Geschichten vom Dorf kennt, und den frage ich morgen nach dem Gang und überhaupt. Friedrich weiß nämlich alles!"

„Michel, das ist gar keine schlechte Idee", lobt Bärbel. „Es ist nämlich so:, Friedrich weiß nicht nur viel über die Geschichte, er sitzt auch den ganzen Tag bei gutem Wetter vor dem Haus, bei schlechtem drinnen am Fenster und bekommt alles mit, was um ihn herum passiert. Hören tut er sehr schlecht, aber er hat immer noch die reinsten Adleraugen. Sein Häuschen liegt direkt an der Straße, durch die jeder muss, der zu uns oder zu euch oder auch einfach nur an den Strand will."

Juliette hält Michel fest umarmt und spürt, wie die lähmende Angst, die sie empfunden hat, einer sicheren Hoffnung gewichen ist. Wieder einmal wird ihr bewusst, wie sehr sie sich solch einen kleinen Sohn gewünscht hätte und kostet den Moment lange aus. Als sie ihn loslässt, lächelt sie schon wieder. Der Kleine streicht ihr noch eine Träne von der Wange, wirft den blonden Kopf in den Nacken und sagt: „So gefällst du mir schon wieder viel besser, Juliette, lass das mal einen richtigen Mann machen!"

„Jungejunge, hier können wir ja noch richtig was lernen", stellt Georg fest und die schlechte Stimmung löst sich bei allen fürs Erste in erleichtertem Lachen. Fernando bittet Bärbel und ihren Sohn, noch zum Abendessen zu bleiben, was beide gern annehmen.

Michel fühlt sich sowieso großartig und darf neben Juliette sitzen, der er fortwährend mit vollem Mund die unglaublichsten Seeräubergeschichten erzählt. Er redet ohne Punkt und Komma, froh, endlich einmal jemanden zu haben, der ihm aufmerksam zuhört. Juliette ist begeistert, wie genau und fein ausgeschmückt seine Berichte sind, und als er endlich eine kleine Pause einlegt, um ein großes Glas Limonade herunterzuspülen, hat sie die Gelegenheit einzuwerfen: „Michel, diese ganzen Geschichten, die dir der alte Friedrich da erzählt hat, die kennt bestimmt keiner so gut wie er und du. Die musst du aufschreiben! Kannst du das machen? Für mich?"

„Da sagst du was! Das habe ich mir eigentlich schon lange vorgenommen. Aber ich habe gedacht, das interessiert sowieso sonst niemanden, und nur so für mich fand ich das zu doof."

„Nein, Michel, mach das bloß, alte Geschichten kennen nur die alten Leute. Früher gab es kein Fernsehen, kein Radio und auch kein Internet, da haben sich die Menschen noch Geschichten erzählt, um sich zu unterhalten. Da wurden die Dorfchroniken auch aufgeschrieben und von Generation zu Generation weitergegeben. Jetzt reden die Leute nicht mehr so viel miteinander und wenn es keiner aufschreibt, ist bald alles vergessen."

Nachdenklich wiegt Michel den Kopf. „Gut, wenn du das so sagst, dann mache ich das! Und weißt du was?", fügt er strahlend hinzu. „Vielleicht schreib ich die Geschichte mit dem abgekackten Auto auch noch auf!"

„Michel!", schimpft Bärbel. „Wirst du wohl mal solche Ausdrücke lassen?!"

Michel zieht den Kopf ein und wendet sich wieder

seinem gewaltigen Eisbecher mit Trüffelsorten und frischen Früchten zu, den er bis auf den Grund leert. Dann mahnt Bärbel, es sei Zeit, dass er ins Bett käme, und bricht mit ihm auf. Alle winken den beiden hinterher, als Fernando das Hoftor abschließt, die Hunde hinauslässt und den aus dem Stall kommenden Miguel mahnt, die Ohren offenzuhalten und gut auf die Pferde achtzugeben.

So wird aus dem Lustschlösschen eine Festung!, schießt es Juliette durch den Kopf.

*

Robert und Daniel haben während des Essens intensiv leise Gespräche geführt. Daniel gibt beim Cognac am Kamin nun das Ergebnis der Besprechung preis.

Morgen früh werden sie Sven in der Kanzlei anrufen, ihm den Fall schildern und einige Akten durchgehen lassen, die Fälle beinhalten, die möglicherweise Hinweise geben könnten auf einen Klienten oder Gegner, der ihnen irgendetwas Bösartiges wollen könnte.

„Immerhin haben wir nun einen Plan", bemerkt Georg. „Michel wird versuchen, im Ort Lösungsansätze zu finden. Ich traue dem Bengel einiges zu! Und ihr beiden probiert, in der Kanzlei weiterzukommen. Ich für mein Teil fühle mich damit jedenfalls schon erheblich wohler, als tatenlos dazusitzen wie ein hypnotisiertes Kaninchen, das nur darauf wartet, von der Schlange gefressen zu werden."

„Wir können heute Abend sowieso nichts mehr unternehmen", gähnt Juliette. „Ich bin fix und fer-

tig und muss ins Bett."
Georg stützt sie beim Treppensteigen und obwohl ihn ihre zerbrechliche Hilflosigkeit mehr als anregt, hält er sich zurück, hilft ihr aus den Kleidern, bettet ihr Knie so bequem wie irgend möglich zwischen frischen Eisbeuteln und schläft sehr bald, die Hand auf ihrer Hüfte, ein.
Juliette findet keinen Schlaf.
Das Knie schmerzt erheblich, der Verband scheint ihr viel zu fest gewickelt, und das Mondlicht fällt durch einen offenen Spalt in der Gardine direkt auf ihr Kopfkissen. Ab und zu bellen die Hunde, ihre Wachaufgabe offenbar sehr ernst nehmend. Juliette schreckt hoch, hört die beruhigende Stimme Miguels, ein andermal, wie sich ein Fenster öffnet, Fernando, nach dem Rechten sehend, mit den Rüden spricht.
Sie hat das Gefühl, seit Stunden wach zu liegen, als sie schließlich doch in einen erschöpften Schlaf fällt.

*

Das flackernde Licht der kleinen Laterne zeichnet unruhige Schatten der Spinnweben im Dunkel an die Wände. Wie lange fahrige Finger scheinen sie nach ihr greifen zu wollen.
Kaum kommt sie vorwärts, hangelt sich an einem dicken Tau mühsam voran.
Die Beine scheinen in zähem Schleim festzustecken, versagen immer wieder den Dienst, sodass sie, die Laterne zwischen die Zähne geklemmt; sich nur noch mit den Armen vorwärtsziehen kann.

Da, das Ende des Ganges!

Plötzlich, aus dem Nichts, ist ein dunkler Schatten über ihr. Sie sieht einen schwarzen Umhang, einen Dreispitz und einen metallenen Haken, dort, wo eine Hand sein sollte.

Sie dreht sich um, flieht in Panik, fällt, kriecht mit schmerzendem Knie vorwärts, fühlt, dass er sie schon an der Hüfte hält. Sie kommt kaum voran, den Verfolger dicht hinter sich, dessen Atem sie zu spüren meint.

Endlich sieht sie den Schein des fahlen Mondlichtes durch den Eingang fallen, robbt mit letzter Kraft darauf zu.

Sie hört Michels panischen Schrei: „Weg vom Seil!", und fällt, fällt den Abhang hinunter, sieht eine Hand sich ihr entgegenstrecken, sieht in Michels Kindergesicht.

*

Schreiend erwacht Juliette, schaut in Georgs Augen, hält seine Hand fest umklammert. Vorsichtig richtet er sie auf, streichelt sie, lässt sie langsam wach werden.

Ganz gegenwärtig ist der Traum, sie kann ihn im Detail erzählen. „Der Schatten, Georg, er kommt von oben. Wir müssen nach oben schauen!"

„Kann es nicht einfach das herabstürzende Auto gewesen sein, das du gesehen hast?"

„Nein, es ist ein Mensch, es ist dieser Jemand, der uns verfolgt, auch wenn er mir hier in Gestalt eines Seeräubers aus Michels Geschichten erschienen ist. Es wäre nicht das erste Mal, Georg, dass mein Kopf mir im Traum Lösungsansätze liefert! Früher habe ich das immer als dummes Zeug abgetan, aber ich habe die Erfahrung gemacht, dass es manchmal nützlich sein kann, solche Träume ernst zu nehmen. Man muss sie bloß zu deuten wissen."

„Ich bin ganz sicher, dass wir das Rätsel lösen können. Morgen werden wir neue Erkenntnisse haben, notfalls auch noch einmal diesen Gang unter die Lupe nehmen und uns im Deckenbereich genauer umsehen. Aber denkst du nicht, wir sollten jetzt versuchen, noch eine Mütze voll Schlaf zu bekommen?", schlägt Georg vor, dem langsam die Augen zufallen.

„Sicher, du hast ganz recht, halt mich nur fest, dann kann ich bestimmt auch wieder einschlafen. Wenn bloß dieser verdammte Verband nicht so drücken würde!", schimpft Juliette.

„Komm, lass sehen, wir wickeln ihn mal ab." Georg sieht ihr deutlich an, wie sie sich quält, setzt sich entschlossen auf und macht Licht.

„Ach du liebe Güte!", entfährt es ihm entsetzt, als er das Knie freigelegt hat.

Die gesamte Umgebung der Naht ist großflächig in einen leuchtend dunklen Violetton getaucht, der viel zu enge Verband hat tiefe Eindrücke in dem stark geschwollenen Gewebe hinterlassen.

„Ist sofort besser jetzt, der Druck hat schon nachgelassen", bekundet Juliette erleichtert. „Danke!"

Vorsichtig verbindet Georg sie erneut, darauf bedacht, ohne Kompression lediglich die Wunde abzudecken, und wüst schimpfend, Ärzte würden allzu gern vergessen, dass solche Verletzungen, wenn sie erst einmal zur Ruhe kämen, richtig anzuschwellen pflegen, und wenn einer seiner Frau Schmerzen zufügen würde, sei er das und kein dahergelaufener Weißkittel, er wisse nämlich wenigstens, was er tue.

Juliette kann sich das Lachen über diese wütende Tirade nicht verkneifen.

„Du wärst ja wohl auch nicht so blöd, mir ausgerechnet mein Knie zu demolieren, das macht ja gar keine Lust, nicht? Schließlich gehört das definitiv nicht zu meinen erogenen Zonen."

„Genau, du sagst es! Aber wenn wir diesen Faxenkram hier hinter uns haben, ich sage dir...!", droht er ihr lachend.

„Ach, wenn's doch bloß bald wieder so wäre", seufzt Juliette und fällt endlich, von ihm liebevoll gehalten in tiefen, traumlosen Schlaf.

9. Kapitel

Es ist noch früh als Hinrich seinen Sohn aus den Federn holt.
Verschlafen wühlt Michel seinen blonden Kopf aus den Kissen, reibt sich die sommersprossige Nase.
„Was'n los, Papa?"
„Hattest du nicht heute etwas ausgesprochen Wichtiges vor? Ich habe schon die Kornfeuchte geprüft; ich will anfangen zu mähen, sobald der Tau weg ist. Wenn ich den Mähdrescher jetzt tanken fahre, könnte ich dich gleich zu Friedrich mitnehmen, und Mama holt dich später dort wieder ab."
Michel ist mit einem Satz aus dem Bett. Natürlich, er hat heute einen wirklich wichtigen Auftrag. Schließlich geht es um Juliette, das duldet keinen Aufschub, findet er. Schleunigst ist er angezogen und steht in kurzen Hosen, buntem T-Shirt und Sandalen in der Küche, wo er noch schnell, ein Brötchen im Mund, ein extrem notwendiges Utensil aus dem Kühlschrank greift.
Immer, wenn Michel Friedrich besucht, darf eines nicht fehlen. Es ist sozusagen der Schlüssel für das Schloss, hinter dem die sagenhaften Geschichten des Alten liegen. Seit Friedrich im Krieg eine Heidenangst vor der heranziehenden russischen Armee entwickelt hat, ist er ein ausgesprochener Freund des großen Landes jenseits des Atlantiks geworden. Und für Friedrich gibt es keinen besseren Ausdruck für Freiheit und Demokratie als diesen Geschmack,

den er jedes Mal geradezu andächtig die Kehle hinunterrinnen lässt.

Eine Dose Cola!

Und weil Michel weiß, dass Friedrich nicht gern allein trinkt, greift er noch ein zweites Mal in Bärbels Getränkevorräte.

„Ach, dein Bestechungsritual, damit sich Friedrich die Stimme ölen kann", lacht Hinrich, als der Junge zu ihm in die Kabine des schon laufenden Mähdreschers klettert.

„Klar, Papa, das muss schon sein! Wenn ich nicht einen mit ihm trinke, erzählt er mir gar nichts", gibt Michel vergnügt zurück.

Nach wenigen Kilometern ist das Dorf erreicht, und schon von Weitem sehen sie den alten Mann vor seiner reetgedeckten Kate auf der kleinen Bank in der Morgensonne sitzen. Ganz offenbar freut er sich über den Besuch und winkt seinen kleinen Freund zu sich heran.

„Michel, mein Junge, das ist aber schön, dass du mich mal wieder besuchen kommst", begrüßt er ihn in seinem breiten Mecklenburger Platt, das der Kleine ganz nebenbei bei ihm lernen konnte, ja lernen musste, um seinen Erzählungen überhaupt folgen zu können. „Komm setz dich her", deutet er auf das Plätzchen neben sich auf der alten Holzbank, die unter seinem beachtlichen Gewicht knarzende Laute von sich gibt.

So wenig silberweiße Haare ihm auf dem Kopf auch geblieben sind, so gewaltig ist sein Vollbart, der das wettergegerbte Gesicht mit den immer noch sehr wachen wasserblauen Augen umkränzt. Stattlich wölbt sich sein Bauch im karierten Hemd über dem Bund der braunen Cordhose. Gehalten wird sie von breiten Hosenträgern der, wie Friedrich gern betont, einzig tauglichen Marke „Herkules".

Obwohl der Doktor, der „junge Spund", wie er den lange pensionierten Dorfarzt nennt, ihm das Rauchen schon seit gut vierzig Jahren abzugewöhnen versucht, ist Friedrich von seinem langen Pfeifchen mit dem kleinen Kopf nicht abzubringen.

„Räucherware hält sich länger", pflegt er zu sagen, wenn das Gespräch mal wieder auf seine ungesunde Leidenschaft kommt, und Friedrich weiß, wovon er redet, denn seine Räucheraale damals, in der Zeit, als er noch Fischer war, waren weit und breit die begehrtesten. Der Doktor hat auch unlängst zugeben müssen, dass der Alte so unrecht nicht haben kann, denn ihm sind langsam die Argumente ausgegangen angesichts der erstaunlichen Konstitution seines hundertjährigen Patienten. Das von Friedrich mit freundlichem Gesicht ob der klugen Erkenntnis angebotene Pfeifchen hat er dann aber doch dankend abgelehnt.

Einzig in einer Sache hat der Doktor ihn mal überzeugen können. Nach langen Jahren, in denen er sich kategorisch geweigert hatte, weil er der Auffassung gewesen war, die Leute würden ihm nur böse Streiche spielen und in seiner Gegenwart flüstern, damit er nichts mitbekommen sollte, hat er sich zu einem Hörgerät überreden lassen, und war dann doch erstaunt gewesen, wie die vermaledeite moderne Technik, von der er wenig hält, ihm helfen kann.

„Nun, mein Michel", pafft er kleine Qualmwölkchen in den blauen Julihimmel, „hast du mir was mitgebracht und möchtest du eine Geschichte hören?"

„Herrje, na klar!" Michel greift in seinen Rucksack und holt die zwei Dosen Cola heraus.
Mit sorgsamen Bewegungen öffnet Friedrich seine Dose, stößt mit seinem kleinen Gast an, dass die braune Limonade schäumend aus der Öffnung quillt, und nimmt einen langen genüsslichen Zug Demokratie und Freiheit.

„Friedrich, heute möchte ich gar keine Seeräubergeschichte hören, du musst mir was ganz anderes erzählen. Gestern haben wir doch mit dem Chef und meiner neuen Freundin und ein paar Männern da einen Gang in der Steilküste erkundet, den wir gar nicht kannten."

„Ach, die Geschichte mit dem abgestürzten Auto!?" Friedrich weiß schon Bescheid, denn der Unfall ist Dorfgespräch, seit das Wrack von Hinrich an die Genossenschafts-Tankstelle geschleppt worden ist, wo es auf den Versicherungsgutachter wartet.

„Ja, das war fürchterlich, und wenn mich die Juliette nicht gerettet hätte, wäre ich jetzt tot. Dafür hat sie sich ganz grässlich das Knie aufgerissen und musste dran operiert werden, und gestern hat sie so geweint, weil sie Angst hat vor dem, der die Sabotage gemacht hat", erzählt Michel atemlos. „Und weil du doch alles weißt, bin ich hergekommen, um dich zu fragen, ob du mir was über den Gang sagen kannst und ob du jemanden gesehen hast, der hier nicht hingehört und was Böses will."

„Das ist nicht gut, wenn Frauen weinen", nickt Friedrich zustimmend, „und natürlich kann ich dir etwas über den Gang erzählen. Habe ich übrigens letztens auch gerade gemacht, als die vielen Reporter hier waren zu meinem Geburtstag. Aber in der Zeitung haben sie dann nichts davon geschrieben, da stand nur was vom Seeräubergeschichten-Erzähler."

Michel ist gespannt und sehr zufrieden mit sich, den richtigen Riecher gehabt zu haben mit seiner Idee, Friedrich zu befragen.

„Also, der Gang stammt wirklich noch aus den alten Zeiten, als Freibeuter unsere Küste unsicher gemacht haben. Damals war der Eingang so gut versteckt in der Steilküste, da hättet ihr ihn sicher nicht gefunden. Die Piraten haben ihre Beute direkt von den Booten aus in der Klippe verschwinden lassen, das ging ganz schnell, und dann versteckt in dem Keller unter der Fischerkate. Da führt der Gang nämlich hin!"

„Welche Fischerkate denn?", möchte Michel erstaunt wissen.

„Da wo damals die Großeltern vom Chef das Torhaus gebaut haben, da stand vorher eine Kate. Ganz zusammengefallen war sie, nur der Keller war noch recht gut erhalten. Und als dann die Russen kamen, Michel, da ist das ganze Dorf dahin geflohen. Den Keller hatten wir vollgepackt mit allem, was wir brauchen konnten, und haben dann miteinander im Gang so lange ausgeharrt, bis sie wieder weg waren. Viele Tage hat es gedauert. So ist niemandem was passiert. Sie haben uns nicht gefunden!"

„Das ist ja ein Ding, Friedrich!" Michels Wangen glühen. „Aber da ist gar kein Keller, der Gang hört einfach irgendwo auf."

„Doch, doch, Michel, da müsst ihr noch mal genau nachsehen. Ich war da ja auch seit dem Krieg nicht mehr, aber ich weiß es noch ganz genau, unter dem Torhaus ist ein Keller."

„Das werden wir machen!", bestätigt Michel heftig nickend. „Und ist dir vielleicht jemand Fremdes im Dorf aufgefallen?", möchte er noch dringend wissen, denn Bärbel ist schon vorgefahren um Michel abzuholen.

„Nein, Michel, aber denk doch mal vernünftig nach. Jeder im Dorf weiß, dass ich den ganzen Tag hier sitze. Es stand sogar in dem Zeitungsbericht, ich sei das 'Auge des Dorfes'. Wenn einer was Böses will, wird er wohl auf die Feldwege ausweichen und mir nicht direkt unter der Nase rumfahren!" Michel ist ein bisschen enttäuscht, sieht aber ein, dass der Alte da recht hat.

Bärbel ist ausgestiegen und begrüßt den alten Mann. „Friedrich, ist ja wunderbar geworden, deine neue Haustür!", lobt sie die schöne Tischlerarbeit, die eine vollkommen verwitterte alte Tür ersetzt hat.

„Ja, der Chef weiß, was sich ein alter Seebär zum

Geburtstag wünscht", lacht Friedrich, der Fernando, wie die meisten Dorfbewohner, sehr schätzt.

„Friedrich, versprich mir, die Augen aufzuhalten und Bescheid zu geben, wenn dir was Komisches auffällt, ja?", bittet Michel.

„Aber sicher, mein Freund, und wenn ich jemanden erwische, dann...!" Mit einem grimmigen Gesichtsausdruck zerdrückt der Alte kräftigen Griffes seine leere Dose.

*

Der herrlich warme helle Morgen kann nicht darüber hinwegtäuschen, dass sich bedrohlich dunkle Wolken über den Freunden, die zum Frühstück im Garten versammelt sind, zusammengezogen haben. Susanna hat schon sehr früh einen Anruf ihres Sohnes Falk aus Berlin erhalten. Sie wirkt mühsam gefasst und äußerst besorgniserregend klingt, was sie zu berichten hat. „Lena ist seit annähernd zehn Tagen schon nicht mehr zu Hause bei ihrem Vater aufgetaucht. Frank hatte ihn schon vorgestern angerufen und gefragt, ob sie möglicherweise bei ihm sei. Gestern hat er dann eine Vermisstenanzeige aufgegeben. Bisher gibt es keinerlei Anhaltspunkte über ihren Aufenthaltsort, und ihr Handy ist ausgeschaltet."

„Seit zehn Tagen nicht aufgetaucht und der Vater kümmert sich erst jetzt?", fragt Juliette ungläubig.

„Sie ist sehr selbstständig geworden und es ist nichts Ungewöhnliches, dass sie für ein paar Tage verschwindet, ohne sich zu melden", erwidert Susanna. „Außerdem war wohl Frank gut eine Woche lang auf Geschäftsreise. Ich will ihn nun wirklich nicht in Schutz nehmen, aber ich fürchte, man kann ihm keine großen Vorwürfe machen."

Daniel schaltet sich ein: „Wo ist sie denn zuletzt gesehen worden?"

„Soweit ich informiert bin, hat sie mit einer Freundin zusammen eine Party in einer einschlägig bekannten Gothic-Location besucht. Nachdem sie kurz auf die Toilette gehen wollte, verliert sich ihre Spur."

„Und es gibt keinen Hinweis darauf, mit wem sie möglicherweise den Laden verlassen hat?"

„Ich weiß nur, dass die Polizei in der entsprechenden Szene ermittelt", erklärt Susanna und Juliette sieht, wie Tränen in ihren Augen aufsteigen, als sie fortfährt: „Es laufen doch genug Irre herum, wer weiß, was ihr passiert ist, wer weiß, ob sie überhaupt noch lebt!"

Robert kommt hinzu, der den Morgen mit intensiven Recherchen im Telefonat mit Sven verbracht hat. Sein sehr bedenklicher Gesichtsausdruck entgleist völlig, als er seiner in Tränen aufgelösten Frau gewahr wird, die sich heftig schluchzend an Juliettes Schultern klammert. Er nimmt Susanna in seine Arme. „Um Gottes willen, Liebling, was ist denn passiert?"

Er bekommt keine Antwort, sie ist unfähig zu sprechen.

Daniel setzt ihn mit knappen Worten in Kenntnis.

Gemeinsam gelingt es sehr langsam, Susanna zu

beruhigen, die die schlimmsten Horrorszenarien vor Augen hat. Robert telefoniert mit Falk und sie kommen überein, Susanna unverzüglich auf den aktuellen Stand zu bringen, sobald irgendwelche Ermittlungsergebnisse vorliegen.

Robert bittet die Männer zum Gespräch ins Büro.

„Ich muss zunächst mit euch allein reden, denn wir müssen einem Verdacht nachgehen, der die Frauen vermutlich vollkommen umwerfen wird", beginnt er.

„Was hast du herausgefunden?", will Fernando wissen.

„Es ist offenkundig eine Aktennotiz übersehen worden, die den Verdacht nahelegt, dass wir es bei dem, der uns hier beunruhigt, mit einem alten Bekannten zu tun haben", erklärt Robert mit grimmigem Gesichtsausdruck. „Jonathan ist wegen guter Führung vorzeitig entlassen worden!"

Die Nennung dieses Namens lässt die Mienen der Männer versteinern und jedem wird umgehend klar, warum die Frauen diese Information nicht ungefiltert erhalten sollten.

„Das bedeutet, wir haben jetzt zwei Baustellen", ergreift Georg das Wort, „wir haben Susannas verschwundene Tochter und Sarahs Albtraum ist wieder da."

„Du sagst es. Und wenn wir Sarah davon erzählen, bricht sie uns völlig zusammen, denn sie wird sich mehr als deutlich an seine letzten Worte im Gerichtssaal erinnern, als er ihr gedroht hat, sie eines Tages doch wieder zu erwischen", stimmt

Daniel außer sich vor Wut zu, die Hände in den Hosentaschen zu Fäusten geballt. „Das Psychologen-Gutachten möchte ich sehen, das Grundlage für diese Haftentlassung war! Es war schon damals fahrlässig vom Gericht, keine spätere Sicherungsverwahrung anzuordnen. Für mich ist da schon ganz klar gewesen, dass er ein Wiederholungstäter sein würde."

„Allerdings", stimmt Robert zu, „und erschwerend kommt hinzu, dass Jonathan auch noch ausgesprochen intelligent ist. Zudem fürchte ich seine absolute Skrupellosigkeit und eiskalte Zielstrebigkeit. Er hat schon einmal versucht, seine journalistische Karriere wieder anzuschieben, nachdem die ihn damals gefeuert hatten, weil er als Kriegsberichterstatter nur noch mit Nahaufnahmen von zerfetzten Kindern aus den Krisengebieten in seine Redaktion zurückkam. Dem Mann ist jedes Gespür für Ethik und Menschlichkeit in seinem Geltungsdrang verloren gegangen. Man hatte den Eindruck, er wäre auch noch stolz darauf. Und das macht ihn so gefährlich!"

„Du hast recht", greift Daniel ein, „beinahe hätte er seinen gnadenlosen Plan ja erfolgreich umsetzen können, indem er Sarah für seine 'Superstory' missbraucht hat und um ein Haar umgebracht hätte. Er wird es wieder tun! Ihr wisst doch, wie dieser Psychopath damals argumentiert hat. Das Foto des Jahres hätte er schießen, den unglaublichsten Aufmacher für 'Seite eins' schreiben wollen, und dazu würde man eben manchmal zu ungewöhnlichen

Maßnahmen greifen müssen. So abgestumpft, wie der ist, habe ich jedenfalls keine Spur von Reue oder Einsicht gesehen. Die Zeit im Knast sieht er doch nur als Unterbrechung seiner 'Arbeit'. Ich bin schon damals davon ausgegangen, dass er den Tod Sarahs billigend in Kauf genommen hat, denn lebend hätte sie ihn schließlich identifizieren können. Die Anklagepunkte Freiheitsberaubung und schwere Körperverletzung habe ich nie für ausreichend gehalten. Für mich war das immer versuchter Mord. Und ich halte es nicht für ausgeschlossen, dass er versuchen wird, sein Werk zu beenden. Sarah schwebt in akuter Gefahr!"

Das Entsetzen lässt die Luft zum Atmen buchstäblich schwer werden und es dauert minutenlang, bis sich Georg als Erster wieder gefangen hat.

„Immerhin, wir können nun ziemlich sicher sein, mit welchem Gegner wir es zu tun haben. Ihr kennt sein Profil genau. Damit haben wir Vorteile", stellt er fest, „vordringlich haben wir aber das Problem, dass wir nicht offen diskutieren und agieren können, denn weder Susanna noch Sarah sind jetzt genügend belastbar, um diese Informationen verkraften zu können."

„Wie wenig traut ihr uns eigentlich zu?"
Die vier Männer stehen wie vom Donner gerührt, als sie Lydia in der Tür des Arbeitszimmers stehend, entdecken.

„Es wird wenig Sinn haben, meine Herren, zu versuchen, irgendetwas vor uns zu verbergen in dem freundlichen Anliegen, uns zu schonen. Es gilt, den Tatsachen ins Auge zu sehen und gemeinsam etwas aus der Lage zu machen, an einem Strang zu ziehen! Ich werde die anderen vorab informieren, und ja, mein lieber Mann, ich weiß, was ich besser weglassen muss! Wir treffen euch in einer halben Stunde hier wieder. Alle zusammen!"

Lydia dreht sich auf dem Absatz um und verschwindet in den Garten.

„Donnerwetter", entfährt es Georg, „deine Frau kann ja ganz schön resolut sein, Fernando!"

„Hast du angenommen, sie könnte mein Weib sein, wenn dem nicht so wäre?", erwidert der Argentinier und kann den Stolz in seiner Stimme nicht verbergen.

10. Kapitel

Draußen im Hof fährt ein Wagen vor und das Schellen der Türglocke kündet das Eintreffen Michels und seiner Mutter an.
Fernando öffnet selbst und Michel stürmt herein, begierig, seine neusten Erkenntnisse mitzuteilen. „Wo ist Juliette? Ich muss ihr alles erzählen!", kann er sich vor Ungeduld kaum noch zurückhalten.

„Junger Mann, deinen Bericht musst du gleich allen zusammen vortragen", erklärt ihm Fernando.
„Guck mal, da kommen die Damen schon."
Sarahs Haltung ist erstaunlich gefasst. Lydias Vorbereitung muss vorzüglich gewesen sein.
Michel gelingt es, präzise zusammenzufassen, was er von Friedrich erfahren konnte. Daniel hakt genau nach, als der Kleine von den Reportern erzählt, die zum Geburtstag des Alten anwesend waren: "Michel, kannst du dir vorstellen, dass Friedrich jemanden auf einem Foto wiedererkennen würde? Kann er noch so gut sehen?"

„Weit gucken kann er sogar ohne, aber zum Lesen nimmt er immer eine Brille", überlegt der Junge, „aber, ja, glaube ich bestimmt!"

Mit einem einvernehmlichen Nicken zu Robert ist es beschlossene Sache für Daniel, den alten Mann mit einem Foto von Jonathan zu konfrontieren und ihn noch einmal intensiv zu befragen.

„Ich denke, wir sehen uns auch das Torhaus und diesen Keller mal genauer an", schlägt Georg vor und erntet uneingeschränkte Zustimmung.

„Irgendwo muss ich auch noch alte Pläne haben", überlegt Fernando. „Ich schau mal in der Bibliothek nach. Dann inspiziere ich mit Georg das Torhaus während Robert und Daniel dem alten Friedrich einen Besuch abstatten. Vielleicht kann uns Michel ja wieder begleiten."

„Ich komme mit euch", erklärt Juliette an Georg gewandt.

„Mit deinem Hinkebein? Na, ob das so gesund ist?"

„Ich wollte nicht Marathon laufen, sondern ein Torhaus ansehen", gibt sie zurück. „Außerdem ist es nur noch halb so wild, seitdem du den Verband neu gewickelt hast."

„Gut", fasst nun Lydia die Planung zusammen. „Ihr geht weiter recherchieren und ich werde mich mit Susanna, Claudia und Sarah um das leibliche Wohl der hoffentlich erfolgreich heimkommenden Helden heute Abend kümmern. Bärbel, wir würden uns sehr freuen, wenn du mit deiner Familie auch kämest. Es gibt ein Spanferkel."

„Sehr gerne", nimmt Bärbel die Einladung an, „dann überlasse ich Daniel und Robert jetzt Michel und fahre erst einmal nach Hause."

*

„Meine Güte, Fernando kommt und kommt nicht", schimpft Juliette, die schon seit geraumer Zeit voller Ungeduld mit Georg in dessen Auto sitzt.

„Der wollte doch noch Pläne raussuchen. Und eigentlich habe ich gar nichts gegen ein paar Minuten mit dir allein", sagt Georg und fährt langsam mit der Hand auf ihrem heilen Knie den Oberschenkel hinauf unter ihre weiten Shorts.

„Sag mal, wir haben hier das absolute Chaos und du denkst schon wieder an Sex?, rügt sie kopfschüttelnd.

„Dafür bin ich eigentlich hierhergekommen, man hat ja sonst nichts vom Leben! Verbrecher hin oder her, woran soll ich denn sonst denken, mit so einer Wahnsinnsfrau neben mir?", mault er und weigert sich, seine Hand wegzunehmen, während Juliette bemüht ist, ihn am weiteren Vordringen zu hindern. Die momentane Situation löst Wut und Angst in ihr aus und sie gehört nicht zu den Menschen, die in der Lage sind, ohne Weiteres zugunsten sinnlicher Sensationen alles andere um sich herum auszublenden. Sie hat das Wort „Übersprunghandlung" im Kopf, denn eigentlich hat sie nicht den Eindruck, dass Georg zu Gefühllosigkeit neigt. Während sie noch überlegt, wie sie ihm das, möglichst ohne ihn zu verletzen, beibringen kann, kommt ihr schon Fernando zur Hilfe.

„Na das kann ja heiter werden", lässt er seine sonore Stimme hören, „Verbrecherjagd mit einem brünstigen Hirschen! Kannst du vielleicht wenigstens jetzt mal ernst bleiben?"

„Ja, hast recht!", gibt er zu und ärgert sich, dem souveränen Freund wieder einmal Gelegenheit zu Kritik gegeben zu haben.

„Dann sieh mal zu, wie du uns jetzt mit deinem tiefergelegten Horch über unsere holperigen Feldwegen chauffiert bekommst! Der setzt ja bei jeder Briefmarke auf!"

„Damit wirst du wohl Vorlieb nehmen müssen! Du hieltest es ja unbedingt für notwendig, deine Geländekiste am Bindfaden die Klippe runter zu ziehen", kontert Georg schlagfertig. Er ist froh, aus der etwas unangenehmen Situation noch halbwegs gut herausgekommen zu sein und startet den Audi.

„Die alten Zeichnungen habe ich übrigens gefunden", wird Fernando wieder sachlich, „schon etwas zerfleddert und teilweise schlecht zu erkennen, aber ein Keller ist zumindest unter der wasserabgewandten Seite der Torhaustürme zu sehen. Der Gang zum Meer ist sehr dünn skizziert. Ob da eine direkte Verbindung sein kann, ist etwas unklar, denn diese Stelle liegt genau im Knick der Karte."
Nach kurzer Fahrt erreichen sie ihr Ziel.
Das Torhaus besteht aus zwei steinernen Türmen, verbunden mit einem gemauerten Torbogen. Über das obere der beiden Stockwerke verläuft auf der Südseite eine überdachte hölzerne Balustrade, die durch Türen Zugang zu beiden Turmteilen gewährt. Die Durchfahrt ist hoch und breit genug, um einem gut beladenen Heuwagen Platz bieten zu können.
Im Schatten des Torbogens, geschützt vor der beinahe im Zenit stehenden brütenden Sonne, breitet Fernando die Karte auf der Motorhaube aus.

„Schaut mal, früher lief die Einfahrt zum Gutshaus direkt hier durch, also fast parallel zur Küste. Da hinten sieht man sogar noch Reste der Mauer, die das gesamte Anwesen früher komplett umschlossen hat." Trotz genauer Inspektion ist die Verbindung zwischen Haus und Gang nicht ersichtlich.

„Lasst uns mal hineingehen", schlägt Georg vor. „Ist das Haus abgeschlossen, Fernando?"

„Nicht dass ich wüsste. Hierher kommt doch sowieso kein Mensch", antwortet er, die Klinke bereits in der Hand.

„Komisch", erwidert Georg mit einem Grinsen, „hab ich den Spruch nicht gerade gestern gehört, als es um fliegende Autos ging?"
Der Teil, den sie nun betreten, besteht aus einem einzigen kühlen hohen, vollkommen leeren Raum. An der Wand entlang führt eine schmale Treppe in den oberen Stock hinauf. Direkt unter dieser befindet sich eine hölzerne Luke im Boden, die beide Männer zusammen leicht öffnen können. Auf ausgetretenen Steinstufen gelangt man in einen dunklen Keller.

„Zappenduster da unten", bemerkt Georg, „wartet mal, ich habe eine gute Taschenlampe im Auto." Schnell ist er mit der Lampe zurück und die Untersuchung kann beginnen. Das Ergebnis ist ernüchternd, denn der aus Feldsteinen gemauerte Keller, bestehend aus nur einem Raum, ist absolut leer und trotz genauen Suchens findet sich weder in den Wänden noch im Boden der kleinste Hinweis auf eine Anbindung zum Gang.
Juliette klettert als Erste die glatten schmalen Stufen wieder hinauf und setzt sich wartend auf die oberste, während die Männer unten noch beim

Schein der Taschenlampe diskutieren. Die Sonne fällt durch das kleine Fensterchen in den kahlen Raum und lässt angeleuchtete Staubpartikel wie winzige Sternchen in der Luft flirren. Versonnen sieht sie ihnen zu, als ihr auffällt, dass aus diesem Blickwinkel ganz klar Fußspuren auf dem Boden zu erkennen sind.

Juliette will rufen, um ihre Entdeckung mitzuteilen, als sie plötzlich auf der Treppe über sich Schritte hört.

„Georg, Fernando!" Ihr Schrei lässt die Männer alarmiert aufhorchen und unverzüglich die Stufen heraufeilen.

„Da ist jemand auf der Stiege", deutet sie nach oben. Ohne Zögern sprinten beide die Treppe hinauf. Mit einem Satz springt Juliette vor das Torhaus und erkennt am Ende der Balustrade gerade noch, wie eine Gestalt die Tür zum zweiten Teil des Gebäudes hinter sich zuwirft. Nur Sekunden später kommen Georg und Fernando hinterher. Hohl klingen die Schritte auf dem alten Holz. Als sich die Tür nun zum zweiten Mal schließt, ist die Stille plötzlich geradezu greifbar, und obwohl sie in der hellen Mittagssonne steht, fröstelt Juliette.

Sie ist allein und sie hat Angst.

Die Zeit, bis sich die Tür oben wieder öffnet, erscheint ihr unendlich lang, und obwohl sie für keinen Moment den Blick abwendet und die Bewegung der Tür herbeisehnt, erschreckt sie doch, als die Klinke heruntergedrückt wird. Erleichtert sieht sie zuerst Georg, dahinter Fernando auf die Balustrade treten.

„Habt ihr ihn?"

„Vom Erdboden verschluckt, spurlos verschwunden!", ruft Georg herunter. „Komm mal rauf, aber geh über die Balustrade, der Raum über dem Torbogen ist etwas baufällig und nicht betretbar."

Wohl ist ihr nicht, als sie den Weg nach oben nimmt. Da hilft es auch nicht, sich bewusst zu machen, dass Furcht vollkommen unnötig ist, denn zwischen ihr und einer möglichen Gefahr weiß sie immerhin zwei Männer. Dennoch ist sie froh, als sie die klemmende Tür zu dem Balkon geöffnet hat und in etwa sieben Metern Höhe wieder in der Sonne steht. Das Geländer sieht nicht sehr vertrauenerweckend aus; morsch und sehr renovierungsbedürftig wirkt das alte Holz.

„Fernando, hier hast du aber noch reichlich Restaurationsbedarf", bemerkt sie „Und wo ist der Mann hin? Ich habe ihn ganz deutlich gesehen, als er die Tür zugeworfen hat!"

„Würdest du ihn wiedererkennen können?", fragt Georg.

„Sein Gesicht habe ich nicht gesehen, auch nicht genau, was er anhatte, die Statur und die Art, wie er sich bewegt, habe ich aber im Kopf".

„Komm, Juliette, guck dir noch den anderen Teil des Hauses an. Wir haben keine Idee, wohin der Flüchtende verschwunden ist. Vielleicht hilft uns deine weibliche Intuition", bittet Fernando sie durch den Eingang zum Ostturm.

Dieser Teil ist exakt genauso aufgebaut wie der andere. Einzig die Eingangstür fehlt, und dort, wo sich auf der anderen Seite die Kellerluke befindet, hängt hier ein uraltes Waschbecken an der Wand, dessen ehemals weiße Emaille fast völlig abgeblättert ist. Der Wasserhahn darüber tropft in langem Abstand auf das rostige Abflusssieb.

„Hier habt ihr den Mann verloren?"

„Nein, als wir die Treppe hinunterkamen, war er weg."

Aufmerksam sieht sich Juliette in dem Raum um, ohne den geringsten Hinweis auf eine Fluchtmöglichkeit zu finden. Lediglich ein blecherner Dosendeckel unter dem Waschbecken fällt ihr auf, und die drei kommen zu dem Schluss, dass der durchaus der Neuzeit entstammt und sicher noch nicht lange hier liegt. Sie nehmen das am Rand ausgefranste Stück Blech mit.

Die genaue Untersuchung der näheren Umgebung des Torhauses ergibt keinen Hinweis mehr. Um Spuren finden zu können ist der Boden viel zu trocken.

Es ist bereits hoher Mittag und die Sonne brennt erbarmungslos vom wolkenlosen Himmel, als sie frustriert beschließen, zum Haus zurückzufahren.

*

Susanna hat gute Nachrichten.

„Lena ist einen Tag nach ihrem Verschwinden in Begleitung eines Mannes an einer Tankstelle in Schwerin gesehen worden. Zu diesem Zeitpunkt soll sie putzmunter gewesen sein, hat der Tankwart ausgesagt. Sein Eindruck war, ein frisch verliebtes Paar vor sich zu haben. Wer weiß, vielleicht hat sie jemand für ein paar schöne Tage an die See eingeladen?"

„Genau so wird es sein", freut sich Juliette, „und wenn sie wirklich verliebt ist, will sie vermutlich einfach nicht gestört werden. Da fällt mir erst mal ein Stein vom Herzen!"

„Trotzdem wird weiter ermittelt", berichtet Robert, „die Vermisstenmeldung ist nun mal raus und sie müssen der Sache so lange nachgehen, bis sie sie gefunden haben."

„Nun erzählt doch mal, Daniel, Robert, habt ihr denn bei Friedrich etwas herausfinden können?", möchte Georg erfahren.

„Volltreffer! Der Alte hat Jonathan ohne Zögern als einen der Reporter erkannt, die ihn an seinem Geburtstag interviewt haben. Die Kanzlei hatte uns ein recht aktuelles Bild mailen können. Wäre gar nicht nötig gewesen, es so groß auszudrucken, Friedrichs Augen sind wirklich noch enorm gut in Schuss", teilt Robert mit und hält mit seiner Bewunderung des Hundertjährigen nicht hinterm Berg.

„Dann will ich mal alle Erkenntnisse zusammenfassen", beschließt Fernando. „Wir können sicher sein, dass Jonathan auf freiem Fuß ist. Wir können weiterhin gewiss sein, dass er nicht zufällig hier ist, sondern dass sein Auftauchen mit uns, respektive mit einem von uns in Zusammenhang steht. Ich sehe Sarah in akuter Gefahr. Wir werden sehr gut auf sie achtgeben müssen! Uns ist eben im Torhaus ein Mann entwischt, der offenbar etwas zu verbergen hat und nicht entdeckt werden will. Ich gehe davon aus, dass er für die Sache in der Steilküste verantwortlich ist, denn wir sind direkt am Torhaus vorbeigefahren; er wird uns von dort aus gesehen haben. Juliette und Georg haben einen Tag zuvor vom Strand aus Licht an der Unfallstelle gesehen. Wir fanden bei der Untersuchung des Ganges die Taschenlampe. Alles spricht dafür, dass er sich dort schon seit einiger Zeit aufhält. Völlig unklar ist mir allerdings noch, wohin er uns entwischen konnte und wie der Gang mit dem Torhaus verbunden ist. Der Keller, den wir fanden, hat jedenfalls damit nichts zu tun."

„Friedrich hat noch einmal beteuert, es gäbe eine Verbindung, und empfohlen, wir sollten uns den Gang noch einmal genau ansehen", wirft Daniel überlegend ein, „vielleicht sollten wir morgen doch noch einmal losgehen und suchen."

„Ich weiß ja nicht, wie ihr über Träume denkt", schaltet sich Juliette nachdenklich ein, „aber ich habe im Traum gesehen, wie eine bedrohliche Gestalt am Ende des Tunnels von oben kam. Von oben! Muss ja nicht stimmen, mein Traum, aber es könnte doch sein, dass es einen Zugang von oben gibt, oder?!"

„Das ist nicht unrealistisch. Platz genug wäre da, denn der Eingang liegt sicher um die acht Meter unter der Erde. Wäre ja auch keine schlechte Idee der Piraten gewesen, sozusagen einen blinden Gang vorzutäuschen", teilt Georg seine Gedanken mit.

„Dann ist die Marschrichtung klar. Morgen gehen wir erneut an die Steilküste. Wir werden uns gut sichern, Handys mitnehmen und wenigstens zwei von uns als Wachen aufstellen." Fernando wendet sich zum Gehen. „Ich muss meine Hunde füttern. Juliette, hast du Lust, mich zu begleiten und bei der Gelegenheit mal wieder nach den Pferden zu sehen?"

„Mit dem größten Vergnügen", strahlt Juliette und springt auf.

„Esperanza war übrigens am nächsten Tag mit ihrer Rosse fertig", erzählt Fernando auf dem Weg zum Stall, „du hattest einen guten Riecher, sie genau an dem Tag zu decken."

„Dann gehört sie zu den wenigen Stuten, die sich wirklich nur passend zum Eisprung decken lassen und nicht tagelang stehen", stellt Juliette fest und erntet wieder, wie schon so oft, wenn es um Pferdedinge geht, einen seltsamen Blick von Fernando, der sich seit Tagen erfolglos den Kopf darüber zerbricht, wo er ihr schon einmal begegnet sein mag.

„Juliette, kannst du mir nicht wenigstens einen Tipp geben? Es lässt mich einfach nicht los. Wo sind wir uns begegnet? Es muss etwas mit den Pferden zu tun gehabt haben."

Sein zerknirschter Ausdruck tut ihr leid, und sie entschließt sich, etwas preiszugeben, was sie eigentlich für sich behalten wollte, um eine alte Wunde, die sich in ihr seit Jahren nicht recht schließen will, nicht wieder aufzureißen.

„Es ist so lange her und deine Rolle war nicht sehr rühmlich, Fernando. Eigentlich gehört es zu den Dingen, an die ich mich nur mit Bauchschmerzen erinnere. Aber gut, ich gebe dir einen Tipp. Frankreich!"

Lange sieht er sie an. Unübersehbar arbeitet es in seinem Kopf. Dann schlägt er sich mit der Hand vor die Stirn. „Mein Gott, du warst das! Juliette, wirst du mir das jemals verzeihen können?"

„Es ist mir schwergefallen, das damals zu verwinden, denn es hat mir allzu deutlich gezeigt, dass Geld die Welt regiert. Als ich dich am Abend vor der Entscheidung mit den Richtern der immerhin weltweit bedeutendsten Pferde-Zuchtschau in diesem horrend teuren Restaurant habe speisen sehen, gab es für mich keinen Zweifel mehr, wer von uns beiden am nächsten Tag in diesem Hengst-Championat siegen würde. Und als es dann wirklich so kam, brach schon eine Welt für mich zusammen."

„Ich konnte nicht verlieren, Juliette, und es war mir schon an diesem Abend klar, als ich dich sah, dass du wissen musstest, was gespielt wird."

„Na ja", antwortet Juliette ihm ernsthaft und die Bitterkeit in ihren Worten ist nicht zu überhören, „immerhin ist mir an diesem Abend etwas deutlich geworden: Du weißt genau, dass du damals die Richter bestochen hast. Du kennst die Regeln. Jeder persönliche Kontakt zwischen Richtern und Ausstellern ist verboten! Und wenn ein Mann wie du zu Bestechung greifen muss, dann nur, weil er weiß, dass er unterliegen wird."

„Ja, du hast recht! Dein Hengst war einfach der Bessere! Was ist mit ihm geschehen, hast du ihn noch?"

„Nein, ich habe im folgenden Jahr schweren Herzens die ganze Zucht aufgegeben. Meine letzte ernsthafte Beziehung ließ keinen Raum mehr für meine Pferdeleidenschaft. Um zusammen leben zu können, war es nicht zu vermeiden, in die Stadt zu ziehen. Das Gestüt gleichzeitig aufrecht zu halten, wäre mir finanziell unmöglich gewesen, also gab ich dieses Stück von mir auf, ein Opfer, das er wahrscheinlich noch nicht einmal als solches erkannt hat. Übrig geblieben ist mir ein schwerer Vorbehalt, mich voll und ganz in eine Beziehung einzubringen, denn wenig später stand ich mit leeren Händen da; ohne meine Pferde und ohne Mann. Hätte ich auch nur im Traum geahnt, dass die Beziehung nur so kurz halten würde, niemals hätte ich mich von den Pferden getrennt. Aber es war zu spät. Jahrelang habe ich mir Vorwürfe gemacht, ausgerechnet ihn 'in die Wüste geschickt zu haben'. Ich habe Danton geliebt, weißt du, und ich werde das Gefühl nie mehr loswerden, ihn verraten zu haben für einen ziemlichen Haufen Geld. Die Saudis haben ihn mir nicht zurückverkaufen wollen. Leider vertrug er das Klima und die ungewohnte Fütterung schlecht. Ich habe ihn nicht wiedergesehen, bevor er an einer schweren Kolik einging. Kannst du dir vorstellen...?"

Juliette bricht ab, kann nicht weitersprechen, er sieht Tränen in ihren Augen aufsteigen und kann sich nicht zurückhalten, sie in den Arm zu nehmen. So verbunden, wie auch er seinen Tieren ist, kann er nachvollziehen, was in ihr vorgeht. Sein unsportliches Verhalten ist ihm unendlich peinlich, und wirre Gedanken kreisen in seinem Kopf, einen Weg zu finden, wenigstens etwas an ihr wiedergutzumachen.

„Juliette, was kann ich tun?"

„Du hast mir schon ein kleines bisschen zurückgegeben. Dein Diego ist ihm seltsamerweise sehr ähnlich, ich habe mich auf ihm sofort wie zu Hause gefühlt."

„Das soll mich nicht allzu sehr wundern", lächelt Fernando, denn nun hat er einen kleinen Trumpf im Ärmel.

Ahnend sieht Juliette ihn an. „Hast du etwa ...?"

„Ja, habe ich! Ich weiß, was Qualität ist, so viel kannst du mir glauben. Und obwohl es etwas umständlich war, damals das Gefriersperma über den deutschen Strohmann zu beschaffen, ist es geglückt ohne dass du es mitbekommen hast. Diego ist Dantons Sohn!"

*

„Das ist ja erfrischend! Kaum lasse ich meine Frau mal fünf Minuten aus den Augen, schon hängt sie diesem Kerl am Hals", donnert Georg, den sie beide nicht haben kommen hören.

„Kein Wort, das bleibt vorerst unter uns!", zischt Juliette Fernando zu, der mit einem knappen Nicken Verstehen signalisiert.

„Warum heulst du, treuloses Weib?" Georg ist stinksauer.

„Ich bin umgeknickt mit dem dämlichen Knie und es tut saumäßig weh", lügt Juliette, ohne rot zu werden.

„Ach so, na dann darf er dich natürlich festhalten", lässt sich Georg vorerst besänftigen.
Fernando, dem die Situation furchtbar unangenehm ist, wendet sich dem Stall zu, murmelt etwas von „Hunde füttern" und überlässt sie Georgs besorgter Aufmerksamkeit. Langsam folgen ihm die beiden. Juliettes Hinken ist übertrieben und dem empfundenen physischen Schmerz überhaupt nicht angemessen, als sie ihn in der Futterkammer antreffen, wo die Ridgebacks so ungeduldig um ihren Herrn herumspringen, dass er sie erst einmal „Platz machen" lassen muss, um überhaupt in Ruhe die Hundefutterdosen öffnen zu können.
Um ihre eigene Unsicherheit zu überspielen, widmet Juliette sich aufmerksam einer leeren Dose, studiert, ohne wirklich wahrzunehmen die Deklaration der Inhaltsstoffe auf der Banderole, dreht die Dose in der Hand und stutzt plötzlich. Ihr Augenmerk gilt dem Deckel der Dose.

„Wo ist das Stück Blech, das wir im Torhaus gefunden haben?"

„Liegt im Kofferraum", antwortet Georg, „soll ich es holen?"

„Ja, ich habe da einen Verdacht", bittet Juliette.

„Schaut mal", demonstriert sie den Männern die

Bestätigung ihrer Idee, „die Prägungen auf beiden Deckeln sind identisch. Sogar das Haltbarkeitsdatum ist das gleiche. Das heißt, unser Gesuchter füttert einen Hund!"

„Donnerwetter, du hast recht", begeistert sich Georg, „allerdings habe ich weit und breit keinen Hund dort gesehen und Spuren im Staub auf dem Fußboden stammten doch auch nicht von Hundepfoten, sondern nur von menschlichen Schritten, nicht?"

„Stimmt", überlegt Juliette, „ganz ehrlich weiß ich auch nicht wirklich, inwiefern uns diese Erkenntnis weiterbringen kann. Wir können es immerhin den anderen erzählen, vielleicht haben die eine Idee."

Sie statten den Pferden einen kurzen Besuch ab, bei dem sie Diego plötzlich mit ganz anderen Augen sieht und insgeheim feststellt, dass sie im Grunde selbst auf den Gedanken hätte kommen müssen, dass er unerhörte Ähnlichkeiten mit seinem Vater aufweist. Als sie ihn unterm Sattel gehabt hatte, war ihr ein unbegründeter Verdacht gekommen, ein Gefühl nur, zu ähnlich waren sein Verhalten und seine Bewegungsabläufe gewesen. Allerdings, so sagt sie sich jetzt, wäre der Gedanke, einen Sohn zu reiten, doch vollkommen an den Haaren herbeigezogen gewesen.

Mit leisem Schnauben nimmt der Hengst ihr den mitgebrachten Apfel sanft aus der Hand. Er ist mit sich und mit ihr im Reinen und ahnt nicht, was in Juliette vorgeht, reibt sich nur freundlich den Kopf an ihrer Schulter, lässt sich geduldig und genießerisch den Mähnenkamm kraulen, um sich dann doch schnell wieder seinem Heu zuzuwenden.

In Fernandos Blick sieht sie ein stilles Einverständnis, und obwohl es keinen greifbaren Grund für Uneinigkeit zwischen den Männern gibt, spürt sie die Spannung, die sich aus der Tatsache ergibt, dass Fernando über einen für sie so erheblichen Teil ihres Lebens unterrichtet ist, von dem Georg nichts ahnen kann. Es wird Zeit, denkt Juliette, diesen Umstand zu ändern. Sie nimmt sich vor, die nächste sich bietende Gelegenheit zu nutzen.

Gerne wäre sie noch im Stall geblieben, empfindet aber den dringenden Wunsch, sich zu schütteln, in die Realität zurückzukehren, die spannend genug ist, sich weniger schmerzhaft erinnert zu fühlen, und die dicke Luft vom Seewind fortblasen zu lassen.

Sie vergisst zu hinken, als sie flott den Stall in Richtung Haus verlassen, was ihr eine misstrauische Bemerkung von Georg einträgt.

Fast alle anderen sitzen bei Kaffee und ausgefallen dekorierten Canapés im Garten versammelt und unterhalten sich.

„Könnt ihr euch vorstellen, was es zu bedeuten hat, dass wir einen Dosendeckel im Torhaus gefunden haben, der identisch ist mit den Deckeln von Fernandos Hundefutterdosen?", trägt Juliette die ungeklärte Frage vor.

„Hundefutterdosen?" Sarahs Stimme ist fast tonlos, ihr Gesicht plötzlich totenbleich, als sie die Hände vor das Gesicht schlägt und unkontrolliert, für niemanden nachvollziehbar, zu schluchzen beginnt.

„Um Himmels willen, Sarah!?" Sofort sind alle bei ihr, Juliette nimmt sie fassungslos in den Arm.
Niemand kann zu Sarah durchdringen. Sie geht in die Knie, krümmt sich wie ein Fötus auf dem Rasen und scheint nichts um sich herum mehr wahrzunehmen. Lydia bringt feuchte kalte Handtücher, hält sie ihr auf die Stirn. Susanna bemüht sich, ihr eine Decke unterzuschieben. Schon wird der Ruf nach einem Arzt laut.

„Gleich...", presst Sarah mit einer abwehrenden Handbewegung daraufhin heraus und Juliette beschließt, sie einfach weiter zu halten, zu warten, bis sie bereit ist, zurückzukehren aus einer beängstigenden Welt, die nur sie zu kennen scheint, und die offenbar einen solchen Sog auf sie ausübt, dass sie trotz hilfreich hingestreckter Hände den Weg heraus nicht gehen kann.

Daniel, der als Einziger gefehlt hat, kommt über den Rasen. Schnell klärt Claudia ihn auf und alle sehen seine Züge entgleisen. Entsetzen, Wut, Mitleid und höchste Besorgnis spiegeln sich in seinem Gesicht.

„Robert, erinnerst du dich nicht mehr? Hundefutter! Sarah ist monatelang von ihrem Peiniger ausschließlich mit Hundefutter aus einem Blechnapf ernährt worden! Ihre Hände waren immer auf dem Rücken gefesselt, sie hat es essen müssen wie ein Hund."

Juliette spürt körperliche Übelkeit. Es ist nicht so sehr die Tatsache, dass man gemeinhin keine Menschen mit Hundefutter zu ernähren pflegt, weil es ein unzumutbares oder schädliches Nahrungsmittel wäre, sondern vielmehr das Wissen um die Erniedrigung, der Sarah bei dieser Art der Fütterung ausgesetzt gewesen sein muss.

„Komm zurück, Sarah", leise und eindringlich spricht sie mit der schluchzenden Frau in ihrem Arm, „wir sind alle bei dir, niemand kann dir das je wieder antun. Du bist sicher!"

Langsam richtet Sarah sich auf, sieht Juliette in die Augen. „Ich werde niemals sicher sein, solange er lebt. Ich habe gehofft, er würde viel längere Zeit hinter Schloss und Riegel verbringen. Das war meine Galgenfrist. Jetzt ist er draußen und er wird mich finden. Und er hat es darauf angelegt, dass ihr diesen Deckel findet. Das war ABSICHT! Er spielt mit uns, Juliette."

„Das Spiel werden wir ihm versauen!", schaltet sich Georg entschlossen ein. „Morgen schnappen wir ihn uns, und wenn wir ihn ausräuchern müssen."

Juliette sieht seine vor Wut grauen Augen und erneuert wieder ihren Vorschlag, die Polizei hinzuzuziehen.

„Ich weise noch einmal darauf hin, Freunde, dass es noch immer verdammt wenig gibt, was ihm konkret vorzuwerfen ist!", gibt Robert zu bedenken.

„Und was ist mit vielfachem Mordversuch? Das

Auto, das war doch er!"

"Nein, Juliette, das kann ihm niemand beweisen. So lange, wie der Wagen nach dem Unfall im Meer gelegen hat, wären vermutlich noch nicht einmal mehr Fingerabdrücke zu finden, sofern er, was ich für ziemlich ausgeschlossen halte, überhaupt ohne Handschuhe gearbeitet hat", erklärt Robert kopfschüttelnd.

"Soll ich nicht abreisen?", schlägt Sarah mit brüchiger Stimme vor, "ich bin sicher, er hat es allein auf mich abgesehen, und ich ziehe euch alle mit hinein."

"Bist du wahnsinnig?", fragt Fernando empört. "Wo könntest du wohl besser aufgehoben sein als hier, gemeinsam mit uns? Wir werden den Teufel tun, dich ihm ungeschützt vor die Klauen zu werfen. Und vergiss mal ganz schnell deine Rücksichtnahmeversuche. Die Sache ist unser aller Ding und wir werden zusammen das Problem lösen."

"So, und wenn ihr nichts dagegen habt, werden wir Sarah jetzt erst mal in mein Zimmer abtransportieren", ergreift Juliette die Initiative. "Sie braucht ein bisschen Ruhe. Susanna, es wäre schön, wenn du mitkämst."

Sarah ist unfähig, irgendwelche eigenen Entscheidungen zu treffen, und lässt sich von den beiden Freundinnen führen wie ein kleines Kind.

Gestützt von einem Berg verschiedener Kissen thront Sarah kurze Zeit später wohl umsorgt auf dem Bett. Susanna hat Tee machen lassen und Juliette hat aus ihrem unerschöpflichen Fundus homöopathischer Kügelchen, auf den sie für jede erdenkliche Lebenslage schwört, etwas für sie herausgesucht. Nun beobachtet sie mit Argusaugen, ob sich Wirkung zeigt. Wenige Minuten nach der Einnahme schüttelt sich Sarah erneut in einem Weinkrampf, was Susanna zu einer Schimpftirade über das „miese Zeug" veranlasst.

„Warte mal einen Moment", beruhigt Juliette, „wir sind auf dem richtigen Weg. Das ist nur die typische Erstverschlimmerung."
Tatsächlich entspannt sich Sarah zusehends und beginnt zu Susannas grenzenlosem Erstaunen wenig später hemmungslos zu lachen.

„Tja, mein gutes Ignatia", lächelt Juliette wissend, „den Effekt, den wir jetzt sehen, habe ich mal selbst erfahren. Allerdings ging es da nur um eine wahnsinnige Traurigkeit nach einer Trennung. Mein Hausarzt hätte mir allzu gern Psychopharmaka verabreicht, ein Zeug, bei dem ich mir schon beim Lesen des Beipackzettels am liebsten gleich einen Sarg bestellt hätte. Dann kam eine gute Freundin, auch Ärztin, damit an, und nach kaum einer halben Stunde hatte ich genau eine Nebenwirkung, die gleichbedeutend mit der Wirkung war. Ich konnte kaum noch aufhören zu lachen."

„Völlig verrückt", giggelt Sarah, „dabei heißt es doch, Homöopathie sei ungefähr so wirkungslos, als würde der Bauer zum Furzen aufs Feld gehen und hernach sagen: 'Habe gedüngt!'"

„Ach weißt du, ich erwarte keine Wunder", erklärt Juliette, „aber ich habe da mit bestimmten Dingen einfach immer wieder so gute Erfahrungen gemacht, dass es sich lohnt, es zu versuchen. Außerdem weiß ich ganz gut, wo die Grenzen der Machbarkeit liegen, und gehe nicht davon aus, dass wir es mit Allheilmitteln zu tun haben."

„Apropos 'Grenzen der Machbarkeit', denkt ihr, man kann aus mir heute Abend noch ein halbwegs ansehnliches Weib machen, so verheult, wie ich aussehe?", fragt Sarah skeptisch.

„Klar, erst mal hinlegen und Augen zumachen", weist Juliette im Kommandoton an und greift sich zwei erkaltete Teebeutel von einem kleinen Tellerchen, um sie Sarah auf die geröteten, geschwollenen Augen zu legen. „Heute machen wir mal Schönheitspflege mit dir!"

Immer wieder erntet Juliette kopfschüttelnde ungläubige Blicke von Susanna über Sarahs fast schon ausgelassene Albernheit. Zum Spanferkel-Essen erscheinen kaum zwei Stunden später zum Erstaunen aller drei bestens gelaunte elegante Damen im langsam dunkel werdenden Park.

11. Kapitel

Michel kommt ihnen entgegengeflitzt, springt um Juliette herum, greift sie bei den Händen und dreht sie, bis ihr schwindelig wird.

„Mensch, du siehst aber wunderschön aus, so habe ich dich ja noch nie gesehen", übt er sich als kleiner Charmeur.

„Oh, danke, Michel", lacht sie, „na, bisher kennst du mich ja auch nur in Jeans. Heute Abend wusste ich, dass du kommen würdest, da habe ich mir mal ein bisschen Mühe gegeben."

„Ich hoffe doch, nicht nur für Michel", mischt sich Georg ein und begrüßt sie mit einem Kuss. „Aber ich finde, der junge Mann hat recht."

Juliette hat im Hinblick auf ihren unattraktiven Knieverband ein langes rotes Baumwollkleid in ländlichem Stil gewählt, das mit einem kleinen schwarzen Mieder gegürtet ist.

„Ihr seid wirklich reizend, meine Herren", verneigt sie sich lachend mit dramatischer Geste, „nun möchte ich aber gern wissen, ob das Spanferkel schon fertig ist. Riechen tut es ja schon super."

Am Grill steht heute der Küchenchef, den die Gäste bisher nur im Hintergrund erlebt haben, und begießt sorgsam die knusprige Kruste, während die beiden jungen Küchenhilfen in kurzen Röcken und weißen Schürzen ihm helfend zur Seite stehen und die vollen Teller mit der köstlichen Leckerei an den mit karierten Tüchern gedeckten Tisch tragen.

Überschwängliches Lob ist ihm ob seiner erneuten Meisterleistung von allen Seiten sicher.

Der Abend senkt sich langsam über den Garten, und die orangefarbenen Lampions, die vielen Kerzen in den Windlichtern beginnen nun erst richtig zu strahlen. Für den kommenden Tag ist ein kleines gewittriges Tief angekündigt, noch aber ist es ruhig und sehr lau.

Hinrich berichtet, den Großteil des Weizens bereits trocken eingebracht zu haben, und lobt seine neuen Maschinen, die das, was früher einmal wochenlang gedauert hat, in so geringer Zeit erledigen. Er macht einen sehr entspannten Eindruck, bekundet, auch ein kleiner Gewitterguss würde den Erfolg der diesjährigen Ernte nun nicht mehr schmälern können.

Juliette bemerkt, dass die Stimmung heute Abend trotz der vorangegangenen Ereignisse sehr locker ist, und fühlt sich ausgesprochen wohl. Ihr Knie scheint gut zu heilen und sie hat beschlossen, sich den Termin morgen in der Stadt zum Verbandswechsel zu sparen. Bärbel hatte vorgeschlagen, mit ihr bei Friedrichs pensioniertem „Leibarzt" im Dorf vorstellig zu werden. Das würde ihr die lange, zeitraubende Autofahrt in die Stadt ersparen.

Schmerzmittel hat sie schon den ganzen Tag lang nicht mehr benötigt, also kann sie sich etwas von dem wunderbar trockenen und doch so fruchtigen Rotwein gönnen, der alsbald eine Wirkung in ihr hervorruft, die sie öfter schon bemerkt hat. Wohl gesättigt, das Weinglas in der Hand, eine Zigarette in der anderen, schmiegt sie sich an Georgs Schulter.

„Na, mein Schmusekätzchen, hast du wieder mal zu deinem Herrchen zurückgefunden?", frotzelt Georg. „Eigentlich muss ich mit dir ja wirklich noch ein Hühnchen rupfen, denn deine Geschichte mit dem umgeknickten Knie vorhin war ja wohl schlichtweg gelogen, nicht wahr?"

„Gar nicht", schmollt Juliette, „es tat wirklich sehr weh."

Georg greift ihr unters Kinn, hebt ihren Kopf so, dass sein Gesicht dicht vor ihrem ist, sieht sie mit grünen Augen an, in denen sie Zweifel und Mutwillen entdecken kann.

„Du weißt genau, wie ich auf dein besonderes Verhältnis zu Fernando reagiere", flüstert er, „und du kannst sicher sein, dass ich da Antennen habe, die extrem fein getuned sind. Du wirst mir die Wahrheit sagen, und zwar gleich! Komm, steh auf."

Er nimmt sie beim Ellenbogen und schiebt sie in Richtung Sattelkammer. Juliette ist es ein bisschen mulmig. Andererseits ist ihr Zustand durchaus dazu angetan, sich inquisitorischen Fragen auszusetzen. Und sie weiß, dass Georg mehr erfahren muss, um sie zu verstehen. Sein Wink an Robert ist ihr allerdings entgangen.

Alle Laternen brennen an den Wänden, und Juliette fällt auf, dass sie keine echten Kerzen enthalten, obwohl sie genau so flackern, sondern elektrisch gespeist sind. Der Raum ist in mildes Licht getaucht.

Während sie sich umsieht, sich ihre Augen langsam an die dämmerige Beleuchtung gewöhnen, spürt sie plötzlich einen kühlen Luftzug. Die schwere Tür fällt hinter ihr ins Schloss. Sie ist allein.

Zunächst gebietet sie sich, Ruhe zu bewahren, aber als lange Zeit nichts geschieht, kein Laut zu hören ist, wird sie unruhig, versucht vergeblich, die Tür zu öffnen, beginnt zu rufen. Nichts geschieht.

Frustriert setzt sie sich auf eine der großen Eichentruhen neben der Tür, wartet. Wartet so lange, bis sie, mit dem Rücken an die rohe Wand hinter ihr gelehnt, einnickt. Der Rotwein hat seine Wirkung getan.

Zu spät reagiert sie, als die Tür sich nun öffnet und zwei Gestalten unter Lederkapuzen, mit nackten Oberkörpern, den Raum betreten und sie ergreifen.

Sie hat keine Zeit zur Gegenwehr, in Windeseile hat man sie geknebelt, ihre Augen verbunden, das Kleid vom Leib gerissen, sie gefesselt und rittlings auf das hölzerne Pferd der Inquisition gebunden. Hoch über ihrem Kopf krampfen sich ihre gefesselten Hände in die Ketten, die Füße berühren nur noch mit den Zehenspitzen den Boden, deutlich spürt sie den schmalen Grat, der in ihre Schamspalte beißt.

Juliette ist überwältigt. Nicht nur körperlich, auch ihr Innerstes weiß, dass sie keine Chance hat zu entkommen. Der Sprache beraubt, nicht in der Lage, zu sehen, was vorgeht, fühlt sie vollkommene Hilflosigkeit. Obwohl sie sich sagt, dass sie sicher ist, weil nur Georg es sein kann, der diesen Überfall geplant und mit einem der anderen Männer ausgeführt hat, um ihr keine Möglichkeit zum Entkommen zu bieten, zittert sie mit jeder Faser. Unwillen kommt in ihr auf, denn so anders als im Kabinett, als sie Georg gebeten hatte, sie an das Andreaskreuz zu fesseln, fühlt sie sich nun überwältigt, jeder eigenen Entscheidungsfreiheit beraubt.

Juliette atmet tief durch und erinnert sich an Georgs Worte: „Ja, du kannst es, du kannst deine Grenzen überschreiten, das ist wunderbar. Ich werde sie aufspüren, deine Grenzen, und ich werde dir die Wege darüber hinweg zeigen."

Sie will sehen, wo ihre Grenzen sind, herausfinden, was ihr gut tut. Das vollkommen unpersönliche Wort „Versuchsreihe" kommt ihr in den Sinn und sie muss kurz lächeln; rettet sich innerlich auf eine sachliche Insel, wo sie versuchen wird, diese Situation für sich einzuordnen.

Wieder geschieht eine Weile lang gar nichts. Schon fürchtet sie, wieder allein gelassen worden zu sein, als sie streichelnde Hände über ihren gespannten Körper fahren fühlt. Die Sanftheit der Berührungen, die Wärme, die von diesen Händen ausgeht, und Georgs Duft, den sie deutlich wahrnehmen kann, lassen sie beginnen, sich zu entspannen und ihre Lage nun zu genießen. Deutlich bemerkt sie das zunehmende Pochen zwischen ihren Beinen, fühlt, dass Nässe aus ihr herausdringt, die bei jeder ihrer Bewegungen, die sie in ihrer eingeschränkten Haltung noch machen kann, ein leise schmatzendes Geräusch verursacht.

Äußerst unangenehm ist ihr, dass sie den eigenen

Speichel unter dem Ballknebel nicht halten kann, dass er ihr ungehindert tropfend übers Kinn läuft.

Ein leises Knarzen ist vernehmbar, das in direktem Zusammenhang stehen muss mit dem Heben des Sitzbalkens, das sie nun wahrnimmt. Noch höher versucht sie, sich auf die Zehenspitzen zu stellen, um dem Druck zu entgehen.

„Sehr süß, ein kleiner Reiter im leichten Trabe", kommt spöttisch Georgs Bemerkung, für die sie ihn normalerweise gescholten hätte, die ihr aber jetzt sehr willkommen ist, zeigt sie doch deutlich, dass er es ist, der sie da in der Gewalt hat, und durchbricht endlich die sprachlose Stille.

„Dann will ich meinem Reiterlein mal etwas Feuer unterm Hintern machen, damit es in Zukunft etwas gesprächiger wird, wenn es darum geht, mich nicht über sein Denken und Fühlen im Unklaren zu lassen."

Gern hätte sie etwas erwidert, hätte ihm schon jetzt klarmachen wollen, dass sie bereit ist, ihm jede seiner Fragen zu beantworten. Andererseits ist die Situation dermaßen erregend, dass sie gespannt ist bis in ihre in die Ketten gekrallten Fingerspitzen, was ihm noch alles einfallen wird. Vorläufig bringt sie also nur ein sabberndes „Umpf" heraus, was ihn zu schadenfrohem Gelächter veranlasst.

Mit irgendetwas Unbekanntem macht er sich an ihren gespreizten Schamlippen zu schaffen, das dort geradezu zu kleben scheint und kurz darauf ein intensives Kribbeln erzeugt. Sie kann es nicht deuten, fühlt aber, dass es einen eigenen Rhythmus hat, der anschwillt und wieder nachlässt, hat den Eindruck, dass die Intensität stufenlos mehr und mehr erhöht wird und spürt, dass diese Behandlung sie über die Maßen geil werden lässt.

Minutenlang überlässt er sie ihrem Schicksal, berührt sie nicht, betrachtet nur ihre Reaktionen und entschließt sich, auch ihren Nippeln dieselbe Behandlung angedeihen zu lassen.

Juliette ist außer sich. Die intensive Erregung ihrer empfindlichsten Körperteile, die sich ständig steigert, treibt sie unaufhaltsam einem Gipfel zu. Die „rettende Insel Sachlichkeit" ist längst hinter dem Horizont verschwunden. Juliette treibt frei auf ihrem eigenen Ozean der Lust.

Er bemerkt ihren Zustand und regelt einige Stufen herunter, beginnt wieder, sie sanft zu streicheln, während noch einmal das leise Knarzen eine Erhöhung des Balkens anzeigt. Juliettes Füße haben nun jeden Bodenkontakt verloren. Laut stöhnt sie unter ihrem Knebel auf und er sieht ihren Saft auf den Boden tropfen.

„Noch nicht, mein Herz, wann du kommen darfst, entscheide ich heute. Du kannst mich allerdings jetzt gnädig stimmen, indem du mir mit einem deutlichen Nicken zu verstehen gibst, dass du mir gegenüber niemals mehr mit deinen Sorgen, Ängsten und Gefühlen hinter dem Berg halten wirst. Ich bin nämlich durchaus nicht so dumm, dir zu unterstellen, dass eine Affäre dich mit Fernando verbindet."

Juliettes Nicken ist überdeutlich, und sacht streichelnd, mit einem zufriedenen Lächeln im Gesicht, gibt er ihr wieder mehr von dem, was sie auf den höchsten Gipfel der Erregung katapultieren soll.

Je höher sie steigt, desto kräftiger werden seine Griffe, desto bissiger schickt er den Strom an ihre Lustzonen.

Ungeknebelt hätte sie vermutlich so gebrüllt, dass alle zusammengelaufen wären. So aber lässt sie stumm und blind, nur noch fühlend, die Welle des Orgasmus über sich zusammenschlagen, kostet ihn allein in ihrem Innern aus bis zum letzten Zucken. Bemerkt gar nicht, wie er langsam und gefühlvoll herunterregelt, den Sitzbalken absenkt, bis sie zur Ruhe gekommen ist.

Mit sicheren, schnellen Handgriffen hat er sie befreit, nimmt ihr den Knebel ab, wischt ihr den Speichel aus dem Gesicht, küsst sie besinnungslos.

Sie ist Wachs in seiner Hand, als er sie auf die Streckbank legt, langsam und genüsslich in sie eindringt. Sie schlingt ihre Beine fest um ihn, will ihm den tiefsten Zugang gewähren, empfängt willig jeden Stoß und kommt zum zweiten Mal mit ihm gemeinsam in wilden Eruptionen. Völlig entspannt liegt sie unter ihm, streichelt seinen Nacken, sieht ihm tief in die Augen.

„Eigentlich hättest du mich nur fragen müssen", grinst sie nach einer Weile. „Ich will dir ja erzählen, ich will es loswerden und teilen mit dir, um endlich frei sein zu können von Vorbehalten, von diesem Schmerz, den ich noch in mir habe. Aber wenn du mich so schön zwingst, soll es mir auch recht sein."

„Na, du bist mir ja ein schönes Folteropfer", mosert Georg, „ich quäl mich hier stundenlang ab, um etwas aus dir herauszupressen, und du hast auch noch Spaß daran, ja?"

„Hättest mir ja nicht den ekligen Knebel in den Mund schieben müssen, dann hätte ich dir gleich alles erzählen können", feixt Juliette, „aber eigentlich wäre das ja schade gewesen, ein bisschen kannst du dich schon um mich bemühen. Jetzt aber mal im Ernst. Was möchtest du denn wissen?"

„Dass da irgendetwas aus deiner Vergangenheit zu sein scheint, das dich mit Fernando verbindet, was ich nicht weiß, das kränkt meine männliche Eitelkeit, und das will ich natürlich zuerst erfahren!"

Juliette berichtet von der unangenehmen Geschichte, nicht ohne sehr deutlich hervorzuheben, dass sie zwar damals erschüttert gewesen ist, solche Dinge aber in dem Geschäft durchaus an der Tagesordnung sind.

„Fernando und ich haben uns öfter in Zuchtschau-Konkurrenzen gegenüber gestanden. Dass er schlecht verlieren kann, wusste ich, hielt ihn aber so lange für integer, bis ich den Beweis für die Schweinerei erstmals selbst vor Augen und das Ergebnis am eigenen Leib erfahren hatte. Ihm war das damals schon peinlich, das war offenkundig für mich und ich denke, er hat dieses Ertapptwerden verdrängt. Mir war spätestens seit dem gemeinsamen Ausritt klar, dass er ahnte, mit wem er es zu tun hat."

„Es muss sein verdammter Stolz sein", überlegt Georg, „der ihn zum derart schlechten Verlierer macht. Eigentlich ist er ein anständiger Kerl, aber das ist seine Achillesferse."

„Ja, siehst du, und weil ich solche Achillesfersen nicht gut akzeptieren kann, musstest du dir wirklich nie Sorgen machen, er könne ein Gegner für dich sein im Zusammenhang mit mir, ausgerechnet mit mir!", erklärt sie. „Jeder von uns hat seine schwachen Stellen. Allerdings ist es sehr unangenehm, mit ihnen ganz unverhofft konfrontiert zu werden. Ich weiß gar nicht, wem von uns die Sache letztlich peinlicher ist, und möchte gern einen Schwamm darüber machen."

„Na, ganz so leicht werde ich ihn mit dieser Sache trotzdem nicht davonkommen lassen. Ich wäre mir nämlich nicht sicher, dass er in Zukunft anders handeln würde. Und es macht mich wütend, ausgerechnet im Zusammenhang mit dir auf diese Züge stoßen zu müssen!"

„Ach, Georg, das ist so lange her", beschwichtigt Juliette, „du musst da jetzt kein Fass mehr aufmachen und mit einem deiner besten Freunde in Streit geraten." Ein Blick in sein Gesicht genügt ihr, um sicher zu sein, dass für ihn das Thema durchaus nicht ausgestanden ist, obwohl er es vorerst hintanzustellen scheint.

„Aber, sag mal, die Erinnerung an etwas, was du so abgeklärt sehen kannst, wird doch vorhin nicht dazu geführt haben, dass du ihm da heulend am Hals hingst, nicht wahr? Da ist doch viel mehr, oder? Und das will ich wissen, denn da trägst du offenbar eine alte Wunde mit dir herum, die uns beiden unverheilt im Wege steht." Georg hilft ihr wieder in ihr Kleid, als er bemerkt, dass sie jetzt fröstelt.

„Aber das muss jetzt nicht hier sein, oder? Lieber wäre mir das nämlich etwas entspannter in meinem Bett, mit einer Zigarette und einem Glas Wein. Meinst du, das lässt sich einrichten?"

„Meine Güte, ja, entschuldige, Lebensbeichten soll man in gemütlicher Atmosphäre ablegen", lacht Georg, hebt sie von der Bank und nimmt sie bei der Hand, um mit ihr zum Haus hinüberzugehen.

*

Der Garten ist mittlerweile leer und aufgeräumt, ein frischer Wind ist aufgekommen und lässt die Lampions wild in den Ästen schaukeln, treibt düstere Wolkenfetzen vor den Mond, der deutlich erkennbar abnehmend über dem Wäldchen steht. Die Terrassentür ist verschlossen, was Juliette für einen Moment wieder bewusst macht, dass nicht mehr alles so friedlich ist, wie es während der ersten Tage war. Georg hat einen Schlüssel, und sie ist froh, aus dem kalten Zug herauszukommen.

Die Wärme des Tages hat sich in ihrem Zimmer noch gehalten und tut gut, als sie sich in ihrem Bad umzieht, während er etwas zu trinken besorgt. In einen großen weißen Frottébademantel gewickelt macht sie es sich beim sanften Licht der kleinen Nachttischlampen auf ihrem Bett bequem.

Juliette ringt mit sich, wie viel sie ihm, wie genau

sie erzählen soll. Der eigentliche Hintergrund für die „halbe Wahrheit", die sie beschließt, ihm zu eröffnen, wird die ganze Sache nicht vollkommen nachvollziehbar machen. Das ist ihr klar. Sie geht das Risiko ein, hofft auf eine weitere, spätere Gelegenheit, sich selbst und ihm die Chance zu geben, wirklich fertig zu werden mit den Schatten der Vergangenheit. Schneller und brutaler, als ihr lieb sein kann, wird sie diese Gelegenheit bekommen.

„Weißt du, eigentlich ist es von außen besehen ziemlich unspektakulär, was ich zu berichten habe", beginnt sie und dreht ihr Glas in den Händen, „vielleicht ist es für dich auch wenig nachvollziehbar, weil dir einfach der Bezug fehlt."

„Das lass mal meine Sorge sein", fällt er ihr etwas empört ins Wort, „und wenn es für dich wichtig ist, hat es auch einen Bezug zu mir. Notfalls werde ich den eben herstellen müssen."

Was er da gesagt hat, erleichtert sie und lässt sie freieren Herzens fortfahren.

„Es ist eben so, dass ich schon einmal einen Teil meiner Lebensinhalte aufgegeben habe für einen Mann, von dem ich sicher war, er wäre der richtige für mich. Du wirst das nicht ganz verstehen können, aber meine Pferdezucht war so ein Teil von mir, den ich aufgab. Schließlich habe ich viele Jahre harte Arbeit, Leidenschaft und Energie darauf verwendet, damit so weit zu kommen, wie ich damals war. Abgesehen davon und von dem Erfolg, den ich hatte, liebte ich das Leben mit den Tieren auf dem Lande. Ich bin absolut kein Stadtmensch, bin unglücklich, wenn ich in Häuserschluchten leben muss, keinen freien Himmel über mir habe, keinen Platz um mich herum, kein Grün vor der Nase. Krasser hätte der Wechsel für mich nicht sein können, und kaum hatte ich mich mühsam mit der Sache arrangiert, musste ich feststellen, dass er mich gnadenlos und ausdauernd betrog. Er tat das völlig selbstverständlich, gab sich nicht einmal die Mühe, es besonders zu verbergen, behauptete, er bräuchte das eben einfach, es täte seiner Liebe zu mir aber absolut keinen Abbruch. Da saß ich dann, allein in seinem schicken, großstädtischen kahlen Loft zwischen lauter teuren Designermöbeln als einzige lebendige Staffage und wartete auf ihn. Nächtelang! Bis mir der Kragen platzte und ich flüchtete. Zunächst zu meinen Eltern aufs Land, um durchzuatmen, dann in den kleinen Vorort, wo ich heute noch meine Wohnung habe. Mein altes Leben konnte ich nicht wieder aufnehmen damals, alles war verkauft, die Brücken abgebrochen. Du kannst dir vielleicht vorstellen, dass ich schwer Zutrauen finden kann in Beziehungen, zumal dann, wenn ich die Befürchtung habe, erneut etwas opfern zu müssen."

Georg hat einfach nur aufmerksam zugehört und sich verkniffen, dazwischenzureden, bis sie geendet hat. Juliette fühlt sich nicht gut und fühlt sich noch schlechter, als sie wahrnimmt, mit welchem Ernst er nun antwortet.

„Deine Geschichte, Juliette, ist deine persönliche Katastrophe, und ich kann nachvollziehen, woher deine Ängste vor einer neuen Bindung rühren. Weißt du, wir sind in unserem Alter alle keine unbeschriebenen Blätter mehr, jeder von uns hat seine mehr oder weniger verarbeiteten Traumata, viele bringen schwere Hypotheken mit in neue Partnerschaften. Gerade dann, wenn eine Geschichte alltäglich ist, so dass sie jedem jederzeit wieder passieren kann, ist es schwierig, darauf zu vertrauen, dass es einen Schutz vor Wiederholungen geben kann. Ich traue mir aber durchaus zu, dir das Vertrauen in ein Leben mit mir geben zu können, denn ich bin kampferprobt und ich habe auch lernen müssen, nicht jeden Kampf gegen die Vergangenheit gewinnen zu können. Mein Optimismus aber ist mir dennoch nie dauerhaft abhanden gekommen."

„Susanna hat mir eine sehr unglücklich verlaufene Geschichte angedeutet, ohne viel zu sagen", erwidert Juliette. „Magst du mir jetzt schon Genaueres erzählen?"

Sie ist froh, so davongekommen zu sein, froh, nun von sich ablenken zu können.

Georg nimmt einen sehr tiefen Zug aus seinem Weinglas, reibt sich die Stirn, richtet sich auf, scheint sich entschlossen zu haben, als er fortfährt.

„Sabine war schon einige Jahre lang mit ihrem damaligen Mann zusammen gewesen. Gewisse sadomasochistische Praktiken waren zwischen den beiden gang und gäbe. Nach und nach uferte die Sache aus, denn er fand nichts aufregender, als zuzusehen, wie andere Männer sie nahmen. Immer häufiger verlieh er sie, war jedes Mal dabei, achtete auf sie. Sie hatte Spaß an der Sache, fühlte sich gut aufgehoben. Irgendwann eskalierte alles, weil er in gewissen Internet-Foren auf die Geschichte mit den Parkplatztreffen stieß, die ihn faszinierte. Die Idee, sie absolut unbekannten Netzkontakten an fest ausgemachten Orten, die den Extra-Kick des leichten Entdecktwerdens dazubrachten, zu überlassen, wurde zur lang diskutierten Lieblingsphantasie der beiden. Eines Tages setzten sie dieses Kopfkino in die Realität um. Sie ließ einen Gangbang mit fünf fremden Männern über sich ergehen, war sich hinterher gar nicht mehr sicher, ob es wirklich das war, was sie gewollt hatte, sah aber seine extreme Erregung an der Umsetzung dieser Phantasie als ausreichenden Anlass, sich wieder und wieder auf diese Spielchen einzulassen. Er ließ sie nicht im Unklaren darüber, wie sehr die Sache ihn aufgeilte, wie sehr sie ihm damit einen Gefallen tat, sich auf der Motorhaube eines Autos gefesselt und mit verbundenen Augen von jedem dahergelaufenen Kerl durchficken zu lassen. Zu guter Letzt pflegte er ihr dann auf Busen oder Hintern zu wichsen."

Georg hält ein, seine wütend grauen Augen sehen in Juliettes entsetztes Gesicht.

„Das kann nicht sein, Georg, das geht über mein Vorstellungsvermögen!"

„Doch, und es kam sogar schlimmer, mein Liebling", fährt er mit grimmigem Ausdruck fort. „Sie war ein Typ, der genau in das Schema der Art Frauen passt, das in jedem halbwegs normalen Mann

Beschützerinstinkte weckt. Klein, sehr zierlich, mit einem fast kindlichen Körper, blond, langhaarig und mit riesigen Rehaugen. Er begann Fotos von ihr zu machen, die er ins Netz stellte, und bot sie für solche Treffen an als 'naturgeile Dreiloch-Gangbang-Schlampe'. Er konnte sich kaum retten vor Anfragen. Und, was sie zunächst nicht mitbekam, er begann, von den Kerlen Geld zu nehmen, er prostituierte sie."

„Nein!" Juliette ist fassungslos, umklammert ihre Knie mit beiden Armen. „Sag nicht, es wird noch schlimmer, Georg, wie kann es sein, dass Frauen sich derart erniedrigen lassen?"

„Es geschieht so viel unter dem Deckmantel der Liebe, was eigentlich nicht einmal im Krieg erlaubt ist! Und doch, es wurde noch schlimmer. Eines Tages, als sie gerade vielleicht die Hälfte der Freier über sich hatte ergehen lassen, klingelte sein Handy, und mit beschwichtigenden Worten machte er ihr klar, dass er dringend fort müsse, kassierte die noch übriggebliebenen Kerle ab und ließ sie allein. Sie muss entsetzliche Ängste ausgestanden haben, denn wie üblich war sie gefesselt und lag ausgebreitet auf der Motorhaube irgendeines Wagens. Keiner der Arschlöcher hat es für nötig befunden, sich ihrer anzunehmen. Als sie fertig waren, setzten sie sie so, nackt wie sie war, auf eine Parkplatzbank und fuhren davon."

Ungläubig schüttelt Juliette den Kopf, der sich weigert, aufzunehmen, was sie hört. Georg muss es zu Ende bringen, muss loswerden, was ihn so oft in seinen Träumen verfolgt.

„Er hat nie erklärt, auch in dem nachfolgenden Prozess nicht, warum er nicht zurückkam. Möglicherweise war auch er an einem Punkt, an dem er nur noch weglaufen konnte. Das wäre die freundliche Variante, sein Verhalten zu erklären. Jedenfalls fand letztlich die Autobahnpolizei Sabine dort auf. Stundenlang hatte sie nackt im kalten Oktoberregen gesessen. Mit einer schweren Unterkühlung, nachfolgender Lungenentzündung und psychisch am absoluten Ende brachte man sie in eine Klinik. Schon dort hat sie, trotz guter psychologischer Betreuung, damals versucht, sich mit einem Skalpell die Pulsadern aufzuschneiden. Allerdings war sie zu gut bewacht, als dass es ihr hätte gelingen können, sich umzubringen. Lange Zeit war sie danach in stationärer Therapie und konnte irgendwann relativ stabil entlassen werden. Ich lernte sie kennen, weil Robert sie anwaltlich betreut hatte und sie mir irgendwann anlässlich eines Essens vorstellte."

„Und dann, was geschah dann?", möchte Juliette wissen, die einen gewissen Hoffnungsschimmer hat, dass Georg, dem sie zutraut, Dinge wieder zurechtzurücken, zerstörte Welten wieder aufzubauen, sie hat retten können.

„Sie hatte sich damals, missbraucht, wie sie war, entschieden, jedwede Form von Submissivität von sich zu weisen, was absolut nachvollziehbar war. Ich habe einen Fehler bei der Einschätzung gemacht, und ich war enorm verliebt in sie. Außerdem hätte ich mich so gern als Ritter auf dem weißen Pferd gesehen, der ihre Seele retten kann. Susanna hat mich damals gewarnt, sie hat gesehen, dass Sabines Hass auf Männer verständlicherweise so ausgeprägt war, dass ich keine Chance haben würde."

„Sie sagte sogar, dass du die Seiten gewechselt und ihr den dominanten Teil überlassen hast."

„Ja, ich dachte, wenn ich ihr als Zielscheibe dienen kann, als Punchingball, an dem sie all ihre Wut auslassen könnte, würde sie sich vielleicht irgendwann genug ausgetobt, ihre Rachegelüste befriedigt haben."

„Vielleicht hättest du wissen müssen, dass das keine Grundlage für eine Liebesbeziehung sein kann", gibt Juliette zu bedenken.

„Da hast du ganz sicher recht! Ich sage ja, ich habe einen Fehler gemacht. Ich habe alles ausgehalten, und du kannst mir glauben, so zart sie auch war, wenn sie die richtigen Werkzeuge in der Hand hatte, konnte sie verdammt viel Schaden anrichten. Aber sie wurde es nicht los, sie mochte mich sehr und kam damit noch viel weniger klar, sehen zu müssen, wie sie mich zugerichtet hatte, wenn sie aus ihrem wütenden Rausch zurück war. Sie zerfleischte sich selbst damit, nicht nur mich, und wieder nahmen wir, diesmal gemeinsam, psychologische Hilfe in Anspruch."

„Ihr habt es nicht geschafft und euch dann lieber getrennt?", möchte Juliette wissen, die das ganz dringende Bedürfnis nach einem Happyend dieser grausigen Geschichte verspürt. „Wie geht es ihr heute? Ist sie gesund?"

„Nein, Liebling, sie ist nicht gesund, sie ist tot! Sie hat sich in meiner Badewanne die Pulsadern aufgeschnitten. Es war kein Appell, sie hat es so eingerichtet, dass ich ganz sicher nicht da war, um ihr zu helfen. Es hat lange gedauert, bis ich das begriffen habe, denn ich fühlte mich schuldig."

Juliette nimmt Georg in die Arme. Sie ist zu fassungslos, um zu weinen, sie weiß nur, dass sie diesen Mann liebt, ihm helfen will, seine Wunden zu schließen. Sie sieht, wie viel schlimmer es Menschen ergehen kann, als es ihr selbst ergangen ist. Peinlich berührt sie, dass ihr nun die eigene Geschichte, die sie ihm da lückenhaft aufgetischt hat, vergleichsweise alltäglich und undramatisch erscheint, obwohl sie sie jahrelang genauso immer wieder erzählt hat, sich selbst und andere betrügend, den wahren inneren Schweinehund nie zum Kampf herausfordernd. Sie hat es immer wieder verständnisheischend zur Grundlage genommen, keinem Menschen mehr trauen zu wollen, sich zu verschließen vor anderen und vor dem eigenen Glück. Sie bewundert, wie liebevoll, wie zärtlich und vorbehaltlos er mit offenen Armen auf sie zugegangen ist, empfindet eine ungeheure Hochachtung vor ihm und eine ungeheure Wut auf sich selbst. Schon bevor sie jetzt zu sprechen beginnt, ist ihr klar, wie feige sie eigentlich wirklich ist, mit sich, wie wenig anständig zu ihm.

„Keine Vorbehalte mehr, Georg! Eindrucksvoller hättest du mir nicht klarmachen können, wie relativ eigenes empfundenes Unglück sein kann. Du hast es verdammt verdient, dass ich meine Zickigkeit aufgebe und mir endlich klargemacht, wie dumm es wäre, meinem eigenen und unserem gemeinsamen Glück noch Steine ins Kreuz zu schmeißen. Wo nimmst du bloß die Geduld her?"

„Juliette, du konntest nichts davon wissen. Jeder Mensch, der Unheil erfahren hat, glaubt, sein eigenes Schicksal wäre so grauenvoll, dass es nicht zu toppen ist. Ich weiß nicht, was schwerer wiegt für das Angehen neuer Partnerschaften. Was dir passiert ist, hat dazu geführt, dass du niemandem mehr getraut hast. Bei mir war das anders. Ich habe getrauert, mir Vorwürfe gemacht, nicht dagewesen zu sein, versagt zu haben. Die Wahrscheinlichkeit, dass mir solch eine Geschichte noch mal passiert, ist allerdings erheblich geringer, berechtigt viel weniger zu Vorbehalten. Wir alle sind täglich von den entsetzlichsten Geschichten umgeben. Wenn du Horror haben möchtest, gehst du nicht in die Videothek, dann siehst du dir am besten die Nachrichten an. Aber alles das, was wir nicht selbst erfahren haben, birgt die Möglichkeit, die Augen davor zu verschließen. Und das ist gut so! Denn ein einzelner Mensch kann nicht das Leid der ganzen Welt in sich aufnehmen. Es reicht, wenn er mit seinem eigenen Ungemach klarkommt, dem seines engsten Kreises, für sich selbst und für die Menschen, die ihn lieben. Und diese Aufrichtigkeit, die wir uns gerade gegenseitig erweisen, ist doch die beste Grundlage für den wirklichen Zweck unseres

Daseins, nicht wahr? Denn wir sind hier, um zu leben. Und wir sind hier, um zu lieben."

Juliette ist danach, sich das nächstbeste Mäuseloch zu suchen, sich schleunigst zu verkriechen. *Was bin ich für eine dämliche Kuh!*, beschimpft sie sich innerlich. Wieder einmal hat ihr Schweinehund grinsend und zufrieden gewonnen.

Sie findet die Worte nicht.

Dicht schmiegt sie sich an ihn, und während sie draußen den Wind an den Fenstern zerren, leises Donnergrollen in der Ferne über dem Meer rollen hört, schläft sie ein, mit dem Gedanken, der ihr schon so oft erlaubt hat, den letzten Schritt hinauszuzögern: *Verschieben wir es doch auf Morgen!*

12. Kapitel

Juliettes Schlaf ist unruhig, denn das Gewitter hat die Küste erreicht.
Sturm tobt vor den geschlossenen Fenstern, lässt schweren Regen gegen die Scheiben klatschen. Die zuckenden Blitze erhellen in kürzesten Abständen bläulich grell das Zimmer. Der Donner ist so laut, dass sie das Gefühl hat, das alte Haus werde buchstäblich in seinen Grundfesten erschüttert. Wieder und wieder hört sie die Hunde anschlagen, bis Fernando sie hereinruft, sicher um sie vor dem fürchterlichen Wetter zu schützen.
Auch Georgs Schlaf ist nicht tief, immer wieder wälzt er sich herum, greift nach ihr, hält sie fest.
Sie wundert sich zunehmend, dass der Sturm nicht in der Lage scheint, das Inferno am Himmel ins Landesinnere weiterzutreiben. Ungewöhnlich lange, schon seit Stunden nun, hält sich das Zentrum über ihnen. Langsam beginnt es zu dämmern.
Juliette hat eigentlich keine Angst vor Naturgewalten, ist ausgestattet mit einem gelassenen Grundvertrauen darin, dass es sich verziehen wird, ohne größeren Schaden anzurichten, bemüht sich immer wieder, einzuschlafen, den Lärm zu überhören, kann aber mehr als einen gespannten Halbschlaf dennoch nicht erreichen.
Entsprechend schnell ist sie hellwach, als sie Lydias sich überschlagende, panische Stimme hört.
„Feuer, Feuer! Der Blitz hat eingeschlagen!"

Georg ist gleichzeitig auf den Beinen, beide sind in Windeseile in Hosen, Stiefeln und Jacken, schon auf dem Weg nach unten in die Halle, wo fast zeitgleich alle Freunde zusammengelaufen sind, die große schwere Eingangstür schon schwer im Sturm schlägt, Fernando als Erster auf dem Wege zum Stall die Männer um Hilfe ruft.

Sofort erkennt Juliette die aus dem Stalldach schlagenden Flammen. Aus jeder Heuluke quillt dichter Rauch, grelle orangefarbene Flammen, vom Wind angefachte Funken lassen keinen Zweifel daran, dass der gesamte Heuboden lichterloh brennt.

Die Pferde! Allein der Gedanke lässt Juliettes Adrenalinspiegel derart hochschießen, dass sie für einen Moment das Gefühl hat, es zöge ihr die Beine unter dem Leib weg. Gemeinsam mit Fernando, Georg, Robert und Daniel stürzt sie auf die verschlossene Stalltür zu.

Jetzt ist es so weit! Jetzt kriege ich dich, Schweinehund!, beschließt sie.

Juliette atmet tief durch. Beinahe hätte die Erinnerung sie gezwungen, umzukehren, wegzulaufen. Heute nicht! Heute wird sie sich zwingen, sich zu stellen, wissend, was auf sie zukommt. Sie wird hinsehen und sie wird handeln. Und sie wird dem alten Dämon in sich die Köpfe abschlagen, ihn endlich besiegen.

Robert muss Fernando die Schlüssel aus der Hand reißen, zu fahrig sind dessen Handbewegungen.

Das Öffnen der Türen entlässt eine dunkle Rauchwolke nach draußen. Mit einem Blick wird die kritische Situation erkennbar. Die Abwurfluke über dem Stallgang bietet den Blick auf ein Flammenmeer, die steinerne Decke hält noch, der gesamte Stall aber ist schon mit beißendem, undurchdringlichem schwarzem Rauch gefüllt.

Die Pferde stehen bewegungslos in den Boxen. Juliette weiß, dass es schnell gehen muss. Sie weiß, dass die Tiere immer wieder zurück in ihre als schützend empfundenen Umgebung laufen würden, wenn man einfach nur die Boxen öffnen und hoffen würde, sie würden den Stall allein verlassen.

Sie zieht den Kragen ihres Rollkragenpullovers über Mund und Nase, tastet sich nur beim Licht der Flammen über sich zu Diegos Box, greift sich im Türöffnen sein Halfter. Die Augen brennen, die Knie werden wieder weich, sie versucht, ihre Atemzüge so flach wie möglich zu halten, realisiert Georg bei Ovido, Fernando bei seiner Stute.

Mit sicherem Griff zieht sie dem Hengst das Halfter über die Ohren, dann läuft sie mit ihm die paar Meter hinaus, Georg und Fernando folgen mit den anderen Pferden. Keinen Moment zu früh! Hinter ihnen kracht der erste brennende Heuballen auf die Stallgasse.

Die Pferde sind wie paralysiert, keines rührt sich, draußen auf dem Hof, in Sicherheit.

Juliette steht schwer atmend, gebückt, die Hände auf die Knie gestützt neben dem Hengst, lehnt sich an seine Schulter und sieht ein wenig Blut unter ihrer Hand hervorquellen. *Nein! Es ist nicht wie damals!*, ruft sie sich zur Ordnung. *Ich habe mir*

nur das verletzte Knie etwas angestoßen!
Sie richtet sich auf, strafft sich, als ihre Augen Georgs treffen. Jetzt, in diesem Moment, ist sie sicher, angekommen zu sein. Sie weiß, sobald dieses Chaos hier in geordnete Bahnen gelenkt ist, wird sie mit ihm reden.
Er hebt den rechten Daumen: Alles okay!

Blaulicht erhellt die Szene. Lydias Anruf hat in erstaunlicher Geschwindigkeit die Ortsfeuerwehr aus den Betten geklingelt. Diszipliniert arbeiten die Männer, schnell sind die Rohre auf die Luken gerichtet.
„Auf die Weiden!", ruft Juliette Fernando zu. „Hast du noch Regendecken?"
„Robert, hol dir den Schlüssel vom Pferdetransporter, da findest du welche", kommt seine Antwort schon wieder vollkommen gefasst, schlägt aber im nächsten Augenblick in Entsetzen um.
„Scheiße, wo ist eigentlich Miguel? Daniel, sag den Männern Bescheid, Miguels Apartment liegt oben neben dem Heuboden, er wird von den Flammen eingeschlossen sein. Die Treppe, die zu seiner Wohnung hinaufführt, ist aus Holz."
Fernandos Blick zu den Fenstern des Pferdepflegerapartments beruhigt ihn, denn noch sieht er Dunkelheit dort. Dass der Pfleger absolut nichts von den Ereignissen mitbekommen hat, erstaunt sie über alle Maßen. Er muss einen sehr festen Schlaf haben.
Robert erscheint mit einem Arm voll regendichter

Decken an den Weidezäunen. Ohne sich zu rühren, lassen sich die Pferde wetterfest verpacken. Ab und zu lässt eines ein Husten hören, alle drei aber beginnen schnell zu grasen, unbeeindruckt von dem schweren Regen, den der Sturm noch immer fast waagerecht über die Wiesen treibt. Blitze und Donner sind spärlicher geworden, endlich scheint sich das Gewitter gen Westen zu verziehen.

Miguels Wohnung ist ob der bereits zerstörten Holztreppe zwar nur über die Drehleiter erreichbar gewesen, jedoch noch kein Raub der Flammen geworden. Der Pferdepfleger aber ist unauffindbar.

Das Löschen des Stallbodens gestaltet sich schwierig, denn die fest gepressten Heuballen glühen im Innern, und immer wieder schlagen neue Flammen auch dort wieder hervor, wo die Feuerwehrleute bereits mit einem Ersticken gerechnet hatten. Der Einsatzleiter ordnet eine Räumung des Bodens an, was einen tagelang qualmenden, aber besser beherrschbaren Haufen Heus auf dem Grundstück nach sich ziehen wird. Diese Arbeiten sind allerdings nur mit der Hilfe weiterer Ortswehren möglich. Schnell füllt sich der Hof mit einer kaum überblickbaren Menge an Löschfahrzeugen. Zwei eilfertige Beamte der örtlichen Polizeistation erscheinen mit völlig unnötig eingeschaltetem Blaulicht und Martinshorn und verlangen sehr diensteifrig Fernando zu sprechen. Der aber ist gemeinsam mit Robert auf der Suche nach Miguel im Hause.

Im Souterrain, in einem der Dienstmädchenzimmer, ist er fündig geworden und auf ein friedlich schlafendes, eng umschlungenes nacktes Paar getroffen. In der Haut des Pflegers hätte wohl niemand in diesem Augenblick stecken mögen, als er, von seinem Chef hochgescheucht, Kunde über die Ereignisse bekommt.

Entsprechend wütend ist Fernandos Stimmung noch, als er dem jungen Polizeihauptmeister gegenübertritt, den Lydia in das Arbeitszimmer gebeten hat.

„Wir haben es zweifellos mit einem Blitzeinschlag zu tun, nicht wahr?", beginnt der junge Mann überzeugt.

„Wir haben es zweifellos nicht mit einem Blitzeinschlag zu tun!", erwidert Fernando mit kaum gezügelter Wut in der Stimme. „Der Stall war, genau wie alle unsere Gebäude, mit einem modernen Blitzableiter versehen. Und derweil mein glorioser Pferdepfleger sich in meinem Hause mit einem meiner Küchenmädchen vergnügt hat, während über seinen Schutzbefohlenen das Dach abfackelt, kann auch sein Mitwirken an der Katastrophe ohne Weiteres ausgeschlossen werden. Meine Elektrik ist kaum zwei Jahre alt. Ich schließe also einen technischen Defekt aus. Was uns bleibt, meine Herren, ist ein dringender Verdacht auf Brandstiftung!"

Den Beamten entgleisen die Gesichtszüge. Zu selten geschehen in diesem friedlichen Landstrich Kapitalverbrechen. Fernando klärt nun auch über den Unfall in der Steilküste auf, erwähnt die anonyme Postsendungen.

„Sie glauben also, es will ihnen jemand ans Leder?", möchte der diensthöhere Beamte wissen.

„Worauf sie Ihren Arsch verwetten können!", gibt Fernando, immer noch grimmig, zurück. „Nehmen Sie es nicht auf die leichte Schulter, ich möchte, dass ein Brandsachverständiger umgehend hinzugezogen wird, dass Sie sich eingehend mit den Vorfällen beschäftigen."

Der junge Beamte greift zu seinem Handy und setzt sofort alle notwendigen Räder in Bewegung.

Lydia und das Personal sind zu Hochtouren aufgelaufen und ein umfangreiches Frühstück für alle ist auftragen worden. In der Halle ist ein großer Tisch aufgestellt, umstanden von langen Klappbänken, was auch den Einsatzkräften die Möglichkeit gibt, sich zu stärken und Pausen im Trockenen machen zu können.

Mittlerweile ist es vollkommen hell geworden, und der Sturm hat begonnen, sich zu legen. Von Zeit zu Zeit schafft es sogar die Sonne, durch einen freien Fleck in den dunklen Wolkengebirgen zu dringen.

*

Juliette und Georg haben sich ihrer klatschnassen, verdreckten, nach Rauch riechenden Kleider entledigt.

„Ich muss schnell duschen", sagt Juliette, „sonst werde ich diesen Rauchgestank in den Haaren nicht mehr los. Aber zuerst muss ich mit dir reden. Sofort!"

Ihr Ton alarmiert ihn. „Was ist?"

„Ich habe dir nicht alles gesagt, Georg. Ich habe

mich so beschissen gefühlt gestern, nachdem ich dir meine Geschichte nur unvollständig erzählt hatte. Die Erinnerungen daran waren ganz hinten in mein Hirn gebannt. Ich habe krampfhaft versucht zu vergessen und nie den Mut gefunden, mich wirklich damit auseinanderzusetzen. Heute musste ich! Und endlich bin ich im Reinen mit mir und kann loslassen. Das war nämlich eben nicht mein erster Stallbrand."

„So was ist dir schon mal passiert?", fragt Georg erstaunt.

„Ja, und obwohl ich damals schnell erfuhr, dass es ein dummer Jungenstreich war, hat es mich für Jahre traumatisiert, denn obwohl ich alle Pferde relativ unbeschadet retten konnte, hatte es eine ungeheure Bitterkeit für mich. Ich war damals schwanger und habe im sechsten Monat mein Baby verloren. Während der Rettungsaktion bin ich, weil ich zu aufgeregt war, zu viel Rauch einatmete, so blöd gestürzt, dass sofort Wehen einsetzten. Alles war voller Blut! Das kam alles gerade wieder hoch in mir."

„Oh mein Gott, Juliette!" Georg nimmt sie fest in die Arme und hält sie lange, bis er merkt, dass sie sich entspannt hat, und fragt erst dann, was ihm noch zum vollständigen Bild fehlt: „Der Vater dieses Kindes, war das dein Loftbesitzer?"

„Ja, und du kannst dir sicher vorstellen, dass ihm das super in den Kram gepasst hat. Damit hatte er nämlich Argumente, mich zu überzeugen, mein altes Leben aufzugeben."

„Und dann hat dich dieser Scheißtyp betrogen und sitzen lassen! Der soll mir mal vor die Flinte kommen!"

Georg nimmt die nackte, nasse Juliette auf den Arm, trägt sie unter die Dusche, schließt die Tür hinter ihnen und lässt heißes Wasser zwischen ihre Körper laufen, wäscht sie. Wäscht sie in dem hilflosen Bemühen, all diese scheußlichen Erinnerungen abzuscheuern, in den Ausfluss rinnen zu lassen.

„Ich glaube, dieser Urlaub hier ist so etwas wie eine 'Stunde der Abrechnung'", überlegt Juliette und Georg wundert sich über ihre Gefasstheit. „Aber weißt du, alles, was aufbricht, birgt die Möglichkeit, damit endgültig fertig zu werden, es hinter sich zu lassen und einen neuen Anfang wagen zu können."

„Nicht nur dir geht es so, Juliette! Ich denke, wir sollten es als Chance auffassen. Beide."

Lächelnd nickt sie. „Ich glaube allerdings, dass wir noch lange nicht fertig sind hier. Auch Sarah wird noch viel aufarbeiten müssen. Und Susanna nicht minder. Aber lass uns jetzt frühstücken gehen, ich denke, wir haben eine Stärkung mehr als verdient."

13. Kapitel

Auf dem Weg ins Frühstückszimmer müssen Juliette und Georg die Halle durchqueren, die einen ungewohnt chaotischen Anblick bietet.
Schwere Arbeitsstiefel haben Unmengen Schlamm und Ruß hereingetragen. Überall liegen orangefarbene Einsatzjacken, abgelegte Atemschutzgeräte und Werkzeuge herum. Feuerwehrleute stehen und sitzen in Grüppchen und diskutieren, während sie belegte Brötchen und aus großen Bechern Kaffee zu sich nehmen.
Die Gesichter sind müde und noch immer angespannt, denn der Verdacht auf Brandstiftung hängt noch genauso unangenehm in der Luft wie der Geruch nasser, qualmstinkender Kleider.

Das Frühstückszimmer ist in helles frühes Morgenlicht getaucht. Daniel und Robert sind die einzigen Gäste, die sich nach dem Essen noch nicht zu einer Ruhestunde zurückgezogen haben, sondern in leises konzentriertes Gespräch vertieft noch rauchend am Frühstückstisch sitzen.

„Oh, hallo, ihr beiden", begrüßt Robert sie, „seht mal zu, dass ihr was in den Magen bekommt, ihr habt ja schließlich schon einiges hinter euch gebracht heute Morgen."

„Gibt es irgendwelche neuen Erkenntnisse?", möchte Georg wissen.

„Der Brandsachverständige wird gegen elf Uhr

erwartet, aber was uns im Augenblick besondere Sorgen macht, ist ein Anruf von Falk, den ich gerade auf Susannas Handy entgegengenommen habe. Es gibt seltsame Neuigkeiten um Lena. Wir diskutieren gerade, ob ich mich in die Polizeiarbeit einschalten und mich als Susannas Anwalt legitimieren soll. Schließlich ist sie die Mutter und hat ein Anrecht darauf, neue Informationen direkt zu erhalten. Wenn sie allerdings wüsste, was wir gerade erfahren haben, täte ihr das gewiss nicht gut", erklärt Robert.

„Nun komm, spann uns nicht lange auf die Folter! Wenn wir wissen, was es Neues gibt, können wir dir da sicher eher raten", drängt Georg.

„Gut, ich werde euch also einweihen. Zwei Tage nach ihrem Verschwinden ist Lena wieder mit einem Mann in einer Pizzeria in Wismar gesehen worden. Dem italienischen Wirt waren einige Merkwürdigkeiten an dem Paar aufgefallen, die er einen Tag später nach einigem Überlegen für relevant genug hielt, sie der örtlichen Polizeidienststelle mitzuteilen. Dass er so lange gewartet hat, hatte natürlich zur Folge, dass ein zeitnahes Eingreifen seitens der Beamten nicht mehr möglich war. Wie auch immer, dass seine Beobachtungen in Zusammenhang mit Lenas Verschwinden stehen könnten, hat sich erst gestern geklärt."

„Welche Merkwürdigkeiten sind denn dem Pizzabäcker aufgefallen?", fragt Juliette.

„Nun, die junge Frau hatte sehr deutliche abgeschürfte Fesselmale an den Handgelenken und hat wohl den Eindruck erweckt, sie wolle dem Italiener die ganze Zeit etwas mitteilen, was ihr jedoch von ihrem Begleiter mit recht rüden Worten und ziemlich eindeutiger Gestik verwehrt wurde. Der Restaurantbesitzer spricht anscheinend nicht sehr gut Deutsch, hat also wenig verstanden und sich geziert, nur wegen eines komischen Bauchgefühls die Polizei aufzusuchen, um seine Beobachtungen mitzuteilen. Kurz und gut, er hat sich an den Mann offenbar so gut erinnern können, dass es gestern Abend gelungen ist, nach seiner Beschreibung mit Hilfe eines Dolmetschers eine Phantomzeichnung anzufertigen."

„Robert, was zögerst du noch?" Juliette ist außer sich. „Wenn Lena etwas passiert, wird Susanna wahnsinnig. Setz dich schnellstens mit der Polizei in Verbindung!" Plötzlich hat ihr Gesicht einen entsetzten Ausdruck angenommen, und als sie nach kurzem Zögern ihren Gedanken ausspricht, der ihr selbst so ungeheuerlich erscheint, aber in diesem Moment so klar und naheliegend, sind die Männer wie elektrisiert.

„Wir alle fürchten, dass Jonathan uns hier terrorisiert. Daniel hat Sarah damals vertreten. Daniel arbeitet in Roberts Kanzlei. Susanna ist seine Partnerin. Lena ist ihre Tochter. Sarah ist hier. Und er hat Sarah gedroht, sie irgendwann zu kriegen. Ich weiß jetzt, was passiert ist. Ihr auch?"

„Oh Gott, Juliette, du hast recht", fährt Robert von seinem Stuhl hoch und ist sofort am Telefon. Atemlos verfolgen die anderen die Gespräche.

„Wir werden gleich eine Mail mit dem Phantombild erhalten", erklärt Robert, als er aufgelegt hat. „Sollte es Ähnlichkeit mit Jonathan aufweisen, werden wir den zuständigen Beamten unser Foto mailen, das dann die Dienststelle in Wismar dem Italiener vorlegen wird. Jedwede weitere Information wird zukünftig über mich laufen. Ich werde dann entscheiden, was ich Susanna zumuten will."

„Wie kommen wir an Fernandos Rechner?", möchte Juliette wissen.

„Der ist mit seinen Hunden draußen, wollte nachsehen, ob der Sturm Schaden angerichtet hat", weiß Daniel zu berichten.

„Ich gehe ihn suchen", ruft sie und ist schon unterwegs. Georg folgt ihr. Sie vereinbaren, getrennt nach ihm zu sehen, Georg bei den Ställen, Juliette will sich in Richtung Strand aufmachen, weil sie mitbekommen hat, dass Fernando gern den Weg durch das Wäldchen mit den Hunden nimmt.

Kurz vor dem vom aufgewühlten Meer überfluteten Strand kommt er ihr entgegen. Die Ridgebacks springen vergnügt um ihn herum. Schnell hat sie ihm die Lage geschildert und er beschleunigt seine Schritte zurück zum Haus derart, dass sie laufen muss, während sie Georg übers Handy mitteilt, dass sie fündig geworden ist.

Die Mail ist bereits eingetroffen, und das gesendete Bild lässt keinen Zweifel zu, dass Juliette die grässliche Wirklichkeit richtig eingeschätzt hat. Robert kündigt telefonisch das Eintreffen des Fotos an.

Aus dem Vermisstenfall ist ein dringender Verdacht

auf Entführung geworden, was eine sofortige Änderung der Zuständigkeiten nach sich zieht.

Unter Roberts Druck arbeiten die Mühlen der Verwaltung allerdings in Windeseile, und schnellstens hat er auch den jetzt zuständigen Kriminalkommissar an der Leitung, der sein Kommen für die späten Nachmittagsstunden ankündigt.

„Was können wir jetzt tun?", fragt Georg. „Lasst uns doch mal versuchen, den Tag zu planen. Bärbel will mit Juliette und Sarah zum Dorfarzt. Beide müssen ihre Verbände wechseln lassen. Bei Juliette hat sich in der Nacht ein Faden gelöst und es hat wieder etwas zu bluten begonnen. Aber das wird der alte Herr hier auch hinbekommen, dann müssen sie nicht in die Klinik fahren."

„Dann lasst uns doch den Sachverständigen abwarten", schaltet sich Fernando ein, „und danach gemeinsam zu Hinrich fahren. Die Frauen könnten dann mit Bärbel beim Doktor im Dorf vorstellig werden, und wir Männer müssten sehen, wie wir auf dem Vorwerk den alten Pferdestall so herrichten, dass meine drei eine sichere Nacht dort verbringen können."

„Haltet ihr es nicht für sinnvoll, bei den Erkenntnissen, die wir jetzt haben, beim Torhaus nach Lena zu suchen, vielleicht zu sehen, ob wir nicht doch einen Eingang von oben in den legendären Keller finden, oder unser Glück noch einmal von See her versuchen?", schlägt Georg vor.

„Sollten wir nicht lieber doch das Eintreffen der Polizei abwarten?", wirft Juliette voller Bedenken ein. „Wenn ich es mir genau überlege, bleiben mir zu Jonathans Vorgehen nur zwei zulässige Schlüsse."

Vier Paar erstaunte Augen ruhen auf ihr, als sie den anderen ihre Gedanken erläutert.

„Die eine Möglichkeit, und die halte ich für die unwahrscheinlichere, ist, dass er mit Lena fortführen will, was er mit Sarah begonnen hat. Damit wäre sie in akuter Lebensgefahr. Die zweite Möglichkeit, und die erscheint mir viel logischer, weil er ganz offenbar versucht hat, uns auf sich aufmerksam zu machen, ist noch grausiger."

Gespannt folgen die Männer ihren Ausführungen. Sie schweigt einen Augenblick, weil ihr der ungeheure Gedanke die Luft nimmt. Dann platzt es aus ihr heraus: „Jonathan hält Lena als Geisel, um sie gegen Sarah auszutauschen. Ich vermute, dass er sie bisher noch relativ unbeschadet gelassen hat, denn eine tote Geisel ist eine schlechte Geisel. Aber wenn dem so ist, wird er uns über kurz oder lang zum Handeln zwingen wollen. Es sollte mich nicht wundern, wenn er dann nicht die Mitwirkung der Polizei ausschließen wird. Noch hat er das nicht getan, noch weiß er nicht, wie dicht man ihm jetzt auf den Fersen ist. Jeder Fehler, den wir machen, wird aber Lena in noch größere Gefahr bringen."

„Du hast schon wieder mal recht, Juliette", stellt Fernando bewundernd fest. „Wir sollten uns jetzt wirklich zurückhalten und Profis die Sache in die Hand nehmen lassen!"

Das Schellen der Türglocke beendet vorerst die Unterhaltung, denn die Sachverständigen sind eingetroffen.

Juliette und Georg beschließen, sich die Ermittlungsarbeiten genauer anzuschauen und begleiten Fernando nach draußen, während Robert und Daniel nach ihren Frauen sehen wollen.

Juliette fragt sich ernsthaft, wie Robert es fertig bringen wird, Susanna gegenüberzutreten, ohne sich über die jüngsten Befürchtungen etwas anmerken zu lassen.

*

Vom großen Auflauf der Einsatzfahrzeuge im Hof sind nur noch zwei übrig geblieben. Die Ortswehr hat die Brandwache übernommen und der qualmende Heuhaufen in sicherer Entfernung hinter dem Stall verbreitet einen unangenehmen Geruch. Das Dach ist teils eingestürzt, und noch immer schwelende Eichenträger ragen anklagend in den strahlend blauen Himmel.

Juliette wirft einen wehmütigen Blick durch das kleine vergitterte Fenster in die Sattelkammer, wo sie gestern noch so erregende Stunden verbracht hat. Für den Moment scheint jeder Gedanke an heiße Stunden aus fernen Welten zu stammen.

„Dem alten Tonnengewölbe der Stalldecke hat der Brand wenig ausgemacht", klärt der Sachverständige Fernando auf. „Sobald die Feuerwehr keine Gefahr mehr sieht, können Sie mit den Aufräum- und Renovierungsarbeiten beginnen. Ein paar Wochen und das Thema wird vergessen sein. Ihre Versicherung wird ohnehin einen genauen

Bericht von mir erhalten und den Schaden zweifellos schleunigst regeln."

Zur genauen Untersuchung des Heubodens nimmt der Mann seinen Assistenten mit, verweigert jedoch aus Sicherheitsgründen Fernandos Begleitung. Zunächst bleibt also für die drei nur abzuwarten und sie machen es sich auf einer kleinen Bank nahe der Weiden bequem. Miguel hat den Pferden die Decken abgenommen, Wasserkübel und Kraftfutterschüsseln aufgestellt, sodass sie friedlich grasend gut versorgt sind.

„Willst du die Pferde nicht schon nach Hause schicken?", fragt Juliette mit einem leisen Grummeln im Magen, denn allzu gern hätte sie noch einmal einen Ausritt gemacht, hat überdies das dumpfe Gefühl, dass dieser Jonathan dafür sorgt, dass Stück für Stück der Zauber des Aufenthaltes bröckelt.

„Nein, Juliette, erstens bekäme ich so schnell gar keinen Flug, zweitens lasse ich mir nicht von diesem Irren oktroyieren, wie ich meinen Urlaub zu verbringen, noch wann ich ihn zu beenden habe", erwidert Fernando grimmig. „Miguel wird bei Hinrich im Stall einquartiert und sich mit einem Sicherheitsdienst die Stallwache teilen müssen, bis der Scheißkerl unschädlich gemacht ist."

„So schnell kann dich nichts aus der Bahn werfen, nicht?", fragt Juliette.

„Mir scheint, da haben wir durchaus etwas gemeinsam", grinst Fernando zurück.

„Himmelarsch!", flucht Georg. „Fangt ihr schon

wieder an, euch gegenseitig vorzuflöten, wie toll ihr euch findet?"

„Du, mein Freund, bist schließlich auch nicht von schlechten Eltern", lacht Fernando, „und wärst du es, wärest du nicht hier."

Weitere Eskalationen des Geplänkels werden von den herankommenden, rußgeschwärzten Spezialisten unterbrochen.

„Eindeutige Hinweise auf Brandbeschleuniger! Sehr dilettantisch ausgeführt! Da hat jemand nur auf Effekt gearbeitet, dem es offenbar völlig wurscht war, ob er Spuren hinterlässt", erklärt der Sachverständige so mürrisch, dass man den Eindruck gewinnen kann, er empfinde es geradezu als persönliche Beleidigung, dass ihm die Arbeit derart leicht gemacht worden ist. Er hält einen verschmurgelten Plastikkanister in die Höhe.

„Das ist dem nicht nur völlig wurscht, dieser Täter will sogar, dass man auf ihn schließt", murmelt Georg so leise, dass nur Juliette ihn verstehen kann, die zustimmend nickt.

Lydia bittet zu einem kleinen Mittagsimbiss.
Die Erklärungen Fernandos, der sie mittlerweile in alle Überlegungen eingeweiht hat, entlocken ihr nur ein verstehendes Kopfnicken. Den Blick auf die noch schwelende Brandstätte vermeidet sie fast krampfhaft, denn schnellstmöglich möchte sie den unversehrten Zustand wiederhergestellt sehen.
Die Gespräche an den Tischen, die auf der Terrasse aufgestellt sind, verlaufen einsilbig. Zu uneinheit-

lich sind die Kenntnisstände, zu groß ist die Sorge, sich möglicherweise zu verplappern. So ist Juliette auch ausgesprochen unwohl, als Susanna bekundet, nicht im Haus bleiben, sondern die Frauen zu ihrem Arztbesuch begleiten zu wollen.

Es ist ihr einigermaßen unklar, wie sie sich halbwegs unverfänglich mit Sarah und der Freundin unterhalten soll, so voll, wie ihr Kopf mit den unglaublichsten, erschreckendsten Bildern ist. Georg wird den Männern beim Herrichten des Stalles auf dem Vorwerk helfen, sie wird also allein auf sich gestellt sein.

14. Kapitel

Während der Fahrt zu Schröders muss sie sich keine weiteren Gedanken über möglicherweise verfängliche Kommunikation machen, denn diese wird allein von Fernando und Georg über die Vorzüge des neuen Wagens bestritten, den er als Ersatz für den verunglückten Land Rover bekommen hat. Georg hatte dringend zum Wechsel der Marke geraten, und der Freund kann sich in seiner Begeisterung über den Cayenne, der als nagelneuer Vorführwagen sofort verfügbar gewesen war, kaum zurückhalten.

Juliette schmiegt sich, den unbestreitbaren Luxus genießend und für einen Moment der Müdigkeit nachgebend, an Georg gelehnt in die weichen Ledersitze. Viel zu kurz scheint ihr der Augenblick, denn schnell haben sie das Vorwerk erreicht. Sie ahnt noch nicht, dass Fernando Hinrich und Bärbel in vollem Umfang aufgeklärt und zu absolutem Stillschweigen Susanna und Sarah gegenüber verpflichtet hat. So kann sie Bärbels Augenzwinkern beim Eintreffen nicht richtig deuten.

Michel begrüßt Juliette so begeistert, als hätte er sie seit Jahren nicht zu Gesicht bekommen, und verschwindet mit den Frauen in der gemütlichen Küche, wo Julchen schon duftenden Kaffee zubereitet hat.

Seine aufgeregten Fragen nach dem Stallbrand bremst Bärbel für den Moment erst einmal aus. Er lässt es sich aber nicht nehmen, Juliette sofort völlig in Beschlag zu nehmen.

„Ich habe angefangen, Friedrichs Geschichten aufzuschreiben", erzählt er begeistert, „schon fast zwanzig Seiten habe ich zusammen!"

„Donnerwetter, Michel, da warst du aber fleißig", staunt seine neue Freundin. „Darf ich denn schon etwas lesen?"

„Das musst du sogar, ich habe dir das ausgedruckt und gebe es dir nachher mit. Ich will unbedingt wissen, wie es dir gefällt", strahlt der Kleine, und mit einem Zögern setzt er dazu: „Ich bin nicht so ganz gut in Deutsch, da habe ich bloß eine Drei. Kannst du die Fehler rausmachen?"

„Aber mit dem allergrößten Vergnügen", stimmt Juliette zu, „du bist der Autor, ich mache die Lektorin für dich, dann musst du dich nicht mit Kleinigkeiten abplagen. Und was glaubst du, wie voll von Fehlern manchmal sogar die Arbeiten meiner Studenten sind!"

Juliette ist dankbar für die Ablenkung, die Michel ihr gewährt. In seiner Gegenwart fühlt sie sich ohnehin immer besonders wohl, denn der Junge ist ihr ein Synonym für eine heile Welt, die einfach, geradlinig und klar, frei von Vorbehalten und lähmenden Ängsten zu sein scheint. Immer, wenn sie ihm begegnet, fällt ihr auf, wie leid es ihr tut, keine eigenen Kinder bekommen zu haben. Sie wird diese für sie so besondere Freundschaft gut pflegen und nimmt sich vor, ihn zu fördern und seinen Werdegang zu begleiten.

Als Bärbel zum Aufbruch mahnt, verkündet er, noch eine Weile schreiben zu wollen, damit er vielleicht Juliette später noch ein, zwei Seiten mehr mitgeben kann. Er ist Feuer und Flamme.

Ungern verlassen die Frauen das friedliche, so gelassen und unerschütterlich wirkende Häuschen, das im Augenblick einen so deutlichen Gegenpol zum gebeutelten Gutshaus darstellt.

Als sich Juliette im Bad noch schnell die Hände waschen geht, folgt ihr Bärbel und flüstert ihr in knappen Worten zu, dass sie Bescheid weiß. Erleichtert, eine Gefährtin und Mitwisserin zu haben, lächelt sie ihr einvernehmlich zu.

Wunderbar versteht es Bärbel auf der Fahrt, die Frauen in Gespräche über ihren Kräutergarten, das zu erwartende schöne Wetter und Julchens völlig überzogene Handyrechnung zu verwickeln. Das Töchterchen hat es fertig bekommen, mit ihrer in Spanien im Urlaub befindlichen besten Freundin täglich gute zwei Dutzend SMS auszutauschen, was weit über ihr vereinbartes Limit hinausgeführt hat. Folglich hat Bärbel sie nun verdonnert, die Rechnungssumme in Haus und Garten abzuarbeiten, was, so stellt sie ausführlich dar, dazu führen soll, dass Jule begreift, wie schwer es ist, Geld zu verdienen.

Juliette merkt genau, dass dieses Thema nur ein Ablenkungsmanöver sein soll. Sarah und Susanna aber lassen sich begeistert darauf ein.

*

Der alte Doktor im Dorf ist bald erreicht. Lediglich an Friedrichs kleiner Kate hält Bärbel kurz und kurbelt die Scheibe herunter, um dem Alten auf seiner Bank einen fröhlichen Gruß zuzuwerfen.

Die Praxis ist, obwohl reichlich altertümlich wirkend, noch vollständig eingerichtet, und der Doktor ist ein mit allen Wassern gewaschener Allgemeinmediziner, der nacheinander Juliette und Sarah zum Verbandswechsel zu sich ins Behandlungszimmer holt.

Mit der reaktionsfreien Naht am Knie ist er sehr zufrieden. Die kleine Stelle, die sich wieder geöffnet hat, als Juliette in der Nacht irgendwo angestoßen ist, muss nun sekundär heilen. Er empfiehlt ein Entfernen der Klammern in sechs Tagen, verbindet sehr routiniert und entlässt sie mit freundlichen Worten und dem Angebot, gern noch einmal in wenigen Tagen tätig zu werden, sollte Juliette dann noch in der Gegend sein. Eine Vergütung für seine Leistung lehnt er kategorisch ab. Er wolle bloß nicht völlig aus der Übung kommen auf seine alten Tage, sei er doch hier über vierzig Jahre lang mit Leib und Seele Dorfarzt gewesen. Den herzlichen Dank nimmt er allerdings erfreut zur Kenntnis.

Als Sarah wieder aus dem Behandlungszimmer kommt, ist ihr Gesicht entspannt und richtig fröhlich. Einige Verbände, so erzählt sie, konnten endlich vollständig entfernt werden. Die Haut würde wunderbar heilen, und die Narben seien so fein, dass der Doktor prognostiziert, sie würden in einigen Monaten so gut wie unsichtbar sein.

In aufgeräumter Stimmung verlassen die Freundinnen nach gut anderthalb Stunden die Praxis, und Juliette nimmt deutlich den Duft der üppig blühenden Rosen in dem kleinen Vorgarten wahr, streicht mit der Hand über einen gewaltigen Lavendelbusch, der unter der Berührung sofort sein wunderbares Aroma zu verströmen beginnt. Sie liebt diese wenig auffällige Pflanze, deren Qualitäten erst richtig zu Tage treten, wenn sie sacht, sei es vom Wind oder von einer zärtlichen Hand, gestreichelt wird.

*

Die Männer haben sich sofort an die Arbeit gemacht, denn der Plan ist, die Pferde noch vor dem Abend herzutransportieren.

Der alte Stall wurde seit Urzeiten nicht mehr genutzt und ist vollgestellt mit altertümlichen Pflügen, Eggen, Weidestriegeln, ausrangierten Gummiwagen und restaurationsbedürftigen Kutschen aus dem vorletzten Jahrhundert. Jedes Landmaschinenmuseum hätte seine wahre Freude an dem gut erhaltenen Fundus gehabt, der da nun ausgeräumt und unter dem regensicheren Schleppdach zwischengelagert wird. Einige schadhafte Bretter zwischen den vorhandenen Boxen müssen ausgetauscht, für Diego muss eine Erhöhung vorgenommen werden, damit er nicht zu seinem Nachbarn hinüberklettern kann. Die Türriegel, schon seit Jahren nicht geöffnet, klemmen und müssen geölt oder erneuert werden. Bis die Boxen zum Einzug vorbereitet sind, werden Stunden harter Arbeit vergehen.

Als die Frauen den Hof in Richtung Dorf verlassen haben, atmen die Männer hörbar auf, denn sie haben ihre Gespräche bis dahin lediglich auf die zu erledigenden Dinge konzentriert. Erst jetzt wagen sie, ihre Zurückhaltung abzulegen.

„Wollt ihr das Eintreffen der Kommissare abwarten oder zuvor irgendetwas unternehmen, wenn ihr so sicher seid, dass Susannas Tochter im Torhauskeller in der Gewalt von Jonathan ist?", möchte Hinrich wissen.

Robert klärt den Landwirt über Juliettes Überlegungen auf, besser keine schlafenden Hunde zu wecken, um Lena nicht in Gefahr zu bringen.

„Wenn wir zum Teufel noch mal wüssten, wo der verdammte Zugang im seeseitigen Torhaus zum Keller ist, oder wenn wir konkrete Angaben über die Fortführung des Ganges nach oben hätten, könnten wir es auf eigene Faust versuchen", gibt Hinrich zu bedenken.

„Viel zu gefährlich", wirft Georg ein, „stell dir vor, der Kerl sitzt da unten im Keller und bekommt unsere Aktivitäten mit. Da kann es schnell passieren, dass der durchdreht, und dann können wir nicht wissen, wie er reagiert. Wir vermuten ja, dass er einen Austausch der beiden Frauen fordern wird. Da ist es mir lieber, das auf offenem Feld mit ein paar Scharfschützen im Hintergrund zu erleben als irgendwo unter der Erde, wo es zappenduster ist und wir uns nicht auskennen."

„Hätte ich nicht in den letzten Tagen so viel mit der Ernte zu tun gehabt, dann hätte ich mich in der näheren Umgebung des Torhauses wirklich mal sorgsam umsehen können. Irgendwie muss der Typ ja auch motorisiert sein. Bei den vielen Knicks, die wir da an der Steilküste haben, kann er natürlich irgendwo einen Wagen versteckt haben. Durch diese dichten Buschreihen hast du ja keinen ungehinderten Überblick."

„Mach dir jetzt keine Vorwürfe", beruhigt Robert ihn, „heute Nachmittag haben wir professionelle Unterstützung und werden irgendeine Lösung finden. Fernando und ich haben jedenfalls beschlossen, ihm zunächst Lösegeld anzubieten, sobald er mit uns in Kontakt getreten ist."

„Na, ob der sich darauf einlassen wird?", fragt Georg zweifelnd. „Der Kerl ist doch bekanntlich nicht ganz gar in der Birne."

„Ich fürchte, da hast du recht!", stimmt Fernando unumwunden zu. „Aber möglicherweise gewinnen wir Zeit für einen vernünftigen Plan in Zusammenarbeit mit der Polizei."

*

Eigentlich hat Michel den Vater nur nach neuem Druckerpapier fragen wollen, denn die Fortführung seiner ersten Geschichte hat er genau im Kopf und will schnell fertig werden.

Als er aber nun die Männer im Stall reden hört, bleibt er lauschend vor der Tür stehen und unter seinem blonden Schopf entwickelt sich ein Plan. Michel flitzt zurück zum Haus und packt seinen Rucksack. Sein Handy, eine Dose „Freiheit und Demokratie", ein Snickers für den Fall, dass es etwas länger dauern sollte, und einen Müsliriegel wirft er zusammen mit einem rotbackigen Apfel hinein und hängt sich Vaters bestes Jagdfernglas um den Hals. Bedacht, den Männern nicht zu begegnen, schleicht er sich zum Fahrradschuppen und ist in Windeseile zum Tor hinaus in Richtung Steilküste unterwegs.

Die Sonne brennt schon wieder gewaltig an diesem frühen Nachmittag und er ist froh, wenn Bäume und Hecken am Rande der Feldwege für einen kurzen Moment Schatten bieten. Der riesige Feldstecher zerrt schwer an seinem dünnen, sonnengebräunten Nacken, aber Michel ignoriert jede Behinderung. Zu gut erscheint ihm seine Idee.

Vorbei an den abgeernteten Feldern, deren Stoppeln darauf warten, umgebrochen und untergepflügt zu werden, den tiefen wassergefüllten Schlaglöchern ausweichend, tritt er kräftig in die Pedale seines Mountainbikes.

Von Weitem schon sieht er sein Ziel, die Türme des Torhauses. Aufmerksam achtet er darauf, ob irgendwo jemand zu sehen ist, aber außer Faltern, die die Mohnblüten an den Wegrändern umflattern, und den singenden Feldlärchen, den von fern an ihren Rufen erkennbaren Möwen und Seeschwalben ist er allein. Über einen jungen Hasen, der direkt vor seinem Rad plötzlich aus dem Graben schießt, den Weg kreuzt und in atemberaubendem Tempo übers nächste Feld verschwindet, erschreckt er sich daher fast zu Tode.

Michel verlangsamt sein Tempo.

Er weiß genau, wo er sich auf die Lauer legen wird. Gar nicht weit vom Torhaus entfernt steht eine Reihe alter, teils schon sehr brüchiger Kopfweiden, deren eine einen völlig ausgehöhlten Stamm hat, der sich in kaum zwei Metern Höhe zur Seite geneigt hat. Da wird er hineinklettern und weiß, dass er sich recht bequem hineinlegen kann, ohne sichtbar zu sein.

Das Fahrrad versteckt er sorgsam hinter einer Hecke.

Kaum hat er in dem Baum Position bezogen, fällt ihm ein, dass er sein Handy auf lautlos schalten muss. Den Feldstecher im Anschlag, beginnt Michel seine Observierungsarbeit. Ganz deutlich kann er jeden Stein, jede Fuge am Haus erkennen, durch die halb blinden Scheiben zumindest schemenhaft sogar ins Innere lugen.

Vollkommen ruhig liegt die Landschaft, nur die See hört er leise rauschen.

Nichts rührt sich, und nach einer Stunde fängt Michel gelangweilt an, seine Vorräte zu vertilgen. Die Coladose zischt beim Öffnen so laut, dass es ihm wie ein einschlagender Blitz vorkommt und er für einen Moment sicher ist, die ganze Umgebung müsste davon auffahren. Nichts geschieht, und er setzt sich nach einem Blick auf die Anzeige seines Handys ein Zeitlimit von einer weiteren bewegungslosen Stunde.

Wirre Gedanken gehen ihm im Kopf herum, darüber, was dort unten in dem Keller los sein mag, darüber, ob wirklich ein Mädchen sich da, tief unter der Erde, im Dunkeln, in der Gewalt des Mannes befindet, dessen Gesicht er sich auf dem Foto so gut eingeprägt hat, als er mit Robert und Daniel bei Friedrich gewesen ist.

Hart und abweisend waren dessen Züge gewesen und Michel hatte ein ganz kaltes Gefühl bei dem Anblick überfallen. Daran erinnert er sich genau!

Ein bisschen Sorgen macht er sich jetzt, bei der Erinnerung an dieses Gesicht, was wohl passieren würde, wenn der Mann da tatsächlich aus dem Torhaus herauskommen würde, wenn er womöglich merken würde, dass er beobachtet wird, vielleicht an den Baum käme, ihn sogar entdeckte.

Michel mahnt sich, ruhig zu bleiben, macht sich klar, dass sein Versteck wirklich vorzüglich ist, und blickt eine weitere gute halbe Stunde konzentriert durch das Fernglas, bis ihm schon die Augen tränen.

DA!

Er bemerkt eine Bewegung hinter dem Erdgeschossfenster des meerseitigen Turmes. Ein Schatten scheint aus dem Fußboden zu wachsen, sich zu voller Größe entfaltend, ein Schemen, es könnte eine Person sein, macht sich zu schaffen, der Schatten wird wieder kleiner, verschwindet. Michel hält die Luft an, drängt sich tief in den Schutz des ausgehöhlten Baumes, wartet ab.

Wenige Augenblicke später sieht er einen Menschen auf der Balustrade erscheinen, eine Art Aktenmappe unter dem Arm, sich in alle Richtungen umschauend. Michel blickt in das ihm zugewandte

Gesicht und zieht entsetzt den Kopf ein. So nah, dass er für einen Augenblick sicher ist, der Mann stünde direkt vor ihm, erkennt er Jonathans Züge.

Er zwingt sich, wieder durch das Glas zu gucken, schimpft sich innerlich einen albernen Hasenfuß und sieht den Mann aus dem Eingang des anderen Turmes kommen.

Michels Herz schlägt Purzelbäume, als Jonathan direkt auf ihn zukommt. Ganz bestimmt muss er seine Angst riechen können, muss wissen, dass er sich hier verbirgt, ihn beobachtet.

Immer dichter kommt er der alten Weide an dem Feldweg, und Michel zieht geräuschlos das Fernglas vom Rande des Stammes, kriecht tief, zusammengerollt in die Höhlung. Er möchte sich auf seine Ohren verlassen, aber sein eigener Herzschlag ist so laut, dass er nur bei äußerster Konzentration die Schritte vernehmen kann. Schnell nähert sich der Mann, und die lauter werdenden Tritte nehmen denselben Rhythmus an wie sein Herz.

Als er sich schon ganz sicher ist, jetzt entdeckt zu werden, schon versucht, sich an seine Kindergebete zu erinnern, ist es auf einmal mäuschenstill.

Michel glaubt, Jonathans Atem hören zu können, hält den seinen an, als er plötzlich ein Plätschern vernimmt.

Fassungslos realisiert er, dass der Mann gerade an sein Versteck pinkelt.

Einen Augenblick später vernimmt Michel das leise Ratschen eines Reißverschlusses, hört, dass die energischen Schritte sich nun in Richtung Meer entfernen, und tief durchatmend wagt er erneut, seinen Feldstecher auf den Rand der Höhlung zu legen und hindurchzuschauen.

Er sieht Jonathan gerade noch hinter dem nächsten Knick verschwinden. Wenige Sekunden später heult ein Motor auf.

Das Wasser aus den Pfützen, die der schwere Gewitterregen hinterlassen hat, spritzt hoch auf, als er in beachtlichem Tempo an seinem Versteck vorbeirauscht. Mit zitternden Händen holt der Junge das Handy aus dem Rucksack und fühlt sofort eine unendliche Beruhigung, als er die vertraute tiefe Stimme des Vaters vernimmt.

„Papa, ich bin am Torhaus mit deinem Feldstecher auf dem hohlen Baum. Der Mann, den ihr sucht, ist gerade weggefahren, er ist aus einer Klappe im Boden vom rechten Turm gekommen. Kommt schnell!"

„Sofort, Michel, bleib wo du bist, bleib versteckt, bis wir da sind!" Schon hat Hinrich aufgelegt.

*

Juliette hat gerade neben Bärbel auf dem Beifahrersitz Platz genommen, als ihr Telefon klingelt.

„Schatz, wir sind auf dem Weg zur Steilküste. Michel hat Jonathan wegfahren sehen. Kommt alle, wir wollen versuchen, Lena rauszuholen."

Ein unterdrückter Schrei Sarahs im Fond des Wagens lässt die Frauen zusammenzucken. Aus der kleinen Seitengasse, in der die Praxis liegt, hat man guten Einblick auf die Hauptstraße des Dorfes, auf der gerade mit deutlich überhöhter Geschwindigkeit ein kleiner Geländewagen vorbeirast.

„Da, das ist Jonathan!", deutet Sarah auf das Auto.

„Auf zur Steilküste, Bärbel! Georg hat gerade mitgeteilt, dass Michel ihn aus dem Torhaus hat kommen sehen. Die Männer sind auf dem Weg, sie wollen die Chance nutzen, Lena..." Schon bricht Juliette entsetzt ab, denn sie weiß, dass Susanna nun das ganze Ausmaß der Katastrophe klar sein muss.

„Woher wisst ihr?"

Juliette dreht sich nach hinten um und sieht keinen Ausweg, als der leichenblassen Freundin volle Aufklärung zu verschaffen, während Bärbel ihren kleinen Kombi wie eine Rennfahrerin sicher, aber in irrsinniger Geschwindigkeit durch den Ort, dann über die Feldwege lenkt.

Hinrich, sein Jagdgewehr geschultert, empfängt die Frauen mit Michel an seiner Seite, berichtet, dass die anderen Männer bereits die Luke im Boden entdeckt haben, hilft Susanna, deren Knie so weich sind, dass sie sich kaum aufrecht halten kann, beim Aussteigen, weist Bärbel einen versteckten Platz für den Wagen an.

„Wir wissen nicht, wie viel Zeit wir haben. Wir müssen uns aufteilen. Schickt mir Fernando mit dem zweiten Gewehr raus, sobald ihr drinnen seid. Wenn Jonathan zurückkehrt, werden wir ihm einen feurigen Empfang bereiten. Ich habe Schrot geladen."

Juliette greift Susanna unter die Arme, eilt mit ihr

dem Eingang zu.

Zweimal stürzt sie fast, weil die Beine vor Aufregung den Dienst versagen, wird aber von der Freundin wieder hochgehievt, die Stiegen hinauf, über die Balustrade, bis sie vor der geöffneten Luke im Fußboden stehen.

Fernando kommt ihnen entgegen, die rutschigen steinernen, schmalen Stufen herauf. Juliette schickt ihn mit kurzen Worten hinaus zu Hinrich, ruft ihm hinterher, er möge die örtliche Polizei benachrichtigen.

„Schon erledigt", ist seine knappe Antwort.

Georg hilft Susanna beim Abstieg, erklärt, dass Daniel und Robert dabei seien, die mit einem soliden Vorhängeschloss versehene Tür aufzubrechen. Der riesige Seitenschneider, den Fernando beim Stallbau gerade in der Hand gehabt hatte, als Michels Anruf kam, leistet dabei gute Dienste. Die schwere, klemmende Eisentür schwingt mit einem ohrenbetäubenden Geräusch auf und gibt den Blick in den Keller frei.

Zwei Mäuse flüchten in Panik.

Auf einer schmierigen dünnen Matratze, bedeckt von einer rauen braunen Militärdecke, liegt ein Bündel, das sich beim Eintreten der Freunde panisch in eine embryonale Haltung zusammenkrümmt. Wirres, verfilztes dunkles Haar verbirgt das Gesicht.

Robert zieht die dreckige, stinkende Decke fort, und Susanna stürzt sich mit einem Aufschrei auf Lena.

Aus verquollenen, halb geschlossenen Augen sieht

sie ihre Mutter an.

„Mama!?"

Schon sind die Männer dabei, die Stahlfesseln von ihren Fußgelenken zu lösen, durchtrennen mit dem Seitenschneider die massiven Glieder der Kette, die von den gefesselten, zerschundenen Handgelenken zu einem rostigen eisernen Ring in der Wand führt.

Robert hebt das Mädchen hoch, trägt sie, während Susanna ganz dicht bei ihr bleibt, ihre schmutzige Hand hält, hinauf ans Licht.

Fortwährend flüstert Susanna: „Alles ist gut! Alles ist vorbei!"

Die Tränen, die ihr über das Gesicht laufen, sind Tränen der Erleichterung, des Glücks und des fassungslosen Entsetzens.

Juliette ist vorgelaufen, hat die schon mit dem Doktor telefonierende Bärbel mit dem Auto ganz dicht ans Torhaus geholt, vor dem mittlerweile auch die Polizisten eingetroffen sind. Einer der drei Beamten steigt mit in den Wagen, um die Sicherheit der Frauen zu gewährleisten, falls Jonathan ihren Weg kreuzen sollte. Robert setzt die teilnahmslose Lena zu Susanna auf den Rücksitz und schiebt auch den protestierenden Michel hinein.

„Du fährst mit den Frauen nach Hause, mein Sohn! Ich bin stolz auf dich, aber was hier jetzt noch kommt, ist reine Männersache", erklärt Hinrich seinem Jüngsten und sein Ton lässt keinen Widerspruch zu.

15. Kapitel

Nein! Nein, ich werde nicht davonlaufen! Dieses Mal werde ich dem Schwein ins Gesicht sehen! So wie meine Haut heilt, werde ich jetzt auch meine Seele heilen!

Sarah empfindet zum ersten Mal die Kraft und den Mut, sich ihren schlimmsten Albträumen mit aller Konsequenz zu stellen. Sie will ihm ins Gesicht spucken, will sehen, wie er leidet, wenn er dieses Mal gefasst wird. Lenas Anblick hat sie zu sehr an ihr eigenes Schicksal erinnert.

Und heute weiß sie, dass sie sich ein für allemal befreien wird. Deshalb hat sie das Angebot der Männer, mit den Frauen zu fahren, trotz allen Zuredens vehement abgelehnt.

*

Es herrscht große Hektik vor dem Torhaus. Die Wagen werden an uneinsehbare Stellen gefahren, die beiden Polizisten haben im Keller Position bezogen. Sie wollen Jonathan dort unten, hinter der Tür versteckt, überraschen.

Robert und Daniel verbergen sich, entgegen den Anweisungen der Beamten, sich in sicherer Entfernung zu halten, in dem einsturzgefährdeten Raum über dem Torbogen, um bei eventuellem Rückzug Jonathans gegebenenfalls eingreifen zu können. Vorsichtig vermeiden sie das Betreten der morschen Bodendielen zwischen den soliden Eichenbalken.

Die dichte Hecke, nah an der alten Weide, die Michel als Versteck gedient hat, bietet nun Sarah, Juliette, Georg und Fernando Schutz. Beide Männer sind bewaffnet.

„Gut nur, dass der Weg bis ans Torhaus heran geteert ist", bemerkt Georg, „sonst wäre der Kerl sofort wegen der Spuren gewarnt, so nass, wie der Boden jetzt ist." Er weist auf seine lehmverschmierten Schuhe.

Stummes, angespanntes Nicken bestätigt, dass alle seine Gedanken teilen.

Seit Michels Anruf sind inzwischen gut drei Stunden vergangen, und langsam beschleicht die Freunde Unruhe und die Sorge darüber, ob Jonathan möglicherweise gar nicht zurückkehren wird.

Juliette spürt die unbequeme, fast bewegungslos stehende Position in jedem Muskel und beginnt, sich mit isometrischen Übungen zu lockern. Über den Punkt der Müdigkeit ist sie lange hinweg. Ein überanstrengtes, nervöses Flirren macht sich um den Solarplexus herum bemerkbar.

Angespannt lauschen alle, und als sich endlich Motorgeräusche vernehmen lassen, geht ein erleichtertes Aufatmen durch die Gruppe.

Jonathan fährt schwungvoll am Torhaus vorbei, scheint den Wagen wieder an der nicht einsehbaren Stelle zu parken, die Michel beschrieben hat, und kommt, die Aktentasche unter den Arm geklemmt, eine gut gefüllte Plastiktüte in der Hand, in das Blickfeld der Freunde. Ohne zu zögern geht er auf den Eingang zu.

Juliette sieht Sarah ins Gesicht und entdeckt einen Ausdruck nie zuvor gesehener Wut in ihren Zügen. Mit einem leichten Anstupsen macht sie Georg darauf aufmerksam, der zustimmend, kaum merklich nickt.

Als Jonathan den Weg über die Balustrade genommen hat, hebt Fernando Hinrichs Feldstecher an die Augen. „Er ist an der Luke, ich kann seinen Schatten sehen", flüstert er.

„Jetzt ist er weg."

Atemlos gespannt verfolgen die Freunde den Fortgang.

„Da, da ist er wieder!"

Alle erwarten nun das Auftauchen des Festgenommenen in Polizeigewahrsam auf der Balustrade. Umso erstaunter reagieren sie auf den neuen Kommentar.

„Und wieder weg! Warum schließen sie denn jetzt die Luke?"

Im nächsten Moment überschlagen sich die Ereignisse. Jonathan muss den Beamten entkommen sein. Sie sind nirgends zu sehen, als er in rasender Eile den Balkon entlangläuft. Die Männer springen aus der Deckung, die Jagdgewehre im Anschlag.

Juliette erkennt auf der Balustrade nur Daniel und Robert, die sich dem Flüchtenden in den Weg gestellt haben. Die Sonne fällt auf einen metallisch schimmernden Gegenstand, den Jonathan in der Hand hält, und erzeugt ein Aufblinken. *Ein Messer!*, denkt sie entsetzt, denn sie weiß, dass die Freunde dort oben unbewaffnet sind.

Daniel ringt mit dem Mann, der offenkundig rücksichtslos zu allem bereit ist, seine Situation erkannt haben muss, weiß, dass es für ihn nichts mehr zu verlieren gibt. Als Robert sich blitzschnell einmischt, sinkt Daniel schon zu Boden.

Juliette sieht Fernando und Georg, die Flinten entsichernd, zum Eingang stürmen, Hinrich vor der Türe einen weiteren Fluchtweg verstellen.

Ein Wagen fährt vor. Es müssen die Kommissare aus der Stadt sein. Sie ziehen ihre Dienstpistolen, sehen aber keine Chance, in dem Handgemenge den richtigen Mann zu treffen, den Juliette ihnen umgehend bezeichnet hat.

Mit blankem Entsetzen sieht sie Robert im Schwitzkasten, das Messer am Hals, als ein Warnschuss fällt. Ganz offenbar ist Jonathan für einen Moment irritiert, was Robert die Gelegenheit gibt, sich seinem Griff halbwegs zu entwinden. Beide Männer torkeln rückwärts auf das Geländer der Balustrade zu und das laute Krachen vom Splittern und Herabstürzen des alten Holzes ist zu hören.

Robert findet Halt an einem senkrechten Stützbalken. Er hält Jonathan, der kopfüber am Abgrund hängt und wild mit dem Messer herumfuchtelt am Hosenbein fest.

Sarah, die starr neben Juliette gestanden hat, kommt näher, tritt unter den Balkon und sieht hinauf. Ihre Augen treffen Roberts.

Juliette ahnt, was sich zwischen den beiden jetzt abspielt. Sie sieht das kaum wahrnehmbare Kopfschütteln Sarahs, das winzige Nicken Roberts.

Jonathan versucht noch einmal mit aller Kraft, sich in einer Rumpfbeuge aufzurichten, Robert schreit: „Scheiße, hör auf zu zappeln, ich kann dich nicht mehr halten!"
Und lässt los.
Schwer schlägt der Körper auf dem Teer auf.
Juliette nimmt wie in Zeitlupe wahr, wie der Kopf geradezu zerplatzt, Blut in großen Mengen sich über den Asphalt zu ergießen beginnt.
Sie hat noch nie einen Menschen sterben sehen, hat immer angenommen, es würde sie erschüttern, selbst wenn es sich um einen Fremden handeln würde, aber sie empfindet nichts in diesem Moment. Georg nimmt sie um die Taille, und es gelingt ihr nicht, den Blick abzuwenden, denn Sarah ist als Erste an den Leichnam herangetreten, und es scheint Juliette nur folgerichtig, was sie tut, völlig selbstverständlich.
Sarah spuckt Jonathan in das zerschmetterte Gesicht.

„Komm, es ist vorbei! Für immer vorbei!", nimmt Juliette Sarah in die Arme.

„Ja, es ist vorbei, und ich kann endlich beginnen, wieder zu leben!", erwidert sie und ihr Blick, direkt in Juliettes Augen, ist klar und voller Frieden.

16. Kapitel

Den Kommissaren sind die Szenen, die sich abspielen, vorerst vollkommen unklar. Später erst, beim gemeinsamen Abendessen auf dem Gut, werden sie für alles Erklärungen finden.

Zunächst gilt es, Daniel zu verarzten, der einen glatten Durchstich der rechten Schulter erlitten hat, und die beiden Polizisten zu befreien, denen es trotz vereinter Kräfte nicht gelungen ist, die Luke wieder zu öffnen, die Jonathan in seiner rasenden Flucht so heftig zugeschlagen hat, dass sie sich völlig verklemmt hat und nicht mehr von unten aufzustemmen ist.

Robert bleibt vorerst bei dem verletzten Daniel, während sich die anderen nach Absprache mit den Kommissaren zunächst ins Vorwerk aufmachen. Verabredet wird ein späteres Zusammentreffen auf dem Gut. Noch gelingt es niemandem, sich zu entspannen, zu groß ist die Angst um Lenas Zustand, insbesondere den ihrer Psyche.

*

Michel hat den vorfahrenden Wagen sofort gehört und kommt aus dem Haus gerannt. „Der Doktor ist da, es geht Lena gar nicht so schlecht", berichtet er atemlos. „Mama und Susanna baden sie gerade. Haben die Polizisten den Mann gefangen?"

„Komm mal zu mir, mein Michel", zieht Juliette den aufgeregten Jungen beiseite, „ich muss dir etwas erklären."

Nur allzu gern folgt er Juliette zu der kleinen Bank in dem blühenden Garten, schlingt die Arme um die hochgezogenen Knie und hört aufmerksam zu.

„Zuerst muss ich dir mal sagen, dass es nie und nimmer gelungen wäre, Lena zu befreien, wenn du nicht diesen wunderbaren, mutigen Plan gehabt hättest! Das Schimpfen über Leichtsinn überlasse ich einfach mal deinem Vater. Weißt du, manchmal braucht es außergewöhnliche Ideen und mutige Menschen, um etwas Gutes zu erreichen, auch wenn so etwas sehr gefährlich werden kann und ich gar nicht wage, daran zu denken, was dir hätte passieren können. Jonathan lebt nicht mehr, Michel. Er ist in einem Kampf mit Robert von der Balustrade gestürzt, nachdem er Daniel mit seinem Messer sehr schwer verletzt hat. Ich denke, der wird jetzt gerade in die Klinik gefahren."

Michel sieht sie mit großen Augen an, bläst sich eine blonde Locke aus der Stirn.

„Das schadet dem gar nichts!", urteilt der Kleine nach kurzem Überlegen. „Aber der Daniel, der wird doch wieder gesund, nicht?"

„Aber ja", lacht Juliette, die sich wieder einmal bewusst wird, wie einfach und klar Michels Beurteilung der Welt ist, „er hat einen bösen Messerstich in die Schulter abbekommen. Das wird wehtun, aber bestimmt bald wieder heile sein."

„Dann ist alles gut!", konstatiert Michel überzeugt. „Dann müssen wir nur Lena jetzt wieder zum Lachen bringen, aber pass mal auf, das mach ich schon!"

Er springt auf, nimmt Juliette bei der Hand und hüpft vergnügt mit ihr zur Haustür. "Jetzt muss ich dich doch aber erst mal mit was zum Essen und Trinken versorgen, sonst gehst du mir auch noch kaputt."

Sie spürt, wie ihre innere Anspannung nachlässt, wie sie locker lassen kann mit seiner warmen Hand in ihrer.

Die Schrödersche Küche ist gestopft voll mit den Freunden. Julchen hat Kaffee, Tee, kalte Getränke, belegte Brote und Kuchen zubereitet. Sie nimmt ihren Job sehr ernst, was beweist, dass Bärbel mit ihren pädagogischen Bemühungen offenbar erfolgreich ist.

Michel trägt einen weiteren Stuhl für Juliette herein, umsorgt sie mit allem, was er für nötig erachtet.

Fernando telefoniert mit Miguel, weist ihn an, die Pferde für die Nacht leicht einzudecken, zu füttern und mit dem Pick-up herüberzukommen, um einige Ballen Heu von Hinrich zu holen.

„Ach, die werden bei den milden Temperaturen und dem trockenen Wetter auf deinen fetten Weiden auch mal eine Nacht draußen überleben", stimmt Juliette ihm zu, als er geendet hat.

„Aber sicher", bestätigt Fernando grinsend, „das kennen sie doch auch von zu Hause im Sommer. Momentan sollen sie ja außerdem keine Turniere bestreiten, da muss man ihnen nicht ständig den Popo pudern. Es wird noch etwas dauern, bis wir den Stall hier einzugsbereit haben."

Bärbel schaut herein und bittet Juliette und Sarah, ihr nach oben zu folgen.

„Wie geht es ihr?", möchte Sarah auf der Treppe wissen.

„Körperlich ist sie stabil, der Doktor sieht keinen Anlass, sie in eine Klinik zu bringen. Psychisch hat sie viel aufzuarbeiten und wir sind einig geworden, ein Gespräch mit dir, Sarah, könnte ihr gut tun. Niemand kann so gut nachvollziehen, was sie durchgemacht hat."

„Ist sie denn schon bereit zu reden?", fragt Sarah skeptisch, sich an die eigene Zeit nach ihrer gelungenen Flucht erinnernd.

„Na ja, sie ist achtzehn, fast noch ein Kind. Das hat sicherlich den Vorteil, dass sie traumatische Dinge schneller verarbeiten kann. Ich habe den Eindruck, sie hat eine starke Persönlichkeit und ist sehr selbstbewusst. Außerdem ist ihr ja vieles erspart geblieben, was dir geschehen ist. Missbraucht hat Jonathan sie jedenfalls nicht. Sie war offenbar sein Pfand, um wieder an dich herankommen zu können. Insofern hat er sie anscheinend halbwegs 'menschenwürdig' behandelt. Die Geschichte ist jedenfalls nur so aus ihr herausgesprudelt, als ihr bewusst wurde, dass sie in Sicherheit ist. Auf jeden Fall haben wir ihr erklärt, wer du bist, und sie hat verlangt, mit dir zu sprechen. Allein!"

„Habt ihr schon erzählt, dass Jonathan tot ist?"

„Nein, diesen Trumpf wollten wir dir überlassen, um dir zu helfen, einen Zugang zu finden."

Lächelnd nickt Sarah. „Kluge Frauen seid ihr!"
Bärbel klopft leise an und öffnet die Tür zu dem gemütlichen Gästezimmer, wo Lena mit Susanna auf dem Bett hockt und sich geduldig den Bemühungen der Mutter hingibt, sich das nasse, noch immer verfilzte dunkle Haar entwirren zu lassen.

„Liebe Güte, Susanna, was machst du da, du wirst noch alles ausreißen! Die wunderschönen Haare, nein aber auch!", schimpft Sarah und schickt Bärbel nach einer möglichst gehaltvollen Haarpackung, noch bevor es überhaupt zu einer hochoffiziellen Vorstellung kommen kann. Sie erntet ein amüsiertes Zwinkern von Lena.

„Los, raus, ihr Dilettantinnen", scheucht sie dann Susanna und Bärbel aus dem Raum, die verlegen, aber überzeugt, Lena in den richtigen Händen zu wissen, leise die Tür hinter sich schließen.

Endlich genießt nun auch Susanna in der Küche eine Stärkung. Nur um ihre Tochter bemüht, hatte sie natürlich an sich selbst überhaupt noch nicht gedacht, doch bald schon kommt wieder Farbe in ihr hübsches Gesicht, dessen Züge sich so unübersehbar und eindeutig in Lena abgebildet haben.
Fernando fasst die neusten Neuigkeiten zusammen: „Daniel ist in Begleitung von Claudia mit einem Rettungswagen in die Klinik transportiert worden. Je nach den Ergebnissen der Untersuchung ist es möglich, dass wir ihn schon heute Abend zurückerwarten können. Der Notarzt hatte jedenfalls wenig Bedenken."

„Na gut, dann sollten wir ihn morgen beim Stallbau also noch etwas schonen", grinst Georg erleichtert, was ihm einen kräftigen Rippenstoß von Juliette einträgt.

„Sobald die Damen oben fertig sind, werden wir also hinüberfahren. Lydia hat ein Gästezimmer für Lena vorbereitet. Danach werden wir ein Abendessen im großen Kreise haben, und jeder, der nach diesem unglaublichen Tag noch stehen kann, soll dann zur Besprechung mit den Kriminalern antreten."

*

Trotz der Anstrengungen des Tages sind alle noch wie in einem fieberhaften Rausch. Niemand möchte sich die vollständige Aufklärung der Ereignisse entgehen lassen. Allgemeines Erstaunen und ein hohes Maß an Bewunderung wird Lena zuteil, die in klaren, überlegten Worten die Geschichte ihrer Entführung schildert, als sich alle im Kaminzimmer vor dem flackernden Feuer zusammengefunden haben.

Lena sitzt, die Füße untergeschlagen, in geliehenen Jeans und Julchens Sweatshirt auf einem großen Kissen direkt vor den Flammen auf dem Boden. Die Hunde haben vertrauensvoll die Schnauzen auf ihre Knie gelegt und lassen sich, begeistert ob der ungewohnten direkten Zuwendung, genüsslich kraulen.

„Mit einer Freundin war ich auf einem voll coolen Gothic-Event. Wir haben lange an der Bar gesessen und uns über unsere Wunsch-Tattoos un-

terhalten. Wir wollten ja beide schon ewig ein Arschgeweih, aber mein Herr Vater hat mir ja sogar gedroht, mir das Taschengeld zu streichen, wenn ich mit so was nach Hause komme. Das Risiko wäre mir zu groß gewesen, dann hätte ich ja keine Kohle mehr für meine Kippen gehabt und mit Wochenendpartys wär's dann auch Essig gewesen."
Geflissentlich übersieht Lena, wie Susanna entsetzt die Hände überm Kopf zusammenschlägt und die Augen verdreht. Mit einem selbstbewussten Grinsen im Gesicht fährt sie fort: „Der Typ saß die ganze Zeit in der Nähe, und obwohl es ziemlich laut war, hat er wohl mitgekriegt, worüber wir sprachen, hat auch dauernd zu mir rübergeblinzelt, wenn ich mal in seine Richtung geschaut habe. Eigentlich fanden wir ihn beide echt süß, obwohl natürlich viel zu alt. Als ich dann mal aufs Klo musste, kam er einfach hinterher, hat auf mich gewartet und mich dann angesprochen. Erst hat er mir einen Haufen Komplimente gemacht, dann erzählt, er wäre ein superguter Tätowierer und könnte sich mich als Modell ganz toll vorstellen. Ich sollte also mal mit ihm mitkommen und mir seine Site ansehen. Er schlug vor, das gleich zu machen, und versprach, mir mein Tattoo umsonst zu stechen, wenn ich mich anschließend für seine Demoseite fotografieren lasse."
Lena macht eine kurze Pause, lässt sich von Daniel eine Zigarette geben, was Susanna zu einem scharfen Einziehen der Luft veranlasst. Das Mädchen fährt ungerührt fort, eine der von Sarah geretteten, glänzenden dunkelbraunen Locken um die Finger

wickelnd.

„Ich war dämlich genug, mitzugehen, ohne Marie Bescheid zu sagen. Aber ich muss schon sagen, seine Fotos waren wirklich großartig. Jetzt glaube ich aber, die waren alle geklaut. Außerdem hat er mich wie ein Gentleman behandelt, als ob er mit einer echten Kostbarkeit umgehen würde. Das bin ich von den Jungs in meinem Alter einfach nicht gewöhnt. Na, jedenfalls hat er mir vorgeschlagen, nachdem ich ihm erklärt hatte, wie ich mir mein Tattoo genau vorstelle, dass wir uns doch ein paar schöne Tage an der Ostsee machen könnten, weil das natürlich nicht in einem Arbeitsgang zu erledigen wäre und er hier oben ein Sommerhaus hätte. Es gab für mich keinen Grund, ihm zu misstrauen, und ein bisschen Urlaub bei dem klasse Wetter war ja auch keine schlechte Idee."

„Lena, ihr seid am nächsten Tag in Schwerin an einer Tankstelle gesehen worden", unterbricht sie der jüngere der beiden Kommissare, „war da noch alles in Ordnung und ab wann wurde die Sache unangenehm für dich?"

„Klar, da war noch alles paletti und ich war auf dem besten Weg, mich in den Kerl zu verknallen", erklärt Lena. Im nächsten Moment aber schlägt ihre Stimmung in Wut um. Sie drückt ihre Zigarette in dem von Robert hingehaltenen Aschenbecher aus, als wolle sie sie ermorden, als sie weitererzählt.

„Wir waren schon fast oben in Wismar, als ich Gelegenheit hatte, mir mal ungestört seinen Werkzeugkoffer im Auto anzusehen." Angeekelt verzieht sie das Gesicht. „Ich habe mich ganz gut mit der Sache beschäftigt, und weiß, was da reingehört, und auch, welch großen Wert wirkliche Profis auf Hygiene in ihrem Handwerk legen. Was ich da fand, war echt nur ätzend. Ich habe ihn dann gefragt und ihm vorgeworfen, er könne gar kein richtiger Tätowierer sein, da ist es dann passiert!"

„Was? Was ist passiert?", fragt Susanna alarmiert.

„Er ist voll auf mich losgegangen, hat mich beschimpft, von wegen, ich wäre ja eine dumme, unreife Göre und hätte gar keine Ahnung."

„Was hast du dann gemacht?, fragt der Kommissar nach.

„Ich habe versucht abzuhauen, der Typ immer hinter mir her. Auf der Straße kam mir ein Auto entgegen, das wollte ich anhalten, aber der blöde Fahrer hat nur gehupt und ist weitergebrettert. Irgendwann hatte er mich dann, hat mir den Arm auf den Rücken gedreht, ich ging in die Knie. Allerdings ist es mir noch gelungen, ihm einen kräftigen Tritt in die Eier zu verpassen", grinst Lena schadenfroh, „bloß dann war's aus, er war einfach stärker und hat mich mit auf den Rücken gedrehten Armen zum Auto zurückgeschleift. Das tat so scheiße weh, da habe ich mich nicht mehr ernsthaft gewehrt. Danach hat er mich die ganze Zeit mit nach hinten gefesselten Händen behalten."

„Augenblick", wirft der Beamte ein, „ihr seid doch noch in einem Restaurant gesehen worden. Da warst du zumindest ungefesselt."

„Klar, ich habe doch auf superlieb und willig gespielt, weil ich gehofft habe, irgendwie noch auf mich aufmerksam machen zu können. Da hat er mich zum Essen losgebunden. Bloß, dieser dämliche Italiener hat ja nichts gerafft!"

„Wäre der Italiener nicht doch noch zur Polizei gegangen, um seine Beobachtungen mitzuteilen, säßest du jetzt noch nicht hier", schaltet sich Robert ein. „Der hat nämlich den entscheidenden Hinweis für uns geliefert."

„Oh", Lena ist ein wenig zerknirscht, „tut mir leid, ich dachte, der hat gar nichts gecheckt."

„Wie lange bist du denn in dem Keller nun eigentlich eingesperrt gewesen?", fragt der Kommissar.

„Kann ich nicht genau sagen. War ja immer duster da unten und ich hatte keine Uhr. Mir kam es jedenfalls vor wie 'ne Ewigkeit. Hingebracht hat er mich am zweiten Tag. Da war es schon dunkel. Auf jeden Fall hat er mich da runtergebracht, wo Robert mich vorhin raufgetragen hat."

Ein kleines, sehr weiblich kokettes Zwinkern an ihren Retter lässt Susanna schon wieder tief Luft holen. So froh sie ist, ihre Tochter wohlbehalten bei sich zu haben, so erstaunt ist sie auch, wie lässig und fast frech sie nach den durchlebten Ereignissen mit den anwesenden Männern umgeht.

Robert, dem ihre Reaktion nicht entgangen ist, flüstert leise grinsend: „Ja ja, der Apfel!", was Susanna zu einem empörten Blick veranlasst.

„Sag mal, Lena", möchte der Kommissar wissen,

„wie hat Jonathan dich eigentlich ernährt? Im Torhaus ist ja vor ein paar Tagen der Deckel einer Hundefutterdose gefunden worden, als eine Gruppe der Leute hier ihm schon ziemlich dicht auf den Fersen war. Hast du das mitbekommen?"

„Oh, ja, Scheiße, einmal muss da oben jemand gewesen sein. Da kam der total außer Atem nach unten geheizt. Ich hab natürlich gedacht, jetzt finden sie uns, aber die Hoffnung habe ich mir dann doch schnell wieder abschminken müssen. Ja, Hundefutter", Lena verzieht das Gesicht, „also, auf die Dauer ist das echt mal keine Ernährung, aber ihr werdet euch wundern, so schlimm ist das gar nicht! Ich habe jedenfalls festgestellt, mit'n bisschen Ketchup kann man's runterwürgen."

Alle brechen in Gelächter aus. Lenas Art zu erzählen ist so erfrischend, dass auch dem letzten Zweifler klar wird, dass hier ein Mädchen sitzt, das offenbar zur Bewältigung ihrer unglaublichen Erlebnisse vorerst den Weg wählt, pragmatisch einzuordnen und ein bestandenes Abenteuer zu den Akten zu legen.

*

Lydia, die sich kurz aus dem Kreis entfernt hatte, teilt Fernando leise mit, dass sich neue Mails auf seinem Rechner befinden, eine mit sehr hoher Priorität.

Fernando überlegt lange, als er den Inhalt dieser speziellen Mail wieder und wieder studiert hat, ob er verantworten kann, dass das Mädchen mit dem Inhalt konfrontiert wird. Einerseits empfindet er sie als ungeheuer tough, andererseits traut er sich letztlich nicht zu, zu beurteilen, ob nicht doch spätere Folgen sie womöglich lange heftig quälen werden, und entschließt sich, zunächst nur die Anwälte und die Beamten in sein Arbeitszimmer zu bitten.

Daniel erscheint mit beeindruckend verbundener Schulter, den Arm in einer Schlinge und nachvollziehbar blass, aber sehr professionell diszipliniert.

Was Fernando ihnen präsentiert, ist ein Erpresserbrief.

„So, dann wissen wir nun also, womit Jonathan vorhin die Zeit seiner Abwesenheit verbracht hat", konstatiert Robert, „die Mail ist genau einhalb Stunden nach Michels Notruf abgesendet worden. Und ziemlich genau weitere einhalb Stunden später ist er wieder am Torhaus aufgetaucht. Woher kommt sie denn?"

„Das können wir sofort überprüfen lassen", antwortet der Kommissar und klappt sein Diensthandy auf. „Ich schätze aber mal, er wird irgendein Internetcafé in der Stadt benutzt haben."

Der Inhalt der Mail ist grausig.

Ein gestochen scharfes Foto der festgeketteten Lena in ihrem Verlies steht einem ebenso qualitativ hochwertigen der gepeinigten Sarah gegenüber.

Ein genauer Blick auf Sarahs an einem Kreuz gefesselten Leib gibt einen erschütternden Einblick in Jonathans handwerkliche „Kunstfertigkeit" und seine höchst zweifelhafte Phantasie.

Daniel und Robert kennen diese grässlichen Bilder, die Beamten sehen zum ersten Mal, mit welch perfidem Individuum sie es wirklich zu tun hatten. Jedes der „Kunstwerke" befindet sich klar erkenntlich in einem mehr oder weniger fortgeschrittenen pathologischen Stadium. Was aber wirklich dazu führt, dass sich den Männern der Magen umdreht, ist das „Wie" des geschundenen Körpers.

„Painslut" ist in großen, ungelenken Buchstaben über die Brüste tätowiert, die Wörter „dirty cunt" sind klar lesbar direkt über der nackten Scham angebracht. In riesigen Lettern erkennt man die Aufforderung „fuck me" auf dem einen Oberschenkel, „slave" auf dem anderen.

Die unbeschreiblichen tätowierten Bilder, die dicht an dicht Sarahs ausgemergelten Körper überziehen, entlocken den mit allen Wassern gewaschenen Männern ein ungläubiges, entsetztes Kopfschütteln. Der Text der Erpressermail ist klar und einfach im Befehlston gehalten und bestätigt die schlimmsten Befürchtungen insofern, als Jonathan tatsächlich einen Austausch der beiden Frauen für den nächsten Morgen am Torhaus fordert; selbstverständlich mit dem Anspruch auf freien Abzug und dem Hinweis, jede Anwesenheit der Polizei mit dem Tode Lenas quittieren zu wollen.

„Ich halte es für klug, die Frauen mit dieser Mail nicht zu konfrontieren", sagt Robert mit eindringlicher Stimme. „Beide sind der Gefahr entronnen, und es ist nicht mehr nötig, ihnen vor Augen zu führen, was ihnen noch hätte passieren können. Jonathan lebt nicht mehr, Sarah hat endlich mit ihrer Vergangenheit abgeschlossen, und ich denke, auch Lena wird ganz so locker, wie sie es uns heute Abend vorgeführt hat, nicht in jedem Traum mit der Geschichte umgehen können. Die Zeit wird auch ihr helfen, mit der Sache fertig zu werden, aber ich für meinen Teil bin dagegen, hier jetzt noch eins draufzusetzen!"

Er hat in Worte gefasst, was alle fühlen, und so kommt es zu einer gemeinsamen Übereinkunft, keine zusätzlichen Wunden aufzureißen. Fernando leitet die Mail an die vorgegebene Polizeiadresse weiter, wartet die telefonische Bestätigung des Einganges ab.

Und löscht sie!

17. Kapitel

Juliette hat geschlafen wie ein Stein.
Nach anfänglichen Schwierigkeiten, zur Ruhe zu kommen, weil Georg ausschließlich ihr, unter Abnahme eines Schweigegelübdes, von dem Erpresserschreiben erzählt hatte und ihr bewusst geworden war, wie recht sie mit ihren größten Befürchtungen über Jonathans Pläne gehabt hatte, waren zu viele Gedanken in ihrem Kopf gekreist. Irgendwann hatte aber doch eine weise Macht ihr Bewusstsein ausgeschaltet, als hätte sich ein Schalter umgelegt.
Leise hört sie das Rauschen des Wassers in ihrem Badezimmer. Ein Griff beweist, dass das Bett neben ihr leer ist, Georg unter der Dusche sein muss.
Draußen bellen vergnügt die Hunde, in der Ferne hört sie ein Pferd wiehern und Gelächter dringt aus dem Garten herauf. Ein Blick auf die Uhr belegt ihr Gefühl, dass nach dem Stand der ins Fenster fallenden Sonne der Morgen weit fortgeschritten sein muss. Es ist fast Mittag.
Schon jetzt empfindet Juliette die veränderte Atmosphäre, die wieder an die Tage vor den aufregenden Ereignissen erinnert. Ohne Eile streckt sie sich, dehnt die Glieder und schwingt sich aus dem Bett.
„Oh, guten Morgen, meine wunderschöne verpennte Geliebte", lacht Georg sie an, als sie nach sachtem Klopfen zu ihm unter die Dusche steigt.

Sie schmiegt sich an seine Brust, umfängt ihn fest mit beiden Armen, während ihr der satte Wasserstrahl wohltuend warm auf den noch schläfrigen Kopf prasselt.

„Ich musste mich ausschlafen, sonst hättest du heute auch wieder nichts von mir", gähnt sie.

„Jetzt haben wir genug crime hier gehabt, jetzt wird's wieder mal Zeit für Sex", bekundet Georg grinsend und beginnt, mit einem riesigen, weichen schaumigen Schwamm, ihren Körper zu waschen. Sorgfältig und eingehend widmet er sich insbesondere ihren Brüsten, registriert mit amüsiertem Gesicht, wie sich bei jeder Berührung die Nippel vorwitzig aufrichten, und beginnt eine eingehende Behandlung des Bereiches zwischen ihren Beinen. Er muss nicht lange warten, bis Juliette sich in schnurrender Bereitschaft an ihn drängt, ihr Mund seine Lippen findet, ihr Becken sich ihm fordernd entgegenschiebt. Kaum hat er sie mit dem Rücken an die Wand geschoben, ein angewinkeltes Bein fest umfasst, dringt er in sie ein. Sie hält sich mit einer Hand an der Duschstange, mit der anderen um seinen Nacken geklammert, um auf dem rutschigen Boden nicht auszugleiten.

Schnell und heftig kommt ihr Orgasmus, viel zu schnell, findet sie, denn allzu gern hätte sie diesen entspannenden Moment noch etwas hinausgeschoben. Ihm geht es ebenso.

„Verdammt, der hat mich jetzt aber eiskalt rechts überholt", schimpft er lachend, „ich glaube, das müssen wir dringend üben."

„Können wir, mein Liebster", erwidert sie giggelnd, „von mir aus den ganzen Tag. Aber weißt du was? Wenn's einmal so schnell ging, bleib ich meistens hinterher den ganzen Tag über geil!"

„Na endlich mal ein Weib, das das genauso empfindet wie ich!", antwortet er begeistert. „Das ist bei mir nämlich das Gleiche! Und ich dachte immer, das ginge bloß uns 'allzeit bereiten' Männern so."

„Pah, ihr seid überhaupt nicht allzeit bereit, das sind wir Frauen! Wir brauchen nämlich keine Kunstpausen nach dem Sex", frotzelt sie ausgelassen.

„Na, das wollen wir ja mal sehen, wetten, du flehst um Gnade, ehe es Mitternacht schlägt?"

„Vergiss es, da wette ich leicht mit dir, komm schlag ein!", provoziert Juliette.

Lachend besiegeln sie die Abmachung mit einem Handschlag, und als sie kaum eine halbe Stunde später an den gedeckten Gartentisch zum Brunch erscheinen, ist ihre Stimmung gelöst wie schon seit Tagen nicht mehr.

„Na, endlich aus den Federn gekrochen?", begrüßt sie Robert und mit einem süffisanten Grinsen und einem leicht anzüglichen Blick auf Juliette, die mit verräterisch frischen Wangen in ihrer knallroten, kurzen, hauchdünnen und tief dekolletierten Tunika unerhört sexy aussieht, fährt er fort: „Aber schon etwas länger wach, was?"

„Öhm", antwortet sie etwas verlegen, und es gelingt ihr gerade noch zu verhindern, dass die Farbe ihrer Wangen sich vollends der ihres Kleides anpasst. Sie kann sich wieder einmal vorstellen, wie man sich als Zeuge oder gar Täter im Gerichtssaal unter einer Befragung durch diesen für ihr Empfinden ziemlich unwiderstehlichen Mann fühlen muss, und ist sehr froh, als Georg das Antworten übernimmt.

„Eigentlich sind wir ja wohl weniger zum Verbrecherjagen hierhergekommen, oder sollte ich da was falsch verstanden haben? Wenn wir uns also schon tagelang abplagen mussten, möchte ich doch nun wirklich noch richtig was von meinem Urlaub haben."

„Und das sollt ihr auch", schaltet sich Fernando bestimmt ein. "Lasst euch überraschen!"

„Oh, eine deiner speziellen Ideen?", möchte Georg wissen. „Da bin ich aber mal gespannt!"

Mit einem geheimnisvoll wissenden Lächeln wendet sich Fernando an seine Gäste. „Ich hatte etwas vorbereiten lassen, aber bis gestern Abend keine Ahnung, ob ich euch unter den gegebenen Umständen damit überhaupt würde erfreuen können. Heute bin ich froh, dass ich in der Hektik nicht dazu gekommen bin, es abzusagen. Nutzt den Tag heute zur Entspannung. Ihr dürft gespannt sein auf einen außergewöhnlichen Abend."

*

Juliette begrüßt Susanna mit einer liebevollen Umarmung.

„Wunderbar siehst du heute aus, deine ganzen Sorgenfalten haben sich über Nacht aufgelöst", stellt sie fest.

„Ich bin so glücklich", erwidert die Freundin strahlend und weist auf Lena, die ausgelassen mit den Hunden spielt, Tennisbälle wirft, apportieren lässt. „Ich glaube, ich habe sie wieder! Gestern Nacht haben wir noch stundenlang geredet, und ich denke, es gibt keine Fremdheit mehr zwischen uns."

„Wie wunderbar! Siehst du, es war doch was dran an meinem Gefühl, dass bald etwas passieren wird, was euch wieder zueinander bringt."

„Weißt du, dass ich mich an diese Bemerkung von dir die ganze Zeit geklammert habe wie an einen Strohhalm?", gesteht Susanna.

„Na, im Nachhinein besehen war das aber schon ein solider Balken, nicht? Obwohl ich ja zugeben muss, dass es in dem Moment, als ich es sagte, nichts als eine unbegründete Eingebung war, ich dich eigentlich nur trösten wollte. Aber schau mich an! Wie viel von mir vertrockneter alter Langweilerin ist noch übriggeblieben? Da hattest du nun wieder recht mit deiner Idee, mich hierherzuschleifen. Etwas Besseres hätte mir gar nicht passieren können!", strahlt Juliette.

„Irgendwie scheinen wir uns trotz unserer langen Trennung ziemlich gut zu kennen", sinniert Susanna. Dann hellt sich ihr Gesicht auf. „Lass uns einfach den Rest unseres Urlaubes nun in vollen Zügen genießen."

Lena ist mittlerweile am Brunchtisch erschienen. Brav sitzen die Hunde neben ihr, außer Atem vom

Toben, hechelnd mit weit geöffneten Lefzen, fixieren sie erwartungsvoll die Bälle in ihrer Hand.

„Ich habe heute Morgen festgestellt, dass ich mein Medaillon im Keller verloren habe. Das hat mir Mama zum Geburtstag geschenkt, als ich zehn wurde, und ich möchte es unbedingt suchen gehen. Können wir da noch mal rüberfahren?", bittet sie.

Fernando erklärt sich gerne bereit.

„Ich habe sowieso heute Nachmittag einen Termin mit dem Bauunternehmer, der den Stall wieder in Ordnung bringen wird, kann also nicht mit euch an den Strand gehen. Vorher ist noch Zeit. Wir könnten ja die Schroederschen Kinder mitnehmen, Hinrich vielleicht, und bei der Gelegenheit noch einmal nachsehen, ob wir nicht doch die Verbindung zwischen dem Gang und dem Keller ausfindig machen. Ich denke, Michel wäre sicher begeistert von der Idee. Außerdem habe ich beschlossen, die Pferde hierzubehalten. Es geht ihnen gut auf der Weide. Da muss dann natürlich drüben der Stall wieder eingeräumt werden, denn ich möchte Hinrich nicht allein auf der Arbeit sitzen lassen."

„Sollen wir mitkommen?", fragt Georg.

„Nicht nötig, allzu weit waren wir ja gestern noch nicht. Miguel kann ruhig mal die Keulen schwingen. Macht ihr euch einen schönen Tag am Wasser, denn es wird sicher eine lange Nacht", zwinkert er, nimmt Lena, die ihrer Mutter noch einen Luftkuss zuwirft, bei der Hand, pfeift, schon im Gehen, seinen Hunden und nimmt reichlich Grüße an den jungen Helden im Vorwerk mit.

Lydia, im Gefolge die beiden Küchenmädchen, die beladen sind mit Körben voller Utensilien für den Strand, ruft zum Aufbruch ans Wasser. Aus dem Schatten der gewaltigen Blutbuche herausgetreten, bemerkt Juliette, wie flirrend heiß es heute ist, und freut sich auf ein erfrischendes Bad in den Wellen.

Der Strand ist wieder frei und breit, und das abgelaufene Wasser hat nach dem Sturm nicht nur feinen neuen weißen Sand hinterlassen, sondern dicht am Ufer auch einen Streifen angeschwemmter Neuigkeiten. Verschiedenste Muscheln in glänzendem Schwarz, mattem Weiß und zartem Rosa, glattgewaschene Steine unterschiedlichster Größe, kleine Seesterne finden sich zwischen getrocknetem Seetang, der blasig grau oder lamettafädig grün in der brennenden Sonne liegt. Ein eigentümlicher Geruch geht von diesen Geschenken des Meeres aus, den man entweder widerlich finden oder lieben kann.

Juliette mag diesen Geruch, mag ihn genauso, wie den des frisch gefallenen Pferdeapfels oder frisch gemähten Grases, weil sie ihn schon immer mit positiven Gefühlen verknüpft hat.

Sie genießt es, mit den Füßen im kühlen Wasser auf Schatzsuche zu gehen, genießt den leichten Wind in ihren Haaren, den von der Kleidung befreiten nackten Körper in der Sonne. Völlig selbstvergessen geht sie langsam, den Blick auf den Boden gerichtet, suchend den Strand entlang, hebt eine zerbrochene Muschel auf, wirft sie ins Wasser, findet eine andere, heile, die sie in der Hand behält und sammelt wie ein Kind so viel in den Händen, wie sie tragen kann.

Zufrieden dreht sie um und stellt fest, wie weit sie sich schon von den anderen entfernt hat, bemerkt auf dem Rückweg immer wieder bedauernd, was sie gern noch aufgehoben hätte, wofür aber kein Platz mehr ist. Sie lässt ihre gefundenen Schätze vorsichtig vor Georgs Nase aufs Handtuch rutschen.

„Guck, was ich alles gefunden habe!"

„Du bist ja der reinste Messie", lacht er, küsst sie und schimpft im nächsten Augenblick, dass sie schon wieder nicht eingecremt ist.

Bereitwillig lässt sie sich von seinen sanften Händen mit der kühlen Lotion massieren, bemerkt, wie schon wieder ein eindringliches Kribbeln sich zwischen Nabel und Scham breitmacht, in die Hüften kriecht, den Po erreicht.

Claudia ist aufgestanden, einen bunten Wasserball in den Händen. „Wer kommt mit ins Wasser? Wer spielt mit mir?"

Schnell sind alle auf den Füßen, beginnen einen wenig ernsten Wettkampf im flachen Wasser. Juliette springt nach dem Ball, versucht ihn gegen Susanna zu verteidigen, ihn als Erste zu erreichen, beide fallen rücklings, tauchen unter und Juliette fühlt sich plötzlich im Kampf um das bunte aufblasbare Plastik von Susanna umfangen.

„Wir schwimmen ein Stück raus", ruft die den anderen zu und zieht die Freundin mit sich ins offene Meer.

Ein Weilchen schwimmen sie um die Wette, lassen sich dann außer Atem treiben, ganz flach auf den sachten Wellen, wie Meerjungfrauen, das lange Haar um sich gebreitet, bis sie feststellen, wie weit die Strömung sie schon an der Küste entlang getrieben hat.

„Ich glaube, wir müssen hier mal raus", bemerkt Juliette erstaunt. Gegen die Strömung werden wir schlecht das ganze Stück zurückschwimmen können."

Angestrengt erreichen sie das Ufer und lassen sich dicht nebeneinander in den heißen Sand fallen.

„Es ist schön, endlich mal mit dir ganz allein zu sein", sagt Susanna und Juliette kennt diesen verführerischen Ton und ihre Laune ist durchaus entsprechend, dem Angebot, das sich da eröffnet nachzugeben.

Zärtlich streichelt die Freundin über ihren nassen Körper, vollkommen bar jeder Scham lässt sie keine noch so erotisierbare Zone aus. Sie gibt sich hin, lässt geschehen und fühlt eine unwiderstehliche Erregung aufkommen, als Susanna nun auch noch beginnt, Mund und Zunge einzusetzen.

Vorsichtig beginnt sie die Zärtlichkeiten zu erwidern, kostet die zarten Lippen, den Meerduft der Scham, die weiche Weiblichkeit des voll erblühten Körpers. Mehr und mehr geraten beide in einen Strudel, dem sie sich nicht mehr zu entziehen können.

Fast scheint es, als wolle die Sonne näher rücken, sich das zauberhafte Schauspiel der beiden Frauen nicht entgehen lassen, so heiß brennt sie auf die ohnehin erhitzten, erregten Körper, die, mal dicht aneinandergedrängt, mal sich aufbäumend, dann wieder sekundenlang reglos, den Weg in ihre Ekstase finden und schließlich ermattet, befriedigt, bewegungslos, atemlos dicht beieinander im weißen Sand zur Ruhe kommen.

Minutenlang liegen sie so, bis Juliette den Kopf hebt und in das vollkommen entspannte, vergnügte Gesicht Susannas sieht. „Das wollte ich schon immer mal mit dir machen", schmunzelt sie, „ich hab mich bloß nie getraut, war mir nicht sicher, ob du mich zurückweisen würdest. Beim Tanzen habe ich aber gemerkt, dass du nicht ganz dagegen sein würdest."

„Es ist so anders", erwidert Juliette und lässt sich wieder in den weichen Sand zurückfallen, „aber sooo gut, und auch bloß gut, dass unsere Männer das nicht mitbekommen haben!"

„Die kriegen alles mit, ihr süßen panierten Schnitzelchen", ertönt Georgs Stimme und er tritt, Robert an seiner Seite, hinter einem Felsbrocken hervor.

„Oh, nee, nicht schon wieder", lässt sich Susanna resigniert vernehmen und Juliette sieht schuldbewusst zu Georg auf.

Robert steht da wie ein Racheengel. Hoch aufgerichtet, breitbeinig, die Kiefermuskulatur angespannt, die wütend funkelnden Augen fest auf Susanna gerichtet. Mit sicherem Griff fasst er ihre Handgelenke, zieht sie auf die Füße. „Gibt es irgendwelche Unklarheiten, unsere Abmachungen, speziell deine Alleingänge betreffend?", fragt er sie, das Gesicht dicht vor ihrem. Sein Ton lässt Juliette kalte Schauer den Rücken hinunterlaufen und ihr wird blitzschnell klar, dass der selbstbewusst kokette Blick, den die Freundin aufsetzt, der so stark an den von Lena am Vorabend erinnert, der Situation völlig unangemessen ist.

„Ich habe doch nur …" Weiter kommt sie nicht, denn eine schallende Ohrfeige bringt sie zum Schweigen. Juliette sieht Tränen in ihren Augen aufsteigen und dann eine Reaktion, die sie vorerst überhaupt nicht einordnen kann. Susanna sinkt in die Knie, den offenen bedauernden Blick zu Robert aufgerichtet und sagt allen Ernstes: „Danke!"
Er hilft ihr auf, nimmt sie in den Arm und führt sie zum Wasser, wo er ihr sorgsam und liebevoll den klebenden Sand vom Körper wäscht.
Mit vor Staunen halb offenem Mund sieht Juliette der Szene zu, vergisst für den Augenblick völlig Georgs Anwesenheit, bis ihr die eigene Verfehlung, das freiwillig gegebene Zugeständnis an ihn, über ihre Sexualität bestimmen zu dürfen, klar wird. Susanna scheint gereinigt, ihre Welt wieder gerade gerückt zu sein, sie selbst aber schmort noch immer im eigenen Saft der empfundenen Schuld des Vertrauensbruches. Unsicher sieht sie zu ihm auf. „Und ich? Bitte!"

„Juliette, du bist noch nicht so weit", beginnt er mit überlegendem Ausdruck, „sie hat dich verführt und das war nicht das erste Mal, dass sie Dinge tut, die allein in seinen Entscheidungsbereich fallen. Der Fehler ist weniger, dass sie es tut, vielmehr, wie sie es tut. Nämlich immer im Alleingang, ohne ihn vorher in Kenntnis zu setzen. Das ist es, was er als Hintergehen empfindet, und sie sollte endlich kapiert haben, dass sie es viel leichter haben könnte, wenn sie ihn nicht immer verletzen würde."

„Aber auch ich habe dir die Gewalt über mich in dieser Hinsicht übergeben und ich möchte nicht, dass es zwischen uns stehen bleibt!"

Die Ohrfeige kommt, obwohl sie sie erbeten hat, überraschend und unerwartet. Nicht sehr stark, nicht wirklich schmerzhaft, aber sie trifft ins tiefste Innere. Kein Peitschenschlag, jeder einzelne erheblich stärker in seiner Intensität, hat diese Wirkung bei ihr auslösen können. Tränen strömen über ihr Gesicht, und statt sich abzuwenden sucht sie Schutz bei ihm, lässt sich in die Arme nehmen, schmiegt sich an, wie eine Ertrinkende an den Retter, gehalten und geschützt. Sanft wiegt er sie und ihr „Danke" kommt so leicht über die Lippen, dass sie, erschüttert über sich selbst und dennoch unendlich erleichtert, durch nasse Wimpern zu ihm aufsieht, erstaunt fragt: „Was passiert da?"

„Ich denke, es ist sehr einfach", erklärt er, „man ohrfeigt keinen Erwachsenen. Es ist in gewisser Weise entwürdigend, und auch dann, wenn es nicht wirklich weh tut, ist es eigentlich ein Tabu, es gehört zu den Dingen, die 'man nicht tut', schon gar nicht mit einem geliebten Menschen. Es ist die Geste, die die Ungeheuerlichkeit ausmacht. Und die trifft mehr als eine noch so heftige Session. Insofern ist es nur sehr, sehr besonderen Situationen vorbehalten und eigentlich hätte ich es dir gern erspart, denn deine Verfehlung war mir nicht groß genug. Wie fühlst du dich jetzt?"

„Gut!", kommt unumwunden und strahlend ihre Antwort. „Wieder im Reinen!"

„Dann war es richtig", lächelt er zärtlich und schließt ihren Mund mit einem langen Kuss.

„Glaub aber nicht, mein Schatz, dass eure netten Spielchen nicht Grund genug sind, euch noch bei ein paar feinen kleinen Gemeinheiten dran zu erinnern", grinst er wenig später und sie sieht die Vorfreude in seinen grünen Augen leuchten.

„Oh, du Scheißkerl", schimpft sie lachend, entwindet sich seinen Armen und rennt, von ihm verfolgt, ins Meer, wirft sich in die kleinen Wellen.

Juliette fühlt sich frei und wohl wie der sprichwörtliche Fisch im Wasser.

Für einen kleinen Augenblick schießt ihr der Gedanke in den Kopf, was die Szene, die sich den Männern vorhin geboten hat, in einer normalen Partnerschaft für wochenlanges Theater ausgelöst hätte. Verletzte Eitelkeiten, Sprachlosigkeit, eingeschnapptes Beleidigtsein, Gesichtsverluste, Unversöhnlichkeit und alle erdenklichen nachfolgenden, trennenden Szenarien fallen ihr ein. Wie einfach scheinen dagegen die hier gelebten klaren Regelungen, wie leicht folgt das kleine Wort „danke" dem Verzeihen.

Vollkommen klar aber steht ihr auch vor Augen,

dass es dafür nicht nur eindeutige Abmachungen, sondern auch besondere Menschen braucht, denn wie katastrophal ein unüberlegtes Umgehen mit der überlassenen Macht enden kann, hat sie eindrucksvoll genug an Sarahs Beispiel vorgeführt bekommen.

*

Hand in Hand schlendert sie mit ihm den Strand entlang zurück zu den anderen. Sie kann es sich nicht verkneifen, ihrer Sammelleidenschaft begeistert weiter zu frönen und belädt auch Georg mit Steinchen, Muscheln und getrockneten Seesternen. Jede Muschel, jeder Stein ein Symbol für einen schönen Gedanken, ein Gefühl, einen Augenblick, den sie festhalten, im wahrsten Sinne greifbar machen und mitnehmen möchte.

Die Stimmung ist gelöst, und sie genießt es, sich den von Georg sorgfältig aufgetragenen, längst abgewaschenen Sonnenschutz erneuern zu lassen. Lydias Körbe bieten ein enormes Angebot mitgebrachter Köstlichkeiten, und Juliette lässt sich bereitwillig mit verschiedenstem Obst füttern. Mit geschlossenen Augen fühlt sie nach, rät, was er um ihre Lippen kreisen lässt, bis es ihr gelingt, zuzuschnappen und die Früchte genüsslich im Mund zergehen zu lassen. Jeder Bissen wird so zum außergewöhnlichen einmaligen Geschmackserlebnis unter seinen sinnlichen Küssen, und Juliettes Zustand gleitet schon bald wieder in gespannte erotisierte Bereitschaft.

Umso ärgerlicher empfindet sie es, als ein Schatten

auf sie fällt, sie Robert stehen sieht, der sich mit einem amüsierten Blick auf die leise weggetretene Juliette an Georg wendet.

„Ich möchte etwas mit dir allein bereden, kommst du?"

Ein letzter Kuss, schon ist er aufgesprungen, lässt sie allein, und als sie sich aufrichtet, die Hand schützend gegen die blendende Sonne über die Augen gehalten, sieht sie die Freunde einträchtig nebeneinander, offenbar lachend im Gespräch am Ufer entlang verschwinden.

Susanna setzt sich zu ihr.

„Das haben wir noch nicht ganz ausgestanden", beginnt sie grinsend, „ich bin sicher, die hecken etwas aus, worauf wir nicht gefasst sein werden!"

„Ich fürchte auch", erwidert Juliette unsicher.

„Hab keine Angst, sie werden uns nicht überfordern, und böse sind sie sowieso nicht mehr wirklich", beruhigt Susanna. „Ich denke, ich kenne sie gut genug. Aber die Ideen beider zusammen können schon mal ganz schön abenteuerlich werden."

„Na, du machst mir ja Mut! Mir wird 's ganz mulmig."

„Ich bin aber auch ein Dussel", bekennt Susanna. „Ich weiß ganz genau, wie sehr er es hasst, hintergangen zu werden. Wenn ich ihm offen vortragen würde, was ich tun möchte, hätte ich überhaupt keine Probleme. Immer wieder stelle ich mir selbst diese Falle und tappe hinein. Dabei weiß ich ganz genau, wie geradlinig er ist."

„Akzeptiert er denn deinen Hang zu Frauen?

Und wie würde es aussehen, wenn du Absichten mit anderen Männern hättest?"

„Letzteres haben wir absolut ausgeschlossen", antwortet Susanna, „es gäbe für mich sowieso keinen anderen Mann, der mich neben ihm reizen würde. Das kannst du nachvollziehen, nicht wahr?"

„Aber ohne mit der Wimper zu zucken", lacht Juliette bestätigend, „du hast dir da schon ein ziemlich unwiderstehliches Exemplar von Mannsbild ausgesucht!"

„Naa? Was höre ich denn da? Juliette, sei vorsichtig, es fällt allzu leicht, ihm zu verfallen, aber er ist gefährlich!"

„Du musst nicht etwa befürchten, er könne dich betrügen?", möchte Juliette alarmiert wissen und bezieht insgeheim die Warnung durchaus auf sich, denn es ist ihr nicht entgangen, welch seltsam verwirrte Gefühle Roberts Anwesenheit auch bei ihr ausrichten kann. Das aber möchte sie der Freundin tunlichst verbergen.

„Nicht wirklich", lächelt Susanna, „er behauptet immer, nur ich sei in der Lage, seine Phantasien zu bändigen, aber ich weiß doch aus eigener Erfahrung, welche Wirkung er auf Frauen ausübt, und er macht sich gerne mal den Spaß, mich in Unsicherheit zu wiegen."

„Na, langweilig wird 's jedenfalls nicht bei euch", giggelt Juliette.

„Aber zurück zu deiner Frage. Ja, er weiß, dass ich alle Jubeljahre mal einer Frau begegne, die ich einfach nicht links liegen lassen kann. Das letzte

Mal ist gut zwei Jahre her und entstand aus einer hocherotischen Situation. Einmalig. Du bist da etwas ganz anderes, denn du bist jahrelang meine beste Freundin gewesen und bist es jetzt wieder. Dich möchte ich nicht wieder verlieren und das weiß er."

„Oh, ich fürchte, wir müssen später weiterquatschen", bremst Juliette ihre Rede, „unsere Herren sind im Anmarsch. Guck mal, die Gesichter gefallen mir aber gar nicht!".

„Ach, da werden wir durch müssen", bestätigt Susanna lächelnd und steht auf. „Werden wir denn die Nacht überstehen?", fragt sie die Männer provozierend.

Um einen möglichst undurchdringlichen Ausdruck bemüht, antwortet Robert, eines Orakels würdig: „Den Vogel, der zu früh am Morgen singt fängt am Abend die Katz'."

Der Nachmittag ist so weit fortgeschritten, dass sie beschließen, sich zum Haus aufzumachen, um sich für den versprochenen spannenden Abend vorzubereiten. Zu Juliettes Bedauern verabschiedet sich Georg vor ihrer Zimmertür mit einem atemraubenden Kuss, die Hand unter ihre dünne seidene Tunika geschoben. „Sarah wird dir wieder helfen. Gebt euch Mühe, bis später."

*

Juliette nutzt die Zeit für ein ausgiebiges Bad und sieht, als sie das duftend ölige Wasser ablässt, eine beachtliche Menge weißen Seesandes kreiselnd im Abfluss verschwinden.

Susanna klopft an, kaum dass sie sich für eine halbe Ruhestunde auf ihrem Bett ausgestreckt hat, und bringt allerhand Informationen von Lena mit.

„Stell dir vor, du hattest tatsächlich recht mit deinem Traum", erzählt sie. "Fernando hat mit Hinrich und den Kindern eine Bodenklappe im Keller gefunden, die in den Gang hinunter führt. Von unten besehen ist die Tarnung wohl so perfekt durch die Webstruktur der Holzlattung an der Decke, dass kein Mensch ohne genaueres Hinsehen auf die Idee gekommen wäre, es könnte da nach oben weitergehen."

„Das war ja eigentlich klar, dass Freibeuter es ihren Verfolgern nicht allzu einfach gemacht haben, nicht wahr?", erwidert Juliette und fragt nach Lenas Medaillon.

„Das hat sie wiedergefunden, und so glücklich, wie sie darüber ist, habe ich das gute Gefühl, dass ich ihr wirklich wieder wichtig bin. Weißt du, es war damals ein ganz spezielles Geschenk von mir, und dass sie es die ganze Zeit getragen hat, beweist doch auch, dass sie mich eigentlich nie wirklich ganz abgeschrieben hatte."

Es wird mehr als klar, auf wie tönernen Füßen Susannas Sicherheit in Bezug auf die Haltbarkeit der Beziehung zu ihrer Tochter noch steht, und Juliette beeilt sich, die Deutungen der Freundin zu bestätigen.

„Ihr habt Jahre aufzuholen und es wird euch guttun, euch viel miteinander zu beschäftigen. Ich glaube nur, du darfst nicht vergessen, dass du es jetzt nicht mehr mit einem Kind, sondern mit einer jungen Frau zu tun hast. Das hat allerdings den Vorteil, dass ihr nun die Möglichkeit habt, an einem ganz anderen Startpunkt anzusetzen, der euch einfach zu guten Freundinnen machen kann. Ich finde das alles sehr positiv. Als Mütterlein mit Erziehungsgewalt hättest du sicher mehr Schwierigkeiten gehabt", grinst Juliette und sieht in Susannas Gesicht, dass ihre Überlegungen zu zünden scheinen.

„Du, auf den Gedanken, das so zu sehen, bin ich noch gar nicht gekommen. Aber klar, das stimmt! Du hast doch gar keine Kinder, wie gelingt es dir eigentlich, solche Dinge so nachvollziehen zu können? Bei Michel hast du ja auch so einen Stein im Brett. Apropos Michel: Bevor wir morgen abreisen, musst du unbedingt noch einmal bei ihm vorbeischauen, er hat doch vergessen, dir seine Geschichte mitzugeben!"

„Ja, glaubst du vielleicht, ich würde wegfahren, ohne mich bei ihm zu verabschieden?", fragt Juliette empört. „Michel ist doch nun wirklich der Größte! Ich möchte sehr gern den Kontakt zu ihm aufrechterhalten. Ich mag ihn sehr und würde ihn gern etwas fördern. Vielleicht so wie eine Patentante. Aber sag mal, morgen schon? Dann ist heute wirklich unser letzter Abend?"

„Ja, morgen Nachmittag! Wir nehmen dich wieder mit, wenn du magst. Wenn ich das richtig verstanden habe, soll Georg Fernando nach Argentinien begleiten und wird für ein paar Tage bleiben müssen. Die Erkenntnis ist allerdings anscheinend ganz neu. Ich habe die beiden reden hören, als ich vorhin in unser Zimmer ging."

Juliette schießen diese neuen Informationen scharfe Pfeile in die Brust, körperlich macht sich Schmerz dort breit, und Susanna muss sich alle Mühe geben, sie zu trösten.

„Er kommt doch wieder! Meine Güte, du bist ein Leben lang ohne ihn ausgekommen. Ich muss auch manchmal wochenlang auf Robert verzichten, zum Beispiel dann, wenn er für Fernando in Südamerika Verträge aushandelt. Klar, wenn man so frisch verliebt ist, ist das hart, aber, ach je, nun komm mal in meine Arme."

Juliette lässt sich unter Schluchzen trösten, als die Tür aufgeht und Georg hereinkommt. „Was denn, schon wieder zwei holde Grazien in inniger Umarmung?", grinst er drohend.

„Nein, nicht was du schon wieder denkst", erwidert Susanna kleinlaut, „ich habe sie nur in Kenntnis gesetzt, dass du morgen abreisen musst."

„Was glaubst du, warum ich gerade hier bin? Eigentlich wollte ich ihr das ganz gern selbst erzählen", schimpft Georg. „Los, raus hier, du schwatzhaftes Weib."

Etwas beleidigt und sehr peinlich berührt zieht sie leise die Tür hinter sich zu.

„Liebling, ich bin in vier Tagen zurück", flüstert er Juliette beruhigend ins Ohr. „Es lässt sich leider nicht vermeiden, dass ich fahre, und ich fürchte, diesmal wirst du mich nicht begleiten können, denn wir werden von einem Termin zum andern hetzen müssen und ich hätte keine ruhige Sekunde für dich. Lass uns noch diesen Abend zusammen genießen, dann beißen wir ein paar Tage lang die Zähne zusammen, und dann bin ich auch schon wieder da."

„Aber das ist so grässlich", heult Juliette, „ich will nicht mehr ohne dich sein! Ausgerechnet jetzt! Ach Mann, ist das blöd!"

Georg muss lachen, ein wenig vor Rührung, ein wenig aus innerer Erleichterung über diesen eigentlich fast kindlichen Ausbruch, der so unmissverständlich deutlich macht, dass die sonst so gefasste, vernünftige Juliette sich seinetwegen so enorm aus der Fassung bringen lässt.

„Ich leide und du lachst", schimpft sie anklagend schniefend und greift nach dem Taschentuch, das er ihr unter die Nase hält.

„So ist das eben bei Sadisten", frotzelt er, „und ich werde schon heute Abend dafür sorgen, dass du keine Gelegenheit bekommst, mich auch nur für einen Moment zu vergessen, solange ich fort bin."

Lautstark schnäuzt sie sich die Nase und sieht ihn mit verschleiert geröteten Augen fragend an. „Was hast du vor?"

„Sag ich dir nicht! Wirst es schon erleben, und nun rufe ich dir Sarah her, damit sie einen schönen saugeilen feuchten Traum aus dir macht!"

„Bin schon feucht", murrt sie und zeigt mit schiefem Lächeln auf ihr tränenüberströmtes Gesicht.

Unter die Haut

„Da doch nicht!", meckert er kopfschüttelnd und greift ihr unverblümt unter den Bademantel.

Juliette lässt sich in ihre Kissen fallen, genießt seine warme forschende Hand zwischen ihren Beinen und erwidert leidenschaftlich seine fordernden Küsse, die im Handumdrehen die Tätigkeiten der Tränendrüsen anderen, winzigen, Feuchtigkeit produzierenden Organen überlassen. Sein fester Griff an ihren Nippeln lässt sie aufstöhnen, ihr Becken wölbt sich ihm entgegen, sie will ihn in sich fühlen.

„Fick mich!", fordert sie.

„Nein!"

„Nein?"

„Nein, du Wonneproppen! Erst möchte ich noch schön lange mit dir Katz und Maus spielen. Und dann, denk dran, haben wir noch eine Wette laufen. Und die will ich schließlich gewinnen."

Außer Atem setzt sie sich auf, sieht ihm ins Gesicht. Den Zeigefinger an die Nase gelegt, antwortet sie langsam mit einem kecken Lächeln: „Nun weiß ich endlich, was man unter einem 'diabolischen Grinsen' versteht. Mutter Maria, steh mir bei, ich hab mich mit dem Teufel eingelassen."

Als Sarah das Zimmer betritt, ist sie fast vollständig verborgen hinter einem Kleiderberg, den sie mit einem erleichterten Keuchen aufs Bett wuchtet. Georg quetscht sich an ihr vorbei zur Tür hinaus.

Zum ersten Mal hat Sarah heute auf ihr weites Gewand verzichten können und ist zu Juliettes Erstaunen gekleidet wie ein Pirat. „Haben wir Maskenball heute Abend?"

„Nein, so kann man es wohl nicht nennen, aber Fernando hat für sein erdachtes Szenario wieder stilechte Kleidung liefern lassen. Schau mal, dieses Traumkleid nach Schnitten aus dem fünfzehnten Jahrhundert ist für dich."

Vorsichtig breitet Sarah den flaschengrünen, schweren Samt aus.

„Mir ist gar nicht aufgefallen, dass er mich vermessen hat", albert Juliette, als sie sich vor dem Spiegel dreht. Das Kleid passt perfekt.

„Na ja, er mag zugegebenermaßen einiges von Frauen verstehen, unser Gastgeber", meint Sarah, „aber hierbei war wohl Susanna wieder einmal ganz hilfreich."

Warum sie nun ihr üppiges Haar zu einem so schlichten Knoten zusammennimmt und solide feststeckt, wundert Juliette genauso wie ihre eindringliche Anweisung, sich mit dem Rücken zur Tür auf einen kleinen Schemel zu setzen, sich weder umzudrehen noch sonst irgendwie zu rühren. Den Versuch, Klarheit zu bekommen, unternimmt sie gar nicht erst und beschließt, trotz steigender Aufregung, die Dinge auf sich zukommen zu lassen.

18. Kapitel

Nur Minuten sind vergangen, seit Sarah sie allein gelassen hat, als die Tür aufgerissen wird und der rasende Fortgang der Ereignisse Juliette jede Möglichkeit des Einflusses nimmt.

Schon einmal, in der Nacht vor dem Brand in der Sattelkammer, ist sie überwältigt worden. Heute jedoch hat die Sache eine ganz andere, viel intensivere Qualität.

Gleichzeitig werden ihre Hände und Füße gebunden, ihr Kopf wird in eine lederne Maske gesteckt, die ihr zwar die Möglichkeit zu atmen durch die Nase lässt, sie jedoch der Fähigkeit zu sprechen und zu hören beraubt. In Windeseile macht ein Seil aus ihrem Körper ein gut verschnürtes Paket und sie wird, an Füßen und Händen aufgehängt, wie ein erlegtes Wild nach der Jagd an einer stabilen Stange aus dem Haus getragen.

Die Fesseln zerren an ihren Gelenken, mühsam versucht sie, nach einer Entlastung zu tasten, findet sie, indem es gelingt, mit den Händen die Stange zu greifen. Sie zwingt sich, ruhig zu bleiben, zählt die Atemzüge, um sich abzulenken, nicht in Panik zu verfallen.

Endlos kommt ihr der Weg vor, den sie getragen wird, bis man sie ablegt auf schwankendem Holzboden. Juliette kann das Meer riechen. Ein Körper wird ganz dicht neben sie gelegt, sie kann den Pulsschlag fühlen, den Atem spüren.

Das ist Susanna!, schießt es ihr durch den Kopf, unsere gemeinsame Strafe!, und ihre Furcht beginnt sich zu legen, bis das nächste Entsetzen sie fast völlig aus der Fassung bringt. Man richtet sie auf, drückt ihr ein Tau zwischen die Hände. Plötzlich ist der schwankende Boden unter ihren Füßen verschwunden. Juliette schwebt. Schwebt frei in der lauen Abendluft, das Gewicht ihres Körpers allein an ihren Händen aufgehängt.

Ehe ihr Kopf in der Lage ist, auf diesen ungeheuerlichen Umstand angemessen zu reagieren, fühlt sie sich schon umfangen, gehalten, hat wieder Grund unter sich. Kräftige Arme lösen das Seil, das ihren Leib zur Bewegungslosigkeit verurteilt hatte, binden ihre Arme hoch über dem Kopf. Entfesselt und doch neu gebunden, immerhin aber mit sicherem Stand, wartet sie.

Juliette möchte sehen können, möchte hören können, möchte sich äußern können, doch immer noch verhindert die eng anliegende Maske die Teilnahme dreier Sinne am Geschehen. Sie ist allein mit sich, mit der Situation, allein mit ihrem Herzschlag, ihren Gedanken.

Dass sich eigentlich Angst breitmachen müsste, so ausgeliefert, wie sie ist, kommt ihr in den Sinn. Sie muss umschalten, wieder einmal, auf die rationale Ebene, um nicht durchzudrehen. Dass sie diesem offensichtlichen Rape-Game keine Erregung abgewinnen kann, wird ihr bewusst. Sie hat gelesen damals in jener Nacht allein auf ihrer Terrasse, wie man das nennt, und macht nun durch, was sie weder hatte verstehen noch sich vorstellen können. Absturz!

Juliette spürt, wie sehr die Situation entgleist ist, erkennt, warum sie alle Beteiligten aufs Härteste fordern wird, um die Sache zu einem erträglichen Ausgang zu bringen.

Eigentlich hatte sie mit Georg noch reden wollen über die kleine Überwältigung in der Sattelkammer, aber das nachfolgende, intensive Gespräch und die Ereignisse der Brandnacht hatten es in Vergessenheit geraten lassen. Juliette kommt sich vor wie ein ausgestelltes Stück Fleisch. Sie weiß, es waren viele Hände, die sie hierhergebracht haben, sie fühlt viele Augen auf sich ruhen. Die Sicherheit gebende Zweisamkeit fehlt ihr. Gefesselte Deprivation in Verbindung mit Zurschaustellung sprengt die Grenzen dessen, was sie für sich akzeptieren kann. Juliette fühlt sich entwürdigt.

Dass sie das, was hier passiert, zwar duldet, weil sie gar nicht anders kann, aber dass etwas in ihr rumort, was sich auflehnt, ein Vorbehalt, der sich Bahn bricht, all ihre Sicherheit in die gefunden geglaubte Liebe zum Wanken bringt, wird ihr bewusst. Zuerst langsam, dann immer schneller und eindringlicher tröpfeln die Gedanken in ihr Bewusstsein, fließen, strömen, ihren Kopf überschwemmend, und dann sieht sie es, wie einen klaren See, dessen Grund sie endlich erkennt.

Niemals mehr wird sie sich die Freiheit nehmen lassen, selbst zu entscheiden!

Sie ist zu einem Ergebnis gekommen, sie kann dieses Problem ad acta legen, sich der Stelle zuwenden, die ihr Denken und Fühlen leuchtend ROT markiert hat. Die Akte, die sie sich aufgeschlagen hat, ein sachliches Ding eigentlich, das doch all ihre Gefühle akribisch geordnet zu enthalten scheint, will fertig bearbeitet werden, zwingt ihren Gedanken den nächsten, wie ihr scheint, erheblichsten Punkt auf in diesen unglaublich intensiven, anstrengenden Minuten. ROT!

Was will er von mir? Passt es zu dem, was ich von ihm will? Ich kann nicht Liebe und Liebesspiel trennen, schießt es ihr durch den Kopf. Ich muss authentisch bleiben dürfen, ich bin ich, die Liebe ist doch viel zu kostbar, um sie zu verwässern wie leichten Wein, der nur erfrischen soll. Wie kann ich ihm erklären, was ich wirklich von ihm will? Kann ich überhaupt hoffen, dass er fühlt wie ich?

Ganz deutlich steht ihr die Szene am Abend des dritten Tages am Kamin vor Augen. Wieder hört sie seine Worte: „Ich bitte dich, spiel mit mir dieses Spiel und lass uns einfach nur die Rollen genießen, die wir uns ausgesucht haben. Weck mich nicht aus diesem Traum und träum ihn weiter mit mir."

Rollen, Spiele, Träume? Will er das, nur das?, quälen sie ihre Zweifel.

Verlust scheint ihr nicht nur möglich, sogar geradezu unausweichlich; folgerichtig muss sie die Gefahr akzeptieren, alles, was ihr gerade noch sicher schien, zu verlieren.

Aber er hatte noch mehr gesagt: „Wenn wir dieses Haus verlassen, werden wir beginnen müssen, uns ganz neu zu definieren in unserem Verhältnis zueinander."

Seine Worte klingen in ihren Ohren. Die Worte, die so eindringlich gewesen waren, als er sie gebeten hatte, seinen Halsreif zu tragen: „Rede mit mir und schmeiß nicht gleich alles hin!"

Sie wird mit ihm reden!

Egal, ob er sie dann noch haben will oder nicht.

So konzentriert, wie sie ist, hat sie gar nicht wahrgenommen, dass Georg leise hinter sie getreten ist, den Reißverschluss der ledernen Maske vorsichtig geöffnet hat und ihr nun einen der großartigsten Anblicke ihres Lebens schenkt.

Hinter dem alten Dreimaster, über Land, geht im Westen die Sonne unter, taucht das Meer in blutrotes Licht. Vor ihren Augen, die sich erst gewöhnen müssen, steht der riesige orangerote, abnehmende Mond kaum eine Handbreit über der Kimm. Leise wiegt sich das alte Kaperschiff in der Abendflaute, sacht knarrt die Takelage.

Tief saugt sie die klare Luft in die Lungen.

Und schreit!

Georg stockt fast der Atem. Dieser gellende Urschrei erschreckt ihn und seine skeptische Unsicherheit darüber, Roberts Vorschlag für dieses Szenario zu akzeptieren, scheint sich in schlimmstem Maße zu bestätigen.

„Mach mich sofort los!", fordert Juliette bestimmt.

Sie sieht Susanna, die kaum einen Meter neben ihr angebunden steht, auch sie jetzt von der Maske

befreit. Sie registriert Robert, der mit einigermaßen erstauntem Blick ihren Ausbruch verfolgt hat. Es ist ihr egal, sollen sie es hören!
Sie will sich jetzt mitteilen.
„Sofort!"
Georg beeilt sich, ihrer Forderung nachzukommen. Juliette steht vor der beeindruckenden Kulisse des orangefarbenen Mondes, greift sich die Spange, die den festen Knoten auf ihrem Kopf zusammenhält, und schüttelt sich das lange Haar frei.

„Mir ist etwas klargeworden, Georg, in dieser Situation der letzten Stunde. Eigentlich sind es genau genommen zwei Dinge! Ich muss es dir sagen und dann entscheide, ob du wirklich mit mir leben willst."
Elektrisiert hört er ihr zu.

„Du wirst mich nicht halten können, nicht besitzen können, indem du mich festbindest. Kein Einsperren, keine Einschränkung meiner Bewegungsfreiheit, nicht mit Seilen, nicht mit Handfesseln, nicht mit meterdicken Mauern, kann mich an dich binden, mich bei dir halten. Ich will und werde mich nicht verstellen, nichts mehr erdulden, was ich nicht wirklich erdulden will. Ich will in jedem Moment die Möglichkeit haben, selbst zu entscheiden, ob ich aufhören oder weitermachen, reden oder schweigen, gehen oder bleiben will. Und wenn ich etwas erdulde, was du mir antust, dann aus eigener Entscheidung. Denn eines ist mir bewusst geworden: Es ist leicht, etwas mit sich geschehen zu lassen, wenn man keine Wahl hat, aber schwer, selbst die Verantwortung für das eigene Entscheiden zu übernehmen. Ich will mich nicht verstecken vor mir selbst, weil ich gegen meinen Willen gefesselt die Verantwortung abgeben habe, weil ich 'nicht anders kann'. Das bin ich nicht, Georg. Mach das nie wieder mit mir, wenn ich dich nicht darum bitte, denn ich will stillhalten können, weil ich stillhalten will, nicht weil ich muss. Ich will geschehen lassen können, weil ich geschehen lassen will, nicht weil ich geschehen lassen muss. Und da ist noch etwas, Georg! Und das ist eigentlich noch viel wichtiger: Nicht einmal für ein Spiel kann ich das, denn es ist nicht Spiel, was ich von dir will, und jede gespielte Minute ist eine verlorene Minute Lebenszeit für mich, und ich weiß, dass Lebenszeit nicht unendlich ist."

Juliette holt tief Luft und beendet ihre Brandrede: „Genug gespielt, Georg, Liebe ist kein Spiel. Ich will und kann das nicht trennen! Und ich liebe dich!"

Es entgeht ihr, dass Robert anerkennend durch die Zähne pfeift, dass längst alle Freunde sich auf Deck versammelt und ihr stumm zugehört haben.

Sie sieht nur in Georgs Gesicht und will seine Antwort. Deutlich fühlt sie in diesem Augenblick den zierlichen Reif um ihren Hals, an den sie sich schon so gewöhnt hat. Sie ist sich bewusst, dass es von seiner Antwort abhängen wird, ob das bedeutungsvolle, liebgewonnene Schmuckstück dort bleiben wird oder ob sie es ihm nun zurückgeben muss.

„Ich wäre wohl der größte Idiot unter diesem unglaublichen Mond, wenn ich mit dir nicht würde leben wollen. Das, was du mir da gerade eröffnet hast, ist das Maximum dessen, was ich je zu träumen gewagt hätte. Ich liebe dich, Juliette, und schwöre dir, aber nicht 'beim Mond, dem wandelbaren', sondern lieber bei allem, was mir heilig ist, dich nicht zu enttäuschen. Keine Spiele mehr, Juliette! No games, just life!"

Ganz dicht steht er vor ihr, die Hände auf ihre Hüften gelegt, als er sie nun küsst. Sie schlingt ihm die Arme um den Nacken; es ist nicht nur ihr Körper, der sich an ihn schmiegt, ihr Herz ist nun sicher, ihm trauen zu können, frei und ungebunden gebunden zu sein.

Fernando ist der Erste, der Applaus anstimmt, alle anderen fallen ein und verstummen erst, als der Gastgeber das Wort ergreift.

„No games, just life! Das wünsche ich euch als Liebesmotto, ihr beiden! Ich hatte ehrlich gesagt arge Bauchschmerzen, als mir Robert vorhin von diesem Rape-Plan erzählte. Ich selbst kann ja mit solch menschenräuberischen Ideen wenig anfangen und Lydia würde mich vermutlich mit Nudelholz und Bratpfanne erschlagen, sollte ich jemals auf so etwas kommen. Ich denke, es hat wenig Sinn, jede noch so aufregend wirkende Idee in die Tat umzusetzen, wenn sie nicht mit den Ansprüchen beider Partner im richtigen Leben vereinbar ist. Man muss sich eben bei allem, was einem so einfällt, auch hinterher noch in die Augen schauen können. Allerdings bin ich mir im Moment gar nicht so sicher, ob für Juliette in diesem Falle nicht eine Erkenntnis vorweggenommen worden ist, die sie so, oder zumindest so schnell, sonst vielleicht nicht hätte erlangen können. Insofern kann ich es vielleicht doch unterlassen, die Herren am höchsten Mastbaum aufzuknüpfen und den Möwen zum Fraß darzubieten, und euch lieber bitten, den überaus köstlichen 'Fraß' unseres begnadeten Kochs jetzt mit mir zu genießen! Und, Robert, wärst du bitte endlich so freundlich, deine schöne Frau loszubinden?"

Fernando erntet einen dankbaren Blick von Susanna, die sich die schmerzenden Handgelenke reibt. Sie hat ganz offenbar wenig Freude daran gehabt, als gefesselte Gallionsfigur Juliettes Selbsterkenntnisdrama mitverfolgen zu müssen.

*

Der Bauch des alten Schiffes bietet eine urgemütliche, sehr gediegene Atmosphäre für das wunderbare Abendessen. Die dunklen Hölzer, die die Innenausstattung dominieren, strahlen Wärme und Gediegenheit aus. Beste Handwerker haben für die Restauration viele Jahre lang gearbeitet, bis der alte Glanz mehr als wiederhergestellt war und der Dreimaster als besonderes Charterobjekt eingesetzt werden konnte.

Einfache Kajüten und Mannschaftsunterkünfte sind luxuriösen Kabinen gewichen, um eine ganz spezielle Form von „Seefahrerromantik" möglich zu machen. Die Stimmung wird mit zunehmendem Konsum der ausgezeichneten Weine ausgelassener und sogar Susanna hat ihrem Robert den missglückten Auftakt des Abends verziehen. Juliette ist sich vollkommen einig mit Georg und hat absolut keine Einwände, als er sie schon bald in ihre Kabine entführt.

„Wie geht es dir, mein Liebling", möchte er aufrichtig besorgt wissen.

„Eigentlich ganz ausgezeichnet, nur der Rücken, der tut mir weh!"

Sorgsam hakt er ihr Korsett auf, führt sie zu dem Kingsize-Bett.

„Leg dich hin, ich massiere dich erst mal."

Begeistert nimmt Juliette sein Angebot an und schnurrt schon bald unter seinen sanften, trotzdem kräftigen, kundigen Händen. Nach und nach stellt sich Entspannung ein und seine Berührungen landen immer häufiger an erotisierbaren Zonen.

„Du darfst dir etwas wünschen heute, Juliette", flüstert er dicht an ihrem Ohr. „Was wolltest du schon immer mal ausprobieren?"

Sie druckst ein wenig herum, fast ist ihr ihre Idee peinlich und sie muss sich zusammenreißen, in Worte zu fassen, was sie seit dem gemeinsamen Besuch beim Arzt beschäftigt hat. Der Gedanke hat sie fasziniert, hat sich festgesetzt in ihrem Kopf und nur zu gut erinnert sie sich an seine Frage damals. Ja, heute möchte sie ihn weiter lassen, nicht nur an sich heran, in sich hinein, nein, sogar unter ihre Haut!

Er versteht, ein Schauer läuft ihm über den Rücken, als sie sich offenbart. Gerade heute, als alles zu kippen drohte, seine Liebe ihm für einen schrecklichen

Moment verloren schien, als er erkannte, welchen Fehler er begangen hatte, ihre Grenzen nicht klar erkannt zu haben, schenkt sie ihm diesen Vertrauensbeweis.

„O Gott, Juliette, du bist unglaublich!", stöhnt er.

Ihr Lächeln verführt ihn in einen Rausch der Empfindungen. Wie in Trance greift er in den Nachtkasten, gut gefüllt für alle Zwecke. Sorgsam sprüht er ein Desinfektionsmittel, konzentriert streift er die Handschuhe über. Juliettes Blicke verfolgen sein Tun, ihr Ausdruck ist sicher und doch wie im Traum. Fast andächtig packt er eine dünne Akupunkturnadel aus. „Wirklich?"

„Ja, wirklich!"

Ruhig geht ihr Atem, ihre Beine haben ihn fest umschlungen, ihr Schoß drängt sich ihm entgegen, er kann ihre feuchte Erregung fühlen. Tief sieht er ihr in die Augen, als er sacht ihre rechte Brustwarze greift und ohne Zögern die Nadel waagerecht in den Vorhof sticht.

Sofort ist sein Blick wieder bei ihr, sieht, wie sie die Augen schließt, den winzigen Schmerz genießt, ihn nicht als Verletzung wahrnimmt, sondern als das, was es sein soll, ein Hereinlassen, eine Art der Vereinigung, wie sie anders nicht möglich wäre.

Juliette stöhnt, ist nicht mehr ganz auf dieser Welt.

„Noch eine!"

Das gleiche Ritual ziert wenig später auch den linken Nippel.

Sie will geküsst werden, will ihn in sich spüren, will

ihm alles geben.

Er dringt in sie ein, sorgfältig bemüht, die winzigen Nadeln nicht anzustoßen. Sie überholt ihn in unglaublicher Geschwindigkeit, lässt sich vollkommen fallen, stöhnt laut ihren Orgasmus heraus, bemerkt gar nicht, wie er, auf dem höchsten Punkt, rasch die Nadeln entfernt und ihr hinterhereilt. Vollkommen erschöpft und befriedigt schmiegt sie sich unter ihm in seine Arme.

So vollständig ist beider Entspannung, dass sie nicht mehr bemerken, wie sich ein Sturm aufmacht, der den alten Dreimaster heftig an seinen Ankerketten zerren lässt.

Epilog

Der Mond zeichnet diese geradezu kitschig wirkende Straße über das Wasser. Ein Eindruck, dem man sich nie entziehen kann.
Das Feuer ist heruntergebrannt, die dicken Äste glühen noch, ab und an lässt ein leichter Wind ein paar Funken stieben. Für diese Gegend ist es eine sehr warme Nacht. Ungewöhnlich warm.
Noch ist der Mond fast voll, der Sternenhimmel hier, wo keine nahe Stadt mit ihren Lichtern konkurriert, wirkt nachtschwarz wie ein samtenes Tuch auf das ein großer Beutel verschiedenster funkelnder Edelsteine ausgegossen ist. Die Bahn, die der Mond aufs Wasser zeichnet, erscheint so solide, als könne man darauf direkt in den Himmel hinaufmarschieren. Die flachen Wellen rauschen leise an den Strand, gluckern ein wenig zwischen ein paar Steinen, Schaumblasen platzen zu Millionen, deutlich vernehmbar, wenn das Wasser abläuft.
Am fernen Horizont sind die Lichter fahrender Schiffe zu erkennen, die ruhige Luft trägt das gleichmäßige Wummern ihrer Maschinen ans Ohr.
Im weichen Sand sitzt eine ältere Frau in Jeans und Rollkragenpullover, die nackten Füße, wie um sie zu schützen, unter die Beine gezogen. Auf einem flachen Stein neben ihr sitzt ein sehr junger Mann.
Lange schon hat keiner der beiden ein Wort gesprochen, sie scheinen in tiefes Nachdenken ver-

sunken.

„Du wolltest es wissen, wolltest es hören", nimmt die Frau das Gespräch wieder auf.

„Ja!", kommt klar und knapp seine Antwort.

„Mach daraus, was du willst, behalt es für dich oder schreib es auf", erwidert sie.

„Es wird etwas ganz anderes sein, dies aufzuschreiben, als alte Piratengeschichten nachzuerzählen", gibt er zu bedenken.

Sie zuckt die Achseln und erhebt sich. „Willst du es denn tun?"

„Ja, will ich!"

Sie gehen ein Stückchen durch den kühlen Sand, bis ein schmaler zugewachsener Pfad sie in den Wald führt. Der Boden ist uneben, Wurzeln, Äste und Steinchen, unsichtbar im Halbdunkel, das der Mond hier nicht beleuchten kann, schmerzen unter ihren nackten Füßen. Er muss ihre Hand halten, damit sie nicht ins Stolpern gerät, nicht fällt.

Nach kurzem Weg erreichen sie eine offene Fläche, ein weitläufiger, gepflegter Rasen erstreckt sich bis an den Waldrand. Beeindruckend erhebt sich eine wuchtige Silhouette.

Deutlich erkennt man die Erker, Türmchen und Schornsteine, die kleinen steinernen Säulen, die die Terrasse säumen, die weißen Stufen der breiten Treppe, die in den Park hinunterführt. In den Fenstern und auf den glänzenden kunstvoll gelegten Ziegeln des Daches spiegelt sich hell der Schein des vollen Mondes. Seitlich sieht man die alten, schön renovierten Stallgebäude. Sie bleiben einen Augenblick stehen und lassen den bezaubernden Anblick auf sich wirken.

„Ich mag das Haus so sehr im milden Mondlicht", seufzt die Frau träumerisch. „Es ist so lange her und trotzdem alles so gegenwärtig."

„Zwei Fragen musst du mir aber noch beantworten", sagt er nachdenklich, sie freundschaftlich zum Abschied umarmend, bevor beide im Hof ihre Autos besteigen, um sich wieder einmal für längere Zeit zu trennen. „Wie viel daran ist wahr und wie ging es eigentlich weiter?"

„Wahr, mein Lieber sind immer nur die Erinnerungen, die uns bleiben und die Träume, die uns treiben", antwortet sie lächelnd. „Und findest du nicht auch, du weißt jetzt fürs Erste genug?"

„Fürs Erste vielleicht. Aber ich will noch viel mehr wissen!", fordert er. „Mindestens zehn Jahre sind vergangen, da werdet ihr doch inzwischen nicht alle auf Bäumen gelebt haben."

„Mehr, mehr!", spöttelt Juliette lachend, die Wagentür schon beinahe geschlossen. „Der Bengel will also mehr! Erzähl ich dir beim nächsten Mal, Michel. Aber nun schreib erst mal auf, was du jetzt weißt!"

„Bitte grüß Georg von mir", ruft er ihr noch hinterher, aber ihr Wagen ist schon fast zum Tor hinaus.

SNOW ANGEL von Izabelle Jardin

Eine Runde auf der menschenleeren Waldloipe drehen. Die klare Luft atmen. Den Kopf freibekommen. Plötzlich ein Schneesturm, ein falscher Schritt und Nina stürzt kopfüber einen steilen Abhang hinunter. Als sie wieder zu sich kommt, blickt sie in Simons Augen. Wer ist dieser attraktive, unverschämt souveräne Mann, der sie in seine abgelegene Blockhütte bringt? Der sie seinen Schnee-Engel nennt. Was ist es für ein Geheimnis aus seiner Vergangenheit, über das Simon nicht sprechen möchte? Ob sie es will oder nicht: Sie ist allein mit dem Fremden eingeschneit und es gibt kein Entrinnen.

Romantisch – dramatisch – zärtlich – sinnlich: ein Liebesroman zum Abtauchen!